图书在版编目（CIP）数据

不渡蓬山雪 / 裁云刀著. -- 青岛：青岛出版社，
2025. -- ISBN 978-7-5736-2576-2

Ⅰ. I247.5

中国国家版本馆CIP数据核字第2024Q9T315号

BU DU PENGSHAN XUE

书　　名	不渡蓬山雪
作　　者	裁云刀
出版发行	青岛出版社（青岛市崂山区海尔路182号）
本社网址	http://www.qdpub.com
邮购电话	18613853563
责任编辑	郭红霞
特约编辑	杨婉莹
校　　对	郭金乔
装帧设计	千　千
照　　排	梁　霞
印　　刷	三河市良远印务有限公司
出版日期	2025年2月第1版　2025年2月第1次印刷
开　　本	16开（710mm×980mm）
印　　张	46
字　　数	874千
书　　号	ISBN 978-7-5736-2576-2
定　　价	89.80元（全3册）

编校印装质量、盗版监督服务电话 4006532017　0532-68068050

目录 上册

第一章　隔幽窗　1

第二章　烟波望　34

第三章　与君初相识　58

第四章　犹如故人归　82

第五章　桂魄饮　116

第六章　此夜无月　147

第七章　玉楼春　178

第八章　一声秋　216

目录 中册

第九章 莲灯燃	249
第十章 我亦飘零久	273
第十一章 章台柳	302
第十二章 冰雪林	336
第十三章 一壶春	361
第十四章 无名之辈	393
第十五章 螳臂	413
第十六章 浮生梦	432
第十七章 梦为鱼	472

目录 下册

第十八章　幸得相逢　495

第十九章　少年游　530

第二十章　思青鸟　549

第二十一章　雪泥鸿爪　564

第二十二章　执剑寻　593

第二十三章　风烟净　628

番外一　同心曲　652

番外二　樱笋时　678

番外三　伴君幽独　710

出版番外　绿湖夜雨　718

第一章　隔幽窗

沈如晚注意到曲不询，是因为他在对街看了她三天。

修为越高的人，对他人的注视就越敏感，沈如晚尤甚。到她这样层次的人，其直觉从不出错。

三天里，曲不询清晨就来，傍晚即归，独坐在对街的酒楼上临窗的桌边，面前只有一只银盏，安静地自斟自酌。他放下银盏前，会隔窗朝她所在的小楼的露台看上一眼。

他只看一眼，绝不多，短暂到根本不容任何人弄清这一眼究竟是为了什么，即使是沈如晚也不会知晓。

但这不是她格外注意曲不询的理由。

一个人如果天生美貌，是很难不习惯旁人的注视和痴迷的眼神的，而沈如晚恰好就是最有理由对此习以为常的那种人。她既不自傲，也不会拼命地否认。

她之所以注意曲不询，是因为每当注视他，总会无端地想起一个故人——她曾经的同门、蓬山十八阁公认的大师兄、曾经修仙界年轻一辈中的第一人，长孙寒。

然而就在十年前，长孙寒灭杀蓬山某家族满门后堕魔叛逃，震惊了整个修仙界，甚至引得蓬山掌教亲自过问。长孙寒在宗门的悬赏追杀下，逃窜了整整十四个州，血溅大半个修仙界，最终伏诛。

十年前，长孙寒是整个修仙界谈之色变的大魔头，但年轻的修士们来了又去，风云人物总是不长久的。到如今还总在午夜梦回时辗转反侧地想起这个人的人，恐怕只有沈如晚了。

一个人只在夜深人静时咬牙切齿地想着另一个人，那多半爱他或者恨他。对于沈如晚来说，这两者她兼有。

她自觉这两者她无论哪一个都理由充分——知慕少艾，她喜欢上全宗门乃至全天下最矫矫不群的天才师兄，再正常不过了；道义为先，她憎恨心狠手辣、令宗门蒙羞的堕魔大恶人，更是挑不出毛病。

然而有意思的是，无论是从前还是如今，所有认识她的人中，没有任何一个人猜到她的感情——一个人都没有。

这些人猜不到这份感情的理由很充分，充分到沈如晚自己都觉得他们才是对的。她拜入蓬山门下整整二十年，前十年，和长孙寒没有半点儿交集，甚至连一句话都没有说过；后十年，长孙寒已成冢中枯骨，而她退隐于小楼，不问世事，就连昔日的同门也鲜有知道她寻了一座繁华的大城，过上了日上三竿才起、每日只有玩乐的颓废的养老生活，风云已成往事。

但这都不算什么，最具戏剧性的另有其事。

十年前，当长孙寒堕魔叛门，远遁三万里、血溅十四州、无人能阻时，是沈如晚亲自奉命执剑，把昔日的"白月光"斩落于归墟，让他尸骨无存的。

这些加在一起，无论在谁看来，都不会认为沈如晚对长孙寒有什么超出寻常的同门情谊。就算沈如晚亲自承认，恐怕他们也只会震惊地看着她，小心翼翼地说一句："这怎么可能呢？这不可能的！"

这确实奇怪，却确实发生了。而更让人不解的是，即使这一切都发生了，十年过去了，沈如晚至今仍然时不时地想起长孙寒。

"年少心动，总是难忘。"唯一与沈如晚还有联系的旧友邵元康曾经这样总结，"这也不算什么刻骨铭心之事，可人就是忘不掉那种情窦初开、怦然心动的感觉。"

沈如晚想到这里，忍不住皱眉。

她是那种愁苦来时宁愿横眉而非叹气的人，就好像这样能表现出心头的一二分不服气，还不算对谁低头认输，总要再做出些反抗一般。

当麻烦来自某些特定的人时，她可以不达目的誓不罢休；可当愁苦来自世事和命运，她又能去反抗谁呢？

自然，她痛过、恨过之后，所有的不服气只能体现在这一个轻轻的皱眉动作上了。

沈如晚走到了窗边。

临街的屋舍总是很吵，窗外小楼林立，视野也不算开阔，其实这里不是幽居归隐的好地方。但她举目可望朱楼画阁，此处繁华热闹，也算别有一番人间烟火气。

沈如晚生在长陵沈家，长在蓬山第九阁，多的是仙气、灵气，唯独就差这么点儿人间烟火气。住在这里对她的修行或许没什么增益，但她每日晨起听见外头此起彼伏的小贩的叫卖声，才真切地感觉到自己活着，在这十丈软红里终于有了一点儿牵绊。

她想：其实生活本来就该是这样的，修仙不过让她多些神通和手段，延续几十年寿元。

神通再高也高不过天，她不得长生，不得逍遥，又算什么仙？她何苦远居仙山，隔绝尘世，视凡人为尘埃与蝼蚁？

况且，神通易学，自己的贪欲和凡心却一点儿也不少。

她想到这里，轻轻地冷笑了一下，不愿意再想下去，便把心思收了回来，看向楼下。酒楼掌柜老实巴交的女婿慢悠悠地驾着牛车，载着美酒回来了。那酒坛子一个摞一个，放得高高的，看着就让人担心。

对街的酒楼之上，银盏见底。她的视线落于桌案上时，曲不询蓦然抬头，隔着幽窗长街、朱楼画阁、人间烟火，只管看她。

沈如晚的心跳不自觉地漏了一拍，搭在窗沿上的手也微微收紧了。她抬眸，目光仍是冷冷的。

雕窗画阁之中，有朱颜姝色，神若霜雪。

他看她，目光如电，似有剑气奔临；她也分毫不让，幽冷峭然。

彼此的目光相碰，其中有警惕、打量、揣摩，唯独没有意外——这不像一场对视，倒像交锋。

沈如晚确定从未见过他，细看对方的眉眼，他也半点儿不似长孙寒。可不知为什么，她的心总在颤，像被谁伸手轻轻地拨了那么一下，便再也安分不下来了。

恰似故人来。

忽然，楼下发出了一声闷响，好像什么沉重的东西互相碰撞在一起，随后便是不约而同的大呼小叫，盖过了一街的喧嚣。

沈如晚顿了一下，率先移开了目光。她垂眸一望，发现原来是牛车和对面的驴车相撞，牛车上被高高地摞在一起的酒坛晃晃悠悠的，最上面的两坛猛地一歪，连坛带酒摔了下来。

她就知道酒坛子被这么摆要出事。

她微挽宽袖，指尖微动，想弹一道灵气过去，稍稍护一护，至少不让坛子碎了，不然对面的掌柜得心疼死。

然而她指尖的灵气尚未被弹出，楼下又是一阵惊呼。她一抬眼，看到对面的曲不询已不再看她，而是搁下杯子，单手在窗台上撑了一下，竟从窗里一跃而下。

他衣袂微动，落地无声，连晃一下的动作也没有，然后闲适地伸出手，左右一捞，那两坛酒便一左一右地被他提在手里，只有顶上的红纸湿了一角。

他就算不使用灵气，也已经是凡人眼中的武学高手了。

众人惊愕过后，发出了一片喝彩。还有些好热闹的人起哄，挤在人群里大呼"大侠好身手"，声音此起彼伏。

他也不尴尬，就闲适地站在那里，甚至勾了勾唇，无所谓地笑了一下："过奖，过奖。"

其实人做了好事，被喝彩两句再正常不过了，沈如晚也不觉得做好事的人反倒要谦卑连连。可不知怎么的，她看到他在人群里气定神闲地站着，轻轻地哼了一声："烧包。"

其实她的声音很轻很轻，只是一点儿声息在唇边拂了一下而已，别说是街上喧嚷的人群了，就算此时她的屋里还有另一个人，只怕也听不见。

然而话音刚落，曲不询就蓦然抬头，直直地朝她望来。

沈如晚在背后说人，这回底气没方才那样足了。她只冷淡地瞥了他一眼便移开了视线，神情也淡淡的。

她向后退了一步，一伸手，把雕花窗"啪"地合拢了，徒留他站在街心，凝望着那扇已经关拢、半点儿缝隙也不留的雕花窗，神色难辨。

沈如晚第二次见曲不询，纯粹是一场意外。

见他只是正事里捎带的巧合，沈如晚也没想到。

一个人想在红尘俗世过日子，就离不开和形形色色的人打交道。修仙者过惯了各人自扫门前雪的日子，乍入红尘，难免要被街坊那过度热情的好奇心吓退，绞尽脑汁也想不通自己的事和一群陌生人有什么关系。

沈如晚在俗世里待了十年，仍不太习惯，但已经经验丰富，通晓许多规避麻烦的小技巧。比方说一个人若有一份在周围人的眼里说得过去的正经营生，便能省去很多没必要的麻烦，至于这份营生到底能不能挣钱、他挣到的钱能不能养活自己，那外人便不太追究了。

因此，在街坊的眼里，沈如晚住的这座两层高的小楼还有个更合适的称呼——沈氏花坊。

"沈姐姐，过些日子就是谷雨了，你可有什么安排吗？"

清明过后，春和景明，临邬城也一日热闹过一日。每天都有许许多多来自远近城镇的人拥入，连带着沈如晚的小楼里也多了不少客人。

章清昱坐在沈如晚对面，掸了掸素面裙边上的水珠，朝她抿唇一笑："你也知道，我们东仪岛向来有大祀谷雨的风俗，谷雨当日，人人都要戴朱颜花。偏偏今年天气怪，岛上种的朱颜花还没开便蔫了不少，我舅父担心到时花不够分，想请你去我们的岛上指点一二。"

东仪岛离临邬城不远，沈如晚清晨出发，午后便能到达。岛上民风淳朴，生活很是安逸。

岛上最有名望的人家就是章家，其当家人是章清昱的舅父章员外。平时东仪岛上有什么大事，总是章家出头组织。

譬如东仪岛向来有"小清明，大谷雨"的风俗，岛上的居民每到谷雨便全家出动去祭祀，人人佩戴一朵本地的名葩朱颜花，比过年还隆重。

自然，越是临近谷雨，东仪岛的居民便越看重本地培育的朱颜花。今年的天气古怪，他们若到谷雨时拿不出足量的朱颜花，还怎么祭祀？

章清昱来找沈如晚绝非病急乱投医。沈氏花坊在临邬城里颇有名望，传闻坊主沈姑娘出自莳花世家，家传二十八种名葩花谱，什么样的香草仙葩落到她的手里都能开得争奇斗艳——这当然都是好事者荒诞不经的杜撰。

沈如晚拜在蓬山第九阁门下，最擅长的是木行道法，即便是培育那些真正的奇珍仙葩，也易如反掌，侍弄凡花更不在话下。

从前章家与她打过几次交道，对她的本事十分信服。

"舅父让我和沈姐姐说，若沈姐姐愿意去我们东仪岛上指点一二，在谷雨那天让大家顺利地用上朱颜花，章家必有厚谢。"章清昱端端正正地坐在桌边，把话完整地复述给沈如晚听。

章家是有名的殷实人家，在东仪岛上更是说一不二，既然说有厚谢，那么报酬就一定不少。

然而沈如晚闻言，只是神色淡淡的，没管什么厚谢，反倒用目光在章清昱身上扫了一圈。

章清昱今年不过十九岁，眉眼细细的，带着一股书卷气，颊边的弧度微圆，是正值青春、鲜丽的年纪。然而她的神色里总藏着深深的焦虑，眉毛微微蹙着，平添了几分思虑过甚的愁意。

沈如晚的目光落在了章清昱的鞋子上。

"你今日怎么从岛上过来的？"她问章清昱，"你一个人过来，他们竟没联系好车马接你？"

东仪岛上的人来临邬城要乘船，若提前联系好相熟的临邬城里的乡邻，下了船便能坐着人家的车马一路过来。章清昱脚上的鞋已被泥水洇湿，显然她下船后走了好长一段路。

沈如晚再算算时间……

"寅正时你就出发了？"沈如晚挑着眉问。

章清昱有些局促，贴在裙边的手微微掖了一下裙摆。她抿唇一笑，有点儿不好意思地说："事关重大，舅父催得急，没时间找同路人载我，我干脆走了一段路。这不是什么大不了的事。"

沈如晚没说话。

寅正时，天都是黑的。

章清昱在东仪岛上的处境其实很尴尬。她是章员外的外甥女，生父不详，跟着母亲姓章，长到七八岁时才来东仪岛投奔舅父。没两年，她的母亲病逝了，留下她一个孤女。

寄人篱下的日子自然是不好过的，她说起来是表小姐，其实和半个大丫鬟差不多。

"章员外精打细算，真是会过日子的人，"沈如晚微扬眉毛，单从神色上看仿佛没什么别的意味，但章清昱听着，察觉出一丝嘲弄的意思，"还特意叫你来请我。"

沈如晚后半句话的重音落在了"你"字上。

这句话本来平平无奇，但章清昱听在耳中，莫名其妙地觉得局促。她绞着手，勉强一笑："沈仙君，我平日在岛上从未向任何人说过您的来历和本事，更不敢夸口高攀您。我……"

沈如晚凝眸看了她一会儿。

离开蓬山足有十年，沈如晚几乎不再同昔日的故人联系，平日也从不以修仙者自居，更不徒逞仙术，街坊只知道沈氏花坊里的沈姑娘是有些神异手段的异人。

这种异人在民间并不少，大多是因机缘巧合得了某些修仙者的青眼，学来一二凡人也能掌握的异术，本身仍是肉体凡胎。普通人见了，引以为奇，时间一长，却也见怪不怪了。

在沈如晚如今还来往的人里，只有章清昱知道她绝不是只习得一鳞半爪的异人，而是真正神通盖世的修仙者。在凡人的眼里，她是足够被称一声"神仙"的。

"这些事，你便是说给旁人听，我也不怎么在意。"沈如晚说，"这临邬城里，没有人能让我悖着心意做事。"

沈如晚神通莫测，自然随心所欲。

章清昱松了一口气，转眼又苦笑起来："我就知道，舅父无非是觉得您对我有些青睐，也许看在我的面子上就愿意来岛上了——他那点儿盘算您一眼就能看出来。只怕章家能拿出来的谢礼，您半点儿也看不上。"

这是毋庸置疑的事。

章清昱隐约知道沈如晚有多大本事，连那些神通惊人的仙长也对她服膺，她又怎么会看得上章家这种凡俗的乡望拿出来的报酬呢？

章员外不知道沈如晚的身份，但总归知道异人大多性格狷傲，自己拿着真金白银也未必能把他们请来，便把主意打到外甥女和沈如晚似乎有些亲近的关系上。章清昱明知道他的盘算并不靠谱，但寄人篱下，只能惴惴不安地跑这一趟。

沈如晚的目光在章清昱那素面无花、袖口打了精细的补丁的衣裙上游走了片刻。

其实章员外的揣测不算空穴来风，沈如晚对章清昱确实有几分照拂之意。

十多年前，章清昱只有五六岁，尚未来到东仪岛上。她跟着母亲生活时，不慎被邪修掳走了，她的母亲叫天天不应，正遇上彼时还在蓬山轮巡执勤的沈如晚，便求沈如晚救救她的女儿。

惩治邪修、维护蓬山远近的安宁本就是在蓬山轮巡的弟子的职责，沈如晚义不容辞。根据信息，沈如晚很快就找到了邪修，救出了包括章清昱在内的许多凡人女童和少女。

女儿被找回来后，章清昱的母亲便求沈如晚带女儿回蓬山修仙。

这本不是什么大事，可惜章清昱资质不足，又不愿和母亲分别，事情便作罢了。

一别经年，沈如晚与章清昱再相遇，便是十多年之后的事了。

昔日的女童成了寄人篱下的少女，而当日正气凛然的少女修士在世间百态里滚了一遭，最终带着震动大半个修仙界的赫赫凶名，心甘情愿地隐没在红尘俗世里了。

沈如晚想到这里，微微抿唇，冷冷地拂袖："罢了。"

章清昱以为她要送客，不由得局促地站起了身。

"没让你走。"沈如晚瞥了章清昱一眼。

"啊？"章清昱微怔。

沈如晚沉吟道："我还没去过东仪岛，不知岛上是什么风光。"她不咸不淡地说，"既然你来请我，我去做客郊游一番也未尝不可。"

章清昱听了这话，脸上立刻露出又惊又喜之色，攥着衣角看过来，目光在沈如晚的面上打了个转。她忽然又抿唇笑了一下——沈姐姐特意照拂她才愿意去东仪岛，却偏偏说自己只是想看东仪岛的风光，真是……

"你笑什么？"沈如晚睨她。

"没，我就是高兴。"章清昱的嘴角翘得高高的，眉眼间的愁意都在这笑意里散去了，"等沈姐姐到了东仪岛，我一定带你逛遍好风光！"

她还真是小女孩脾气，沈如晚移开视线，心想。

从东仪岛到沈氏花坊，章清昱足足走了五个时辰；但从沈氏花坊到东仪岛，她们只需要一眨眼的工夫。

沈如晚从不在周遭的凡人面前夸耀自己的法术，但也从来不避讳使用。正是她这种无所顾忌、只想过平静的生活的态度，让所有看她孑然一身便觉得可以占她便宜的人纷纷在下手前识时务地退下了。

不过沈如晚根本不在意这些。

旁人识趣，并不是她的幸事，恰恰是他们自己的幸事。

沈如晚伸出手，轻轻地搭在章清昱的手腕上，瞬息千里，转眼间两个人便到了临邠城外的邠仙湖畔。

这还是章清昱在她们重逢后第一次见沈如晚施展这么惊人的法术。从前沈如晚顶多用灵力代替劳力，坐在位子上隔空倒茶、煮粥，虽令人惊奇，但那怎么能和瞬息千里比？

"沈姐姐，你如今的仙术越发高深了。"章清昱前脚还在沈氏花坊里，转眼便站在了城外的湖边，半天回不过神来，不由得道，"从前你带着我时……"

十多年前，沈如晚从邪修的手里解救出还是女童的章清昱，带着章清昱在天上飞了两刻钟才到章夫人面前，当时的法术哪有今日这瞬息千里的本事来得厉害？便是凡人也看得出两者之间的差距。

不过说到这里，章清昱又回过神，自觉失言——两者都是神通，当年沈如晚还救了她，她哪有当着恩人的面比较人家过去和如今的神通孰高孰低的道理？

"你如今见了世面，瞧不上我当年的遁法了？"沈如晚斜斜地瞥了她一眼，似笑非笑。

"没有没有，没有的事。"章清昱慌得连连摇头，"我只是没见过……是我没见识。"

沈如晚看她慌成这个样子，眉眼微扬，偏偏不解释，就看着她慌慌张张又结结巴巴的样子。

其实章清昱说得没错，当年沈如晚在遁法上的造诣远不如今日，她只能带着章清昱凭虚御风飞上许久，哪能像今日这般？十多年的光景，她到底是没有虚度的。

不过沈如晚这人心眼挺坏，就爱看别人手忙脚乱的样子，将其当作她乏味无趣的日子里的乐子。

她故意不接话，神色冷淡地说："天色还未晚，应当有渡船，我们去东仪岛怎能不乘船看湖上的风光？且等着渡船来吧。"

章清昱只当她生气了，急得支支吾吾的，不敢再说，只能一边应下，一边偷偷摸摸地看沈如晚的脸色。

沈如晚只做出毫未察觉的样子，施施然眺望湖光。

章清昱的两只手并在一起，攥着衣角绞来绞去，险些把素色的裙面绞成麻花。她只觉得和沈如晚并肩站在这里的每一个呼吸都无比漫长，好不容易等到一片孤帆从金灿灿的水天相接之处悠悠地驶来，才觉得自己得救了。

"沈姐姐，渡船来了！"

沈如晚淡淡地"嗯"了一声，没再说别的。

章清昱想起自己还该在忐忑的情绪中，又蔫了。

沈如晚逗章清昱逗得差不多了，待那渡船终于悠悠地摆渡到面前，向前走了两步，朝章清昱扬了扬下巴，语气倒也算温和："上船吧。"

章清昱从小在东仪岛上看人脸色，经验丰富，顿时松了一口气，跟在沈如晚后面朝摆渡人招手："刘伯！"

沈如晚和她一前一后地走上渡船，朝船篷里走。沈如晚还未坐进去，脚步便忽地一顿——船篷里已经坐了一个人。

这个人不是她的什么故人，只是前些日子在对面的酒楼上接连看了她三天，她眼熟罢了。

船篷里，就在沈如晚驻足时，曲不询正好抬起头，与她四目相对。

"曲大哥，你怎么在船上？"对视的人是沈如晚和曲不询，先开口打破沉默气氛的人却是晚一步走进船篷的章清昱。她看见坐在船篷里的人，有些惊诧："这么晚了，曲大哥是有什么事要去临邹城吗？"

曲不询顿了一下，目光从沈如晚身上移开："我能有什么事？"他懒懒地往后一靠，斜倚在船篷壁上，单手悠闲地敲了敲摆在身边的酒坛子，"买酒。"

"你想喝酒？岛上就有啊。"章清昱更惊讶了，"他们没有告诉你吗？"

"那不行。你们岛上的酒太淡，一点儿滋味都没有，我喝了都不会醉，"他的语气很嫌弃，"一点儿意思都没有。"

章清昱哑然。

岛上的酒有那么淡吗？

"你会醉？"沈如晚站在边上，忽然问他。

曲不询抬眸看她，嗤笑道："你这是什么鬼问题？是人都会醉。"

沈如晚对此不置可否。

修仙者喝再多凡人的酒也不会醉，东仪岛的酒、临邹城的酒，全都一样。

她在他对面坐下了，没说话。

"哎，可这船分明是从岛的方向来的呀？"章清昱跟着沈如晚坐下，想了一会儿，又讶异起来。

"是啊，"曲不询连眉毛都没抬一下，"我买完酒就开喝，懒得下船。"

"啊，这……"章清昱张口结舌，忍不住往外看了一眼撑船的刘伯，看到他微微点头，确认了曲不询的话的真实性，不由得语塞。

沈如晚的目光在他身上轻轻地扫了一圈。

船篷里摆着的酒坛已空了一半，但曲不询身上没有半点儿酒气。

曲不询蓦然抬眸看她，目光如电，眼神清明。他明明是一副闲散的姿态，抬眼时眼神却分明带着锐意，仿佛一柄利剑。

沈如晚顿了一下，不知怎么的，忽然问："你很喜欢喝酒？"

曲不询挑眉说："是啊。"然后他反问道，"酒不醉人人自醉，谁能不喜欢？"

沈如晚静默了一瞬，侧着脸看向船篷外被落日染成一片红的湖水，莫名其妙地想：长孙师兄从不饮酒，也不爱醉。

从前在蓬山十八阁中，第七阁专修食道，什么样的珍馐佳饮都能制成。第七阁酿出的陈酿号称"神州第一味"，纵使修为再高深的人也撑不过第三盏，故被好饮者争相追捧。

沈如晚从没见长孙寒喝过"神州第一味"。彼时，人人皆知蓬山首徒长孙寒修身自持，一心修行，从不沉溺于身外之物。

自然，在长孙寒堕魔叛门后，这些都成了笑话。

沈如晚想到这里，不觉一哂。其实归根结底，她和长孙寒不过是陌生的同门，她曾经千百次在人群里悄悄地望他，也只能看见旁人都能看见的东西。一个人在人前人后的样子本就不同，她又能有几分了解真正的长孙寒？

她越想下去，便越觉得没滋味。长孙寒若是没死，第一个要杀的人就是她，以报当年一剑穿心之仇。

沈如晚微微抿唇，凝眸望着潋滟的湖水，神色渐冷。

对面，曲不询如炬的目光落在她的身上，顿了一会儿，他蓦然收回了视线，神色也冷冷的。然后他提起身边的酒坛，仰首把剩下的半坛酒喝得一滴不剩，将空坛子重重地拍在了船板上。

章清昱坐在边上，莫名其妙地觉得这船篷里的气氛压抑至极，连大气也不敢出。

小舟摇摇，行过水天相接之处。湖岸渐近，目光的极限处，东仪岛的轮廓在满天的红霞里渐渐清晰了。

"小章姑娘、两位客人，咱们马上就到岛上了，坐稳咯！"刘伯在船头吆喝一声，小船便稳稳地驶进了渡口。

"沈姐姐，这就是我们东仪岛，我带你去章家。明日若你得闲，我就带你好好逛逛。"终于要下船了，章清昱似乎松了一口气，想了想，拿不定主意似的又问曲不询："曲大哥，你要下船吗？"

到地方就下船，这是理所当然的事，但方才曲不询的话留给章清昱的印象太深，她不确定起来——指不定曲不询嫌麻烦，非要在渡船上把酒都喝光才乐意下船呢！

曲不询没回答，随意地伸出一只手，五指并扣，单手将几个空酒坛全提了起来，另一只手往地上一揽，把剩下两个装满酒的酒坛夹在了臂弯里。他起身站在船头上，背对着霞光直直地朝沈如晚望了过来。

"你姓沈？"曲不询神色笃定，语气断然。

这句话虽是问句，却没有疑问之意。

沈如晚抬眸望他，没回答。

曲不询不需要她的回答，抱着酒坛站在漫天霞光里。他的姿态分明是懒散的，身形却高大挺拔如劲松，无形中有一股逼人的气势，目光直直地落在沈如晚的脸上，神色莫名其妙的。

"我姓曲，叫曲不询。"他说完，把船钱往船头一放，没等沈如晚回应便转身，三两步下船，大步走远了。

沈如晚站在原地，看着他高大笔挺的背影消失在视线里，没言语。

"真是个怪人。"刘伯没忍住说。

在过去的两三年里，沈如晚和章家打过几次交道，多半是和花卉有关的事，但从来没有亲自来到东仪岛上，所以对于岛上的环境乃至章家的主要成员都不怎么了解。

"东仪岛地势平坦，很适合耕作、渔猎，大家在这里生活，起码是不愁吃不饱的。最近几个月惯例是不出船打鱼的，这是老祖宗传下来的规矩，因为此时是万物生长之时，我们只有顺应天时才不会竭泽而渔。"章清昱自觉地给沈如晚解说，"所以沈姐姐现在来岛上，会发现大家比平时闲。"

岛上的居民不需要出船打鱼，少了一桩事，自然就有时间依照风俗筹备谷雨大祀了。

对于东仪岛祭祀的风俗，沈如晚倒是有些了解。

东仪岛坐落在邬仙湖上。传说此地本没有湖，气候干旱，周遭的居民困苦不堪。有一位姓邬的神仙路过此地，于心不忍，便以一颗宝珠为酬，请来龙王常驻此地，顿时平地化为湖泊，泽被千里。当地的居民为感谢神仙的恩德，遂命名此湖为邬仙湖。

东仪岛的谷雨祭祀就是祭祀龙王，祈求龙王保佑东仪岛风调雨顺。

"其实还有一种说法是，龙王既爱宝珠，又不愿意在此坐镇，邬仙人无奈，便从云端将宝珠往下掷，宝珠顷刻化为了湖泊。龙王舍不得宝珠，只得留在这邬仙湖里了。"章清昱说到这里，神情有点儿恍惚，"沈姐姐，你说这传说是真的吗？"

普通人从凡人的角度幻想修仙者的神通，有时真能让修士目瞪口呆。修士一方面震撼于"他们把我们想得太神通广大了"，另一方面又因"我们都这么强大了，不可能被一点儿小事难住"的心思而瞠目。

沈如晚难得来了兴致，当真思索了一会儿，然后说："神州素有龙脉，真龙鲜有现世，但其寿元极长。根据典籍记载，如今有三五条真龙在世，只是隐居各地长眠，不见其踪罢了。"

所以传说邬仙湖底下有一条神龙，并不是什么无法理解的事。

"如果那位邬前辈恰巧知道神龙的踪迹，自然是可以相请的。"沈如晚一边说一边思忖，"至于能化为湖泊的宝珠……那应当是一件稀世罕有的水行至宝——可他自己就能改平地为湖泊，还找真龙做什么？"

章清昱听后觉得有趣，抿唇一笑，不无好奇地问："那沈姐姐能吗？"

沈如晚微微挑了挑眉。

隔行如隔山，沈如晚学的是木行道法，于水行上的造诣不过寥寥。凭她那点儿水准，她最多能在自家的后院里凭空生出一个池塘。

"我是不能的，"她淡淡地说道，"但可以让所有能做到此事的人都办不成。"

章清昱一怔，十多年前，沈如晚荡平魔修的巢穴的锐气模样猛然撞入她的脑海，她不由得噤了声。

自重逢以来，章清昱只知沈如晚当年在一众少年修士里出类拔萃，但一直不知道这些年过后，沈如晚在所有修士里属于什么层次——现在她大约明白了。

然而还没等章清昱再说话，身后便有人嗤笑了一声。

章清昱微微皱眉，回过身一看，不由得抿了抿唇，然后道："兄长……"

沈如晚早知道她们身后有人，但岛上本就人来人往，她并不在乎旁人是否会听见她的话。现在她被人嗤笑，也不恼怒，只是转过身，用目光扫视对方。

章清昱别无亲眷，能叫上一声"兄长"的人只有章员外的长子。

章大少二十岁出头，锦衣华服，神情很是倨傲。然而等到沈如晚转过身，他的目光不经意地往她的脸上一扫，那股倨傲之气竟然无端地散去了七八成。

"这位是……？"他看了看章清昱。

"这位是沈氏花坊的沈坊主，舅父特意让我请沈坊主来指点朱颜花是如何成活的。"章清昱垂着头，声音里没了方才的鲜活气，一板一眼地说，"我正要带沈坊主去客房下榻。"

章大少才想起来还有这回事，顺着章清昱的话这么一思量，忽然觉得不对劲，神色微变："你早上出发，现在就带着人回来了？"

章大少知道这次的事情有点儿急，也知道他爹根本没给章清昱联系车马，章清昱全靠自己赶路。正因如此，他今晚上看见章清昱回到岛上这件事才显得如此诡异。

章清昱就算出发得再早，路上再顺利，也绝不会这么快回来。这根本不是常人的速度！

"沈坊主捎了我一程，故而我回来得快了许多，本来还以为明天才能到岛上。"章清昱垂着眼睑，将双手放在身前，规规矩矩地说，"多亏了沈坊主。"

章大少顿时有些维持不住脸色了。他从前听人说沈氏花坊的坊主或许是异人，还不当回事，毕竟异人的本事有大有小，可若是按照章清昱说的来看……

"原来是沈坊主，实在是闻名不如见面。"章大少把方才的倨傲之色收敛得干干净净，客气至极，"方才我太过失礼，请容我向坊主赔罪。"

他先倨后恭，表情倒也精彩。

章大少客客气气地赔罪，亲自跟过来吩咐仆人收拾客房，忙前忙后，周到备至，与方才的样子简直判若两人。

"我这位兄长就是这么个性格，"待章大少离去，章清昱和沈如晚并肩站着，微微苦笑，"很是傲气，脾气也很大，难免得罪人。但他也会看眼色、识时务，总体来说不是什么坏人。"

倘若此刻在章清昱身边的是除了沈如晚以外的任何一个人，她都不会这么直言不讳。但沈如晚超然世外，脾气也冷傲，反而能给章清昱无与伦比的安全感，有些只能藏在心里的话她便忍不住向沈如晚吐露。

"前些日子，岛上不知从哪里请来了一位游方术士，说要在岛上建一座龙王庙，兴师动众的。"章清昱微微摇头，"沈姐姐，如果你在岛上遇见一个叫鸦道长的人，那他就是那个游方术士了。"

龙王庙？

沈如晚微微挑眉，不予置评，站在那里沉默地听章清昱说话，直到章清昱三言两语地把事情说清。

"那曲不询呢？"她忽然问。

"啊？"章清昱怔了一下。

沈如晚偏过头看她："他不是你们岛上的人吧？"

章清昱点了点头："曲大哥是来岛上做客的。他的身手很好，兄长对他赞不绝口，就请他来这里住上一段时间。"

身手很好……

沈如晚咀嚼着这几个字，忍不住想笑。

只怕章大少根本无法想象，曲不询的身手和他理解的恐怕有天壤之别。

"原来是这样。"沈如晚慢慢地说。

其实她并没有真的理解什么，只是喃喃两句，疏解她的困惑。

像曲不询这样的修士，为什么会和章大少"一见如故"，特意来东仪岛做客呢？

"沈姑娘，这就是我们岛上种的朱颜花。"

东仪岛的东岸有一片沃土，专门种植朱颜花，由几位岛民负责。

谷雨祭祀龙王是东仪岛经年的风俗，岛民种朱颜花的经验非常丰富。

"往年我们都是这么种的。老一辈的种花人什么样的天时都见过，种法被一代代地传下来，我们就没见过这种事。"种花人一个劲地叹气，"我们明明都是按照老规矩做的，应该没问题，怎么花就蔫成这样了呢？"

沈如晚跟在边上，静静地听种花人琐细的陈述。

今天要下地，她便换了一件轻便的衣服，箭袖素服，气势昭然。她纵然看起来年纪轻轻，经验丰富的种花人也对她很是客气。

"今年的种法和往年的差不多？"她在一丛发蔫的花前蹲下，伸出手，指尖轻轻地抚过花苞，衣摆垂在地上，却没沾上任何尘土，"你们确定没什么大的变动？"

种花人没注意到她衣摆上的奇异现象，跟着她一起蹲下身，愁眉苦脸地看着还未盛开便要败落的花苞，叹气："可不是吗？当真是一点儿不同也没有。沈姑娘，你也是老到的种花人，懂行，我才跟你说实话——今年的天气是和往年的有些不同，但压根没超出我的见识。按理说，按照我的法子，这花应当能好好地开。"

沈如晚立刻会意了。

外行人指点内行人，这在哪儿都是免不了的事。遇上麻烦时，外行人很少能沉下心去了解麻烦背后的深层原因，只会责备内行人的水平不行，责令内行人一定要解决问题。

种花人实在搞不清今年朱颜花到底为什么开不了，章家人根本不会和他一起想办法，却责怪和惩罚他。为了减轻惩罚，种花人必然要把责任推到谁也无法控制的天气上，只要说朱颜花受到了反常天气的影响，那不开花的事自然不能全怪他了。

这事说不上谁对谁错。和沈如晚没什么关系的事，她一向不在意。

"这花种得挺好的。"她收回手，站起身，望着这一片花田，微微合眸，听见了生机与灵气在花叶间轮转时的轻吟，"你很用心。"

"沈姑娘，你真是懂行的人！"种花人一拍大腿，"我总算听见一句公道话了！我种花这么多年了，看花比看我家孩子都精心。结果这次花没长好，他们一个个都在背后说我没上心，真是气死我了！"

沈如晚的目光慢慢地扫过了整片花田。

种花人对朱颜花很用心，所以问题并不出在培育方法上，而在于这片花田的灵气。东、南二向的灵气就在花田的附近交汇，周遭灵气混乱，虽不至于伤人，但花花草草在这里很难活下去。此地的朱颜花能结成花苞，本身就够让人惊奇的了。

"你们以前都是在这里种花的？"沈如晚微微蹙眉。

"祖祖辈辈都是在这儿——谁去改啊？"种花人答得很理直气壮，"我们以往在这儿种得都很好啊。"

这就奇怪了，一地的灵气轻易不会变，从前朱颜花怎么就能在这种灵气混乱的地方安然地生长、开花呢？

"最近你们岛上有什么大动静吗？"沈如晚问他，"地动、丘陵崩塌或者有什么土木变动？"

种花人虽然不解其意，但听她这么一说，答得很快："少东家带着不少人在南边的小山丘上要建个龙王庙呢！这事是从年初开始的，还挺耗时间，到谷雨都建不成——沈姑娘，这和咱种花有啥关系啊？"

关系可大了去了。

沈如晚没回答，皱着眉想了一会儿，目光在花田上扫了几个来回。

"这样吧，"她微微沉吟，报了几种常见的物事，"你去找找这些东西，最迟后天黄昏找齐，到时再来找我。"

种花人一愣："这……"

请来的高人要用些偏方，这是他早有预见的事。可是沈如晚报出来的几个物事里有食材、药材，甚至还有两只黄铜做的老香炉——这玩意儿和种花有什么关系啊？

"你去找，我自有用处。"沈如晚神色淡淡地说，垂眸理了理袖口，抬脚便往花田外走。

"哎，沈姑娘……"种花人在后面张了张嘴，看着她的背影，又闭上了嘴。

反正他是没辙了，高人愿意怎么折腾就怎么折腾，他只管听她的，要是真出了事，错也落不到他的头上。

沈如晚走出花田，却没急着去章家，而是朝南往种花人说的龙王庙的方向走。她一路顺着灵气的流向找寻，果然在岛上见到了一座小土丘。

她光是远远地看着，就知道这段时间东仪岛上的动静不小。章家不光新开了两条连通邬仙湖的沟渠，还挖开了边上更低矮的土丘。现在这里只剩下孤零零的一座土丘，土丘高三十来丈，说它是个大土堆也没什么问题。

几个月的光景里，他们动了些平时不住人也不耕作的地方。这些变动似乎没什么大不了的，但对于东仪岛整体来说，影响可就大了。

沈如晚驻足，遥遥地打量这座孤丘。

她报给种花人的那几样东西不是用来种花的，而是根据五行用来埋在花田的四周形成阵法的，阵法会重塑花田四周的灵气环境。那几样东西里，有数年不会坏损的老香炉，也有芝麻这种埋在土里没多久就腐坏的食材，故而这个阵法只是临时的，能撑到这批朱颜花开花,却救不了明年的花,治标不治本。

这并不是什么大不了的事,所有城镇和建筑都会或多或少地改变当地的灵气走向,人只要及时适应就好。等事情结束了,她再提醒种花人明年换个地方种花即可。

"沈姐姐?"章清昱拎着木桶从另一条路上走了过来,很是吃力的样子,正好看见她,有些诧异,"你怎么在这儿啊?"

"我刚才去了一趟花田,听说这里在建龙王庙,顺路过来看一眼。"沈如晚简短地说。

"你对龙王庙感兴趣?"章清昱笑了,"我正要上去,后厨熬了绿豆汤给修庙的人消消暑,让我送来。你要是感兴趣,我们一起走?"

沈如晚对龙王庙本身其实没什么兴趣。

修士在凡人中待久了,就会发现他们往往会笃信一些没什么根据的事物。比方说她在临邬城里待了这么多年,从没发现城外的邬仙湖里有龙存在的迹象,更没有什么龙王在保佑周围风调雨顺,但凡人们就是对此深信不疑,为此创造出各种各样的传统和风俗。

东仪岛要修的龙王庙也不过是凡人们夸张的幻想的产物罢了。

不过她本来也没什么事,登高远眺也算消遣,于是点了点头,没拒绝章清昱的提议,和章清昱并肩顺着山路而上。

"沈姐姐,你去看过花田了?今年的朱颜花还有救吗?"章清昱问。

"有。"沈如晚言简意赅地说。

章清昱点了点头,既不惊喜,也没有如释重负,只是神色平平的——她得到答案就行。

章清昱提着那么大的木桶,很吃力,有点儿喘。沈如晚本事那么大、修为那么高,帮她提桶不过是举手之劳,但没有一点儿伸手的意思。章清昱不觉得意外,更没恼。

沈如晚最满意章清昱的就是这一点,她为人做事很有分寸感,能不麻烦别人就不麻烦,故而就算是薄情的沈如晚偶尔也愿意照拂她一把。

其实以沈如晚的修为和造诣,她完全可以凭法术让东仪岛的这些朱颜花直接盛放,甚至经年不败,只是不乐意罢了。

多余的与她无关的事,她不爱做。

"沈姐姐,我有点儿提不动了,咱们歇一会儿可以吗?"走到半山腰,章清昱有点儿不好意思地问。

沈如晚本来也不急,便停了下来。

章清昱把木桶放在山道边,揉着手和沈如晚闲聊:"今年要修庙,比往年还忙,偏偏朱颜花长得还不好，舅父实在是心情不佳，连带着岛上的气氛都紧张了。沈姐姐，你能来这里，实在是帮了东仪岛上下的大忙。"

先前她不过是问了沈如晚一句能不能救活朱颜花，沈如晚说能，她就深信不疑，整个人都松了一口气。无论是她对沈如晚的信任还是寄人篱下的心酸，都能让沈如晚这样脾气的人对她柔软三分。

"这不是什么大不了的事。"沈如晚淡淡地说，"寄人篱下的日子我也知道，一日挨过一日罢了。"

沈如晚明明语气平平，说到最后却莫名其妙地有些怅惘之意。

章清昱微微讶异，因为从未听过沈如晚用这样的语气说话。从前沈如晚于她有救命之恩，两个人只有一面之缘，她不知沈如晚这感慨从何而来。

有如此神通的沈如晚也有经年后再回忆仍感怅惘的过去吗？

章清昱垂眸想了一会儿，只做出没察觉出沈如晚的心绪的模样，微微笑了一下："那我也要感谢姐姐特意照拂我，帮了我太多。"

话音刚落，沈如晚还没开口，不知从哪里传出了一声哂笑。

沈如晚的神色猛然一冷，她根本没察觉到周遭还有第三个人！

顺着声音传来的方向，她三步并作两步地走到山道的边缘，在下方约一丈的地方看见了曲不询。

他就那样随意地屈起一条腿，仰躺在凸起的山石上，枕着一只胳膊晒太阳，嘴里还叼着一根不知从哪里揪来的草。

沈如晚从上方低头往下看，正好和他目光相对。曲不询动也没动一下，只是无所谓地笑了一声："我可不是有意偷听啊。我先来的。"

沈如晚垂眸看着他："你既然知道自己是偷听，就闭上嘴，"她语气冷淡，半点儿也不客气，"没有人需要你的回应。"

"真是对不住，"曲不询挑着眉又笑了一声，一看就没什么诚意，"我实在忍不住。"

沈如晚的神色愈加冷淡了。

"咳，那个……曲大哥，你怎么躺在这儿啊？"章清昱见气氛有点儿不妙，在旁边干笑，打断了他们三两句就剑拔弩张的对话。

"我闲着没事，出来看看风景。"曲不询散漫地说，稍稍支起身，遥看山外的湖光，"谁承想有人路过，专在我头顶上的地方聊天。我没忍住，笑了一声，她就要找我算账。"

章清昱感觉头皮发紧——平日看起来洒脱不羁的曲大哥怎么这么会气人啊？沈姐姐本来就脾气不好，此刻两个人针尖对麦芒，她一怒之下出手可怎么办？

曲大哥虽然身手不错，但沈姐姐是仙君啊！

"呃……曲大哥想到什么好事了，"赶在沈如晚开口前，章清昱硬着头皮笑着问，"这么高兴，忍不住想笑？"

"没什么好事。"曲不询坐起身，仰着头看她们，不怀好意地说，"我就是觉得你爱把别人往好处想——别人要是真照顾你，你提那么重的东西，她怎么连手都没伸一下？"

章清昱看他笑就觉得不妙，想拦也已经来不及了，等曲不询说完，只能提高音量反驳："曲大哥未免太偏激了。我自己的事当然要我自己做，沈姐姐偶尔帮我一把是情分，难道还要把我这一辈子都包揽了吗？"

曲不询单手撑着地面，盘腿坐在那里，仰头看了她们一会儿，忽而洒脱地笑起来。

"你说得对。"他居然从善如流，仿佛刚才发出嗤笑的人不是他，"实在对不住，是我太偏激了。"

曲不询前后的态度迥然，章清昱不由得一怔，有些不知所措，下意识地朝沈如晚看去。她本以为沈如晚仍神色冰冷，却没想到沈如晚早已收敛了怒色，只淡淡地打量曲不询。

"你对我有敌意。"她没什么情绪地说，"为什么？"

从曲不询出声的那一刻起，沈如晚的心里就对他生出了一股忌惮之意——她已有许多年没遇到能完美地隐匿气息、让她半点儿也察觉不到的人了。

这固然因为沈如晚安逸久了，戒心没有十年前那么强，而曲不询又待在原地一动不动，没有半点儿杀意。但她还是仿佛一瞬间回到了十年前的那种状态——哪怕周遭被收拾得干干净净，她也一闭眼便能闻见血腥气。

唯有拢起五指却捞了个空时，她才意识到，这已不是十年前了。所有恨她、想杀她的人都死了，而那把震动大半个修仙界的神剑"碎婴"也早已经被她交还给蓬山掌教宁听澜，与她再无关系。

原来已经过去十年之久了，她想。

她仿佛第一次正视这个数字，也在这十年里第一次问自己：十年过去，你还握得住剑吗？

这个问题，她不问则已，一问便成魔障。

曲不询背着光看她，神色难辨。

"你想多了。"他忽地翻身，重新躺了回去，两手交握枕在脑后，漫不经心地望着远处的碧云春水，"我就这脾气，谁来都一样。"

沈如晚对他的回答不置可否。

从酒楼初见时起，曲不询就对她有一股若有若无的敌意。他审视的目光里藏着掂量之意，只是不那么明显。

她确定从没见过他，更没和他结过仇，但"沈如晚"这个名字本身就藏着腥风血雨和数不清的麻烦。

"你有亲友死在我的手里？"她问，"你们家的祖坟被我掀过？还是你有什么日进斗金的大生意断在我这儿了？"

章清昱在边上听得目瞪口呆。

这……这都是什么穷凶极恶的大恶人行径啊？

曲不询侧过脸看向沈如晚。

"我杀的每一个人、断的每一笔横财，我心里都有数，也从不后悔。"沈如晚淡淡地说，"不管谁想找我报仇，我都奉陪到底。"

曲不询枕着胳膊，微微眯眼，仰着头看了她好一会儿。

"你杀过的每个人，你都记得？"他冷不丁地问。

沈如晚没什么表情地看着他："对，所以你想找我报仇的话，我随时恭候。"

曲不询懒洋洋地收回目光，哂笑道："我都说了，是你想多了。我就是一个没钱、没靠山的穷剑修，胸无大志，一个人吃饱全家不饿，哪有什么仇能找你报？"

无论曲不询说的是真话还是谎言，他是真的没有杀意还是蓄意掩饰，沈如晚都不在乎。她抬起右手，摊开五指，凝视着自己的掌心。

"你用剑？"她问。

"没错，"曲不询头也没回地说，"敢问有何指教？"

"我从小就很崇拜剑修。"沈如晚仔细地看过自己掌心上的每一道掌纹，语气淡淡地说，"后来我也用剑，我曾经最崇拜的剑修就死在我的剑下。"

曲不询没有说话。

过了好一会儿，他才有点儿不耐烦地开口："所以呢？"他只留给她一个后脑勺，声音听起来还是那么懒散不羁，"你这是在暗示我，你要干掉世上的每一个剑修吗？"

沈如晚垂下手，看了他一会儿，无波无澜地说："忽然想起故人，我有一点儿感慨罢了。你爱怎么理解就怎么理解，无所谓。"

她说完，转身就往山上走，章清昱连忙提着木桶吃力地跟上。

沈如晚头也不回，微微抬手，灵力微动，章清昱便觉得手里的木桶轻飘飘地浮了起来，半点儿也没有方才的费劲之感了。

曲不询仍双手交握，抱着脑袋，直直地盯着远处浩浩汤汤的湖水，仿佛那千顷碧波里有什么让人挪不开目光的奇异魅力。

直到沈如晚重新踏上山道，将要远去，他忽然开口大声问："喂！你刚才说的那个倒霉蛋叫什么名字啊？"

沈如晚偏过头，脚步一顿，垂下眼，睫毛微微颤动起来。她沉默了一会儿，像根本没听见他的问题一样，回过头继续往山上走去了。

曲不询面无表情地仰躺在山石上，刺眼的阳光透过树叶的缝隙照在他的脸上，投下了杂乱的阴影。

"沈姐姐，原来……曲大哥也是一位仙君啊？"章清昱跟在沈如晚后面走了一大段路，此刻看到山顶就在眼前，才斟酌着用词开口，"我们都以为他只是身手很好。"

曲不询在东仪岛上的这段日子里一直都表现得很好相处，没有半点儿异人甚至修仙者的高傲之态，包括把曲不询请来做客的章大少也一直以为曲不询只是一位武艺很好的游侠剑客。

"剑修就是这样，除了身手好，没什么不同寻常的地方。"沈如晚面无表情地说，"你们的判断没错。"

章清昱哭笑不得："沈姐姐，你也用剑啊。"

沈如晚这话不是把自己也埋汰了吗？她倒也没必要这么用力地埋汰自己吧？

"我用剑，但不是剑修，是法修。"沈如晚纠正道，"剑修从修行的根本上就和我不同。我学法术，但剑只是我的工具，法术才是根本；剑修讲究以命入剑，修成一颗锋利无匹的剑心，方能所向披靡。"

寻常修士用剑，根本无法和剑修相提并论。剑修是真正把所有的修行都放在斗法和杀人之上的亡命之徒。

"这么说来，在仙人们中，人人都畏惧剑修了？"章清昱问。

事实倒也不至于此，修仙界还是有秩序和道德的。剑修不会胡乱地杀人，修仙界也不会容许这种情况出现。当年长孙寒突然堕魔，灭人满门，立马就被蓬山下令通缉了，格杀勿论，再怎么天赋卓绝、实力强劲，最终也要伏诛。

"如果单凭实力就能随意杀人，那大家都去做剑修了，谁还费那么大的功夫炼丹、炼器？抢一抢不就得了？"沈如晚慢慢地说，"很多修士并不擅长斗法，实力也并不强劲，但正因为有他们的存在，修仙界才能安稳地传承下去。"

那些能创造而非只会毁灭和剥夺的人才是修仙界中真正的基石。这是沈如晚用了很多年、走了很多弯路才慢慢领悟的道理。

所以剑修虽强，但在修仙界的地位也就一般，如沈如晚这种精通木行道法、极其擅长培育灵植的修士才是真正到哪里都吃得开。

她虽然对剑情有所钟，但对自己的看家本事也是真心地热爱。

章清昱听得似懂非懂。

沈如晚说自己不是剑修，比不上真正的剑修那么强大，但之前又对曲不询说过，她最崇拜的剑修死在她的剑下，这难道意味着……沈如晚的实力已经到了能无视剑修和普通修士之间用剑的鸿沟，强行碾压对手的程度？

"我没你想的那么厉害。"沈如晚仿佛洞察了章清昱的心思，神情很淡，莫名其妙地流露出几乎不会在她的脸上浮现出来的疲倦感，慢慢地说，"我当年……算胜之不武。"

她微微合眸，鼻间仿佛又萦绕着那抹从记忆里偷来的、挥散不去的血腥气。

此去经年，长孙师兄竟也已经死了十年了。

想到这里，沈如晚最终幽幽一叹。

她不由得又抬手看向纤细白皙的掌心上横断的掌纹，在心里轻轻地问自己：你还握得住剑吗？

问题既出，她便知往日的执念从未消解，魔障又生。

从前离开蓬山时，她曾以为自己永远都不会再回修仙界，此后十年也从未对此产生怀疑。可当她站在这里问自己这个问题的时候，莫名其妙地有一种预感，有那么一天，她一定会回去的，为她所有的疑问找到答案。

她神色漠然，默默地想：握得住的东西，她要握；握不住的东西，她也要握。

她们登上山顶，发现此处视野开阔，远天与邬仙湖水天一色，跃然于眼前，让人心旷神怡。

章清昱拎着木桶，匆匆地给忙着修龙王庙的岛民们分绿豆汤。

说来实在是奇怪，在章清昱的手里轻飘飘的木桶被岛民一接过去，立马就重得向下一沉。接过桶的岛民看章清昱拎得轻轻松松的，以为桶不重，险些没反应过来，差一点儿就把木桶从手里摔出去了。

"真是奇了怪了，这么沉的桶，你怎么拿得这么轻松？"岛民惊魂未定，看着章清昱脸不红气不喘的轻松模样直嘀咕，"难道我的力气没你的大？"

章清昱用余光看向正远眺湖光的沈如晚，抿唇礼貌地一笑，没接话。

她一向拘谨客气，就算不搭腔也很正常，岛民没把这事放在心上，抱怨两句后就提着木桶和同伴们凑在一起了。桶里配了一把大勺，岛民们一人一口，轮流把绿豆汤喝得干干净净。

"现在龙王庙还只有个雏形，按照鸦道长的估算，谷雨前肯定不能完工了。"章清昱走到沈如晚身边，有点儿遗憾地说，"沈姐姐，你好不容易来一次，要是能看看龙王庙完工后的样子就好了。"

沈如晚远远地打量着龙王庙的雏形。

寺庙往往大同小异，并不稀奇，就连修建者的心愿也万变不离其宗。眼前的龙王庙除了刚刚架起的轮廓，几乎没有一点儿值得人多看一眼的地方。旁人压根看不出就是这座庙让整个东仪岛的灵气都为之改变，差点儿让多年祭祀时用的朱颜花都不能如时盛开。

"你们岛上请来的这位鸦道长还挺有精神的。"沈如晚意味不明地感慨。

他真是会来事，太能瞎折腾了。

章清昱没懂她话里隐藏的含义，闻言只是腼腆地笑了一下："大兄很是推崇鸦道长的本事，一直说鸦道长是真正有大见识、大神通的奇人，距离升仙得道也不过差点儿机缘罢了。"

这话别人听会觉得没什么问题，但沈如晚这样的修仙者听见了，就莫名其妙地有一种它离谱到好笑的感觉。明明真正的修仙者已经在章大少的眼前，他却根本没放在心上，只是不得罪，转头巴巴地推崇一个所谓快要升仙的奇人。

人永远愿意相信自己相信的东西，无论那是否真实、靠谱。章大少承认沈如晚确实有点儿奇异之处，但就是更愿意相信鸦道长。

"其实大兄这么做，不是多信这邬仙湖里真有什么能保佑风调雨顺的龙王。"章清昱又为章大少辩解，"庙宇若被修成，起码几十年都能留在这儿，这是岛上的大家都能一直看见的东西。以后大家每次来龙王庙，就会想起这是章家人带着大家修的，所以这龙王庙算是本地乡望的一桩功绩吧。"

平时组织耕作、谷雨祭祀之类的事固然能展现章家的影响力，却是只在一时、谁也留不下来的。

"章家如今虽然殷实，但是在东仪岛上也就待了十多年，于东仪岛的岛民们来说，其实算是新户。舅父总担心章家的根基不扎实，一两代后人走茶凉，后代要被岛民们赶走。"章清昱抿了抿唇，然后说，"若章家能主持一些东仪岛上的大变动，大家也能一直念着章家的好。"

这还是沈如晚第一次听到章家的过去。她从前当然不会关心这些，如果不是章清昱在这里，她根本不会在意一个湖上的小岛。

"我还以为章家至少在这里延续了几代。"她漫不经心地说，"章家既然这么殷实，为什么忽然离开原先的乡土，来这里度日？"

章清昱轻轻地摇了摇头："章家不是一直殷实的。"

起码在章清昱的外公那一辈，章家就是一个很普通甚至拮据的小户人家，到了章清昱的舅父这里才忽然崛起发家。到这里，故事忽然带了一点儿传奇的色彩，沈如晚终于有了一点儿兴致。

章清昱抿着唇，正要继续说，目光在沈如晚身后一顿。她垂眸打招呼："姚管家。"

姚管家是章员外的义子。

章清昱向沈如晚介绍："姚管家机敏、灵活，很得舅父看重。"

章家毕竟是临邬城周围数得上的乡绅世族，在东仪岛上说一不二，当然有管家来分担府里的大小事。一般来说，成为管家的人是家主的心腹，若是那种绵延了几代的世家的大管家，必然是家里几辈人都跟着府里的家生子。

章家的情况特殊一些，章家发家的时间还没那么长，不要说有什么家生子了，往上数二十年，章家人连给大户人家当管家的资格都没有。

不过，办法总比困难多，章家正好有个合适的人选担任此职。

章员外在发家以前，在临邬城里有个老兄弟，后来这个老兄弟命遭横祸，全家相继惨死，只剩下一个三四岁大的幼子。正巧那时章员外撞了大运，发达起来，就把老兄弟的独苗接来，认作了义子。

这义子长大成人，就正式做了章家的管家，成为章员外给章大少培养的左膀右臂。

"清昱小姐过誉了，"姚凛朝章清昱微微颔首，"都是义父抬爱。"

姚凛其实年纪不大，比章清昱大上两三岁，但玉树临风，眉眼细长，长相很斯文，看着便让人觉得他很靠谱。

沈如晚看他，莫名其妙地觉得他和章清昱有些相似。相似之处不在于五官，而是待人接物的态度和气质——他们都一样谦恭有礼、处处小心，把自己的揣度和想法都藏在心里。

这样相似的两个人在章家的处境也如出一辙——都和章家是半亲半疏的关系，既不能名正言顺地享受章家的少爷、小姐的待遇，又仿佛比寻常的帮工更尊贵，处于不上不下的尴尬地位。然而两个人面对面地站着，仿佛十分生疏，连称呼也显得疏远，这实在是一件很有意思的事。

"沈坊主，您先前问花农要的东西府里都备好了。"姚凛侧过身，转向沈如晚，很客气地说，"还有些不确定的东西府里也备上了，您什么时候要用，直接吩咐我便可。"

沈如晚挑了挑眉。

她跟种花人说的东西虽然都很常见，但也不是一下子就能被找全的，特别是在东仪岛这种孤悬于湖上的岛屿上。因为这里和外界的交通没那么便利，物品的种类也没那么多。

世上永远是越繁华、交通越便利的大城市里，物品的种类才越多。

她给章家人留了两天的时间，就是等着他们这两天乘船去临邬城，把东西备齐，结果他们竟然没用两天的时间？

"你们东仪岛的储备还挺丰富的。"她有点儿惊讶。

姚凛微微笑了一下："您列出来的东西品类有些杂，岛上确实没有储备。好在那些都不是稀罕的物事，我差人即刻去临邬城里买来，如今都侥幸备全了。"他一副轻描淡写的样子，仿佛说出来的事不值一提，"您若方便，现在便可去查验一番。"

沈如晚的记性还没差到会忘记章清昱是怎么一个人走到临邬城的，现在姚凛却说差人备车马即刻就能在两地来回……

"这可真是不巧。"沈如晚虽语气平平，却无端地显得咄咄逼人，"章清昱，你在花坊里对我说得那么情真意切，我还真相信你们东仪岛上的人对我真心信服、尊敬，这才愿意跟你来看看。没想到你们章家人压根没把我放在眼里——你来请我，连辆车都不备，还得我带你回来，这是章家人诚心邀请我的态度吗？"

章清昱一怔，下意识地辩解："沈姐姐，我不是……"说到一半，章清昱又隐有所悟，收了声，惴惴不安地朝姚凛看了过去。

姚凛从沈如晚说出第一句话的时候就露出一点儿了然的表情，飞快地看了章清昱一眼后，转眼收回了目光，垂着眼睑，静静地听沈如晚意有所指的质问。

沈如晚并非在质问章清昱，恰恰相反，是为了章清昱在质问姚凛和他背后的章家人。既然他们能即刻安排去临邬城的车马，为什么让章清昱下了船，自己走着去？

姚凛和章清昱同样为章家办事，没有苛待章清昱的道理。

"是我考虑不周。"姚凛不紧不慢地说，语气谦恭得体，"府里原先早已联系好车马，只是当时突发急事，我手忙脚乱，便把这事忘了，没来得及告诉清昱小姐，没想到酿成大错，怠慢了二位，绝非有意。待会儿我便去义父面前自请受罚。"

章清昱闻言，不由得看向姚凛，欲言又止。

那天晚上，舅父临时差她去临邬城请沈如晚的时候，姚凛分明不在东仪岛上，而是去了临城办差事，直到第二天才回来。第二天她早已出发去临邬城了，就算姚凛再怎么周到，也来不及给她安排。

可沈如晚这个贵客质问起此事来，姚凛只能这么说，不然又能怎么说呢？

做管家、义兄的他不承认是自己的问题，难道要对外人说是做舅父、表兄的章家父子没有这份心吗？

姚凛是章家人，却也是外人。

她最明白。

"这样吗？"沈如晚对姚凛的话不置可否，"那我就等章员外的消息。"

她这些话本来就不是说给姚凛这个管家听的。管家说话不顶用，只有真正的主事人说话才有用。"

姚凛深深地颔首。

"既然东西你们都已经备好了,我好歹要去看一眼。"沈如晚也不纠缠,点到为止,不动用任何武力,也有的是办法让章员外按照她的心意做事,"姚管家若是方便,咱们这就过去吧。"

"您请。"姚凛彬彬有礼地说。

沈如晚神色平淡地向前迈步,姚凛则紧随其后,始终离她半步远。

朝山下走出三五步,姚凛又脚步一顿,从容地转身,朝不知该跟上还是留下的章清昱微微颔首:"清昱小姐若是无事,不妨一起去。"

章清昱看了他一会儿,然后微微敛眸,轻声说:"好。"

章家对这批朱颜花是否能如期盛开的事确实十分重视。对于沈如晚要求的东西,他们准备得很充分,不仅在数量上翻了倍,就连品类也十分齐全。沈如晚站在桌边,只需一眼便知道他们多半把临邠城里能买到的同品类的东西都买回来了。

就譬如说沈如晚要求备下的一斤芝麻,不管是新芝麻、陈芝麻还是黑芝麻、白芝麻,全都被收在袋子里,每种少说有五六斤。别说是给这一批的朱颜花用了,这些芝麻要是全被贮藏好,用到明年去都行。

可惜,灵气的整体改易是个漫长而浩大的过程。就凭东仪岛最近的折腾劲,到了明年,花田附近的灵气又要变化,沈如晚现在布置的阵法到时候可没法变。

"这个,还有这个,我拿来有用。"沈如晚随手抓起几个袋子,看也不看剩下的一大堆东西,"其余的你们自个儿留着吃吧。"

姚凛看了看剩下的大包小包的东西,神色不变:"沈坊主若还有什么需要的东西,只管吩咐我,我一定尽快为您安排。"

沈如晚又把挑中的东西随手放下了,神色淡淡地说:"不急。我应章员外的请托而来,动手做事前,自然要先当面见见主人。"

姚凛立刻会意了。

沈如晚这是要章员外先对章清昱的事给个说法,然后才愿意出手。如今朱颜花这么大的事悬在眼前,章员外绝对比什么时候都好说话。不过,沈如晚对着章员外绝不会说自己是为了给章清昱出头,而是意指章家慢待章清昱。当然,这也是事实。

"我明白您的意思,"姚凛没装傻,平静而客气地承诺,"今晚一定给您一个交代。"

其实章家能给出什么实质性的交代呢?最终受罚、背黑锅的人不过是姚凛罢了。但沈如晚需要让章家父子知道,她确实愿意照拂章清昱一二,而她的面子,谁也不能不给。

撒下两个人从二楼穿回屋的时候,沈如晚绕过走廊上的窗台,正好看见章清昱默默地站在屋檐下,神情少见地寂然又淡漠。

姚凛从堂内走出来,和章清昱并肩站在屋檐下,静静地看着屋檐上的水珠倏地坠落下来。

"你的这个朋友……"他慢慢地说,"倒是有些难得。"

章清昱没看他,只是安静地凝视着坠落的水珠。水珠落在地上,无声地湮灭了。

"我算不上她的朋友。朋友是相互的,而我什么忙也帮不上她。"章清昱说道,声音很轻,像一触就散的蒲公英,"我这样子,注定不可能和别人做朋友。"

姚凛忍不住偏过头看她,但章清昱已经往前走了,只留给他一个背影。

沈如晚站在窗边,看着姚凛没什么表情地在原地静静地伫立了很久,而后终于回过身,穿过走廊走了。

她慢慢地挑了挑眉。

看起来,章清昱和姚凛的关系也并没有表现出来的那么生疏。

堂前燕低低地飞了个来回,落在窗前的巢里,"喳喳"地叫了两声,啼落了檐上的三两滴水珠。水珠落在窗台上,洇开了小小的水痕。

终归到了春回大地的时节。

沈如晚垂眸望着那圆圆的水痕,忽而微笑起来。

傍晚到了开饭的时候,沈如晚从客房里走出来,却发现章家的气氛有点儿怪——到点不开饭,忙了一天的帮工竟然不急也不催,反而围在一起聊天,说得热火朝天的。她都不需要刻意去听,谈话声就飘进了耳朵里。

"听说邬仙湖里有怪鱼!"往日在这个时间点最忙的掌勺大婶——其厨艺堪称一绝,几道拿手菜不比外面的大厨做得差——今天没在后厨里忙前忙后,而是一只手举着锅铲,另一只手在围裙上来回擦着水,院子里数她的嗓门最大,"阿桑他们根本没出船,在湖边转了一圈就被怪鱼盯上了,船都被撞翻了,人差点儿连命都没了。"

"那船呢?"旁人的重点和掌勺大婶的不一样。

"船当然是沉了。"

"那还不如……算了,反正我要是在那里,高低要和怪鱼拼命,怎么也不能把船丢了啊!"

这话引来了一片嘘声。谁都知道这人说得很起劲,真遇到危险,保准第一个跑。

不过这话也不是全无支持者。对于岛民来说,船确实比一两条人命更贵——只要这个倒霉蛋不是自己就行。

"那条怪鱼大得很，谁打得过啊？"掌勺大婶眉飞色舞地说，"听说它有几百层楼那么高，眼睛比房子还大，那尾巴在水里一掀，整个邬仙湖都要抖一抖！阿桑能捡回一条命来，简直是福大命大。"

沈如晚听到这里，不由得微微皱眉。

她知道，在凡人的闲谈中最容易出现的被夸大的事实又出现了。虽然修仙者们在夸大事实这件事上未必表现得比凡人好，但至少不会让消息在刚传递的时候就失真。

沈如晚虽然没见过那条传闻中的怪鱼，但是真的见过修士御兽。那种几百层楼高、尾巴一掀就能让邬仙湖都抖一抖的鱼，邬仙湖还太小，养不下。

她懒得动，也不想再听夸张的传闻，便站在原地不动。她的神识微微一动，瞬间便扩张开来，而后汇成一线，转眼便到了东仪岛的临湖处，扫了一圈，在人群最密集之处停了下来。

"章老爷，这是湖仙显灵啊！一定是湖仙知道今年岛上的朱颜花迟迟不开，来警告我们了！您有本事，可得赶紧想想办法啊！"有岛民说。

章员外挺着大肚子，一脸晦气地站在原地——出了这么大的事，他怎么都得出来镇镇场子。

章员外才不会真的相信什么湖仙、龙王，他的见识远胜过这些岛民，对异人和修仙者的世界亦有所了解。不过，此刻他只能胡乱地搪塞过去："你就放心吧！我已经请来高人，保证在谷雨前让朱颜花都开花。"

这个承诺总归能让岛民们安心一些。

"这怪鱼要是再出来怎么办？"有人混在人群里怯生生地问。

章员外的头都大了。

姚凛就站在章员外身后，闻言朝前迈了半步，凑到章员外的耳畔轻声说了两句，很快又退开了。

章员外的态度忽然笃定了起来："大家放心，怪鱼的事，我即刻就请高人来解决。"

沈如晚站在数里之外的章家宅院内，缓缓地挑了挑眉。

她用神识探到，方才姚凛凑在章员外的耳边说："清昱小姐请回来的沈坊主还有大少请来做客的曲大侠，都是修仙者。"

以章清昱的性格，纵使她和姚凛关系不错，她也绝不会把这些事说出来。所以，不过是凡人的姚凛是怎么知道沈如晚和曲不询是修士的？

沈如晚若有所思地想了一会儿，刚要把神识收回来，却猝不及防地撞上了另一道神识。

是否有神识是修士与凡人最显著的区别。一旦引气入体，修士便能在泥丸宫中蕴养神识，纵使目不能视、耳不能听，也能将周围的事物探查得分毫不差。

每个修士的神识所能探查到的范围都不同，具体因修为和自身的特质而异。沈如晚的修为相当深厚，神识也十分强大，方圆二十几里内的事物分毫毕现，整个东仪岛都在她的探查范围之内。因此，足不出户地探听湖边的对话对她来说毫不费力。

以沈如晚在凡人之间生活多年的经验，神州中修仙者的数量虽多，但散布到凡人中又显得少之又少。整个临邹城里没几个修仙者，更谈不上实力几许，放在修仙界里都是一抓一大把的存在。他们的实力和沈如晚的差距很大，沈如晚一眼便能看出他们的身份，可他们半点儿都察觉不到。

沈如晚一向随心所欲地懒散惯了，反正没人能察觉她的神识，便没有从前在修仙界中生活时那么小心。她的神识不慎与另一道神识撞上时，脑中隐约有一声金铁之鸣，一股轻微的眩晕感涌了上来。

神识相撞，双方的实力无所隐藏，这比什么忖度实力的试探都来得精准——对方起码是个神识不弱于她的修士。

沈如晚微微蹙眉，随后那点儿眩晕感转瞬即逝。

在东仪岛上，除了她自己，能放出神识的人只有曲不询了。他或许也发现了气氛不对劲，用神识来一探究竟。

只是他们谁都没想到，彼此的一缕神识竟会那么巧地相撞。

沈如晚任由那缕神识停在原地，捕捉到了对方那若有若无的忖度之意和神识相撞时转瞬即逝的错愕，还清晰地察觉到另一道神识也停了下来，没有被抽走。

她忽而心念一动，将神识化为刀锋，自下而上地朝方才感知到神识的方向劈去。对方似乎早有准备，在她神识的刀锋落下之前从容地游走，不紧不慢，显然其神识强大，操控神识的经验也极其丰富。

沈如晚微微挑眉，神识一转，在空中画了一道长弧，朝曲不询的神识追去。

两道神识一追一避，左冲右突，转眼便斗了几十个回合，而后又化为白刃，如两颗流星，于无形处骤然相撞。

猛烈的眩晕感一瞬间涌上心头，沈如晚强打着精神，重新凝聚神识，却没再攻击。

两个人的神识都凝在原地，谁也没再动。许久，对面那道神识微动，被对方收了回去。

沈如晚任由他离去，神识还留在原地。

窥一斑而知全豹，曲不询的神识凝实强大，经验丰富且高明，她已经很久没有遇到过这样的对手了，即使是十年前还在蓬山名声大噪的她也远远不如他。

这十年里，她虽然退居在临邬城中，隐匿于凡人之间，但是并没有懈怠修行，这才不至于在这次试探里露怯。她自忖固然没讨到多少好，不过曲不询不比她更好。

小小的东仪岛居然引来了两个神州顶尖的修士，沈如晚忽然有几分想笑。章员外的运气怎么这么好？

沈如晚的一缕神识还凝在数里之外，从雾蒙蒙的天上忽然降下了"淅淅沥沥"的小雨。岛民们一哄而散，各自举起手头千奇百怪的能遮雨的东西挡在头上，往家的方向奔走，浑然不知就在他们头顶上方数十丈高处，曾有一场修士间惊心动魄的斗法，来也无形，去也无形。

点滴的雨落下，却碰不到无形无质的神识，自顾自地遍洒人间。

沈如晚站在庭院里闻到了饭菜的香气，将神识在遥遥数里之外悠悠地旋了两圈，转眼便收回了。身后还排着一串人，她站在掌勺大婶面前，把手里的饭盒向前一递，神色淡淡但理直气壮地说："每样荤菜都给我打一份，红烧肉再来多点儿，多谢。"

她马上就要帮他们解决那条怪鱼，消灾解厄了，多吃点儿好的，不过分吧？

晚饭后，章员外果然匆匆忙忙地来了。

沈如晚从前见过他，只是不爱和他打交道，态度很冷淡，再加上章员外有点儿叶公好龙，态度未见得多热络，所以两个人着实不大熟。也就是有求于人的时候，章员外才主动凑过来，一副热情无比的姿态。

章员外用她时上前，不用她时便靠后。哪怕她并不把章员外这号人看在眼里，也不愿意买他的账。故而当章员外站在她面前笑容可掬地打招呼时，她也只是坐着，垂着眸，没什么表情地把玩手边的白瓷茶盏，仿佛没听见章员外在同她说话。

章员外的笑容僵在了脸上。

养尊处优十多年，他很久没遇见这样不给他面子的人了，这叫他忍不住回忆起从前和沈如晚打过的一两次交道，那实在是……他单方面认为很不愉快的经历。

"实在对不住，沈坊主，我也是刚听说就有偏颇了原来清昱去请您时居然没备好车马，这实在是太过怠慢。"再怎么不愉快，章员外也只能假装无事，重新挤出笑脸。

章大少同他说过沈如晚带章清昱回来的速度快过乘车往返的速度一事，他是识时务的人，于是盼咐道："姚凛，你过来。"

姚凛是同章员外一起来的，自进门起便垂手立在章员外身后，神色内敛而恭敬，让人看不出什么情绪，一副很斯文得体的模样。

章员外叫他，他便往前一步，垂着头，把之前就说过一遍的说辞情真意切地重复了一遍。

沈如晚坐在那里，动也没动，静静地听他从头说到尾。

她抬眸，看到章员外的脸上尽是焦躁之色，他偏偏还不敢多说。反倒是姚凛，眼神平静，不卑不亢。

她微不可察地挑了挑眉，目光微移，恰好瞥见角落里的章清昱不着痕迹地看向姚凛，嘴唇微抿，很快又垂眸静立。

"我不管事情是怎么发生的，"在章员外焦躁难抑地张望时，沈如晚终于放下手里的茶盏，将其不轻不重地放在桌案上，"只知道当主人的若是足够上心，绝不至于叫我自己想办法带人来东仪岛。"

章员外无言以对。

这句话不仅把他的措辞都打乱了，新的请托他也压根说不出口了。

沈如晚看了章清昱一眼，章清昱愣了一下，很快便反应过来，上前低着头说："沈姐姐，真不是我舅父不上心。他早就想请你来，但谷雨祭祀实在太忙了，舅父难免精力不济，没能顾上。"

姚凛和章清昱并肩站着，前者用余光瞥了后者一眼，眼中的笑意转瞬即逝。

"对，对，老朽年纪大了，精力不济。"

章员外未尝看不出沈如晚是在给章清昱出气，但就算看出来又能如何？他有求于人，往后未必不会继续有求于人，章清昱给他台阶，他当然要麻利地下去。

"我这外甥女最是体贴懂事，岛上的许多事都要倚仗她，叫我都忘了她的年纪本不大。我到底是疏忽了，惭愧，惭愧。"章员外连连说，"往后我必定事事上心，亲力亲为。"

沈如晚不置可否，但终究在章员外满怀期待的眼神里懒散地点了头。

夜幕微垂，蒙蒙细雨里，章清昱撑着伞送沈如晚回客房。

"沈姐姐，多谢你。"她低着头，声音低低的，分不清她是在叹还是在笑，"你能帮我到这个份上，我真是想也不敢想。"

沈如晚也撑着伞，在院外停住了脚步，侧过身看向她："那你现在高兴吗？"

章清昱抬眸对上沈如晚平静的目光，用力地点头，嘴角也漾出发自内心的快活的笑："我高兴，特别高兴。舅父道歉还夸我，我那时候最高兴。"

沈如晚静静地听着。

其实她做了什么大不了的事吗？章清昱在东仪岛上的生活因为她的这番折腾而彻底改变了吗？没有。

沈如晚若做得再直接一点儿，勒令章员外以后善待章清昱，那么自然一劳永逸，不会再有人敢怠慢章清昱。

可最一劳永逸的办法不一定最合适。

章清昱到底在东仪岛上生活了很多年，对这里、对章员外还是有感情的。纵然寄人篱下的日子不好过，但这终归是她在这世上最后的牵绊，她是没法面对仅剩的亲人的疏远和恭敬之下的厌恨的。

沈如晚用了好多年才明白，斩断或不斩断牵绊，其实无所谓冷酷或软弱。人活一世，不需要对事事苛责。

"高兴就好。"沈如晚在夜色里静静地凝视着章清昱那充满快乐、犹带天真和期待的笑意，也微笑起来，轻声说，"别的不重要，现在你开心就是最好的。"

她看见这一刻开心的章清昱，仿佛看见了很多年前也有一瞬展颜的自己，把许多年前自己无法解决的问题和委屈在许多年后稍稍化解了。

章清昱在门口和她作别了。

沈如晚仍撑着伞，在绵绵的细雨中站在空旷的院子里，静静地抬起头，看云破月来，清辉遍洒。

"七姐，"她轻声说着，不知是在同谁说，"今晚的月色，和蓬山的一样美。"

一夜春雨过后，早晨草地的泥土软软的，檐上的水珠还在不慌不忙地往下坠，枝上鸟鸣声声脆。

东仪岛的路当然不可能都是青石板路——谁也没么阔气，花大手笔掏腰包给公家修路。章家或许有这个家底，但也不愿意。因此，岛上绝大多数的道路是黄泥路，一下雨便泥泞不堪，行人走在上边很是不便。一个人从这头走到那头是完全不必考虑如何使衣裤和鞋子体面了，因为这根本是不可能的事。

不过，麻烦虽多，却各人有各人的办法。

寻常的农家和渔家之人无所谓体面不体面，终归是衣鞋本身更值得珍惜。三月春寒料峭，他们便已脱了鞋，把裤管挽得高高的，光着小腿，深一脚浅一脚地踩着泥路，没事人一样地走过去了。

至于章家……

"沈姐姐，雨具我都带来了，不知道你需不需要？"

此时天色未明，天空还是阴沉沉的，章清昱踩着厚厚的木屐，一只手握着一把伞——因现在没下雨，伞就没被撑开——另一只手的臂弯上则挎着一个大提盒，看起来有些费力。

沈如晚站在走廊上等章清昱走过来。

昨晚听了一夜春雨，沈如晚难得睡得很香甜。她幻梦一宿，醒来都忘光了，只隐约记得梦见了从前刚当上蓬山第九阁的亲传弟子的时候，族姐沈晴谙半夜来敲她的窗户，带她爬上第七阁最高的百味塔，尝了一盏采月光酿成的桂魄饮。

成功晋升为亲传弟子的兴奋与得意、志存高远的年少轻狂、志趣相投的欢悦满足，都融在那一盏桂魄饮里。

　　那时，沈晴谙是她最信任的族亲，也是她最好的朋友。

　　沈如晚想到这里，忍不住轻轻地蹙起了眉，不愿再想下去。

　　她让记忆停留在最美好的时刻不好吗？

　　"我不用雨具。"等章清昱终于走到面前时，沈如晚接过章清昱手里的大提盒，一边打开一边拒绝，"撑伞倒也罢了，其他的方法都太麻烦，我还不如自己用灵气把雨水隔开。"

　　"我猜也是。"章清昱也不意外，看见沈如晚掀开大提盒的盖子，笑了起来，"里面就是蓑衣、斗笠和木屐，没什么稀奇的。"

　　沈如晚从前在蓬山时从不用雨具，从小就没这个习惯。修仙者不需要蓑衣、斗笠这样的雨具，哪怕是刚刚引气入体的修士也能隔绝雨水。更不要说修仙者的常居之处往往会设有大范围的避霖阵，襁褓里的婴孩在阵中也不会淋到雨。

　　自然，雨具于对修士来说便成了"鸡肋"，只有一些追求风雅的修士会在雨天撑一把油纸伞。故而当沈如晚离开蓬山后，这些她没怎么了解过的"鸡肋"便让她感到新奇。哪怕现在她与凡人接触久了，觉得雨具已不新奇，却总想多看看是不是还有她没见过的奇妙形制的雨具。

　　章清昱带来的雨具诚如她自己所说，都平平无奇，放在十年前能让沈如晚觉得新奇地试一试，现在沈如晚却已经玩腻了。

　　"其他的就不要了，你把伞给我吧。"沈如晚把大提盒重新盖好，还给了章清昱。

　　两个人一前一后，朝湖畔的渡口走去。她们要探查那条怪鱼，自然要去湖上。

　　"邬仙湖的鲢鱼滋味很不错，就是烧起来有些麻烦。"沈如晚一边走一边沉吟，神色淡淡的，"有鱼无菜，也缺了点儿意思。"

　　说到这里，经过厨房，她便脚下一顿，客气地问掌勺大婶要了一篮子配菜。

　　章清昱看得瞠目结舌，又忍不住发笑："沈姐姐，你是真没把那条怪鱼当一回事，拿了一大堆配菜，是去游湖还是除妖啊？"

　　沈如晚眉毛也没抬一下，说："人生在世，吃喝二字。连吃也不上心，人活在世上还有什么意思？"

　　她神色寡淡，一点儿也看不出是在说享乐歪理的模样。旁人若远远地见了，说不定还以为她在说那些经文里的箴言。

　　章清昱抿着唇笑，一点儿也不担心沈如晚能不能解决那条怪鱼。

　　沈如晚若认真起来，根本不需要乘船，心念一动，立时便能飞到邬仙湖上。剑光之下，什么妖魔鬼怪她除不掉？她如今不过是气定神闲，懒得费那么大的功夫，遂把此事当玩一样，慢悠悠地来罢了。

两个人走走停停，没多久便到了渡口。今日所有船只都收帆了，昨天岛上的渔家便说好，在怪鱼的事有眉目之前，能不出船就不出。

"也幸好岛上的惯例是最近不捕鱼的，用老话来说，这叫'川泽不入网罟，以成鱼鳖之长'。"章清昱说，"这要是换个时间，大家未必愿意配合，毕竟怪鱼不是天天能遇到的，但饭总是要天天吃的。"

沈如晚倘若还是个初出茅庐、只会修仙、对人间事半点儿不了解的愣头青，也许会故作深沉地感慨"人为财死，鸟为食亡"，但如今已见惯了凡间事，知道对于没法修仙的人来说，单单是在这红尘里挣扎着活下去便已是不易之事了。

"说得不错，"沈如晚提着篮子踏上船头，回身望了一眼留在渡口的章清昱，轻声说，"人当然都要吃饭。"

倾身走入船篷后，她果然看见曲不询坐在里面。

昨天姚凛对章员外说岛上有两位修士，章员外果然把他们俩都请过来了。

曲不询独自一人悠悠地坐在一侧，身边摆了两坛酒却没喝，只是稳稳地放着。

她一进来，他便抬起头，目光从她的眉眼上拂过，最后落在她手里的篮子上，他挑了挑眉，显然是听见了方才她对章清昱说的话。

曲不询往后一靠，懒洋洋地看着她，哂笑："这不是巧了？人生在世，吃喝二字。你有菜，我有酒，看来今日咱们这一程倒真是谁也不辜负谁。"

第二章　烟波望

沈如晚微微一顿。

同样的话她刚刚对章清昱说过一遍，要不是可以确定当时并没有别人的神识在旁边窥视，都要怀疑曲不询在监视她了。

其实曲不询若真是在监视她，沈如晚也觉得正常。他从最初就对她隐有针对之意，昨日神识相撞，她还毫不客气地试探了他一番，今日两人相见，她还以为曲不询的神色会不太好看。

若真是这样，沈如晚也不在乎。她我行我素惯了。

可曲不询神色如常、谈笑自若，全然看不出昨日才和她互相试探了一番，不免让人琢磨他的葫芦里卖的是什么药。

沈如晚瞥了他一眼，没接话，在他的斜对面坐下，把篮子放在了一边。

她伸手卷起船篷前的竹帘，发现虽然船还未离开渡口，但是湖光水色已到眼前。

曲不询看她爱搭不理的，不由得"啧"了一声，也不在意，坐在原地微微倾身，一把拨过剩下的半边竹帘，遥遥地一招手，拴着船的系绳便自己松开了。这艘不大不小的渡船忽地无风自动，朝湖中慢悠悠地荡了过去。

此船无帆无桨，竟比顺水行舟更快。

沈如晚虽不觉得这有什么稀奇的，但还是微微蹙眉说："章家怎么没留个人划船？"

虽然修仙者自然有修仙者的办法，但是章家总得有请人帮忙的态度吧？章家的人什么都不管，全当甩手掌柜，真当修仙者是给他们家当长工的？

曲不询忽然"哦"了一声，答道："本来是有的，我让人回家去了。"

沈如晚不由得竖起眉毛看他。

曲不询好像压根没看见她不悦的表情，往边上一靠，两手交叠着枕在脑后，面朝船篷外一片开阔的湖光水色。小舟摇摇，他也跟着一晃一晃的，姿态相当悠闲，不像是受人请托除妖的，倒像是专门来春日游湖的。

往日总是沈如晚在别人面前我行我素，任他人如何瞪目皱眉也依旧故我，难得有一次换成她坐在一边瞪着别人恼火，此刻只想一脚把曲不询从船上踹下去喂鱼。

"随你。"她冷冷地说，"你别划到一半甩手不干就行，我是不会管的。"

曲不询瞥了她一眼："你放心，"他倚在船篷上，语气悠悠，隐有笑意，"我也没敢抱这个指望。"

沈如晚拧着眉头看了他一会儿，觉得这人一会儿刁钻古怪、针锋相对，一会儿又戏谑调笑、半点儿不计较，实在搞不清他的葫芦里到底卖的什么药。

她神色冷淡地移开视线，朝湖面看去。

曲不询在对面的座位上看着她，闲散地问："哎，我还不知道你叫什么。"

沈如晚的目光半点儿没往他那儿偏，她凝视着远处的水色，仿佛压根懒得搭理他。

曲不询看了她一会儿。

湖水波光粼粼，是挺好看的，但看多了也就那样，千篇一律。不过沈如晚就是半点儿也不错眼珠。

看起来沈如晚是绝不会再搭理他了。

曲不询耸了耸肩。

船渐行渐远，东仪岛的轮廓在视野里慢慢地变小了，成为茫茫波光里的一点儿黛绿山色，像金玉盘上的一枚青螺。满耳都是流水声，悠远静谧，所有的烦恼仿佛都随着水缓缓地流走了。

在缠绵的水声里，他忽然听见了她的声音。

"沈如晚。"她说。

曲不询微怔，偏过头去看她。沈如晚没去看他，仍靠着船篷的边缘凝望远处的湖光山色，露出半边如凝霜雪的脸。

她本来就不是个好脾气的人，没想搭理曲不询。可不知道为什么，和曲不询待在一起的时候，她总会无端地想起长孙寒。

她想起曾经在蓬山，自己那么多次在人群里仰起头看向长孙寒，鼓起勇气想站在他面前，落落大方地说出自己的名字，可直到最后都没有机会。

直到她的剑锋穿过他的胸膛，直到她失魂落魄地看着他眼中的神采渐渐消失，直到他陷落在无边虚妄的归墟里，他们都还是陌生人。

长孙寒识得沈如晚，却从没认识过她。

"好名字。"曲不询沉思了片刻后说，一副没话找话的样子。

沈如晚把头靠在船篷的边缘，这回是真的不想搭理他了。

曲不询微哂，靠在船篷上，拧着眉头不知道在想些什么。他忽地一伸手，把边上摆着的酒坛捞到手里，一把拍开了顶上的红纸，问她："你喝吗？"

沈如晚终于从余光里分出一个眼神给他，惜字如金地说："不喝。"

曲不询也不意外，自顾自地从旁边掏了个碗出来，从酒坛里倒出半碗酒，托着碗底，伸手端到船篷外，一扬手，把那半碗酒全洒在湖面上了。

"这一碗，请所有有缘的朋友。"他慢悠悠地说，"不管是孤魂野鬼，还是妖魔鬼怪，相遇就是缘分。"

沈如晚用余光看他做完这些，没说话。

曲不询又从酒坛里倒出半碗酒："这一碗，敬湖底的鱼兄。虽然我们受人之托马上要来对付你，但是结仇也是一种缘分——我们的缘分还挺深。"

他洒完那半碗酒，从容地收回手，正要给自己倒，一抬眼就看见沈如晚盯着自己。

"怎么？"曲不询挑着眉懒洋洋地问，"你又想要了？"

沈如晚盯着他，意味不明地问："我若是真要，你舍得给吗？"

"这有什么舍不得的？"曲不询哂笑一声，果真倒了一碗酒。

他伸手把酒递过去，却偏不递到她面前，而是停在两个人之间。他虚虚地托着碗，似笑非笑地看着她，等她自己来拿："只怕你不是真心想要。"

沈如晚淡淡地看了他一眼，伸手去拿那碗酒，指尖搭在碗的边缘微微用力，那碗却纹丝不动。

她不由得抬眸看他，发现曲不询正不错眼珠地盯着她。

"你不舍得就算了。"沈如晚说。

曲不询紧紧地盯了她一会儿，然后说："哪能啊？"他笑了一下，握着碗的手指一根根地松开了，"我就是怕你不要。"

沈如晚端着那碗酒和他对视，忽地也微微笑了一下。

这是他们见面以来她第一次对曲不询露出笑脸，他不由得心头一跳。

一转眼，沈如晚便收起了笑意，转过头，手一伸，将那碗酒端到船篷外，一翻手，那碗酒便慢悠悠地倾落在湖水里了。

"这一碗，给刚才没抢到酒味的孤魂野鬼、妖魔鬼怪和怪鱼。"她语气平平地说，"他明明说给一碗酒，实际只给一个底。你们做人要被骗，做妖、做鬼、做鱼竟还要被骗，怪可怜的，这次我给你们补上吧。"

36

曲不询被她的话噎得哑口无言。

"还你。"沈如晚施施然地收回手,把碗递到他面前,莞尔而笑,"多谢了。"

曲不询难得见她一个好脸色,却觉得不如不见。

他张了张口,又闭上,想了会儿,居然被气笑了。

沈如晚才不去管他,悠悠地伸手搭在扶手上,托着半边脸望着远处悠悠的湖水,心情颇佳。

轻舟微荡,在潺潺的水声里驶过横波潋滟,前方是一片荷叶碧色。三月季春,芙蕖未生,荷叶轻轻地铺在水面上,新嫩如结绿。

曲不询托着碗看了她好几眼,然后一把提起酒坛,闷头倒酒。

他不痛饮,只是端着那碗,探身从船篷里走出去,盘腿坐在船头远眺湖与山,一口一口慢慢地喝。

谁也没提他们今天要来找的那条怪鱼,两个人倒真像是约好一起郊游的。

沈如晚没打算和曲不询商量——自己就能解决的事,她不喜欢别人来指手画脚。曲不询不和她商量,她还有些满意。

她仿佛还在眺望水色,但神识已顺着水面漫无边际地铺开了。她的神识捕捉到湖水中零星生长的珠藻游萍,不拘数量,全都网罗,让它们成为她的眼、她的手,漫游整个邬仙湖。

这是个极浩大的工程,需要修士极深厚的修为和充沛之至的耐心。换作寻常修仙者,在第一步就被难倒了——这世上能不动声色地搜索一整片湖水的修士少之又少,更不会出现在东仪岛上,被章员外轻易地请动。

倘若修士没有沈如晚这样的本事,便只能干耗时间摸清怪鱼出没的规律,守株待兔,想办法引怪鱼出来。在此过程中,他没让岛民遇害三五回是找不出规律的。

再厉害一些的修士会让邬仙湖上演一出翻江倒海,把邬仙湖整个掀上一遍,藏得再深的怪鱼也会出来。不过这样一来,别说东仪岛要遭难,边上的临邬城也难以幸免。届时只怕邬仙湖又要多一个"某仙闹湖,水淹临邬城,活捉龙太子"的故事了。

沈如晚可以这么做,但不至于。

船头,曲不询喝尽了那碗酒:"你一直都这样?"

他侧着身坐在那里,沈如晚从她的位置看不见他的表情。

沈如晚抬了抬眼皮,没什么情绪地看了他的侧影一眼,反问:"这样是哪样?"

曲不询笑了一声:"就是现在这样,别人对你有一点儿不和气的地方,你就立马针锋相对地还回去,浑身都是刺,半点儿不让人。"

他也好意思问这种问题?

沈如晚把头靠在船篷上,动也没动,冷淡地说:"我就这个脾气,谁来都一样。"

这话曲不询听着有几分耳熟，没忍住，回头看她，"哈"的一声笑了出来。

"沈如晚，你可真是……"他一边笑一边摇头，"半点儿也不吃亏。"

沈如晚看也没看他，说："你喜欢吃亏就多吃点儿，我反正是不吃。谁喜欢，我都让给他。"

"也是，"曲不询往后一仰，躺靠在船头上，正好对着她，"蓬山高徒确实是吃不到亏的。"

沈如晚用余光瞥了他一眼，心想：这会儿曲不询倒是不装不认识她的样子了。

他明明早知道她是谁，偏偏要装作不认识，现在又自己说破，莫名其妙。

"蓬山第九阁，碎婴剑沈如晚，谁能不认识？"曲不询懒洋洋地看着她，"那天忽然在临邬城看见你，我还被吓了一跳，坐在你家对面观察了好久才确定是你。没想到你不在蓬山，倒跑到这种偏僻的地方来了。"

沈如晚没搭理他。

这个人虚虚实实的，满口都是半真半假的话。

曲不询一定早就认识她，而且和她有些渊源，只是她不知道。

"能不能问问，"曲不询有一搭没一搭地说，"你修为那么高，名气那么大，为掌教宁听澜立下那么多功劳，干吗不留在蓬山？那不比待在这种凡人的小地方来得舒服？"

沈如晚被他烦到，抬眼问他："那你呢？以你的修为，你也可以回到修仙界，被任何一个宗门世家奉为座上宾，又为什么在这儿？"

曲不询像是知道她会这么问，笑了一下："我？天为被，地为床，四海为家。那什么'奉为座上宾'能有什么用啊？"

沈如晚没反驳他，说："我们的想法是一样的，那确实没什么意思。"

曲不询仰头靠在船头看她。

湖影波光，微风轻浪，声声动人。

"喝酒喝酒。"

他忽地起身，从船篷里拎出酒坛又倒了一碗，然后重新坐回船头，背过身，端着碗一口一口地喝，只留给她一个宽阔、高大的背影。

沈如晚看了一会儿他的背影，翻了个白眼。

脑海里忽有水流的声音，她知道湖底的珠藻正顺着暗流涌动，微微挑眉。

她终于找到那条鱼的踪迹了。

船头的曲不询忽然回头问她："哎，你的菜什么时候烧啊？我都快把酒喝完了。"

沈如晚冷淡地反问他："和你有关系吗？"

曲不询那自来熟的劲简直浑然天成："怎么没有呢？"他懒散地笑了一下，一点儿也不在意她冷淡的态度，然后看了一眼她的篮子里的菜，"你这是要炖鱼汤？我来给你抓一条？"

沈如晚冷冷地看了他一眼。

她想要炖鱼汤，还需要别人来帮她捉鱼？

她没说话，曲不询就当她没意见，一伸手，从剑囊里掏出一把短匕首，在船身上划了一道，一松手，匕首便掉进湖水里，转眼间沉没了。

曲不询沉思了一会儿，说："这个叫刻舟求剑。"

沈如晚懒得理他——这个人满口胡言乱语。

她微微合眸，湖底几株微不可见的珠藻便忽地无限疯长，从四面八方交织成弥天巨网，只留一面缺口。

巨网转眼间猛地收拢，原本风平浪静的湖水剧烈地翻腾起来，如蒸如沸，水珠乱溅如雨，落在船篷上。小船在风浪里摇摇晃晃、上上下下，逐浪飞帆，船内却如有神助般安安稳稳的，船篷里摆着的一坛酒半点儿也没洒。

一条二十来丈长的鲢鱼被无数珠藻织成的巨网包裹，从无边的湖水里猛然浮出水面，恰停在小小的渡船边，动弹不得，把渡船衬得娇小玲珑。

不过找了半个时辰，沈如晚就从邬仙湖里搜到了目标，这效率连她自己也觉得满意。

她心情颇佳，微微翘起嘴角，抬眸仔细地打量那条鲢鱼，目光却忽地凝住了。

鱼的嘴边隐隐有金光闪动——那里竟插着一把匕首，匕首看起来分外眼熟，分明是方才曲不询掷下的那把。

她猛然转过头，看到曲不询正懒洋洋地坐在船头，船被溅起的水花浇了个透，独他身侧干燥如常，半点儿水渍也没有。

见她看过来，他挑起眉，一招手，那鲢鱼便凑得离船更近了。鱼唇上的匕首掉落下来，正对着方才他刻在船身上的那道划痕。

曲不询一把拔下那把匕首，在手里挽了个刀花，勾了一下嘴角："这个，就叫愿者上钩。"

沈如晚看了他半晌。

她可以肯定，曲不询发现这怪鱼的时间只和她相差了瞬息。谁先谁后不得而知，她只是猜不透他究竟用了什么办法才从茫茫的湖水里找到这条鱼。

曲不询伸手敲了敲鲢鱼的鳞片，声音清越，如击金石："鱼来了，我们可以开饭了吧？"

沈如晚挑了挑眉，拒绝得理所应当："不可以，这是我的鱼。"

曲不询咬着牙关，吸了一口气："这是我们俩一起找到的鱼，总有我一份吧？"

沈如晚看着他,轻轻地笑了一声:"一起找到的?你怎么证明啊?"

曲不询微怔。他自己当然知道这匕首落在鱼的身上,必定能把鱼带上来,但现在匕首被他拔下来了。

他语塞,看了看沈如晚唇边的嘲意,忽地一哂。

"行,那我再插回去。"曲不询拿着匕首,作势就要往鱼身上捅。

那巨大的鲢鱼本来被珠藻紧紧地束缚着,从湖底猛然被提溜到湖面,动弹不得,不经意间看见这人拿着匕首凑近了,被吓得狂甩鱼尾,一个劲地扑腾,卷起一阵阵白浪,白浪朝小船掀了过来。

沈如晚猝不及防地随着摇晃的船身歪了身形,一只手撑在船篷上坐稳,脸色猛地一沉,两个指节并扣,在船面上敲了三下。

一敲,船身忽正,在风浪里岿然不动。

二敲,巨鱼垂首,被猛然按进水里又提起,动弹不得。

三敲,风平浪静,水波无声,仿若方才的风浪只是一场错觉。

三敲之后,怪鱼动也不敢动,风浪也平息了,就连曲不询都坐在船头,收了匕首,要笑不笑地看着她。

沈如晚看见他就烦,伸手抓起身侧装满配菜的篮子往他身上一扔:"不会做就滚。"

曲不询稳稳地接过菜篮子,说:"那你可找对人了。论烧菜,这条船上,谁滚都不会是我滚。"

这条船上拢共就两个人,不是他滚,岂不就是她该滚了?

沈如晚的耐心告罄,她冷冷地看过去,船底的珠藻便闪着寒光,转眼爬满了船面。

曲不询两手一抬,保证道:"我不说了,这回真不说了。"

沈如晚面无表情地看了他一会儿,慢慢地抬起手,于是珠藻慢慢地消退了,重新缩回了船底。

曲不询半笑半叹,垂着头把篮子里的配菜处理干净,而后随手拿起放在一边的匕首,往湖水里一掷。

下一瞬,水面上一道金光骤然破开水波,直直地朝曲不询飞来。

他头也没抬,懒散地抬手,那只被他掷入湖水的匕首上便扎着两条不大不小的鲢鱼飞了过来,此刻被他牢牢地抓在手里。

这两条鲢鱼还没死,像烤串一样被扎在匕首上,鱼尾仍有力地一摇一摆。鱼尾上的水珠飞得到处都是,有两滴险些落在沈如晚的裙裾边,却在坠落的一瞬被蒸成了水雾,眨眼间不见了。

沈如晚就坐在那里，支着侧脸，看曲不询拎着这两条鱼走到水边，拿着那匕首杀鱼，一点点地刮鳞片，正对着那巨大的怪鱼。怪鱼被吓得瑟瑟发抖，在湖水里颤了又颤，却被千丝万缕的珠藻巨网紧紧地束缚着，只能带起湖面上的微微清波。

一圈圈的涟漪从怪鱼身旁荡开，撞在稳如泰山的小船上，随即消散了。

"开了灵智的凡鱼倒是很难得。"沈如晚的目光落在那条怪鱼身上，她慢慢地说，"我还以为它是什么珍稀异种，没想到只是普通的鲢鱼。"

在修仙界，越是品种稀缺的异种便越容易修出灵智，受上天钟爱，甚至能修行，有获得属于本族的天赋手段。这是人类修士所不具备的。

妖类开智不易，年岁极长，而普通的凡种想要开智为妖，更是难上加难，所以从这邬仙湖底抓出一条鲢鱼妖着实让沈如晚有些意外。

"天道公允，总有一线生机。凡种俗类也有自己的机缘，总不能因为不会投胎就注定低人一等。"曲不询不知道从哪里扒拉出盐、糖来，把那两条鱼处理好后忽而一叹，"可惜，少了葱、姜，去不得腥。"

沈如晚默不作声地翻掌，慢慢地将手摊在曲不询的眼皮子底下。纤细白皙的一只手，皓腕凝霜雪，指上薄薄一层剑茧，很是好看，唯独掌心里什么也没有。

曲不询一怔，不解其意。

"手是挺美的，"他说，"可也不能当饭吃啊？"

沈如晚淡淡地瞥了他一眼，而后纤细的指间忽然窜出些鲜亮的新绿，柔软纤长，垂在白皙的掌心里。那赫然是一把新生的小葱。

"你这还挺方便的，"曲不询笑道，伸手拢住那把葱，一用力便把它们拔了下来，打了个结放在盆里，"想吃什么，自己当场就能催生。"

这哪有他说的那么容易？真是隔行如隔山，外行人总把事情想得很简单。

巧妇难为无米之炊，即使是沈如晚，也只能纯凭法术催生出几种灵植，其余的花草必须有媒介才能被催生出来，如种子、花瓣，否则所生即为虚妄，充其量可以被拿在手里把玩一番。

沈如晚递给曲不询的这种葱是她没用任何媒介，纯凭神通催发的，能吃，能调味，与真正的葱无异。

曲不询在木行一道上是个外行，没法体会到这究竟多超乎寻常、在木行道法上又是何等造诣非凡。

沈如晚翻了个白眼，不免有一种明珠暗投之感。

她将五指一收，指尖那点儿残存的绿意便消散了，化为灵气，归于天地。

她意味不明地哼笑了一声："剑修。"

剑修懂什么法术？

曲不询抗议:"这就有失偏颇了吧?你自己也用剑啊。"

沈如晚气定神闲地说:"我可不是剑修,用剑而已。我是法修。"

曲不询看了她一眼。

对,她是法修,不过是一个以用剑闻名修仙界的法修。绝大多数只闻其名的人总以为她是剑修。

他把配菜和鱼都准备好,微运灵气,盆底便灼烧起来。水雾氤氲,他炖起了鱼汤。

他的动作很麻利,看起来他平日里没少做。

沈如晚静静地看他做这些事,挑眉,然后想到他方才说的"四海为家",又觉得这才正常——云游四方的修士总得有这么两手。

鱼汤小火慢炖,"刺刺"地响着。曲不询便把头转过来,重新往后一靠,倚在船头打量起那条被束缚的鲢鱼来。

"虽然它灵智不高,但毕竟灵智已开,应当不会忽然习性大改,去袭击岛民的船只。"他望着巨鱼敲了敲船板:"你会说话吗?不会说话我就把你宰了炖汤吧。"

那条巨型鲢鱼被吓得直想往湖底钻,奈何浑身爬满了珠藻,被束缚得紧紧的,别说逃走了,全身上下只剩尾巴尖能扑腾,在水面上拍打起孩童戏水般的水花。

沈如晚无语。

无论修仙界如何物竞天择,有一条公理却是人人认可的:所有已开灵智的妖兽可被视为修士,与人无异。作恶者固然要被铲除,但若是不曾作恶,便可顺其自然。

修士们平时炼丹、炼器也并不以妖兽身上的部件为主材料,更不会以开了灵智的妖兽为食材——既然妖兽灵智已开,七情并全,与人无异,那他们吃妖兽的血肉又与食人何异?

那些专门挑开智的妖兽下手的修士在修仙界都被定义为邪修。毕竟,他们能将那些思维、说话与人无异的妖兽敲骨抽髓,未必就不能对人动手——谁叫人的身上也有许多妙用无穷的器官呢?

蓬山第四阁专精御兽,其中便有一脉专门饲养可供食用、药用、器用的灵兽。那种灵兽先天不全,纵有灵气却终身难开灵智,与眼前的鲢鱼妖是全然不同的情况。

曲不询对鲢鱼妖没有半点儿杀意,目光清正,说那些话根本就是故意吓唬灵智不足的鲢鱼妖。况且,他要是真想宰了鲢鱼妖炖汤,刚才就动手了,哪儿用得着再去湖里捉鱼?

曲不询和鲢鱼妖一个真敢说,不怕她把他当成邪修;另一个也真敢信,果然是灵智不够,傻头傻脑。

沈如晚朝着两者翻白眼。

她沉思了片刻，缓缓地伸出手来，朝鲢鱼妖微微招手，让它漂得更近了些。然后，她用指尖在鲢鱼妖的背鳍上轻轻地点了一下，鲢鱼妖的眼前便霎时如有白虹坠落，就连思绪也忽而清明了起来。

"哟，大手笔。"曲不询挑着眉道。

沈如晚这是在给鲢鱼妖再次开智，使其达到正常人的思维能力。虽然效果不能持续很久，但即使时效过了，鲢鱼妖的灵智也会比之前的高。

这是一件很难的事，并不是凭借单纯的高修为就能办到的，修士必须对此有所研究，有过几次经验才能一次成功。在这个过程中，修士稍有不慎，妖兽便会被摧毁灵智，甚至直接猝死。

沈如晚显然对此驾轻就熟。

这回他总算识货了。

沈如晚分给他一点儿余光，轻描淡写地说："熟能生巧。"

曲不询看着她，心想：沈如晚出自蓬山第九阁，专修木行道法，平时根本没什么给灵兽开智的需求，有什么必要对这件事熟能生巧？

但他没问出来。

"说说吧，"曲不询伸手也敲了敲鲢鱼妖的背鳍，一副拷问犯人的模样，"你为什么要去袭击船只？"

即使被沈如晚再次开智，鲢鱼妖也不可能一下子就和常人无异，现在它的心智如孩童，既不懂很多修仙界约定俗成的规矩，也不懂处世的道理，只有一件事它是确凿无疑的——它打不过眼前的这两个人，为了不被吃掉，当然得听话。

"不……不是故意。"鲢鱼妖开口了，声音很低沉，有点儿像从腹腔里发出来的，但它的措辞像稚童，"灵气……方向变了……有晚霞……要去修炼。"

沈如晚微微皱眉。

虽然鲢鱼妖说得乱七八糟的，但她略一思忖，已然听懂了：平日里，鲢鱼妖顺着灵力的流向浮到水面上来，借晚霞之气修炼。没想到邬仙湖内的灵气流向忽然改变了，它顺着灵气一路浮上来，竟然和归家的船只撞上，被当成是袭击了。

她把鲢鱼妖上上下下地打量了一番，目光微转，看向了曲不询。曲不询也偏过头来看她，两个人目光相对，心照不宣。

一地的地脉和灵气不会轻易改变，更不会如此快速地改变，除非有人花大手笔改动了地形和地势。

在这碧波千顷的邬仙湖上，最有可能造成这样的巨变的不就是东仪岛自身吗？

一座龙王庙改换了大半个东仪岛的地势，已然造成岛内的灵气流向巨变。若说会影响到东仪岛外的环境，那也不是不可能的事。

只是……

这是一座龙王庙，又不是请来了一尊真龙，令千顷邬仙湖为之改势，至于吗？

鲢鱼妖有没有说谎几乎是他们一眼可辨的事。别说鲢鱼妖没这个智力水平，就算有，这个谎言也是他们稍做验证便能戳破的。

曲不询低头看着鲢鱼妖，屈起手指不轻不重地敲了敲鲢鱼妖的鱼脑袋："你可想好了，要是被我们发现你在说谎，你就在这邬仙湖里，逃不掉。"

鲢鱼妖急得在水里扑腾了两下："没有……没有说谎。"

看起来这当真不是谎言。

曲不询抬头看向沈如晚，两个人对视一眼，没言语。

"你先回去。"沈如晚沉思片刻后抬起了手，鲢鱼妖身上的珠藻巨网飞速地消退，转眼变成了一小片浮萍，漂在水面上，"验证过后，我再来找你。若你说的是真的，这事便不怪你。"

她说完轻轻一招手，让鲢鱼妖坚硬的鱼鳞抵在船边，自己从船篷里走了出来。她俯下身，纤细白皙的手指抚上一片鱼鳞，微微用力，竟直接把那坚硬无比的鱼鳞硬生生地拔了下来。

鲢鱼妖吃痛，凶性被激起，尾巴一甩就要剧烈挣扎，然而一股巨力将它牢牢地镇压在原地，让它半点儿也动弹不得。鲢鱼妖僵在那里，鱼目仿佛有灵，哀戚地看着沈如晚呜咽。

鱼鳞如脸盆大小，极沉，坚硬如铁，寻常刀剑只怕不仅不能在这鱼鳞上留下痕迹，甚至还会因此损坏。

沈如晚把玩着鱼鳞，轻轻地抚了抚鲢鱼妖的伤口，那道因被强行拔下鳞片而汩汩地流血的伤口转眼便愈合了。

"我受人之托，总要留个凭据，让人相信我真的找着你了。"沈如晚说。

这鳞片是她留给章员外和岛民们看的。

沈如晚轻轻地拍了拍鲢鱼妖的背鳍："如果你是无辜的，下次见面，我再送你一份机缘。"她说完站起身，垂眸淡淡地望着鲢鱼妖，"你可以走了。"

鲢鱼妖浮在水面上，巨大的鱼目静静地看着她，像是想要记住她的模样。过了好一会儿，它猛然摆动鱼尾，潜入水面之下，消失不见了。

沈如晚看了一会儿只剩涟漪的湖面，回过头发现曲不询坐在船头，高大宽阔的背影笔挺，眼珠不错地望着她，若有所思。

她微微皱起了眉。

曲不询的目光带着探究的意味，他说："你对这个鲢鱼妖还挺好的，又是开智，又是送机缘。"

沈如晚站在原地，对上他的眼神："你想表达什么？"

曲不询和她对视了一会儿。

"也没什么。"他移开视线，支着一条腿，懒散地倚在那里，"我就是觉得奇怪，你和传闻中的样子不太像。"

沈如晚知道传闻中的她是什么样的——冷血、狠辣、无情、没有人性，又或者在她离开蓬山后，有人说她不慕名利、急公好义。

这些她都不在乎。

到如今，她已经没什么可留恋，也没有什么可在乎的了。

她就像一盘沙，曾有风来，把她一切的期待和欢悦都吹散了，只剩下枯燥的生活。

她的每一天都像在等下一阵风的到来，要么，风吹走她剩下的所有；要么，风把她曾经失去的都带回来。

沈如晚站在船板的最边缘，远远地望着交融在天际处的湖面，说："我从来没听说过你。"

在临邹城中隐居的这十年里，沈如晚和修仙界断了一切联系。她不再和旧识通信，也不融入周围修仙者的圈子，更不打听修仙界里发生的事。她能记起的只有在她退隐之前的消息。

曲不询这个名字，她从前没有在任何传闻里听过。

曲不询要么是成名较晚，在沈如晚退隐后才有了名气；要么就是行踪和来历神秘，不打算扬名。总之，以他的实力，他只要没有刻意掩盖，就一定有些名气。

"我是闲云野鹤、无名之辈。"曲不询跷着腿，吊儿郎当的，轻声笑了，说得很轻松，甚至有些快活，"你没听说过我就对了，要是名气太大，我还嫌烦。"

沈如晚的目光一点点地落在他的身上。

她没忍住地想：曲不询和长孙师兄当真半点儿也不一样。

在那些因久远而愈加明灿的回忆里，长孙寒永远脊背笔挺板正如青竹，意态清正，人如寒山孤月，剑比紫电青霜。从她踏上这条修仙路的那一天起，长孙寒便成了她无数憧憬里最如幻梦的存在。

"你想什么呢？"曲不询忽然叫她，"鱼汤都好了。"

沈如晚的思绪被他打断了，她转头看了过去。

曲不询盘着腿坐在那盆鱼汤前，手里拿着双筷子在汤里搅来搅去，半点儿不讲究。别说什么寒山孤月了，曲不询浑身一股子四海为家、下一刻就能浪迹天涯的游侠气。

她在旁人身上找已故之人的影子，本来就是缘木求鱼。

沈如晚轻轻地抿了抿唇，习惯性地蹙起了眉，而后又很快地舒展开了。她坐到他对面，手往篮子里一伸，才想起她只带了一副碗筷。

碗，曲不询自己还有一个倒酒用的，但筷子只有一双，现在就在曲不询的手里。

"喏，你的。"曲不询麻利地夹了一条鱼出来，倒了半碗汤，连着筷子一起递给她，"我一看你这样子就知道你爱讲究，筷子给你先用，你用完再给我，这总行吧？"

沈如晚微怔，垂眸看了一会儿递到眼前的碗筷，慢慢地伸出手接了过来。

接过那碗汤的瞬间，她忽然想：曲不询不会想给她下毒吧？

其实沈如晚不怕毒。到了她这种修为，很少有毒能伤到她，更别说要她的命了。

她垂着眼睑，浅浅地尝了一口鱼汤。

曲不询默不作声地看着她慢慢地尝味，把鱼肉送入口后便神色怔怔的，久久不语。

"蓬山第七阁有一味名肴，叫作'湖上初晴后雨'，正是一道鲢鱼汤。"曲不询沉思了片刻，状似随意地道，"我侥幸学到一鳞半爪，也有许久没动手了。你是蓬山高徒，应当熟悉此味。"

沈如晚没说话。

她何止是熟悉，族姐沈晴谙当年拜入蓬山第七阁，学的第一道名肴就是这道"湖上初晴后雨"。

那年沈晴谙反反复复地练了一遍又一遍，做出来的鱼汤能填满一条小溪，没处解决就送给亲朋好友吃。

沈如晚和沈晴谙关系最好，沈如晚每天早饭是鱼汤，午饭也是鱼汤，到了晚上还是鱼汤，一天三顿鱼汤，偶尔再加个鱼汤夜宵，吃到她往后一进饭堂就绕着鱼汤走。

十数年似一弹指，她已经很久没有喝过这道鲢鱼汤了。

千头万绪涌上了她的心头。十年的折磨一旦成了习惯，便仿佛苍白了起来。

沈如晚的脸上除了愣怔和疲倦的神色，只剩下惨白了。

沈晴谙后来就死在她的剑下。

她亲手杀了她曾经最好的朋友、所有族亲，和她曾经最憧憬、仰慕的师兄。

但她从不后悔。

沈如晚向来冷心冷肺，对所有她认为应该做的事，绝不后悔。

可偶尔她也会想起从前，想起那些被淹没在岁月里的小事、那些微小到不能更琐碎的细节、虚假又真切的快乐，还有那些包裹着谎言的温柔。

"很好喝。"她说。

曲不询微怔，略带惊异地挑着眉看她——他没想到她会直白地夸奖他。

沈如晚把空碗筷推给他，重复道："很好喝。这就是'湖上初晴后雨'的味道，你的手艺很不错。"

她侧着脸，心不在焉地看着曲不询拿着她用过的碗筷解决剩下的半盆鱼汤。

时过正午，三两朵乌云飘到上空，湖上忽然下起了"淅淅沥沥"的小雨。

曲不询端着碗筷，碗里还有小半条鱼没吃完。他安安稳稳地坐在船头，动也没动一下。

修仙者本来不需要避雨，但沈如晚也不知道为什么，从船篷里取出了那把从章清昱那里拿来的油纸伞，轻轻地撑开了。伞面微晃，支在两个人的正中间，不偏不倚地遮住了她和曲不询。

曲不询挑着眉看她，而沈如晚只是凝视着湖面上一朵又一朵的水花与涟漪。

"你请我尝了'湖上初晴后雨'，"她说，"我就请你看一场湖上初晴后雨吧。"

章府的正堂里，只有沈如晚一个人坐在客座上。

偏厅里传来了激烈的争吵声。争吵的人一开始还极力压低嗓门，到后来情绪上头，便再也顾不得什么家丑不可外扬了，吵得不可开交。

沈如晚和曲不询下了船后，带着那片坚硬、巨大、绝非从寻常鱼类身上拔下的鳞片回到了章家，告知了章家父子鲢鱼妖出现的原因。之后，这对父子就陷入了激烈的争吵中，不得不匆匆地去偏厅里商量。

他们这一商量就吵了许久。

曲不询压根没在正堂里等，说完事情后并不打算等章家父子吵出个结果，于是起身就走了。他只负责查明真相，之后怎么做都是章家父子的事。

只有沈如晚留在正堂等一个结果——她倒不是对东仪岛的规划有多上心，而是之前从交谈中得知，鸦道长这两天不在东仪岛上，今晚就要回来。

沈如晚想见一见这位落到东仪岛上的"卧龙凤雏"。

她实在好奇，这位特别能折腾的鸦道长到底知不知道自己所做的事产生了多大的影响？

"沈姐姐，这是刚泡的茶，我给你倒上吧？"章清昱提着一壶新泡的茶水从门口走进来，脚步很轻，声音也低低的，对偏厅里传来的争执声半点儿也不意外，"还有点心，你要吗？"

沈如晚嫌东仪岛上的厨子的白案水平不够高，尝了一次点心便再不想吃了。她把已经空了的茶杯往前推了推，问："点心就不用了。你舅父和表哥经常这样吵架吗？"

她说着，伸手指了指偏厅的方向。

章清昱抿了抿唇，垂头往空茶杯里倒茶，然后小声说："其实当初大兄带鸦道长回东仪岛要建龙王庙的时候，舅父是坚决不同意的，从那时起他们就吵得厉害。两个人吵了两三个月，舅父没拦住大兄，反倒让大兄更坚定了，大兄就直接带着大家开工了。"

从那时起，这对父子就没有不吵架的时候，三天一小吵，五天一大吵，由不得章清昱不习惯。

沈如晚微微挑眉，感到十分有趣："你大兄先斩后奏，章员外竟然就拿他没办法了？章员外看起来可不像任人摆布的人。"

她和章员外接触过几次，只觉得这个人刚愎自用，没多少能力，小心思却很多，又很在乎自己的面子和权威。这样的人做了父亲，只怕更爱强调自己对儿子的掌控和权威，不是什么慈父。

偏厅里，争吵声越发激烈了。

"你小时候我就教你，这种游方术士的话都不能听，谁知道他们仗着那些歪门邪道在暗地里藏了什么样恶毒的心思？你不沾不碰，什么事都没了！"章员外怒声斥责，偏厅里传来他的手一下下用力地敲着桌面的声音，"你家境殷实，多少人都眼红得滴血，恨不得你赶紧死！你以为我是在小题大做？我告诉你，你一个不慎，章家就要家破人亡！"

章大少并不服气："我小时候？我小时候家里还穷着呢，你自己都在琢磨这些歪门邪道。"

"你胡说八道什么？！"章员外的声音陡然放大了好几倍，"我什么时候琢磨过这种歪门邪道？我从来反感这种事，你记得什么？！没有，没有的事！"

"我明明记得你当时和……"

"我说没有就是没有！"章员外几乎是在咆哮，"你那时候才几岁？你能记得什么？！"

章大少似乎被父亲的态度吓住了，没有继续反驳。

章清昱又朝偏厅看了一眼，含混地说："他们毕竟是亲父子，舅父年纪大了，总是盼着大兄好的。之前大兄的态度特别坚决，舅父再怎么不乐意，终究还是支持大兄了。"

沈如晚端着茶杯轻轻地笑了一下。

章清昱到底是寄人篱下，说话总是很委婉、谨慎。只怕从前章员外同意建庙并不是为了支持儿子，而是年纪大了，力不从心，在年富力强的儿子面前不得不退让。

"可我怎么觉得你大兄不像是很坚决的样子啊？"沈如晚偏头看了偏厅一眼。

章清昱的手里提着茶壶，她也朝偏厅的方向望了一眼，抿了抿唇，没说话。

她终归是寄人篱下，不好开口。

走廊里，脚步声错落地响起。姚凛的衣袂在正堂门口一闪而过，他循着争吵声走向偏厅，打断了父子间一面倒的争执："义父、大少，鸦道长回来了。"

争吵声戛然而止。

一阵七嘴八舌的寒暄声后，章家父子步履匆匆地从偏厅走进正堂，身侧跟着一个穿道袍、蓄着须的中年男子。这个男子唇边含笑，看起来既和气又有淡淡的距离感，仿佛出世又入世的高人。

"不好意思，沈坊主，劳您久等。这位是鸦道长。"章员外连声道歉，客客气气的，完全看不出来刚才就是他把异人和修仙者说成是谋财害命的歪门邪道之人的。

沈如晚似笑非笑的，半点儿也不在乎章员外心里怎么想，淡淡地瞥了他一眼后便毫不客气地朝鸦道长望去，从头到脚地打量起来。

气息虚浮、毫无灵力、被章大少推崇备至、据说马上要飞仙的鸦道长连修仙者的门槛都没踏入，但道骨仙风、神采奕奕，就算五官并不俊美，也自有一种让人心生好感、不由得信服的气质。他看起来便有些本事，又比沈如晚这个真正的修仙者更好打交道，无怪能把章大少忽悠得认为他是真正出世的高人。

沈如晚见过太多像鸦道长这样的人，一眼扫过去就知道他是个什么样的人，顿时兴致缺缺。

她方才打量鸦道长时，半点儿也不掩饰，目光好似一把锐利的刀子，能把人从头到脚直直地剖开，称斤论两。

鸦道长被看得心惊肉跳，却仍噙着笑问："这位是……？"

章大少在鸦道长面前很是殷勤，闻言便接话："这位是沈氏花坊的沈坊主。今年岛上的朱颜花不知怎么的，长得不好，我们特地请沈坊主来看看缘故。"

鸦道长的神情微妙地顿了一下。沈如晚瞥见了他这点儿不自然的样子，心里雪亮。

东仪岛的灵气会因为其格局的巨大变动而随之改变，岛上居民的生活、劳作也会相应受到影响，鸦道长对此绝不是不知情的。

"居然还有此事。"鸦道长很自然地接下话茬，"想必沈坊主在莳花上必是造诣深厚。"

沈如晚从桌上端起那刚被满上的茶杯，漫不经心地回答："就东仪岛上的这点儿事，不需要会莳花的人，随便找个会看灵气的先生，一样能行。"

鸦道长眉头微皱，不动声色地打量起沈如晚来。

他当然知道在东仪岛上做出这么大的格局变动会引起灵气的变化，寻常只懂皮毛的异人也许能发现问题，却很难解决。可看沈如晚的态度，她又哪儿像没法解决的样子？

　　修仙者能一眼看穿对方的根底，知道对面的人是不是修士，异人和普通人可没这样的本事。

　　鸦道长只是得到了一些修仙者的机缘，并没有踏入那道门槛。他越是看不透她，便越是浮想联翩。

　　鸦道长从上到下地把沈如晚打量了个遍，笑容不变："倘若真是这样，我倒放心了。小章兄，这么大的事，你怎么不同我说？我也能帮你想想办法啊。这事现在解决了吗？不如我也去看看情况，给沈坊主搭把手。"

　　章大少还没说话，章员外就在一边张了张口，仿佛很想开口阻止章大少。

　　"鸦道长，你还不知道吧？这两天东仪岛上出了一件大事。"章员外索性把鲩鱼妖的事说给鸦道长听，"我想着，这龙王庙还没被建成就已经惹出了这么多的麻烦，我们还是干脆叫停它，不要再继续下去了！"

　　鸦道长闻言，唇边的笑意不变。他没有立马说话，只是目光微转，朝章大少瞥了一眼。

　　"爹！你怎么能这样呢？"谁承想，方才还在争执中渐渐成为弱势、几乎被章员外训得不大说话的章大少忽然硬气了起来，"龙王庙都已经修了一大半了，为了这点儿困难就废弃？那不仅辜负了鸦道长的心血，就连岛民们也不会同意！"

　　"你给我闭嘴！"章员外没忍住脾气，厉声呵斥道。

　　章大少条件反射般顿住了。他在外永远是一副倨傲的模样，在章员外面前却弱了不止一筹。

　　"义父，"姚凛跟在章员外身后，适时地开了口，低声说，"大少毕竟为了东仪岛忙了大半年，现在我们叫停龙王庙，不好对大家交代。"

　　章员外何尝不知道这个道理？他只是实在受不了儿子违逆他的命令，非要和他唱反调罢了。

　　"灵气改易之事，是我考虑不周，但诚如沈坊主方才所言，这也不是没有办法。员外请放心，我一定想方法解决。"鸦道长保证道。

　　鸦道长和姚凛一人一句，章大少失掉的底气忽然又足了。

　　章大少斩钉截铁地说："爹，这龙王庙都已经修到这个地步了，你同意也好，不同意也罢，我是一定要修到底的！"

　　沈如晚已觉得无趣了。

　　章大少这么听鸦道长的话，坚决地想要建成龙王庙，其中未必没有在父亲面前争一份话语权的意思——没有什么比亲自办成一件被父亲激烈地反对的大事更能彰显他的话语权的了。

怪不得曲不询走得毫不犹豫。他来东仪岛的时间比她长，他想必见过很多次章家父子的争吵了，知道结果都是一样的。

沈如晚看够了热闹便站起身，当着几个人的面旁若无人地理了理袖口："我还有事，先走了。"

章员外在后面追着，"哎哎"地叫了两声，沈如晚头也没回一下。

倒是章清昱借机跟在她后面，从正堂里走了出来。

方才在正堂里，你方唱罢我登场，章清昱就像一道影子，安安静静的，一句话也没有，几乎让人忘了她还在屋里。只有从正堂里出来后，她才像活了过来，在走廊尽头的拐角处远远地回看了一眼正堂的方向。

"沈姐姐，"她犹豫了一下，轻声问，"东仪岛会有事吗？"

沈如晚偏头看过去，漫不经心地说："谁知道？鸦道长如果是一位在歪门邪道上别有天赋的高手，也不是不可能覆灭东仪岛。"

这话沈如晚说得事不关己，很是冷酷，但章清昱松了一口气。她知道沈如晚其实是在安慰她，只不过沈姐姐总能把关心的话说得冷酷无情。

章清昱想到这里，悄悄地看向了沈如晚。

当年救她的时候，沈姐姐还不是这样的。

那个时候，她还是稚童，和其他被邪修掳来的女童、少女们挤在狭小的山洞里，一整天没吃东西，连如厕也只能在山洞里找个角落。各种难闻的味道混杂着，她在惶惶不安的心绪里呜咽。

在那个山洞里，为人的尊严已完全消失，她觉得她们更像一群待宰的羔羊，在恐惧和痛苦中等待屠刀落下。

就在那种如死灰般令人恐惧的氛围里，沈如晚自云外而来，容貌昳丽，如清波中的芙蓉，剑光破雪，半山的草木复生，一片荒芜忽成满眼青绿。那样强大的邪修转眼死在了沈如晚的剑光下，天光破云，好像把所有的阴云都照亮了。

"各位受苦了，主使邪修已伏诛，我先带各位回宗门驻地，到时再一一联系各位的亲眷，送各位回家。"剑光如雪的少女贞静沉稳、面面俱到，让人不由得安心、信服。她转过头，目光在女童里扫了一圈，忽而展颜一笑："哪位是小清昱？令堂还在等你。"

少女的目光落在章清昱身上的那一刻，章清昱只知道呆呆地回望，话也说不出。

那时沈如晚既温柔又体贴，很快就安抚了所有惶惶不安的心，成了大家都依赖的对象。

这件事章清昱记了很多很多年，半点儿也没忘。可十多年后，两个人于临邬城中再相见，已物是人非。

"你想什么呢？"沈如晚忽然问。

章清昱猛然回过神："啊，我在想，当年沈姐姐救出我们的时候，所有人都特别特别崇拜你。"她说着，笑了，"那时候我们都被吓坏了，觉得你就是仙女。"

沈如晚挑了挑眉，不甚在意地说："我怎么记得当时有一个特别镇定的姑娘？当时你们都被吓坏了，就她特别冷静，到了宗门驻地还问我那个邪修的同伙有没有被抓到。她对我就很平淡。"

章清昱也想起来了。当时有个被掳来的大姐姐特别镇定，一直在安抚大家。若非有她的安抚，大家未必能撑到沈如晚来救人。

章清昱诧异起来，边思索边道："不应该啊……"

她分明记得，当时沈如晚在人群里朝她的方向回过头，展颜微笑，那个镇定的姐姐就站在她的边上，目光直直地望着沈如晚，神色怔怔，专注到连呼吸也忘却了。

那个姐姐怎么会态度平淡呢？

沈如晚却已经对此不再在意了。她顿住脚步，抬起头朝楼上望去。

曲不询正倚在栏杆上拨灯笼穗，背着光。沈如晚看不清他的神色，只知道他在看她。

"你又偷听？"沈如晚意味不明地问。

曲不询嗤笑，随手敲了敲栏杆："我先来的。"

谁也没把谁的话当真。

沈如晚迈步向前："走了。"

章清昱便朝曲不询礼貌地笑了一下，赶紧跟上了。

楼台上，曲不询撑着栏杆看她们走远，许久后，忽而一哂。

怪不得章清昱和沈如晚关系这么好，原来当年沈如晚特意去救的那个小姑娘就是她。

他靠在柱子上，抱着剑，百无聊赖地看了一会儿天光破云。

"物是人非事事休，"他轻笑，"还挺准的。"

黄昏时，沈如晚带着章家备好的材料去花田布阵，后面还跟了两个"尾巴"。

鸦道长听说她要去花田，非得跟着她。他是这么说的："此事因我而起，我自然得去看看。只要沈坊主需要，我必然要尽绵薄之力。"

沈如晚看出他只是不放心，想要借此看看她的实力。

"不需要。"她语气平淡地说，"我做不到的事，你肯定也做不到。"

鸦道长险些被她气出个好歹。

"纵然我实力微薄，道友也不必这么说。"他相当恼火，勉强维持笑容，最后只露出一个充满怒火的微笑,"我知道之前惹出的麻烦让道友受累了,我向你赔罪。"

沈如晚看也没看他一眼,说:"这你倒不必担心,我不累。"

这下,鸦道长连笑容也维持不住了。

姚凛隔着半步的距离走在他们身后。之前沈如晚要求的材料都是他备下的,他来搭把手理所应当。

他比鸦道长看得明白多了。沈如晚分明完全不在乎他们跟不跟着,只不过冷嘲热讽两句罢了,她就是这个谁也看不上的脾气。

目的既然已经达成,他们又何必再纠缠沈如晚?

姚凛适时地插话:"沈坊主,是否需要告知周围岛民,最近不要出现在花田附近?"

沈如晚偏头看了他一眼,简短地说:"不用,很快。"

姚凛稍稍加快了脚步,领先鸦道长半步,然后回过头,在沈如晚看不见的地方朝鸦道长投去淡淡的一瞥。他的目光凌厉如刀锋,半点儿没有平时恭敬、内敛的模样。

鸦道长本来还想说话,注意到姚凛凌厉的目光后,张了张口,又把到嘴边的话咽下去了。

沈如晚在前面停下,朝鸦道长招手,言简意赅地说:"你过来。"

鸦道长摸不着头脑。

沈如晚从姚凛的手里把东西一把提过来,塞进鸦道长的手里:"拿着。"她用吩咐意味十足的口吻说,"我让你埋在哪里,你就埋在哪里。"

鸦道长手忙脚乱地拿着东西跟在她的后面,还没反应过来。

他怎么就成了她的跟班了?

沈如晚走在前面,用脚步丈量花田,顺着灵气的流向自东向西走。一圈下来,她的足尖不偏不倚,正好踏在最初站立的位置上。

"看明白了?"她问鸦道长。

鸦道长在心里朝她翻了一个白眼。

不就是灵气的流向冲突了吗?她还要一副考他的样子,真把自己当根葱了?

但鸦道长面上还是笑容温和:"果然是灵气冲撞,难怪此处朱颜花不能成活,道友好眼力。"

他也能看出灵气冲撞。这有什么稀奇的?难的是怎么解决。

鸦道长不是没有办法,但要花的精力和代价不小。他凭什么要为了一堆没用的东西花费那么多功夫?沈如晚愿意吃力不讨好,他正好看热闹,也能看看沈如晚的独家手段,偷学两手。

沈如晚一眼就看出了他那点儿算计，既不怕他学，也不在意。

鸦道长能看出这里灵气的流向，已经达到了她的最低要求。如果他能学去她的阵法，下次做事周全一点儿，也算他的造化。

沈如晚这些年见过太多处在不同层次、不同水平的人。有些异人本身有些奇异的本事，却根本看不透灵气的走向，完全无法感应到灵气。这种人显然是不可能理解东仪岛上的问题的。

"那你还愣着干什么？"她冷淡地扫视过去。

鸦道长愣住了。

他……应该干什么吗？

沈如晚现在知道自己绝对不适合带徒弟了。这起码也是一个收获。

她敛眸，道："我让你埋在哪里，你就埋在哪里。"

鸦道长拿着一把锄头，被她指挥得团团转，再怎么注意形象也挡不住飞扬的尘土。弄得灰头土脸、满头大汗后，他看她站在原地动也不动，便气不打一处来。

他是来偷师的，又不是来拜师的！他凭什么要帮她干活？

"沈坊主，这样就够了？"鸦道长还在笑，但笑容里满是质疑的意味。他一下一下地挥着锄头，把黄铜老香炉埋进土里，问道："这样是不是太简单了点儿？"

在土里随便埋点儿东西，她就能解决灵气冲撞的问题了？

沈如晚没说话，垂着手静静地站在那里，淡淡地扫视鸦道长，没有回答。

鸦道长被她这么一看，无端地恼火起来。

姚凛在旁边忽然俯身，说道："这株花是不是变精神了？"

哪有那么快？

鸦道长忍住翻白眼的念头，刚凑过去看一眼便愣住了。

眼前灵气已分，井然有序，哪里还有半点儿灵气冲撞的模样？

鸦道长骤然回头去看沈如晚，她已经敛了袖口，转身朝田埂外走去，只留给他们一个独来独往的冷淡背影。

"她会阵法？"鸦道长猛地看向姚凛，难以置信地问。

姚凛微微垂首看花，语气平淡地说："正经踏入门槛的修士总有一手。"

"她还是个修士？"鸦道长的瞳孔微缩，旋即他神情冰冷地说，"你赶紧想个办法，把她弄走。"

姚凛轻轻地抚了抚有些蔫巴的花苞，在鸦道长冰冷的眼神里轻笑一声："你急什么？过了谷雨她就走了。东仪岛这个小地方，修仙者可看不上。"

鸦道长是沈如晚带过的悟性最差的学徒——虽然她没怎么教过别人。

她默许鸦道长跟在边上看她布阵,先带他按照灵气的流向、分布走了一圈,再让他在不同的方位埋下对应的材料,一步步地指点。稍稍学过一点儿阵法基础的人应当很快就能学会她布阵的思路,下次遇到类似的情况,也能用同样的方式思考解决方法。

这当然是最理想的状态。

沈如晚没指望鸦道长能做到最好,但他至少应当及时反应过来她的意图,而不是等阵法都布下了,还没意识到这是在做什么。

她不是阵法高手,只学过基础阵法,有基本的推演能力,算是入了门,能解决寻常修士遇到的大部分阵法问题。

基础阵法流传得很广,鸦道长有心的话总能弄到一本这样的书,只要认真学过一遍,也不至于跟不上她的思路。

鸦道长连基础阵法都没学过,就敢出来大改一地的格局,典型的管杀不管埋,沈如晚一点儿多余的眼神都不愿意再分给他。

鸦道长和章家父子一个愿打一个愿挨。她教也教过,劝也劝过,不愿再为这事多费一点儿心了。

直到谷雨祭祀,沈如晚都没再见过鸦道长。

东仪岛不大,他们又都在章家下榻,一直遇不到,只能说明鸦道长在躲她。

谷雨祭祀当天,曲不询站在屋檐下,和沈如晚并肩看岛民们三五成群地往西面的空地上走去。

东仪岛的岛民并不排斥外人旁观谷雨祭祀,但有些风俗外人参与不进去。

岛民献上牛、羊等牲畜后,便开始了载歌载舞的狂欢。

"你就这么有自信?"曲不询闲散地问,"说不定人家太忙了,根本没空搭理你。"

沈如晚用余光冷淡地瞥了他一眼。她刚才只是在他问起她对鸦道长的感受时随口说了一句。

曲不询挑了挑眉。

"我也很忙,没空搭理你。"她头也没回,面无表情地说。

曲不询微怔,旋即便觉得好笑。

他摸了摸鼻子,虚靠在门柱上,闲散地望着不远处的岛民载歌载舞,余光若有若无地掠过她,最终轻轻地喟叹了一声。

"沈姐姐,原来你在这儿。"岛上难得有节日,章清昱也有了一点儿雀跃的喜气,从后面走过来,衣襟上别着一枝殷红的朱颜花,"今年朱颜花开得很好,大家都很感谢你呢!"

朱颜花是在谷雨前两日齐齐盛开的,花开似火,满花田殷红色,很美。

当时种花人和她一起站在田埂上,眼泪都要掉下来了。

"我种了一辈子朱颜花啊……"种花人哽咽着,却不是因为痛楚而热泪盈眶,"看到花开了,真好啊,我年年看,看一辈子都觉得它是美的。"

又是一年花开。

沈如晚看着章清昱衣襟上的朱颜花,微微笑了一下,往自己的衣襟上也别了一枝,算是入乡随俗地迎合岛上谷雨戴花的风俗。

"朱颜花有个别名,叫七日红,"沈如晚拈着朱颜花慢慢地说,"盛开时若江上的云霞,殷红似火,但花期短暂,只有七日,盛放七日后便要枯萎,所以叫七日红。"

章清昱的唇边扬起一点儿浅浅的笑意,她很惊奇地说:"沈姐姐,你连这个也知道啊?这可是东仪岛附近的人才知道的称呼呀!"

沈如晚凝视着手心里的朱颜花,微妙地笑了一下,轻声说:"我喜欢这个名字,真巧。"

可是巧在哪里,她又不说,没头没脑的,连章清昱也不懂她在说什么。

沈姐姐身上总有种很神秘的感觉,谁也听不懂她话里的意思,又忍不住想探究。

可沈如晚说话,从来不在乎别人是否听懂,又会不会回应。

章清昱的目光落在曲不询的衣襟上。

"曲大哥,你怎么没戴朱颜花啊?"她诧异,又有点儿为难,"最好还是戴一下吧?就这一天。"

岛上的居民提前一晚给所有人都发了一枝朱颜花,所以沈如晚和曲不询也有。

曲不询微怔,一摸衣襟,说:"抱歉,我出门前忘了拿,待会儿就回去取。"

章清昱略一点头。

"沈姐姐,你说晚上就走,需要渡船吗?"她给沈如晚解释,"今天谷雨祭祀,刘伯也休息,渡船是不出船的,如果你要坐船,我提前去和刘伯说一下。"

"不用那么麻烦。"沈如晚拒绝了,"他难得休息一天,就让他安安稳稳地休息吧。"

渡船她偶尔坐坐是闲情逸致,真正用于出行很是麻烦,怎么比得上瞬息千里的遁法?沈如晚想回去,但没想折腾自己。

"也好。"章清昱点点头,抿唇微笑,"下次我再去花坊拜访。"

曲不询抱肘靠在门柱上,一直没说话。

直到章清昱被人叫走,檐下又只剩他们两个人,他才忽然懒洋洋地开口:"走得这么急,一晚上都等不了,你很不喜欢东仪岛啊。"

沈如晚拈着那枝朱颜花,神色淡淡地说:"你说错了。岛本身没有错,只是岛上的人惹人嫌。"

"哦，原来你这么讨厌鸦道长啊。"曲不询假装听不懂似的恍然大悟，在沈如晚翻他白眼之前忽而又一顿，一哂，"这不就巧了？我也一样。"

沈如晚终于纡尊降贵地投给他一个眼神，意味不明。

曲不询站直，伸了个懒腰。

"我还得回房间找那枝朱颜花，免得见一个人对方就问我一遍怎么没戴花。"他笑了一下，转头看了沈如晚一眼，"走了。"

沈如晚垂眸看着手中的朱颜花，指尖微运灵气，注入那花枝中。

绿芽新蕊，并蒂含苞，一念花发——从那一枝朱颜花上竟又斜斜地生出一枝新蕊来。

殷红似火，双生竞艳。

她抬眸，拈着双蕊并蒂的朱颜花，伸到他面前。

曲不询微怔，不由得朝她望去。

天光如水，映在她的颊边，她眉眼淡淡，冰魂雪魄。她没什么表情，只是静静地看着他。

他和她对视片刻，忽而一笑，伸手从那花枝上撷下一朵。

"谢了。"他说。

沈如晚收回手，重新把那枝朱颜花别在衣襟上，然后放远目光。不远处，歌舞欢声不绝。

曲不询拈着花枝，半晌没动。

檐下静谧，谁也没说话。

第三章 与君初相识

从东仪岛回到临邬城后，沈如晚的生活又回归了从前那种想怎么过就怎么过的日子，有时她十天半个月都不想见人。

在街坊的传闻里，沈氏花坊里的沈姑娘是个怪人——有几分奇异的手段、十二分怪人的脾气，美是美得如画卷里走出来的人，可偏偏性格冷淡，扫视一眼，仿佛能把人称斤论两地全都看透，叫人怎么也亲近不起来。

更奇怪的是，明明街坊都能看到沈氏花坊平日里门庭冷清，沈如晚还经常连门都不开，可这花坊在临邬城里开了好些年，一点儿也没见沈如晚哪天是拮据度日的。

也不是没有人对她起歪心歹意，但他们往往还没出手就先大祸临头。十年如一日，沈氏花坊安安稳稳的，歹人倒是栽了一批又一批。

敬而远之，没事可以聊两句闲话，但绝不多嘴，这成了街坊和沈如晚打交道时的共识。

这样的日子虽然很蹉跎，但是她确实是很舒坦的。

沈如晚睡到日上三竿，醒来后也懒懒的。她推开窗，坐在梳妆台旁慢慢地梳着头发。

其实她不怎么需要睡眠。对于修士来说，修为越高深，所需的睡眠时间便越短。以沈如晚现在的修为，她就算一旬只睡一晚也无所谓。

但她到了这个层次，进益不是靠苦熬时间就能实现的，而要靠机缘和悟性。

从前还在蓬山的时候，她比谁都想提升修为，每日缩短睡眠的时间去打坐、修炼，甚至还无比羡慕修为高的修士——她不是羡慕他们修为高，而是羡慕他们不用花很长的时间睡觉，可以省下更多的时间来修炼。

七姐沈晴谙想不通这世上怎么会有沈如晚这种从不偷懒、满心满眼全是修炼的人，总是咬牙切齿地对她说："你自己听听这是人说的话吗？"

她现在想想，自己那时确实对修炼有一种狂热的感情，把其他一切欲望都挤压了。她回想起来都惊讶，无怪乎沈晴谙总是对她皱眉。

可是沈晴谙永远不会明白，那时沈如晚有多害怕。

沈如晚幼年时，父母便意外身故了，她在长陵沈氏长大。

她虽姓沈，但不是沈氏的嫡系，也没太多亲眷。沈氏按照族内的惯例，挑了一户从未打过交道的族亲收养、照顾她。

养父母甚至没见过她的亲生父母一面，养她也不是出于同情，而是家里有两个孩子，日子拮据，收养她能得到沈氏补贴的钱。他们把钱匀一匀，自家孩子的日子便好过了。

刚被收养的时候，沈如晚不知道这回事，养兄明里暗里地挤对她是来家里吃白饭的，吓唬她不听他的话就让养父母把她赶走。于是她每天晚上躺在硬邦邦的床榻上时，都翻来覆去地担心明天会不会被赶走。

后来她长大了一点儿，知道这几年真正养她的不是养父母，而是沈氏宗族。

她没去和人哭诉，只是把一切都记在心里，铆足了劲修炼，抓住一切机会向所有人展示自己的天赋。

她认识沈晴谙是在她展露天赋、被沈氏看好未来之后的事了。

沈晴谙是沈氏的嫡支，其父母在沈氏宗族中地位很高。故而她是真正的天之骄女，从小就被大力培养，眼光也极高，根本看不上寻常人，非得是那种既聪明机灵又有点儿天赋和本事的人才能入沈晴谙的眼。

若非沈如晚费尽心思地崭露头角，她们甚至没有见面聊上一聊的机会。

两个人认识得久了，沈晴谙便知道了沈如晚的养父母对她不好的事。沈晴谙被气得用力地拍了她一巴掌："你是不是傻？宗族给他们钱，不是让你对他们家那两个废物忍气吞声的！你当初就该禀报宗族，大不了换一户人家收养你。"

那时沈如晚的性格没现在这么冷漠、尖锐。寄人篱下久了，她既会说话，又会做人，人人都说她文静又大方。她听了沈晴谙的话，只是微笑，倒比沈晴谙更像局外人："换一家就会比这家更好吗？"

于是沈晴谙不说话了。

人人都有几副面孔，他们在沈晴谙面前当然识趣、得体，可在别人面前呢？

"你这样，他们以后赖上你可怎么办啊？"沈晴谙看见她就发愁，觉得她脾气太好，容易被无赖纠缠，"以后他们来找你，你不许理！你搞不定就找我来打发。"

沈如晚想到这里，木梳卡在了发梢的打结处，她用了点儿力才顺下去。

其实她没有沈晴谙想的那么没脾气，只是从一开始就明白，变得强大之后，所有的困扰才将迎刃而解。

那时她只是个普通的孤女，就算把自己的委屈诉说给别人听，别人也只会觉得她事多、不知足。哪怕换一户人家收养她，她的情况也未必能变好，她总不能一连换上好几家吧？等她强大后，自会有人为她打抱不平。

沈如晚站起身，随手把木梳往梳妆台上一掷。

当年自己还是太有道德了，她皱着眉头想。

养父母来蓬山许多次，就是为了从她的手里给亲生儿子讨更多的好处，句句都不离她在他们家里待过的那几年。她不想给，又很烦他们在外面败坏她的名声。

现在回想起来，她觉得当初的烦恼都很多余。只要自己强大了，不和别人发生利益上的冲突，自有人为她辩驳。

后来她弑师尊、灭家族、杀友人，什么大逆不道的事都干了，背负一身骂名，可一旦退隐红尘，忽然人人称颂，多的是人愿意说她的好话。

人生百味，她不如便做个冷心冷肺的人，也好过夜夜辗转反侧、意难平地过一生。

沈如晚扶着窗棂，看着长街上来去的人影。

"浮名浮利，虚苦劳神。"她慢慢地念道，"叹隙中驹，石中火，梦中身。"

小楼下，忽然传来了一声轻笑。

沈如晚扶在窗棂上的手微微一顿，她蹙起了眉，倾身从窗口向外探去。

街口的转角处，曲不询挨着卖糖糕的老夫妇坐在台阶上，拿着一个小锤子，一下一下地敲着核桃。敲完了一把核桃，他把核桃仁倒进老夫妇的筐里，随手拂去核桃壳，然后抬头看她。

沈如晚看了他一会儿。

在这里见到曲不询，她既意外，又不那么意外。

"蓝婶，"她忽然开口，隔着小半条街叫卖糖糕的老太太，"我要一块加了核桃的糖糕。"

蓝婶一直在这附近卖糖糕，和她打过不少交道，听到她在楼上说话，抬起头应了一声，高高兴兴地问："我做好了给你送过去？"

街坊邻里互相买东西当然是要付钱的，但不急着一手交钱一手交货，先给东西也是可以的。沈如晚手头很宽裕，花钱也大方，虽然平时喜欢一个人待着，不那么好跟人亲近，但从不占别人的便宜，所以大家都喜欢做她的生意。

沈如晚在窗边点了一下头："好，麻烦了。"

曲不询坐在台阶上，仰头看着她的身影消失在窗口处，半开的窗里空荡荡的一片，只有日光照在窗框上反射出来的光芒。

他微微眯起眼，偏头看向蓝婶："蓝婶，"他学着沈如晚的称呼，"一份加核桃的糖糕多少钱？"

从蓝婶夫妇出摊时，曲不询便已经在街口了，闲来无事，就帮他们敲核桃，已经敲了一上午。蓝婶对他印象很好，于是说："你也想尝尝啊？我们送给你一份好了，谢谢你帮我们这么多忙啊。"

"不是，"曲不询笑了一下，指了指沈氏花坊，"那个人是我的朋友，钱我帮她付了吧。"

要不是在等人，谁会一大早在街口什么也不干，就坐在那里等着？

蓝婶心中道了一句"果然如此"，但又因曲不询等的人是沈如晚而吃了一惊。

"你和沈姑娘是朋友？"蓝婶惊讶极了。

沈姑娘那样的人……也有朋友？

其实让蓝婶摸着良心说，沈如晚真是没有哪里不好，长得和年画上的仙女似的，有本事又有家底，品行处世上也没什么让人诟病的地方，多的是人愿意和她做朋友。可是她这性格可太冷了，就算有人敢亲近她，她也不见得愿意和人家打交道。

沈氏花坊在这条街上这么多年了，这还是蓝婶第一次见有人说自己是沈如晚的朋友。

"是啊。"曲不询点了一下头，看着蓝婶的表情，挑着眉笑了一声，"她的朋友就这么稀罕？"

可不就是稀罕死了？

朋友？哪种朋友啊？

"我可真是没想到。"蓝婶摇头，"沈姑娘平时喜静，我们和她不太熟。"

其实蓝婶快好奇死了，奈何和沈如晚做了好些年的邻里，不好问东问西的，搞得太不体面。若这事让沈如晚知道了，沈如晚可能以后都不来她家买糖糕了。

"钱你就不用给了。"蓝婶长叹了一声，为自己不能问清前因后果而深深地惋惜，然后用油纸包好糖糕，递给曲不询，"你给她送过去吧。"

曲不询没推辞，道了一声谢，从台阶上站起身，拎着微微烫手的糖糕，在蓝婶张望的视线中慢腾腾地走向那栋身处闹市却悠然独立的小楼。

沈氏花坊的大门紧闭。

在过去的十年里，它从未在紧闭时被叩响。曲不询抬起手，"笃笃笃"地敲了三下。

三声叩门声后，一片安静。

曲不询挑了挑眉，等了片刻，又抬手，重新敲了三下。

门还是没开。

对街的蓝婶一直在张望,不由得有点儿狐疑。她还等着看热闹,可看这架势,沈如晚一直不开门,这两个人怎么不像是朋友啊?

曲不询顶着街坊的目光,停在原地笑了一声,摇了摇头,然后抬手,第三次敲响了大门。

这回他才敲到一半,紧闭的大门忽然被一把拉开了。

沈如晚站在门内,随手一绾满头的青丝,衣裙素得仿佛明天就要飞仙,淡淡地看了曲不询一眼:"急什么急?"

蓝婶伸着脖子,在心里"嗬"了一声:他们还真是朋友,不然不会有这么随意的态度。

曲不询提着那包糖糕,耸了耸肩,理直气壮地说:"我这不是以为你故意不给我开门吗?"

蓝婶赶紧在心里念叨起来:哎哟,这还是我第一次见有人和沈如晚说话时用这种语气!

其他人见了沈如晚,定要被她的脾气搞得气势虚矮一头,哪能像曲不询这样随意?

沈如晚冷淡地睨了曲不询一眼,也不说话,一转身便径直往屋内走了,全然不招呼客人,一副懒得搭理他的模样。可那扇总是紧闭的大门此刻就在她身后大敞着,并没有被关上。

曲不询就跟在她后面,慢悠悠地晃进门里去了。

蓝婶远远地看着两个人的身影一前一后地消失在门后,不由得用力一拍大腿:"哎呀,哎呀!"

沈姑娘这样脾气的人,还真是有朋友的啊!

可沈如晚不觉得曲不询是她的朋友。

她也早就过了想有朋友的时候。

"把糖糕放在桌上。"她开了门,转身往花坊内走,头也不回地丢下三两句话,"不要到处走动,不要乱动我的东西。"

曲不询提着糖糕,看着她纤细、直挺的背影穿过厅堂,在庭院的茵茵芳草中停下,垂着头一株一株地开始浇花。

沈氏花坊身处闹市,在这寸土寸金的地方独占一隅。明明周遭喧嚣,可花坊内像另一个幽静的世界,一切都变得静谧起来,从厅堂到庭院尽是杜若和蘅芜的清芬,满眼幽绿,淡淡的星蕊似点妆。

寻常香草丛生处大多有蚊虫环飞,但曲不询从门口一路走到庭院中,竟半点儿虫影也没瞧见，仿佛虫蝇也知此地清幽，不愿来搅扰。

曲不询在四面墙壁上扫视了一圈，果然在花叶后瞧见了墙面上以朱砂勾勒的符箓。符箓画了一圈又一圈，有辟尘的，有驱虫的，还有消除噪声的。沈如晚嫌贴符纸麻烦，就直接画在墙上了。

都说大隐隐于市，她隐是隐了，可又没完全隐。只要靠近她，谁都能发觉她的奇异之处。她只是不在乎。

曲不询凑近了一点儿，俯身凝视着地上的植物，忽然问："你种的这些花花草草好像和外面的有些不一样？"

沈如晚转过身看了他一眼，看见曲不询此刻还拎着那包糖糕，一只手托着蘅芜的碧叶，打量起来的姿态像模像样的。

"是吗？"她淡淡地说。

见沈如晚没有往下再说的意思，曲不询也不追问，一看便知她在敷衍自己。

曲不询拈着绿色的枝条，扭头看了她一会儿，忽然开口说："我最近正好对花草感兴趣，能不能向你请教请教？"

沈如晚看了他一眼。

他对花草感兴趣？她可真没看出来。

大概是她这眼神里的意味实在太明显，曲不询扬了扬眉："怎么？我就不像会种花的人？"

他可真不像。沈如晚怎么看都觉得他生了一张绝对会把花养死的脸。

"有这么夸张吗？"曲不询抗议。

沈如晚不置可否，转过身慢慢地走到庭院里。

院墙很高，从墙头上斜斜地垂落一缕细细的琼枝，无花无叶，晶莹剔透，仿佛翡翠雕成的一节柳鞭，光影流转时，似有水露在其中缓缓地流淌。

"或许在很多人的眼里，花草无非是消遣的玩意儿，不小心被种死了就再种一株新的，反正长得都一样，新的旧的没什么区别。"她抚着那条绿枝，声音既淡又轻，"可对于那一株花来说，死了就是死了。花还是一样开，可已不是那一株了。"

"草木有灵，却不是每个人都会珍重它们。"她不知在对谁说，"终究是攀折于人手，半点儿不由己。"

"不太珍重"的曲不询摸了摸鼻梁。

"你要养什么？"沈如晚问他。

曲不询看她——觉得他是花草杀手，她还要教他？

"我是人，又不是花草。我怜惜花草，何必强求旁人也同我一样怜惜？"沈如晚的语气淡淡的，"既然你要养，我先教了，总比你去别处听乱七八糟的方法强。"她朝曲不询投来目光，冷淡如冰泉："说吧。"

曲不询和她对视，却顿了半晌。

"我也不知道。"他说。

沈如晚细细的黛眉微微拧了起来。

"你也不知道？"她反问，"你就想养花，无所谓是什么花？"

曲不询沉思了一会儿，然后摇头："那倒也不是。"

沈如晚不说话了，站在原地抱着胳膊看他。

她不说话，曲不询倒觉得有几分尴尬了，便解释："我先了解如何种花、养花，等寻到真正想养的花时，我就知道该怎么做了。"

沈如晚被逗笑了，没把他说的话当真，也没较真："那你准备得还挺周全。"

曲不询低头去看庭院里的花，对着面前一株半开的花挑眉："细叶尖蕊，螺纹曲瓣，这到底是螺钿蔷薇还是藏袖白棠啊？"

沈如晚听他说出这两个花名，不由得诧异起来。

螺钿蔷薇和藏袖白棠是修仙界中较为稀罕的两种灵花，功用极多，但极难成活，故而所知者不多。

曲不询还真是对花花草草做过功课的人，不然连这两种花的名字都未必听说过，更别说猜他面前的花了。

他站在这株花前，能问出这个问题，就已经算半个懂行之人了。

对花草有一定了解的人总能博得沈如晚的些许好感，于是她微微勾起嘴角，道："都是，也都不是。"

曲不询回头看向她。

"这里的所有花都是我从旧株上配出的新种，本意是取其精华，去其糟粕，将不同植株的特点汇集在新的品种上。"沈如晚看着他面前那株花，慢慢地说，"这株确实是从藏袖白棠和螺钿蔷薇中培育出来的。我当时想集这两种花的部分药性于一体，但没成功。"

这操作听起来很简单，其实却是实打实的"逆天之行"。

再造新生灵称得上将木行道法运用到极致的一种道法。蓬山第九阁素来以木行道法闻名于世，也只有顶尖的修士才能尝试此法。

在修仙界，炼丹是一门前期投入极大，但水平提高后回报更大的学问。所以顶尖的炼丹师往往身价极高，在哪儿都被无数人追捧。但每一位可以再造新生灵的顶尖修士都堪称炼丹师追着求着的"亲爹"，可见其厉害之处。

顶尖之人更求顶尖，修仙界中每一个身处顶峰的修士都在为打破极限和藩篱而上下求索，一种前所未有的新灵药也许能造就出一种前所未有的新丹药。

"你真是退隐红尘？"曲不询挑着眉打量沈如晚，"我怎么觉得你比退隐前更厉害了。"

沈如晚盯着他，意味不明地问："你知道我比退隐前更厉害？你见过十年前的我？"

曲不询神色不变，反问："这不是很明显的事？咱们年纪相仿，你现在的修为和我的差不多。"

他的意思是，她不可能比他早十年达到现在的修为。

这倒确实是事实，但怎么听怎么让人不爽。

"年纪相仿？"沈如晚看了他一眼。

曲不询被她奚落的眼神看得不自在："怎么？你没想到？"

沈如晚似笑非笑地说："我是没想到。可能是你显老吧。"

曲不询差点儿被她的话噎死。

其实曲不询剑眉星目，相貌堂堂，单看并不精致，但都长得恰到好处，组合在一起造就了一种别样的魅力。他这人看起来不羁，但并不跳脱，安静不语时便沉稳、冷淡。所以他平时再怎么不着调，也不会让人觉得他是轻浮的年轻人。

沈如晚很熟悉这种感觉。每当心血来潮地对镜梳妆，想要梳个豆蔻年华时的发髻，她便会在明镜里看见自己，发髻还是豆蔻时的发髻，人却已不是当年的人了。

容貌未改，朱颜未凋，但眼神变了。

"你是哪一年生的？"沈如晚问他。

曲不询报了出生年份，算起来年龄比她大四岁，确实和她属于同龄人。

沈如晚又问他："你的生辰是哪天？"

曲不询看了她一眼，很不确定地问她："你打算拿我的生辰八字下咒？"

沈如晚要是会下咒，第一个就咒他的这张嘴被缝上。

"十一月初九。"曲不询到底还是懒洋洋地说了。

长孙师兄的生辰在三月。

沈如晚也不知道为什么想起了这件事，忽然涌起了淡淡的失望。

其实她不知道长孙寒的生辰到底是哪一天。

从前在蓬山的时候，她想方设法地认识长孙寒。打听到长孙师兄和第十二阁的邵元康关系不错，她就趁着一次宗门活动和邵元康结识，帮了他一点儿小忙，托他介绍自己认识长孙寒。

邵元康承她的情，组了好几次局想介绍他们认识，可惜总有这样、那样不凑巧的事，最终两个人缘悭一面。

有一次，邵元康告诉她，长孙寒因生辰将近，打算和几个朋友聚一聚，她如果想去，可以跟着一起去。

沈如晚提前准备了半个多月，天天拉着沈晴谙看衣裙、首饰、妆发，拿出修炼时的态度，精益求精。沈晴谙被烦得直翻白眼："你已经够漂亮了，稍微打扮打扮就足够艳压群芳，别折腾了，行不行？"

可最后这些准备全没派上用场。邵元康告诉她，宗门派给长孙寒一个临时任务，他赶不回来，没法如约赴宴，聚会只能取消了。

当时沈如晚被气得半个月吃不下饭，失望极了，干脆也报了个宗门任务，轮巡蓬山附国，打算散散郁气，狠狠地抓为非作歹的邪修发泄一下。

也就是在那个时候，她遇到了章清昱母女。

此去经年，人事已非。

"我累了。"沈如晚忽然说，"你可以走了，把糖糕留下。"

曲不询被她翻脸无情和喜怒无常的态度惊到了——她刚刚还好好地问他的生辰，现在竟然转眼就送客了。

"你刚才算出来我们俩八字不合？"他尝试着发问。

沈如晚看着他反问："这还用算？"

曲不询又被她的话噎到了。

他没辙，叹了一口气，把糖糕递给了她。

沈如晚默不作声地接过那块还温热的糖糕，看着他走到门边，又转身回头。

"你知不知道……"他难得有些犹疑的样子，顿了片刻，神色难辨，"有一种盛开时如月光的花？"

沈如晚捏着糖糕的手猛然一紧，心中立即生出一种不敢置信的感觉。她蓦然抬眸，目光锐利如刀。

曲不询紧紧地盯着她，迎着她的目光，神色沉重。

沈如晚和他对峙了许久，忽然收回目光，神色淡淡地说："不知道，我从来没听说过。"然后她转身朝转角的楼梯口翩然走去，只留下了轻飘飘的叮嘱，"你走的时候把门关上，今天花坊不开门。"

曲不询站在门边，眼神深沉，目光紧紧地追着她纤细的背影，任其消失在楼梯的尽头。

沈如晚不紧不慢地走到屋内，合上了门。手里的糖糕已被捏出了五个指印，衬得她所有故作镇定的反应都成了笑话。

她垂头盯着那糖糕上的指印，紧紧地抿了抿唇。

楼下，大门被用力关紧——曲不询已经走了。

沈如晚莫名其妙地想走到窗边看上一眼，可想了想，又没有动。

"盛开时如月光的花。"她喃喃地道。

她对曲不询说自己没听说过，其实不是。她不仅听说过，而且亲眼见过花开。

十几年前，族姐沈晴谙在长辈的安排下接管部分沈氏的族产。沈晴谙是沈氏嫡支，被正经培养的弟子，可以说从她出生测出天赋后，就被亲长寄予了厚望，长大后接管族产是早早就能预料的事。

沈晴谙很争气，努力修炼，在第七阁的年轻一辈里数得上号。旁人说起长陵沈家的年轻天才，总会第一个提起沈晴谙。

她优秀过人、接管族产、为沈氏做事，这些都是顺理成章的事。

沈如晚十一二岁时就认识沈晴谙了。

沈晴谙比她大两岁，两个人第一次见面就觉得聊得来。那时沈如晚的日子过得苦兮兮的，她一直在养父母家住，没机会交朋友。遇到沈晴谙后，她简直被投缘又大方的小姐姐迷住了，见天地跟在沈晴谙后面"七姐""七姐"地叫，被其他兄姐称作沈晴谙的马屁精。

所以，沈晴谙得偿所愿地接管族产，沈如晚也高兴。

"那你来帮我好不好？"沈晴谙问她，"我开始接管族产，四哥他们都想看我的笑话。"

沈氏内部也有纷争，能接管族产的嫡支弟子当然也不只沈晴谙一个人。众人明争暗斗，竞争得很激烈。

沈晴谙请沈如晚帮忙，沈如晚绝对不会拒绝。

于是那一年的秋天，沈晴谙把她带到了沈氏的腹地，赏了如明月清辉的满园的花。

那是一种不需要土、光，也不需要水的花。

沈如晚从来没想过，只许沈氏的精英入内的族内禁地中，居然养着一群行尸走肉一般的人。这些人形容枯槁、瘦骨嶙峋，只在时机到来的一刻从耳、鼻、口、目中生出花枝，绽放出世上最美的花。此花辉映无穷，如遍洒的月光。

"这就是沈氏目前最日进斗金的大买卖，药人。"沈晴谙一边说，一边不动声色地打量沈如晚的神色，"将花种种在心脏上，花茎和花枝便会爬满人全身的经络，汲取养分，最终在成熟时绽放。每一朵花都是重生人肉和白骨的顶级灵药，一个人一生能种两次。"

这种花的名字叫作七夜白，花开七夜，皎若月光。

想到这里，沈如晚把那块糖糕捏得坑坑洼洼的，上面全是指印。

她这一辈子都忘不了那一天，也忘不了那种花。

倘若在别处见到,她一定会惊叹于这种花的玄奇,毕竟那不是天生地长的灵花,而是顶尖修士通过木行道法培育出来的奇迹。

可是,她觉得不应该在沈氏禁地见到这些花。

"他们……他们都是自愿的吗?"当时她结结巴巴地问沈晴谙。

沈晴谙用怜爱的眼神看着她,慢慢地说:"我们总不能靠别人的奉献精神做生意啊。"

其实沈晴谙很忐忑,但故作镇定。她害怕沈如晚会勃然大怒,痛斥这事有多丧心病狂。她希望沈如晚能接受,然后她们还是好得像一个人一样,齐心协力、亲亲密密地做事,把这桩生意做好,完成沈氏的期许。

沈晴谙知道这事不人道,但是……什么事情没有完成沈氏的嘱托重要。

沈如晚那时没看出来沈晴谙忐忑的心情,只看到了沈晴谙镇定、不以为然的样子。

她突然觉得七姐陌生得叫人害怕。

"我……我不行。"她慢慢地摇着头,心乱如麻,"我不能帮你做这个。七姐,这是不对的。"

沈如晚从踏上修仙路起便疾恶如仇。可当恶事来自她的家族,来自她最好的姐姐、朋友,她忽然不知道自己要怎么办了。

可她做不出决断,别人会抢先为她做。

沈晴谙劝了她一会儿,大概察觉到绝不可能说服她,便沉默了一会儿,然后抬头看她:"你还记得刚才进门前,我给你滴血认主的那块符吗?那不只是进入禁地的通行符,上面还附有杀阵,专门给第一次来这里的人准备的。一旦持有通行符的人不能和我们共进退,我们就会启动杀阵杀了他,以绝后患。"

玄色杀阵在沈如晚身上慢慢地浮现出来,将她紧紧地包裹起来。

"每个第一次来这里的人都会亲手种一次七夜白,十四日后花开,再亲手把花摘下来。只有亲手做这些的人才能解开杀阵,摘下的那朵七夜白是报酬,可以自己服用,也可以找家族换成钱。"沈晴谙说着,神情陌生得像另一个人,"你是第九阁的弟子,七夜白在你的手里不需要十四天就能开花。你现在开始种,晚上我们就能回蓬山了。"

"如果你不动手,"沈晴谙看着她,伸出了手,掌心里是一块玉珏,"我会催动杀阵。"

沈如晚这一生的心碎莫过于这一句话。

后来无数次午夜梦回,她躺在床榻上辗转难眠,耿耿于怀地想:她把沈晴谙当作她最好的朋友,可沈晴谙到底有没有把她当成朋友?沈晴谙对她那么照顾,和她那么投缘，她们彼此陪伴着成长，走过豆蔻年华，那些她想想便会忍俊不禁的一点一滴到底是不是真的？

如果沈晴谙真的在乎她，怎么会想尽办法把她拉入这样的事中？又怎么会用杀阵来威胁她？她在沈晴谙的心里，到底是朋友还是跟班？

但这些问题她都再也没有机会问出了。

沈如晚不想死，也不想亲手种下七夜白。所以即使知道自己身上被种下的杀阵威力极强，知道周围轮巡的全是沈氏多年培养出来的精英，她仍然动手了。

在那天之前，"沈如晚"这个名字的传播范围仅限于第九阁内部，大家多多少少知道这一辈中有个很厉害的师妹，在木行道法上很有天赋。可在第九阁外，知道沈如晚的人并不多。大家说到长陵沈家的天才，也很少提及她，更没有人夸耀她的实力。

连沈如晚自己都不知道，她这样整日空对薜荔、蘅芜的法修，在必要时居然会杀人。

一开始她只想闯出禁地，可在禁地中值守的守卫都来拦她，绝不让她闯出去泄露消息。她身上的杀阵已然被催动，只擅长点到为止的斗法的她没有太多和人生死相搏的经验。

有意无意都已不重要，她杀了很多人。

意识消亡前，她想：她大概是走不出去了。七姐会不会有点儿后悔呢？

再醒来时，她已在蓬山了。

"我们找到你的时候，你已经走火入魔了，沈氏上下俱灭。"掌教宁听澜亲自来探望她，俊逸清秀的眉眼间满是不忍之色，他安慰她道，"不过你放心，我们在沈氏族地发现了那些药人。沈氏简直丧心病狂！你不愿与其同流合污，反抗是理所应当的，在如此极端的情况下走火入魔很正常，宗门不会因此处置你的。"

沈如晚坐在桌边，几乎要把那块糖糕揉烂。

在临邹城退隐了十年的沈如晚尚且不忍回首往事，退隐前的沈如晚又怎么去面对？

"七……七姐……"当时的沈如晚躺在病榻上，磕磕巴巴地问。

宁听澜听到她的提问似乎不怎么意外："你说的是你的族姐沈晴谙吧？她也死了。应该就是她把你带进禁地的吧？她根本不在乎你的死活，你千万不要为她的事感到愧疚和不安。"

沈如晚恍惚地靠在绵软的靠枕上，只觉得脊骨无力得仿佛支撑不住自己的身体。

"我……她是我……"她半天也说不出后半句话。

"你不要为此自责。她也想杀你，当时杀阵不都已经被催动了吗？"宁听澜安慰她，"她对你没有留情，你不应当为此内疚。"

沈如晚什么都想不起来，只觉得恍惚。她怔怔地坐着，忘了面前坐着的是蓬山掌教，是最日理万机的人物。

"沈家的事影响极恶劣，考量之下，宗门暂时不打算公布药人的事，但会为你作保，证明你事出有因。"宁听澜坐在她的病榻边，神色温和地说，"修仙界之大，利欲熏心、丧心病狂之辈如过江之鲫，少了沈家，还有更多。你想过接下来要做什么吗？"

从此，本该一生莳花弄草的法修沈如晚握紧了赫赫有名的神剑碎婴，奉掌教宁听澜之命惩奸除恶，成为蓬山对内对外最冷硬无情的那把剑。

沈如晚坐在小楼中，紧紧地攥着那块已经冷掉的糖糕，神色冷漠地低声呢喃："七夜白……"

她曾找寻过七夜白的来历和踪迹，想搞清楚沈家到底是从哪里得到这种邪性又奇迹的灵植。可惜信息太少，她几番折腾，每每以为摸到头绪，最终却一无所获。七夜白像在世间销声匿迹了一般，再也没被她遇见过。

曲不询是从哪里知道这种花的？他问起七夜白，又是出于什么样的目的？

沈如晚静静地坐在桌边，像一道沉默的影子，面色沉静如水。

日光从半开的窗口斜斜地照进来，从桌边一路移到床边。

她一坐便是一下午，再抬头，竟已暮色四合。

她怔怔地看着窗外的夜色，半晌，忽而冷笑了一声，不知是在同谁说："我早就退隐了，蓬山和修仙界如何同我有什么关系？纵是整个神州都成了七夜白的花田也不关我的事。"

她说完，一转身，和衣卧下了，躺在床上合眼欲眠。

夜静无声。

到夜阑时分，她辗转反侧。

滴漏声寒，静谧的夜色里，只听见一声声枕函轻响。

四月十九，气清云和。

郇仙湖风平浪静，波光似锦，孟夏的日光洒落在江面上，亮得叫人睁不开眼睛。渡客只好躲进船篷里，让竹帘遮一遮那满眼晴光。

正所谓："十年修得同船渡。"渡客无事，便好奇地望向同船人。

"沈坊主，你是特意为我们东仪岛的龙王庙建成而来的吗？"

沈如晚倚在船篷边，罕见地穿了一件鹅黄色的衫裙，鲜亮清丽，衬出了她颊边如雪的光，也消解了些许冷淡感。她看起来竟有些可亲，连同船的普通岛民也敢和她搭话了。

她端坐在船篷里，淡淡地扫了那人一眼："不是。"

她一开口，那副拒人于千里之外的冷淡样子立马回来了，鹅黄色带来的可亲感也一瞬间成了错觉。

"哦，那是我误会了。"岛民尴尬地笑了笑，"我看你今天这身打扮，还以为你是来贺龙王庙落成的。"

其实沈如晚早就把东仪岛的龙王庙忘到九霄云外了。

她口口声声地说七夜白和她没有关系，可接连几夜躺在床上辗转反侧，简直要敲破枕函，听着漏壶声睁眼到天明。

也许是已如死灰的凛然正气在她身上没冷透，也许是七夜白曾经带走了她所有的血亲，又或许她作为一个研究木行道法的法修本能地对于奇迹之花好奇……思来想去，她还是放不下。

她要找到曲不询，问个一清二楚。

曲不询自从那天离开后，就再也没来过沈氏花坊。沈如晚不知道他在哪儿，某日对镜梳妆后，实在没忍住，关了沈氏花坊的大门就来到邬仙湖畔，坐上刘伯的船，重临东仪岛。

她穿鹅黄色的衫裙只是一个意外。

沈如晚承认，她离开蓬山、退隐小楼是有些心灰意冷，但绝不是"衣灰色冷"，更不是只能穿素色的衣裙。

当年在蓬山，她经常跟着沈晴谙在休沐时裁衣、描妆，蓬山时兴的花样和衣妆，她们总是率先换上。要说多响亮的名声，她倒没有，但那时认识很多同门，大家一起欢笑、郊游、做什么都有意思。

她还记得最初七姐手把手地教她挑衣裙，引见她与制衣的第八阁中的好几个师姐结识，五陵年少，踏尽落花。

再后来，沈氏一朝覆灭，旧识不可避免地从各方得知了消息，几个曾同她游乐的师姐不敢相信，跑来找她问个究竟，可沈如晚只能沉默。

而后她垂着眼睑，面沉如水地说："是，我是杀了……沈晴谙。我知道大家来找我是什么意思，具体的事我不能说，也不想说。事已至此，大家深究也是徒劳……就这样吧。"

曾经最关照她、每次都把师父亲制的法衣悄悄地留给她的第八阁的师姐难以置信地看着她："就这样吧？沈如晚，你知不知道自己在说什么？你不是这样的人！你和沈晴谙关系那么好，怎么可能杀了沈晴谙呢？"

可沈晴谙就是死了，她是有意的还是无意的根本不重要。

"沈晴谙想杀我。我想活下去，杀了她有错吗？她根本不在意我的死活，难道我该放弃反抗吗?"她霍然抬头,神色如冰,字字冷涩,"我从没想到事情会变成这样。可到了今时今日,我也不后悔。"

"沈晴谙怎么可能不在意你的死活?"师姐不敢相信,"以她那个臭讲究的脾气,她除了你还看得上谁啊?她交朋友要是有那么三五分真心,只怕全都给你了!"

沈如晚也想知道为什么。

她虽固执地不愿相信,但已在短短几日里逼自己接受了事实,就像接受太阳东升西落、公道和正义都是苍白的、世人都爱追名逐利一样。

在往后漫长的岁月里,她恨沈氏,尤其恨沈晴谙。

若不心怀恨意,她又怎么去面对痛楚?

自那件事后,旧友渐渐疏远了沈如晚,有些人对她敬而远之,有些人对她深恶痛绝。沈如晚每每见到那些熟悉的脸,就会想起从前。

她把过往都丢掷在身后,从此只向前走。

她仔细想来,鹅黄色当真成了束之高阁的颜色,就像她渐渐暗淡的青春底色。

直到近日,春光无限好,于是她心念一动,忽而拾起了明媚的衣裙。只是她没想到被误以为盛装庆贺龙王庙建成,此刻只觉得无语。

她不想说话,同船人也讪讪的。船篷里闷闷的,莫名其妙地让人感到压抑。

船行过半,撞入了一片清幽的碧色中。四月孟夏,芙蕖未开,荷叶连天,蜻蜓已立。

"啊,邬仙湖的荷花竟含苞待放了。"同船人满眼欣喜,不由得轻声说。

言罢,他才想起来船篷内还坐着个冷淡的异人,一时尴尬,做好了沈如晚不会搭理他的准备。

"青绿无边,是很美。"沈如晚静静地坐在船篷边上,轻轻地拨开竹帘,竟然轻声应和了对方一句。

同船人惊异地望着她,又不敢太明显,只遮遮掩掩地问:"沈坊主,你喜欢荷花啊?"

她若非很喜欢荷花,怎会忽然如此和颜悦色呢?

沈如晚用余光瞥了他一眼,神色淡淡地说:"不喜欢。"

同船人的话又被噎回去了。

他偷偷地看着沈如晚,发现她不错眼珠地凝视着连天的碧色,晴光落在她的眼眸中,让她看起来专注又安静——她哪里是不喜欢的样子?

沈坊主真是的,也不是小孩子了,怎么心里喜欢还偏要说反话?

他在心里嘀咕完,把头探出船篷东张西望,之后干脆站起身来,站在船头四下张望起来,忽然眼尖地在满眼的青绿色里看见一点儿异色。

"哎，那是谁家的船啊？这时节可不能捕鱼。"

在东仪岛讨生活的渔民早把天时和规矩刻在了骨子里。大家都遵守的规矩，怎么能有人违禁？

同船人一时间将沈如晚忘到了脑后，直对着摆渡人吆喝："老刘，你快划过去看看，那是谁家的船？"

微风拂过莲叶，渡船穿过碧色，慢慢地摇晃着靠近了那万千碧叶中的一点儿异色。

一叶小舢板悠悠地荡在连天的翠色中，有个人枕着手臂仰躺在舢板上，懒洋洋地晒太阳。晴光耀眼，照在他的身上，别有一种忧虑尽去的逍遥之感。

沈如晚坐在船篷里，拨竹帘的手微微地攥紧了。

"曲老弟，你怎么在这儿躺着呢？"同船人已然瞪大了眼睛，"你这是借了谁家的船啊？"

沈如晚听见这人如是称呼曲不询，不由得看了他一眼。

曲不询倒能和各种人打成一片，章大少那种傲气横生的人他能称兄道弟，东仪岛的普通岛民也能自然地叫他一声老弟，他半点儿没有身为修仙者的矜持样子。

曲不询懒洋洋地睁开眼，往渡船上扫了一眼，目光落在船篷里搭在竹帘上的那纤细的五指上，笑了一下，又收回目光，没动弹。

他就这么躺在舢板上，望着渡船上的岛民："荷叶连天，难得好风光，我怎能不来看一看？我问了一圈，就把船借来了。"

岛民对着能称兄道弟的曲不询，话就多了起来："哎哟，那你可来早了，再过一两个月，荷花全开了，满湖火烧似的红，那才叫好看呢！年年如是，年年叫人都看不厌。"

曲不询只笑："是吗？那我怎么也得在东仪岛待到荷花盛开再走。不过一个时节的芙蕖有一个时节的美，接天莲叶无穷碧，也很美。"

岛民显然对此没有太多感觉，但尊重曲不询的爱好，于是换了个话题："那你接下来还在这儿待着，晚上再回去？"

曲不询的目光再次落在船篷的竹帘上那一点儿莹白的指尖上。

"倒也不是，"他说，"我来赏景，顺便等人的。"

"等人？"岛民不解地问。

这事撑船的刘伯知道："曲大侠这些日子天天都出船，已有半个多月了吧？我还以为你把人等到了，没想到你还在等。"

他的这些话让曲不询看一眼船篷就莫名其妙地有几分不自在。

曲不询干咳一声，笑道："快了。"

可不就是快了？他等的人近在眼前。

曲不询毕竟不是他们岛上的人，住上一段时间就该走了。所以刘伯和岛民虽然没懂，但没深究，似懂非懂地笑了笑，说了些客套话："那你忙，我们先回岛上去了，咱们岛上见。"

船篷上，那只手仍轻轻地攥着竹帘，既没缩回去，也没有探出来的意思。万般好的晴光照在那白皙的指尖上，让它看起来像抹了蜜的白玉，惹人遐思。

只有曲不询知道，这一双如霜雪初凝的手握起剑时有多强硬、决绝。

他没说话，仰躺在舢板上，睁着眼看岛民站在船头，刘伯撑着船桨。渡船摇摇晃晃地绕过他的小舢板，转眼便要朝东仪岛的方向驶去。

曲不询一动不动。

"沈如晚——"他忽然提高声音，扯着嗓子喊她，"你还真跟着他们走啊？"

船头上的刘伯和岛民一起回头，惊讶地看着他，目光一转，又看了看船篷。

曲不询没管这两个人，仰躺着将一只手懒洋洋地伸向额前，微眯眼睛，凝视天上的云岚，叹了一口气："我在等你。"

船篷里安静极了。刘伯和岛民左看看右看看，难掩惊异之色。

曲不询和沈如晚一个是四海为家的剑客豪侠，另一个是临邬城里颇有名望的幽居异人，明明是八竿子打不着的关系，怎么竟好似交情不浅？

可若两个人真是朋友，沈如晚怎么始终坐在船篷里一声不吭，连走出来同曲不询说两句话的意思也没有？

他们到底认识还是不认识啊？

沈如晚坐在船篷里，微微蹙起了眉。

她没想到，自己还没到东仪岛，半路上便遇见了曲不询。

她还不想这么快见他，可现在不出去，倒显得自己气势弱。

沈如晚起身，伸手掀开了竹帘，从船篷里走出来，冷冷地向曲不询看过去。

"你等我，我就要搭理你吗？"她反问，神色冷淡如寒霜。

昼光映水，淌在她盈盈的裙裾边，将鹅黄色衬得愈加清雅，和她的容光相映，连晴光也显得暗淡了。

曲不询望了过来，凝视她片刻。

"理与不理自然都随你的心意。我等我的，也随我的心意。"他说着，一挺身，盘腿坐在了船头上，看着她笑了一下，"可你到底还是搭理我了。"

沈如晚现在若说自己这就坐回船篷里去，未免太刻意了。于是她冷冷地看了他一会儿，微微提起裙裾，在刘伯和岛民低低的惊呼声里轻轻地踏上眼前的一片荷叶，转眼如履平地般从渡船的船头走到小舢板前。她刻意放重脚步，用力地踩在小舢板的船头上，把舢板压得蓦然往下一沉，与水面持平。

小舢板被她一压，另一头的船头都翘了起来。曲不询稳稳地坐在翘起来的那一头，仿若无事，转头对目瞪口呆的刘伯和岛民笑了笑："两位老哥先走吧，我们有点儿事要聊，待会儿再回岛上。"

刘伯和岛民左看一眼，右看一眼，连话都不知道该怎么说了。他们打量着沈如晚的脸色，争相笑着点头，而后刘伯飞速摇动船桨，头也不回地往东仪岛上划去。

曲不询也不去看沈如晚，只管看渡船划得远了，而后目光一转，在漫天碧色的荷叶上游走，没事人一样悠闲地赏着湖景。

沈如晚立在一片荷叶上，冷冷地看了他半晌，脚尖一点，终是轻轻地踏上了舢板。她一抚裙裾，在他对面坐了下来。

说来也奇，她一立上舢板的船头，船面便不再倾斜了，舢板稳稳地浮在水上。

曲不询转过头来，望着她笑了，也不说话，没头没脑的。

沈如晚的神色愈加冷了。

曲不询慢慢地收住了笑："我等你半个月了，还不知道你会不会来。"

沈如晚的神色很淡。

"我来又怎样？不来又怎样？"她偏头看向无穷的碧叶，没什么表情，语气冰冷，"我来东仪岛和你有什么关系？"

曲不询又笑了一声，并不反驳，反倒附和她的话："说得也是。没准你是听说东仪岛的龙王庙落成，特意前来道贺的。你做什么都有你的决断。"

他把话说得这么顺，连理由都抢先一步给她找好了，让她反倒憋了一口气，咽不下也吐不出。

沈如晚沉着脸不说话，曲不询也不说。

他探身掬了把湖水，悠闲地往外一洒，水珠落在了周围的荷叶上，使得碧绿的荷叶微微颤动起来。水珠从叶面上滑落后，荷叶摇了摇，又慢慢地立稳了。

他再抛洒，荷叶又颤动起来，一来一回，反反复复，竟不觉得腻。

沈如晚在心里翻白眼：无聊。

她淡淡地移开目光，看了一圈。满眼幽绿，尽是人间孟夏风光，直让人觉得这样的日子再长也有意趣。

"这里没虫？"她挑着眉质疑。

作为整日与花花草草相对的木行道法行家，沈如晚太清楚所谓的"放舟莲叶间"能多招惹蚊虫。诗家谈风月，总把置身于香草花丛的场景形容得无限美好，引人仿效。可真正尝试的人才意识到，风月再好，敌不过虫蝇环伺。

此时她坐在这里，不闻虫声，只剩水浪声声如吟。风卷莲动，让人忽疑此地是人间还是天上。

曲不询偏过头看她，嘴角带着一点儿笑意。

他伸手拍了拍舢板的内侧，懒洋洋地说："和你学的。"

沈如晚蹙着眉看去，在舢板的内壁上看见了一道浅浅的刻痕。刻痕画的是一道驱赶虫蝇的符箓，笔锋飞扬，深浅如一。符形虽不那么工整，可看得出刻下符箓的手却很稳。

他竟学她直接在船身上画了符箓，把周遭的蚊虫全都驱走了，只留下满眼幽静之景。

沈如晚轻轻地哼了一声："你还挺会享受。"

曲不询悠闲地敲了敲船面："过奖，过奖。"

沈如晚看了他一会儿，忽而抬起了手，小舢板微动，绕开了在风中微动的荷叶，朝荷花丛外飘飘荡荡而去，一路撞入开阔的湖水中。

清风拂过，水面波澜横生，舢板晃来晃去，偏又安稳得很。

她坐在舢板上，眉头微锁，想了又想，忽而问他："你要找那种花做什么？"

她说得没头没脑的，但曲不询不用想就知道她在说什么。

他忽地坐直，吊儿郎当的劲全都散去了，微微向她倾身，目不转睛地盯着她。

"你知道那种花？"他不答反问。

沈如晚微微抿唇，而后平淡地说："我确实知道。"

曲不询追问："这种花叫什么？"

他平时看起来不羁，仿佛什么事也不放在心上，可此刻目光深沉，有一种凝重的肃杀之气，无端地慑人。

"你先告诉我，"沈如晚静静地看着他，语气平平，仿佛主持宗门小考的管事在宣读考题，"你找这种花做什么？"

曲不询看了她半晌。

"我找这种花，是因为我的朋友被种下过这种花，我还没和他说上话，那种花就在我面前盛开了，他就死在我面前。"他慢慢地说，声音无比冷，"我要给他报仇。"

沈如晚心头一跳，想起了沈家禁地里那些行尸走肉般的药人，也想起了曲不询最初对她若有若无的敌意。

沈氏覆灭于她，可她始终属于沈氏。

倘若曲不询因她后来奉掌教之命除去修仙界的毒瘤而对她有敌意，沈如晚问心无愧，半点儿也不在乎。他要报仇，她也会奉陪到底。可若曲不询的仇怨来自沈氏……

她兜兜转转，恩恩怨怨，爱恨难辨。

羁绊难被斩断,她终究还是把自己当作沈氏的弟子。

沈如晚花了很多年去恨沈氏、恨沈晴谙,也恨自己身上流着的沈氏的血,又花了更多的时间同自己和解。她绝不会把沈氏的罪恶背负在自己身上,为自己从未做过的事愧疚一生,但也不会漠然地置身事外,面对那些受害者的困境无动于衷。

"你要报仇,只要知道仇人是谁就行了。"沈如晚平淡地指出,"你有这个能力,也不像不敢动手的人。"

"是,报仇我只需要知道真凶,可我想要的还有真相。"曲不询不错眼珠地盯着她,"我要知道谁在研究这种花,谁又不知厌倦地拿别人的性命堆出花开。这世上每天都有人在这种痛苦里煎熬,每天都有无辜的人被抓走,成为花肥,而我真正的仇人躺在别人的尸体上享尽荣华,我不乐意。"

沈如晚皱起了眉,问:"现在还有人在种这种花?"

沈家分明早就覆灭了,又有谁能拿到七夜白的花种,做出和沈家一模一样的事?

当年沈家覆灭得太突然,除了沈如晚,一个活口也没有。这之后,一切和七夜白有关的线索都断得一干二净,沈如晚一点儿也没查到。再后来,她倒是找到了新的调查方向,可惜什么也没问出,最后的知情人也自尽了。直到心灰意冷退隐前,沈如晚再没查到七夜白的踪迹。

她以为这种花已在修仙界销声匿迹了,成为她一个人的回忆。

曲不询紧紧地盯着她,过了好一会儿,忽然往后一靠,大马金刀地坐在船头,气势凝而不散。

"当年我报仇时就想查明真相,没想到对方背后还有主使,还没等我查到,他们就把线索斩断了,那些被我发现的人一夕之间全都被灭口了。"

"被灭口了?"沈如晚重复。

曲不询慢慢地颔首:"对,有一批人负责灭口,还有一批人负责追杀我。"他说到这里,顿了一下,过了片刻才继续说下去,"我受了点儿伤,也就把这事耽搁了。"

这么说来,曲不询追查到的仇人并不是沈家,而是另一支种药人的势力。

神州之上,经营这门抽髓扒皮的生意的竟不止沈氏一家,再往上还有主使。

沈如晚默不作声地想:曲不询是找到线索后才引来主使灭口的,她却是自己走火入魔误灭了口⋯⋯当年蓬山隐去沈氏的罪行倒成了对她的保护,不然众口铄金,指不定有人认定她为了灭口才做出这等惊世骇俗的凶行。

曲不询坐在那里静静地等她开口,姿态随意,但气势冷冷的,不说笑时岳峙渊渟。

沈如晚慢慢地向后靠在船头上,眼睑微垂,眉眼间难得露出一点儿疲色。

"那种花叫作七夜白。"她说。

"七夜白？"曲不询微怔，很快想到了另一件事，"你之前说过，朱颜花的另一个名字叫七日红。"

先前沈如晚说起"七日红"这个别名时，有些意味不明。

"怪不得，"他顿时把前后的关窍都想明白了，"名字如此相似，难怪你说真巧。"

曲不询想起沈如晚说起这名字时的神态——有喟叹之意，也有奇异之色。他拿不准她对七夜白的态度。

当年蓬山发下缉凶令，追杀他的人数不胜数，沈如晚是最后一个人，也是最特别的一个人。

"倘若你有什么苦衷，我可以帮你。你跟我回蓬山，我帮你洗清冤屈，不管多麻烦，一定还你清白。"当时她的颊边还沾着不知是谁的血，雪夜里，她手持昏黄的青灯，神色幽冷如霜，"只要你真的是清白的。"

那一夜的风雪冷彻骨髓。

同样的话在之前的一轮又一轮追杀里被不同的人说过，一遍又一遍，这些人中还有曾和他言笑晏晏的旧友。可他最终揭开温情的伪装，发现都是欺骗——他们给他留下的最好结局就是伏诛。

他大笑，声音穿过"簌簌"的风雪，在冷到骨子里的荒川中回荡，像濒死前的狼嚎，让人汗毛倒立。

"你真信我？"当时他如是问，像在看一个不好笑的笑话。

寒夜里，沈如晚的眸光如星星点点的雪。

"只要你说，我就信。"她说。

可他不信，也不敢再信任何人。

他打断她："别啰唆了，有意思吗？"

眼前眩晕般的黑影汇成光怪陆离的景象，他强撑着握起剑，把刺骨的痛楚和碎雪一起埋葬在呜咽的寒风里。他朝她笑了起来，像个什么都不在乎的疯子："我谁也不信，除非我死！"

剑尖在风雪满天的夜色里指向了她，暗淡的血污遮住了剑光，却遮不住凌厉的剑意。

"碎婴剑，你尽管来！"

在动手之前，他就隐隐地有预感：他走不出这座荒原了。

他此番触及隐秘之事，骤然被追杀，远遁三万里，血溅十四州。蓬山的缉凶令从来没有哪一次像对他这样迅如雷霆，认识或不认识的修士都想从巨额的悬赏里分一杯羹，谎言和刀光剑影把他掩埋。两个多月了，他已是强弩之末。

在无边的雪原上,他看见她提着一盏青灯,踏着满途的风雪,如一缕淡淡的风吹入了昏暗的世界。

他想:要是死在她的手里,自己倒也没有那么难以忍受。

曲不询缄默了许久。

沈如晚不知道他为什么忽然沉默不语,扶着鬓角,垂眸望向波光粼粼的湖面。她收拾好纷乱复杂的心绪,重新说下去:"这种花以人身为花田,花开后即成药,药性不弱于几种重生人肉和白骨的至宝灵药,只是功效单一了些,应用起来有局限。"

这些年来,她花了许多精力去探究七夜白,除了没有亲手种下一朵用以研究外,对七夜白可以说颇为了解。

"倘若不深究七夜白成活的条件,这种花就像一场奇迹。"沈如晚说着说着,有些出神,顿了一会儿后,慢慢地说,"真想知道是哪位前辈培育出了这样的奇迹。"

曲不询不由得偏过头去看她。

沈如晚垂着眼眸,沉浸在自己的心绪里。

她沉静不语时,便如春山中的云雾,任谁也看不出她在想些什么,却又忍不住去猜。

被一剑穿心,坠入归墟前,他也曾这么不远不近地看着她。那时的他看到她冰雪般的神情有了暖意,眸中似乎凝了泪,下意识地伸手来拉他。她的指尖擦过他的掌心,如他转瞬消失的最后的神志一样,成了一拂即逝的幻梦般的泡影。

半晌,曲不询霍然回头,直直地看向她:"你对七夜白很了解?"

沈如晚抬头看着他,怔怔地点头:"对。"

她不明白他为什么隔了这么长时间忽然发问,一惊一乍的。

曲不询紧紧地盯着她:"你不反感它?"

原来他是为了这个。

沈如晚明知这问题背后还若有若无地藏着与道义有关的揣度,却没有一点儿犹疑,答道:"花草无善恶,是用它做恶事、满足私欲的人该杀。"

抛开那些借机行恶的人不提,七夜白就是一种奇迹般的灵植,没有任何一个钻研木行道法的修士会对它无动于衷。

她不屑伪饰。

"也行。"曲不询笑了一下,腿一抬,又盘坐在了船头上,不再看她,悠悠地望向平静的湖面。

沈如晚皱起了眉。

曲不询像背后长了眼睛似的,伸手往怀里一掏,竟掏出一包瓜子来。他三两下拆开纸包，随手抓了一把，伸手把剩下的半包瓜子递到她面前。

沈如晚盯着那包葵花子好半天，不伸手，曲不询也不动，掌心稳稳地托着那包瓜子。

沈如晚抿了抿唇，终于伸手在他的掌心上虚抓了一把，将零星的几粒瓜子拢在手里。

曲不询的手在半空中顿了片刻，不过转瞬便五指一拢，把那纸包握在了掌心里，从容地收了回去。

轻舟微荡，碧水潺潺，谁也没刻意去控制船行。不经意间，舢板摇摇晃晃地竟又漂回了那片浩浩荡荡的连天荷叶旁。

沈如晚垂眸看着掌心的那几粒瓜子——这样会出声的零嘴，其实她不怎么爱吃。

她不吃瓜子，曲不询却是真的吃。潺潺的水声里不时地响起"咔咔"声，与水声、浪声相和，竟有一种"行至水穷处，坐看云起时"的悠然之感，让她竟不觉得吵闹。

沈如晚的目光若有若无地落在曲不询身上，曲不询仿若未觉，依旧闲适地望着远处的湖面，动也没动一下。

她的目光又慢慢地移回了掌心。

犹豫了片刻，她慢慢地伸出另一只手，用两根白皙纤细的手指轻轻地拈起一粒瓜子，微微用力，瓜子壳顿时分作两半，露出里面小小的瓜子仁来。

"你就是这么吃瓜子的？"曲不询回过头来看着她笑。

沈如晚莫名其妙地有些气恼，蓦然一拢五指，将几粒瓜子都握在掌心，把手放了下去。

曲不询看着她，嘴角一撇，没忍住，偏过头笑了。

沈如晚的神色更冷了，眉眼间都是杀气。

曲不询赶紧止住了笑，但没怎么忍住，嘴角古怪地牵动了一下。

沈如晚一脚踹在他身下的船板上。曲不询没躲，顺势张开了胳膊，直直地往后仰躺过去，一翻身，就这么沉进湖水中了。

沈如晚明知曲不询的修为不在自己之下，他根本不可能栽这么一下，却还是稍稍一惊，向前微微倾身欲捞他一把。下一刻，曲不询便从湖水中冒出头来，反手握着一把匕首，匕首上插着一节被淤泥覆盖的莲藕。

对上沈如晚的目光，他懒洋洋地笑了一下，一只手搭在舢板的边缘微微用力，翻身便重新坐上了船头。他浑身的衣物干干净净，半点儿水迹也没有。

"幼稚。"沈如晚嗤之以鼻。

曲不询挑了挑眉。

刚才那一出是挺幼稚的，他承认。可她气不过，一脚踹在船板上，难道就比他好到哪儿去了？大哥别笑二哥。

他不搭话，垂着头慢悠悠地洗净那一节嫩藕，削完皮，"咔嚓"一声将其掰成了两半，递给她一半。

沈如晚的五指纤细白皙，伸手接过那半节莲藕时，一竟让人难以分辨哪个更莹白。

"你为什么会来东仪岛？"沈如晚握着那半节莲藕，问他。

曲不询一挑眉毛就要开口，然而还没将第一个字说出口，就被她的下一句话噎了回去。

"不要跟我说四海为家那一套。你要找七夜白，为什么会在东仪岛上停留那么久？"她眉眼微抬，语气淡淡的，"这里和七夜白有什么关系？"

总不能是曲不询在还不知道七夜白的名字的情况下，就断定朱颜花的别名和它的名字很像吧？

曲不询顿在那里，没说话，过了好一会儿才重重地叹了一口气。

"我就知道，"他说，像在抱怨，"只要和你透露那么一点儿，早晚被你全扒出来。"

"这你倒不必担忧，"沈如晚哼笑了一声，"我对你那些鸡毛蒜皮的破事没兴趣。"

"那我就更担心了。"曲不询又叹了一口气，"我的每件事都不是鸡毛蒜皮的破事啊。"

沈如晚不客气地翻了一个白眼。

曲不询不再和她插科打诨，沉思片刻后低声说："不错，我来东仪岛并不只是为了打发时间，还为了七夜白。"

沈如晚立刻凝眸看他。

"我查了两年，终于查到了一点儿和七夜白有关的线索。"曲不询说，"我只知道七夜白或许是在这里被培育出来的，告诉我消息的人是培育出七夜白的修士的徒弟，他们是半路师徒，相处没多久就分道扬镳了。当时七夜白并未被培育成功，因此那人也不知道这种花叫什么。"

线索难寻，曲不询好不容易找到头绪，哪怕希望再渺茫，也得亲自来试试。

沈如晚微微前倾，目不转睛地看着他，惯常冷淡的目光骤然亮了起来。

曲不询被她看得一怔，转眼又想起沈如晚对研究出七夜白的修士有兴趣，一时无言。

"我和你一起找。"沈如晚说，语气虽淡，却笃定至极，不容人反驳。

"行啊。"曲不询懒洋洋地笑了一下，目光在她的脸上轻轻地扫过，"蓬山高徒愿意屈尊相助，我当然乐意啊。不过你应该不收我的钱吧？"

沈如晚看了他一眼，举起那半节莲藕，放在唇边轻轻地咬了一口："喏，我的报酬。"

第四章　犹如故人归

沈如晚没离开东仪岛多久，又主动到访，别人倒还没事，章清昱是最惊讶的人。

"沈姐姐，你怎么来了？"章清昱主动问，"是有什么事吗？"

她直接略过了龙王庙落成的事——很明显的，沈如晚对这件事没有半点儿兴趣，更不会特意因此来到东仪岛上。

沈如晚对章清昱没什么好隐瞒的，便简略地问章清昱："我对一件东西很感兴趣，忽然得知它和东仪岛有点儿渊源，特意过来看看。你们这里有没有什么似有依据的奇闻传说？不要和我说邬仙湖和龙王的传说，肯定不是那个。"

章清昱听见"奇闻传说"四个字，想起的第一桩自然就是邬仙湖和湖底龙王的故事。这是周边口口相传的最大的奇谈，然而沈如晚没说两句就先把这个排除了，让她想别的可就有些难了。

沈如晚不催她，想了想，又补充："和七日红有关系的事，你都说出来，有一个算一个。"

她不说朱颜花，偏说七日红。

章清昱哭笑不得。奇闻又不是大白菜，还有限定条件。东仪岛上哪里有那么多传说啊？

"沈姐姐，你也知道，我不是东仪岛人，章家也不是本地人，很多掌故、传闻，家里也没个老人能讲给我听。"章清昱不由得面露难色，却又不忍心叫沈如晚失望。

沉默了许久，章清昱轻声说："对东仪岛上祖辈流传下来的传说，我知道的不多，但听人说起过一些不是传说的旧闻，可能只有我知道。但我不知道那些是真的还是假的,所以全都说给你,沈姐姐,你自己判断。"

沈如晚挑了挑眉。

章清昱不是在东仪岛上长大的,章家也不是早就住在岛上的望族,那章清昱又是从哪里得知这些旁人不知道的隐秘之事的?

章清昱抿了抿唇,然后道:"沈姐姐,你也知道我的身世,我没什么好瞒你的。其实我和我娘都不知道我爹到底是什么人,他从来不说自己以前的事情,就连名字也是假的,只说自己的仇家不少,怕拖累我们。"说到身世,章清昱未免有些难堪,"我长大后常常觉得我娘糊涂,连对方的真名是什么都不知道就愿意跟他在一起。骗子骗她,一骗一个准。"

她说一句就先自己贬低两句,若非平常总被人以此攻讦嘲笑,谁会句句谨慎?

既不伤人也不损害旁人的利益的事全是个人的选择,结果自负,更别提章清昱连当事人都不是,旁观者又凭什么去攻讦嘲笑她?这些人不过是享受那点儿肆意贬低旁人的快感罢了。

沈如晚垂眸,淡淡地看了章清昱一眼:"你对自己的人生负责就够了,既往之事,何必细究?"

沈如晚的话中,虽然没有哪一个字在安慰章清昱,但字字含着安抚之意,足够让章清昱听出沈如晚对她的身世并没有什么指手画脚的打算。

"沈姐姐说得对。"章清昱不由得抿着唇笑了一下,精神振奋起来,"我扯远了,还是说秘闻。这秘闻其实是我从我爹那里听来的,那时候我还很小,我爹娘都在,带着我去舅父家做客,饭桌上热闹,我爹就说起临邹城外的东仪岛。"

那时章家还没有发家,仍是临邹城里最寻常不过的人家,可姑娘带着姑爷回娘家,还是能凑一桌大戏。硬脾气还爱发号施令的大舅哥、自作主张地找了个夫婿的倔姑娘,还有一个来历诡异却真心爱妻子的新姑爷,这几个人凑在一起,一顿饭比戏还热闹。

第一回上门的新姑爷在饭桌上好声好气的,为了让妻子展颜,对大舅子多有讨好之意。好在新姑爷走南闯北,见多识广,没多久便和大舅哥相谈甚欢了。

聊着聊着,姑爷顺口提起临邹城外的东仪岛,只当它是谈资。

"我爹说,邹仙湖以前真的有龙的踪迹,邹仙湖的传说也都是真的,只是时间久远,大家都以为那是传说。"章清昱在沈如晚面前总比在旁人面前更敢说,或许是因为知道沈如晚无论如何都不会说嘲笑她的话,"我爹还说,东仪岛就在邹仙湖上,位置极佳,在那个传说中应当是水底龙宫的入口。若有什么法事,在东仪岛上做便极容易成功。"

这也幸好章清昱是同沈如晚说了这些话,若旁人听见她有模有样地说起什么

"真龙""水底龙宫",只怕笑也要笑死了。

沈如晚只是微微地蹙起了眉。

上次她在湖里找那只鲢鱼妖的时候便将整个邬仙湖探查过一遍了,并没有发现什么龙宫,也没有真龙留下的踪迹。

但她想归想,没打断章清昱。

"我也是后来才明白,我爹其实是个异人,学过几手简单的法术,没什么大本事,半是卖身手,半是招摇撞骗,走江湖时见过的人多,这才结了不少仇。"章清昱说,"我第一次听说朱颜花的别名叫七日红,就是当时我爹喝醉了,告诉舅父,我爹的师父曾经看中了东仪岛的位置,在这里修行了一段时间。"

沈如晚的眼神微凝:"你爹的师父叫什么?"

这个章清昱就不知道了。

"我爹和他的师父不像沈姐姐你们修仙者的宗门里的师徒那样。"她解释,"我爹的师父最喜欢到处捡徒弟,随便教两手就把徒弟扔了。至少在我的记忆里,我爹早就不和师父联系了。"

这怎么听起来和曲不询说起的线索一模一样?那位前辈真有这么喜欢收徒弟?

沈如晚觉得匪夷所思。

"我只记得这些了。"章清昱不好意思地看向沈如晚,"我爹就和我舅父聊过这么一次,后来我爹娘带着我再来临邬城的时候,章家就已经发家了。也不知怎么的,我爹忽然就再也不乐意来了,连带着我娘也再不回娘家了。"

要不是后来父母俱亡,章清昱也不会再来临邬城,更不会在东仪岛上一待就是好多年。

沈如晚只觉得古怪。

亲戚未发家时,章清昱的爹很是殷勤,亲戚发家后,他却避之不及,这怎么也不符合常理吧?

她没对章清昱说这话——陈年旧事,还是家事,她不爱掺和。

"我怎么听说你为了那个小姑娘,给章家父子好一个下马威?"曲不询笑沈如晚,"这就是你说的'不掺和'?"

沈如晚一顿,冷冷地看了他一眼。

"我爱怎样就怎样,他们高不高兴,难道我会在乎?"她神色一冷,语气就越发冷硬,"管与不管,全看我是否乐意,同你又有什么关系?"

他管得着吗?

曲不询没忍住,唇一撇,古怪地牵动了一下嘴角。

沈如晚说着说着就冷脸,做了好事偏要说成是自己乐意,被说破了还不高兴,这到底是个什么脾气？

他记得从前还在蓬山的时候，邵元康说第九阁的沈如晚师妹梅雪根骨、玲珑心思，很会做人，哪天大家认识一下，多个朋友多条路。

邵元康怕不是认错人了吧？

"对对对，你说得对，人生在世就要随心所欲。"曲不询圆滑地应和着，态度自然地点着头，"要是一不小心有人被帮到了，只能说造化如此，他们要感谢就感谢自己命好，和咱们绝无关系。"

话是那么个话，但怎么被曲不询这么一说，听起来就阴阳怪气的？

沈如晚斜着眼看他，表情很自然，仿佛没半点儿别的意思。

她想发作都嫌小题大做，于是神色冷淡地说："走了。"

她懒得和曲不询多说。

曲不询看着她纤细笔挺的背影，在原地站了半晌，摇了摇头，又叹又笑。

沈如晚走到半途，站在门廊处转身，问："你之前说的那个培育出七夜白的前辈叫什么名字？"

"告诉我消息的那个人也不知道他师父叫什么名字，只知道他师父常用的别号。"曲不询敲了敲桌角，淡淡地说，"他师父自称华胥先生。"

沈如晚照旧还是在章家下榻。

她来时并未知会，但章家父子怎么也不会拒绝接待她。章清昱更是亲力亲为，帮她把之前住过的客房又收拾了出来。

傍晚，落霞笼罩云天时，她站在院里，手里还握着朱颜花的残枝。

朱颜花的花期是七日，自然早就过了，一片花田里只剩下了花枝。

之前她同种花人说过，原先的花田不再适合种花，让种花人最好再觅一片新地。种花人听是听了，但只听了一半——虽重新定了一片地方种花，但原先的花还是留了一半。

"沈坊主，不是我不信你的话，"种花人说起时很是纠结，"可我们祖祖辈辈都在这里种花，我要是忽然改了地方……唉，总是心里不安。"

其实种花人就是怕她怪罪自己，但沈如晚又有什么好责怪他的？在凡人的世界里生活的这些年，她早已习惯凡人诸事求稳、畏惧改变的习惯。

还是那句话，她倘若还是十来岁的年纪，当然会颇为不屑，认定凡人们都冥顽不灵。可如今她见过、经历过，知道一切畏惧改变的凡人都是竭尽全力才过上看似寻常的生活。

"你们有你们的顾虑。"她语气平淡地说。

该说的话她已说了，这事和她的关系已经翻篇了，她现在想要的仅仅是一截朱颜花的花枝罢了。

走廊外有匆匆的脚步声，被人刻意放轻了，但这点儿轻重的差异对她来说并没有区别。

那人走到她的院门外时放慢了脚步，过了片刻才走到门口。

"沈坊主，我听人说你又来岛上了，还不相信，没想到是真的。"鸦道长一团和气地跟她打招呼，唇边带着矜持的笑容。

沈如晚拈着花枝，抬头看了他一眼。

这人的消息倒是挺灵通。

她对鸦道长印象一般，于是语气冷淡，没什么和他客套地寒暄的意思："有事？"

鸦道长来之前就对这拒人于千里之外的态度做足了心理准备，但真正见了面又发现自己的准备做得还是不够足。沈如晚倒不是多凶，但别人见了她，气势就会莫名其妙地弱下去。

"我倒也没什么事，就是来拜会拜会沈坊主，之前太忙，没什么机会和道友接触。"鸦道长神色不变，很客气地说，"这几日，龙王庙就要正式落成了，我也算卸下一半的重担。想起前些日子道友带我布下的阵法，我感觉甚是精妙，故而前来请教请教。"

沈如晚意味不明地看了他一眼。

龙王庙要建成他才想学阵法，这突如其来的求知欲未免出现得太迟了点儿。

"那你就说说你的情况吧。"沈如晚抱臂看着他，神色冷漠，"基础阵法学过吗？二十八种基础阵法能记下来吗？你能对基础阵法进行几重演算？看过偏门阵法拓展思维吗？"

鸦道长心神俱颤。

这都什么和什么啊？他只是想来探探她的底，不想被考啊！

"呃……看……看过的。"鸦道长没控制住，开口就磕磕巴巴的，好在很快就稳住了，"早就看过基础阵法，我全都会背，现在就能画出来。"

沈如晚用冷淡的目光打量着他。

鸦道长比她想的要好一点儿，竟然是学过基础阵法的，入门二十八种基础阵法他都会背。

"演算呢？"她问，仿佛回到了在蓬山的那十年，还在宗门里检查师弟、师妹的功课，"你只会背没用，至少要学会简单的演算。"

鸦道长脊背发麻。

"会，都会了，我就是有时候反应不过来，等再多练练就好了。"他含混地说，迅速转移话题，"在这方面我比不上道友经验丰富，以后请多多指教。"

沈如晚对他说的"都会了"保持怀疑。她记得当初师尊安排她去教新来的师弟，她教完问师弟有没有学会，不清楚的可以再提问，那个师弟也是这么说的。

再后来，她给师弟安排了两个小测试练练手，师弟才支支吾吾地说不会，虽然全都听懂了，但就是不会做。

鸦道长现在脸上的表情以及说话时的动作，和当时那个告诉她"都会了"的师弟的样子简直一模一样。

但现在沈如晚不在蓬山，鸦道长也不是她的师弟、师妹，学会几分都是他自己的事，与沈如晚没有关系。

她漫不经心地想：反正万变不离其宗，阵法这门学问其实就是在二十八种基础阵法上建立起来的。鸦道长学会了二十八种基础阵法，再稍微做一点儿演算就能应对绝大多数情况。哪怕遇到难关，只要肯用心琢磨、苦熬时间，谁都能破解。

"说起来我有些好奇，道友年纪轻轻就有这般本事，师承何处啊？"鸦道长的目光在她的脸上游移，自己倒先极其自然地笑了起来，"我是侥幸被师父看中，学下了一鳞半爪的手段。只是我资质不足，始终迈不进灵气入体那道门。当时师父就对我叹气，说等我成功地引气入体了，再去蓬山找他。"

修仙者的寒暄辞令里有一出叫"亮根脚"，就是坦荡荡地在陌生的同道面前摆出自己的师承和来历，用以震慑对方。但倘若师承和背景并不那么拿得出手，"亮根脚"就完全是在自取其辱了，非得是对自己的背景和来历极度自信的修士才会这么做。

蓬山弟子当然是神州上下最有底气的修士。

鸦道长虽然还没踏入修士的门，但若是有个等他引气入体就愿意正式收他为徒的蓬山的师尊，无形中便增添了几分体面，至少在修为低微的散修面前不输什么。

他对沈如晚说起这些，无疑是在无声地震慑她。

沈如晚虽然多年不在修仙界，但还是熟悉"亮根脚"的。她听见鸦道长对她大夸特夸那个在蓬山的不知名师尊，脸上不由自主地露出了十分古怪的表情。

"你说……你师父是蓬山的弟子？"

鸦道长把她的表情都看在眼里，不由得微微一喜。

他对沈如晚"亮根脚"，不只是想震慑她，也是想探探她的底。她倘若听见他的来历后无动于衷，那他就得谨慎了；可若是被震慑住了，便能说明她其实来历平平，修为多半不值一提。

看沈如晚这副表情，他便知沈如晚必然只是个修为平平的普通散修！

鸦道长忙不迭地笑了笑："现在还没正式拜师，只是我心中感激，以示尊敬。真正能称其为师尊，还得等我引气入体。"

沈如晚衷心地希望鸦道长的师父在正式收徒后能好好地教一教这个徒弟再放他出蓬山。

"也好。"她微微颔首，"你去蓬山修行一段时间，以后仙路都能顺一些。"

鸦道长时时刻刻注意着她的表情，发觉她冷淡的神色下隐有情绪暗涌，半晌她才干巴巴地挤出两句客套话，不由得更确定她就是个修为低微、没有靠山、师承不值一提的普通散修，被他亮出的"根脚"慑服了。

听听，她说出来的每一个字都浸满了晦涩的忌妒之意——她忌妒他这个还没引气入体的普通人竟然已经打通了往后更长远的仙路。

鸦道长抑制不住唇边因得意而产生的笑意。

这个平平无奇的女散修一定想不到，再过两天，就连引气入体的难关他也要渡过了。到时，他潜龙入海，修仙界早晚有他的一席之地。

章家堂屋里空荡荡的。姚凛在浇花，那是章员外会客时爱显摆的花，栽在白瓷的大盆里，显得有点儿贵重。

"你就这么有信心做掉那两个修士？"他头也没抬地摆弄着花枝，问鸦道长，"你可还没踏入门关，不是修士。"

鸦道长在他面前又换了一副面孔，不耐烦地冷笑："修士也分三六九等，底层修士屁都算不上，真正动起手来，死在异人甚至凡人的手里的大有人在。我已经试探过了，那两个人都没什么来历，修为八成也低微。"

姚凛抬起头，似笑非笑地看着他："你就这么确定？"

鸦道长慢慢地说："要论心眼，你小子确实多。可要是论起走南闯北的见识，你可就远远不如我了。"

"神州顶尖的修士，有一个算一个，都争着往蓬山里挤。蓬山有全天下最诱人的权势、宝物、传承，无论是追名逐利、求索实力还是钻研法术，蓬山都是最合适的地方。"鸦道长说着，想起自己光明远大的前程，不由得愉快地微笑了起来，"会来这种凡人间乡下地方的人能是什么厉害的修士？"

鸦道长说到这里，耸了耸肩："本来我没想对那个沈如晚出手的，她毕竟是修士，我还是有几分忌惮的。但谁叫她走了还要回来？连同那个曲不洵，他一直在岛上晃来晃去，恐怕也是在找那份宝藏。我们不能真让他们找到，只能先下手为强了。

"不过，就算我杀了他们，对他们来说其实也不算什么损失。毕竟，这两个人就算再活一百年，也不会成为什么厉害的修士。"

客院里，沈如晚等来了她真正要等的人。

"你的阵法怎么样？"她问。

曲不询刚见到她就被没头没脑地问了一句，不由得怔了一下，然后道："还行。"

他回答时，神色中不见勉强之意。

沈如晚追问："'还行'是什么水平？"

曲不询更摸不着头脑了。

"'还行'就是堪堪够用的普通水准，"他思忖着回答她，"基础阵法我都懂，也会基本的演算、演变，花点儿时间能解开一般的阵法问题，更深的就不会了。"

这答案还算让沈如晚满意。

倘若曲不询说的是真的，那他的阵法水平就同她的差不多——比不上专门钻研阵法的阵修，但应付平时的需求足够了。若曲不询是鸦道长那个水平的人，遇上阵法就蒙，那她可受不了。

"修士培养灵植、研究道法的地方，必然会有阵法护持，华胥先生研究的是七夜白，更得要阵法。东仪岛上并没有传说表明华胥先生在此研究过，要么是你的消息来源不准，要么就是阵法将研究之地护得严密，没被凡人发现。"她淡淡地说，"无论如何，要找华胥先生的洞府，我们必然是要懂一些阵法的。"

这也算是她对方才发问的解释。

曲不询走到她对面的位置，懒洋洋地一坐，闲适地感慨："这世道，散修可真是难混啊，想要混得好，就得什么都会一点儿。"

修仙界中各类法术传承的基础内容在神州还算是好获取，可学习总是有成本的，只有大宗门的弟子能从小就全面受到培养，从中择取最感兴趣或最有天赋的方向专攻，同时面面俱到地了解其他各类道法。

沈如晚微微抬头，将目光定格在他的身上。

"所以，"她忽然问，目光冷淡如雪，"你这样的散修，为什么什么都会？曲不询，你真的是散修吗？"

天边残阳坠落，淹没在昏黄的云际间。黑夜将至，可天色又没完全暗淡下去，一半昏黑，一半明亮。

曲不询神色不变，只是挑着眉反问："我不能是散修？"

沈如晚定定地看着他。

但他既没有解释，也没有反驳，更没有扯一大堆理由来论证散修也能全面发展。

"没什么不可以的，我好奇而已。"她淡淡地说。

曲不询"扑哧"一声笑了起来，问："你对我好奇？"

沈如晚顿了一下，垂着眸，出乎意料地直白地说："对。"

曲不询的动作微微一滞,昏暗的光里,他的声音听起来有些轻佻:"我能不能问问你对哪方面好奇啊?你是怀疑我调查七夜白图谋不轨,还是对我这个人好奇啊?"

其实沈如晚主要对前者好奇,但曲不询故意抛出两个选项问她,她便皱起了眉。

"如果是后者呢?"她反问。

曲不询偏过脸来看她,昏暗的暮色映在他的眼中,仿佛把他眼中蕴含的情绪晕染得晦涩难辨。

他声音带着笑说:"那我可就糟了。"

"糟在哪儿了?"沈如晚冷淡地问他。

曲不询看了她一会儿,笑了笑,可到底糟在哪里,又偏偏不说。

"我真是散修,无门无派,无家无累,孑然一身。"他往后一靠,随手敲了敲桌案,姿态懒散,"技多不压身,我走南闯北见得多了,会的东西自然就多了,没什么稀奇的。难不成散修不能多才多艺?"

散修当然也可以多才多艺、修为高深、实力强大。神州人才辈出,岂独蓬山十八阁?江海鱼龙,谁又是不可能扶摇直上的?

沈如晚不语。

"我觉得你现在这样退隐小楼,看似清净,其实不好。"曲不询说着说着,居然还一股脑地对她发表起意见来,"你要真是无欲无求也就罢了,可偏没放下,只是故步自封。说不定再过几年冒出几个惊才绝艳的年轻人,你见了就觉得自己跟不上修仙界的发展了。"

沈如晚一开始还凝神听他说,到后来没忍住,便拧起了眉头。

"我问你的意见了吗?"她的声音乍冷,半点儿温度也没有,"我的事我自己清楚,不需要任何人指手画脚。"

沈如晚就是那种话不投机半句多、对真正看不上的人连嘲讽也欠奉的脾气,高傲的态度不言自明。她要是觉得他满口荒诞不经、胡言乱语,早就冷笑一声了,何须动怒?

本来曲不询看透了这一点,以他现在的脾气,怎么着都得轻飘飘地笑一声,硬是把她这恼羞成怒的样子戳破。论起性情乖张,死过一回的人又有什么顾忌?

可沈如晚冷冷地盯着他,嘴唇也紧紧地抿着,这让曲不询沉思了片刻。

"也是,任谁听到旁人贬低自己,总不会高兴。况且这些年你并没有落下什么,我说你故步自封,对你不尊重。"他平静地说,"说人易,说己难。是我唐突了,抱歉。"

沈如晚没想到他会这么心平气和地道歉,明明两个人刚见面时还针锋相对,谁也不让谁。

"算了。"她微微抿唇，顿了片刻，声音冰冷，"下不为例。"

曲不询笑了一声。

沈如晚别过脸，没说话，目光落在了院里的野花上。

"不早了，我该走了。"曲不询起身，低头看了她一眼，"明早我去山上看看，你去吗？"

东仪岛就那么大，沈如晚猜他早已经将整个东仪岛找过一遍了。

"可以，"她微微点头，"我也去。"

"行，明早我来找你。"曲不询走到门边，又回头看了她一眼。

沈如晚不解，问他："还有事？"

曲不询转过身："没有。"

屋门在他身后轻轻地被关拢了，发出了"咔嗒"一声轻响。

夜色已深，万籁俱寂，门一被关上，月光也被关在屋外了。屋内昏暗又静谧，沈如晚只能看见东西模糊的轮廓。

沈如晚伸出手，指尖轻轻地一挑，桌上的烛台便"啪"的一声轻响，燃起了细细的烛火，洒下一室幽光。

她对着那幽幽的烛火愣怔起来。

方才和曲不询说话时，她只能看见他的剪影，脸上的表情不过看个大概罢了。可无论是她还是曲不询，谁都没有想起点灯。

晨光熹微时，沈如晚站在窗前，推开了窗。

天际隐隐发白，庭院寂寂，只有鸟雀在树梢上啼叫。然而修仙者听力极佳，能听见一片静谧外更远处的喧嚣的声音，岛民们天不亮就起身，又开始了匆匆忙忙地为生计奔波的一天。

东仪岛上也只有她这么一片不被生计所困扰的地方。

她听见走廊里有人走过。脚步声很稳，也很轻，却没有被刻意压低，仿佛此人特意留下让她不会从梦中被吵醒但醒时又能听见的声响。

虽然沈如晚早就不会再有那样沉酣的睡梦了。

她从窗边走向门口，当"笃笃笃"的敲门声响起时，正好走到门边，打开了插销。

曲不询站在门外，看见她开门，一点儿也不意外。

"我还以为你要睡到日上三竿，"他随口一说，转过身向外走，"琢磨着要不要叫醒你。"

他这是在打趣她之前在沈氏花坊里深居简出。

在修士之中，很少有人像沈如晚这样作息。修士往往精力旺盛，能做的事也很多，不会花那么多时间在睡梦中，更不要说沈如晚这种修为高深的修士了。

沈如晚和他并肩向院外走，神色淡淡的。

"嗯，"她语气平淡地说，"我改投梦魇之道了，最近在修炼《寤寐经》。"

曲不询脚步一顿，偏过头看她，微怔，仿佛有些不确定。

沈如晚脚步不停，直直地向前走去。

曲不询在原地顿了片刻，转眼又跟上了。他沉思了一会儿，问她："所以你刚才是在开玩笑，对吧？"

沈如晚懒得理他，用余光给他冷淡的一瞥，让他自行领会。

曲不询没忍住，笑了一声："没想到，你竟然也会开玩笑。"

他这话说得……她怎么就不能开玩笑了？谁还不会开玩笑了？

沈如晚冷冷地看了他一眼。

曲不询轻笑一声："对不住，我对你不够了解。"

两个人穿过错落的屋舍，发现低矮的山丘就在尽头。

孟夏时节，草木丰茂，一片青绿色郁郁苍苍地覆盖着山丘，在远处的湖光的映照下，像盘中的青螺。

"我刚来东仪岛的时候，周边几座小山丘还没被挖开，南面的矮丘护住了整个岛屿，灵气遇山环行。"曲不询对她说，"你知道东仪岛上这群凡人是怎么在半年内挖开这些矮丘的吗？"

沈如晚挑了挑眉。

虽然在凡人间待了十年，但她偶尔还是对凡人做事的效率没有准确的概念。她认为这不能怪她，凡人与凡人之间的差别往往比凡人与修士之间的差别还要大。

"靠法术炸开。"曲不询说，"那个鸦道长虽然不是修仙者，但很有巧思，杂七杂八的本事不少。他做了很多药包，让岛民们埋在山丘上，然后催动法术，一座一座地炸开。"

换作是曲不询和沈如晚这样的修士，当然不需要这么麻烦，催动灵气，这样的小土丘转眼便能炸开。可鸦道长只是个没有灵力、未能引气入体的异人，能做到这一步已经算是头脑灵活、很有想法了。

"他倒确实有点儿歪才。"沈如晚微微诧异。

她当真没有想到，学阵法学得一塌糊涂的鸦道长在别的方面居然做得很不错。难怪他敢主动请缨，说动东仪岛的岛民修建龙王庙。

可他有这样的能力，怎么就不能好好地学学阵法再动手呢？

曲不询看出了她的不解，沉默了片刻。

"沈如晚，有没有一种可能，是你的要求太高了？"曲不询说，"这世上不是每个修士都能如你一般，什么都会，样样精通。"

他像是在委婉地指责她不食人间烟火。

"我的阵法并不好，我也没有对他有高要求，"沈如晚不由得皱着眉反驳，"他还不如我师弟刚拜师时了解阵法。你不要以为我师弟是什么天才，我师弟在蓬山的同期弟子里能排倒数。"

曲不询挑着眉问："倒数多少？"

沈如晚的师尊担任第九阁的副阁主，在整个修仙界中很有威望，是很有名的木行道法修士。许多成名多年的炼丹师与他交好，就是为了能在需要时从他那里拿到最好的灵药。

这样的灵植大师，门下的弟子怎么会差？

沈如晚一顿，神色有些不太自然："倒数一千五。"

曲不询忍不住笑了："蓬山一年就四五千个弟子，你师弟排在倒数一千五，好歹也算中游。"

沈如晚拿自家师弟和鸦道长这个还没引气入体的异人比，真不知道是谁更委屈。

"你是往来无白丁，眼光太高。"曲不询语气轻松地感叹，"你觉得学来容易，旁人却要付出更多的努力。蓬山弟子入门前三年，个个都要去参道堂里考学，最终能列席于闻道学宫中的又能有几个人？更何况散修要想学艺，路更难走。"

参道堂是引导蓬山新入门的弟子了解修仙界、接触各类道法基础的地方，类似于学堂。凡是蓬山弟子，须在参道堂中待上三年才能择选之后分入哪一阁中修行。

至于闻道学宫，蓬山弟子必须在离开参道堂三年后，通过具体修行道法的考核才能进入求学。其弟子的数量较蓬山所有弟子的数量而言少之又少，而在闻道学宫中讲授道法的先生则都是各阁的长老阁主。

沈如晚当年就是成功地进入闻道学宫后才被师尊看中，收入门下的。

虽然……最后她师尊绝对是后悔极了。

她想到这里，忽然抬眸，盯着曲不询不无狐疑地问："你对蓬山似乎很是了解？"

参道堂、闻道学宫，这都是在蓬山有过亲身经历的人才说得出的地方，外人就算打探得再详细也难知晓。

曲不询眉心微跳，装作若无其事地反问："你就不许我有几个在蓬山的朋友？"

这理由倒说得通，倘若朋友聚会时有人一五一十地提及，曲不询记住很正常。

可沈如晚总觉未能释疑。

她不知道自己为什么要在这样的问题上刨根问底，可有时和曲不询待在一起，总有一种从心底涌起的熟悉感，让她忍不住去探究。

"不对，"她斩钉截铁地说，"宗门从未公布每年新入门弟子的人数和在册弟子的总人数，寻常弟子根本不知道蓬山的具体规模。你能说出蓬山每年弟子的人数——这不是随便哪个普通弟子能说出来的。"

就连沈如晚也是在听命于掌教宁听澜后才能查看蓬山的金册，得知宗门的具体情况。

曲不询认识了什么地位不低还大嘴巴的蓬山弟子，才从对方那里得知了消息？

说得严重些，那个蓬山弟子都算得上滥用职权、泄露宗门的信息了。

"你既然说是从朋友那里听来的，"沈如晚似笑非笑地说，"那倒是说说，你的这个朋友叫什么名字？"

曲不询无言。

他千算万算，没想到因为随口一提的话露了马脚。她未免太敏锐了。

蓬山上下，有资格接触金册、随口说出宗门的大致规模的人也就几百上千个人，且每一个人都有名有姓。曲不询一旦说出姓名和所属阁，立马就能准确查到有没有这个人，编一个名字是不行的；可若是说个确有其人的信息，说不定沈如晚刚好认识。

更何况，十年白驹过隙，他从归墟出来后早已物是人非，蓬山的精英弟子只怕早就换成了新人，他根本就说不出新人的姓名。

沈如晚凝视着他，问："不可以说？"

曲不询和她对视片刻，忽然耸了耸肩，漫不经心地道："倒也不是不能说，就是面对你，我不知道该不该说。"

沈如晚微微蹙眉，问："那你考虑的结果呢？"

曲不询笑了笑，说："我是无所谓啊。你要是想知道，我当然可以告诉你那个朋友是谁。"

沈如晚盯着他问："你就这么说出你朋友的名字，他不会介意？"

其实曲不询不愿意告诉她，沈如晚才觉得正常。

若有资格见金册的弟子私下里对亲近的朋友透露一二蓬山之事，蓬山并不怎么查；可若是蓬山专程去追究，这个蓬山弟子难免要吃挂落的。她和曲不询才认识几天，他怎么可能把亲近的朋友的名字告诉她？

"我这个朋友早就死在不知道哪个犄角旮旯里了，还有什么介意不介意的？"曲不询无所谓地说，"真要介意，他得从地底下爬出来找我算账。"

沈如晚的眉头紧锁："死了？那你说吧，我看看我认不认识。"

曲不询将目光落在她身上，渐渐地凝住了。

"我的那个朋友叫长孙寒。"他慢慢地说。

晴日高照，直直地照在沈如晚白皙的面颊上。

沈如晚的美是那种骨相惊艳、世无其二的美，颊边的骨肉匀停，绘成最曼妙、干脆的线条，仿佛含情，但实在不多。

平日里，她总是一副冷淡的模样，仿佛很不好惹，拒人于千里之外，但仔细地看去，其实懒倦之意比冷淡更多。她永远是了无意趣的神色多于不耐烦，只要旁人不影响到她，她便可与对方相安无事。可当曲不询说出"长孙寒"这个名字时，她这副毫无意趣的神态仿佛被按下了什么机关一般，在他的眼前一点儿一点儿地变了。

沈如晚的目光瞬间凝住，她死死地盯着他，脸上的表情渐渐消失，变成了一片冰冷的空白。

这骤变不可谓不明显，背后隐藏的态度似乎不需要她赘述。

曲不询不知道为什么抬手摸了摸鼻子，有些微妙的尴尬。

他本来想说出自己的名字，试探一下沈如晚对"长孙寒"的态度。倘若她的态度还算温和，当年对他那点儿温存和信任还被保留着，那也许往后他便能找到合适的机会为当年的罪名做些辩白。

可如今沈如晚的神色骤冷如冰……后面的话，他实在没必要说下去了。

曲不询干咳了一声，假装若无其事地说："看吧，我怎么说的？我就说你未必愿意听吧？"

沈如晚眼睛一眨不眨地盯着他，一字一顿地说，像冷涩的冰泉："你的朋友……是长孙寒？"

曲不询在心里叹气。

怎么她提起长孙寒的语气竟和十年前的完全不似来自同一个人？难道对于杀过一回的死人，她便半点儿温存也不再给予了吗？

"就算世人皆知长孙寒死在你的剑下，你也不必对我这个多年前的长孙寒的旧友斩草除根吧？"曲不询懒洋洋地说着，仿佛浑然没有察觉到她冰冷的神色，"长孙寒是长孙寒，我是我。我们纵然是曾经喝过酒的朋友，十年过去了，也早就成陌路人了。你放心，我是没工夫给他报仇的。"

沈如晚用冷淡的目光扫过他的眉眼，质疑道："你们一起喝酒？长孙寒不喝酒。"

曲不询耸了耸肩。

长孙寒是不喝酒，可他不是已经死了吗？

"我一看就知道，长孙寒还在的时候，你和他一定没什么交情。"曲不询口吻笃定，斩钉截铁地说，"你要是和他很熟就知道了，他这人，去了头就是个酒坛子，嗜酒如命，只是在人前装样子罢了。"

沈如晚简直难以置信！

她的目光在曲不询的脸上不断地游走，来来回回，反反复复，似乎想从他的眼角、眉梢找到些说谎的痕迹。可曲不询的神色没有半点儿波澜，根本不似作假。

若是曲不询随口说了长孙寒的名字来糊弄她……他没必要和一个修仙界尽人皆知的大魔头扯上关系啊？

"你……"她开口又顿住了，心绪叠起，只觉得过去十年里受到的震撼都没有这一刻的多，然后心情极度复杂地看着曲不询，"那你和他是怎么认识的？"

"在酒肆里啊，我们喝酒认识的，把盏言欢，几杯酒喝下去就称兄道弟了。"曲不询张口就来，"当时长孙寒就跟我说，蓬山十八阁的首徒实在不是人当的，每旬要先去和掌教、各个阁主核对本旬的计划，辅助七政厅分派任务，在所有的堂部阁中充当机动人员，哪里需要就去哪里，旬末还要辅助稽算堂核对开支……"

曲不询说出的这一桩桩、一件件的事，非得是真正接触过蓬山整体运行的人才能脱口而出的，就连沈如晚知道得也没有那么详细。

"你说事情这么多，全都要靠他这个蓬山大师兄协调，他要是不装得像样一点儿，你们谁会信服他？"曲不询语重心长地说，"但是人装得久了总会累，也需要释放自己。长孙寒出了蓬山，当然就会放飞自我，狠狠地喝个不醉不归了。"

沈如晚怔怔地站在原地，只觉曲不询口中吐出的每一个字都伴随着她的记忆中长孙寒那卓尔不群的形象碎裂的声音。

"那……那你和他的关系都好到能听他说起这些事了，你竟然不打算为他报仇？"她都不知道自己在说什么，过了一会儿思绪才跟上，"这和你之前说的你为了给朋友报仇、不顾危险地多年追寻七夜白的踪迹的话似乎有些矛盾啊？"

曲不询若真是义薄云天、为朋友两肋插刀，何至于对长孙寒的死半点儿不在乎？

曲不询连眉毛都没动一下，反问道："一个人是生死至交，另一个人是酒肉朋友，能一样吗？长孙寒喝醉了什么都能说，这能怪我长耳朵吗？"

沈如晚默默地抚了一下心口，断然结束了这个话题："好了，你不要再说了。"

曲不询再说下去，她过去的二十年就都要碎了。

"不管你要不要报仇，我都奉陪。"她说，"随便你。"

曲不询看向她，发现她总算不再细究方才的问题了，才漫不经心地说："你就放心吧，就算是长孙寒从地底下爬出来见你，他也不一定会找你报仇。"

沈如晚瞥了曲不询一眼。

长孙寒死的那一夜，他又不在附近，怎么知道长孙寒不恨她、不想杀她报仇？

"我说真的，"曲不询看着她笑了一下，"说不定长孙寒见到你时，只想'三杯两盏淡酒'，从早喝到晚。"

沈如晚觉得很无语:"你够了啊。"

"长孙寒是个烂酒鬼"这茬到底能不能赶紧过去了?

曲不询笑了笑:"行,你不想提他,那我就不说。"他悠悠地转过头,看向山丘外的湖光山色,"我肯定不会为了他对你动手的,咱们俩现在也是朋友啊。"

沈如晚微微蹙眉,冷淡地说:"我没有朋友,也不需要朋友。"

曲不询偏过头,一时没有说话,只是静静地看着她没什么表情的侧颜,看细碎的日光穿过树叶的缝隙照在她的脸上。明明是孟夏正午的晴光,照在她的颊边时却显得清冷如水。

她比十几年前更清减了。

从前她的颊边还有丰润的弧度,笑与不笑时都显得温婉可亲,让人无端地想亲近。可如今那一点儿惹人怜爱的弧度都淡去了,她越发清瘦秀美,也越发冰冷漠然,让人不敢招惹,生怕被刺痛。

"行,"曲不询像是毫不在意地耸了耸肩,"那我单方面承认你是我的朋友,这总行了吧?"

沈如晚语塞,紧紧地抿着唇,不想再搭理他。

曲不询用余光看了看她,漫无目的地扫过四周,随口说:"哎,你看,这地方是不是看起来有点儿不对劲?"

沈如晚抬眸,朝曲不询指的方向望了过去。

原本应当是山石嶙峋的地方此时竟好似被谁用巨剑一剑一剑地凿平了一般,然而从每一道凿痕的长度和深度来看,这根本不是以凡人之力能做到的事。

鸦道长虽然只是尚未引气入体的异人,但其法术玄妙,能办到此事。凡人或许会为之震惊、不解,可沈如晚不信曲不询还要为此惊叹,除非他是没话找话、随口瞎说的。

她乜了他一眼。

曲不询望着那一片嶙峋凹凸的山体,思索起来。

原本他真是没话找的,可仔细地想时,又觉得诡异,就往前走了几步。

"怪了。"

沈如晚微微蹙眉,来来回回地看了两遍也没看出怪在哪里。

"你看,"曲不询转头,伸手朝上一指,示意她抬头看,"之前我在山上待过,可以确定这一面山体是凸起的。人站在下面一点儿的位置,根本看不见上面的龙王庙。"

可是他们现在站在这个位置往上看,清晰可见龙王庙,一眼望去竟没有半点儿遮拦,更不必说这一面山体都被凿开了,自下而上毫无阻碍。

他们再低头向下俯瞰，发现屋舍村落错落分布，在整座岛上显得格外渺小，挤在一起，环成一圈。处在最中心的位置上的也最显眼的人家就是章家。从龙王庙向下，道路一直延伸到村落中，畅通无阻，这种走势极利于灵气流送。

对于手法有所局限、没法用阵法和法器改变灵气流向的异人和凡人来说，建造龙王庙是最简便的令灵气流向按照规划改易的方法。

"以龙王庙建造迄今所造成的灵气的流向改易而言，这一点儿小变化算不上什么值得惊奇的事。"沈如晚望着远处村落的方向，沉思了片刻说，"鸦道长连周边的山丘都能炸开，甚至开出了一条新水渠，折腾一面山体也正常。"

曲不询没说话，久久地盯着山下的景象，然后慢慢地说："把他动过的地方连在一起，以龙王庙为起点，如果灵气足够，是能直接摧垮村庄的，甚至不需要修士引导。"

"东仪岛没有那么好的地势。"沈如晚不由得看向曲不询，平淡地指出，"如果东仪岛藏有那么强的灵气，那现在住在岛上的就不是章家，而是某个中小型的修仙宗门了。"

神州之大，不是处处都物华天宝的。修仙者无非是看重财、侣、法、地，东仪岛要真像曲不询说的那样，早就有修仙者为了这里蕴藏的雄浑灵气而大打出手了。

曲不询默不作声，过了许久，方点了一下头："说得也是。"

他站在原地，远远地凝望着远方的村落。

"你有没有觉得奇怪？"他问她，又像在自言自语，"这样一个异人纯粹忽悠凡人建造的龙王庙，为什么会兴师动众到这种地步？不仅整个东仪岛的灵气为之改变，就连千顷邬仙湖也受到了影响。这真是鸦道长无意为之吗？"

其实这个问题沈如晚也想过。

"人就是一种每时每刻都在自取灭亡。"她没回答曲不询的问题，反而开始了一些漫无目的的宏大的讨论，"有时他们知道自己在做什么，有时则不知道，但目的往往相同，所以结果也总是相似的。"

曲不询回过头，看到明媚到让人禁不住闭眼的阳光透过头顶的树叶的缝隙落在她的脸上，投下斑驳的树影，恰如此刻她眼中的复杂的情绪。

"你不能替代他们生活。我提醒过了，这件事到你这里为止，与你无关。"她说，"操心太多的人容易老。"

曲不询看着她，心道：修仙者会老吗？也是会的。可最怕的事是身未衰，心已老。

"我倒不是想多管闲事。"曲不询沉默了一瞬，然后神色如常地说，"我是在想，鸦道长这种只差一步就能踏入修士的门槛的异人，来东仪岛说动章家修建龙王庙到底图什么？以鸦道长展现出来的实力，章家的财力还吸引不了他。"

鸦道长不像是图财。章家再殷实，也只是普通的凡人，拿不出能让异人心动的东西，更没法靠财宝让鸦道长在这里心甘情愿地待上大半年来主持修建龙王庙。

要不然鸦道长就是报恩。可要是岛上真有人对鸦道长有恩，早就宣扬得连沈如晚这样的外人都该知道了。

"他也不像是跟谁有仇。"曲不询自顾自地说下去，目光一转，发现沈如晚虽然说着不想多管闲事，但是果然在听他说的每一个字，于是顿了一下后很快又如常地往下说，"我在岛上待了两个月，和鸦道长打过不少交道，他跟人有仇还是没仇的分别我还是看得出来的。"

"他跟人有仇是什么样？没仇又是什么样？"沈如晚忽然问曲不询。

曲不询一怔，过了片刻，才回答："拿不起又放不下，就是有仇。"

沈如晚凝神看了他一会儿。

"所以，"她说，内容与前言无关，仿佛那是一个自然地淡去的插曲，"剩下还有一种可能，就是他在东仪岛上有利可图，但这好处并不来自章家和岛民，是吗？"

曲不询莫名其妙地失神了片刻，转眼又自然而然地接上她的话："关于这个可能，我在想，华胥先生不只有一个徒弟。我找到的这位不过是他随手教了几招的半路弟子，尚且知道师父在东仪岛停留过，那其他的弟子呢？"

能培育出七夜白这样的奇花，华胥先生必然是一位修为深厚的顶尖修士，然而他随手教导的弟子却良莠不齐，实力如同差了一条鸿沟。会不会有人寻找师父废弃的旧洞府，试图从中找到一些华胥先生看不上的遗留之物？

顶尖的大修士根本看不上眼的垃圾也够异人和小修士稀罕了。

沈如晚很快想到了章清昱提起的生父，她的生父也有一位神龙见首不见尾的神秘师父在东仪岛上待过很长一段时间。

沈如晚几乎有一半的把握肯定，章清昱生父的师父就是那位神秘的华胥先生。

章清昱的生父和鸦道长同样了解师父的动向，同样随口告诉外人，同样是师父随手一收的半路弟子……这联想让沈如晚沉默了一会儿。

"那位华胥先生到底随手收了几个好徒弟？"沈如晚古怪地说。

东仪岛修建龙王庙已有大半年了，其间无论是曲不询还是沈如晚都有不少机会进去参观，但好巧不巧，他们谁也没真正踏入其中看过。

"这可能就是一种别样意义的同行相轻。"曲不询踏过龙王庙高高的门槛，有模有样地张口就来，"因为修仙者实质上拥有能比拟凡人的传说中神仙的力量，所以对于凡人所敬畏的虚无缥缈的神灵不屑一顾，哪怕个人的实力并不能支持修士做到传说中的神灵所能做到的事。"

天南地北的凡人的神话传说总是相似的，动辄是灭世天灾、开天辟地，转眼又是打落天宫、孝感天地，每一个故事的背后都是如出一辙的祈愿。

沈如晚站在龙王庙雕花的立柱前，随口说："你知道有一种偏门的修士叫作意修吗？他们以幻想和故事为道法，只要真的相信他们自己想象出来的事物是存在的，所思便能成真。这是一种入门难、精进更难，但极其强大的修行法，靠的不是资质和勤勉，而是虚无缥缈的缘分和天赋。所以神州中修士众多，意修却极少。"

曲不询高高地挑起了眉毛。

这是沈如晚消遣时在偏门典籍里看到的。

"有时我听见凡人的传说就会想，这会不会是意修的杰作？"她若有所思，"每一个基于自然和现实的传说，是先有故事还是先有事实？"

事实证明，神州意修的数量确实与其修行的难度相符。沈如晚这些年听到的绝大多数的传说千篇一律，印证了天南海北的人都有同样的愿景——无非是功名利禄、风调雨顺、平安康健。

光是类似邬仙湖和龙王的传说，她就听过不下三个。

"这故事里唯一有点儿新意的地方就是说东仪岛是水底龙宫的入口。"她点评道。

曲不询默不作声地听她说到这里，微微朝她侧过脸来，忽而一顿："你说东仪岛是水底龙宫的入口？"

沈如晚偏过头，微微颔首："对，是有这么个传说。"

"我在东仪岛这些天，和很多人聊过天，翻来覆去地听过无数个版本的关于邬仙湖的传说。"曲不询慢慢地说，"这些传说大同小异，我可以肯定，没有任何一个人提到过这一点。"

沈如晚微微挑了挑眉，短暂地回想了片刻。

这个传说不是她之前就听说的，而是昨天章清昱提起的，只是那时她把关注点放在了章清昱生父的师父可能就是华胥先生这件事上，而忽略了章清昱所提及的关于传说的事。

现在她再回想起来，既然章清昱生父的师父可能是华胥先生，那么他酒醉时提及的东仪岛的传说很有可能就是从华胥先生那里听来的，也是追溯华胥先生在东仪岛上的洞府的重要线索。

她蹙着眉回忆当时章清昱说的话。

章清昱说，邬仙湖中真的有龙的踪迹，邬仙湖的传说也大多是真的。东仪岛就是水底龙宫的入口，位置极佳。若有什么法事，在岛上做便极容易成功。

曲不询扬着半边眉毛，怀疑道："就这个邬仙湖？它能藏真龙？这里要是真有龙，上个月咱们俩就该发现了。"

这也是沈如晚的疑惑之处。

邬仙湖中没有真龙，也没有看上去像水底龙宫的建筑，湖底只有泥沙和一只鲢鱼妖。她想信这离谱的传说也信不下去，反而越想越觉得试图相信这个传说的自己太傻。

"传说的前半段姑且不提，后半段说东仪岛是水底龙宫的入口，位置极佳，利于法事……"他沉声说到这里，忽然顿住了，竟就站在那里，拧着剑眉沉思不语了。

沈如晚的目光在他的脸上轻轻地掠过。

她难得见曲不询这般正经地思索的模样。往日他纵然不是整日吊儿郎当，也总是一副懒散不羁、万事不挂心的样子。可只有她直直地看向他的眼中，才会发觉他满眼沉郁冷淡之色，在无谓无惧的外壳下，还藏着更深、更沉的东西。

只有这个时候，她才真切地意识到，眼前的这个人也许真是长孙师兄的朋友。

那种从第一眼起便若隐若现的熟悉感大概由来有因。曲不询和长孙师兄能成为朋友，彼此之间自然是有相似之处的。

这念头自然而然地出现了，她既觉得释怀，又莫名其妙地怅惘起来。或许，她从来没认真地想过为这种莫名其妙的熟悉感找一个确切的理由，也并不希望有这样有理有据的理由存在，仿佛把一切剖析得清清楚楚就会失去些虚无缥缈的希冀。

她的心里空落落的。

曲不询在她的身侧抬起头，忽而开口，声音沉冷："找到了。邬仙湖灵脉的源头果然在这里奔流汇聚。"

沈如晚微感恍惚，回过神看向了他。

"灵脉的源头？"她微怔，很快便反应过来，用神识向下探去，"在这座山底下？"

神识无形无相，是唯一可以无视五行阻碍的存在，无论是在空中、水中还是土中，其速度、准度和距离都不受影响，只能被一些特殊的灵材隔绝。

相较于神识来说，灵气跨越阻碍的能力就差远了，它会受到房屋、山川的阻隔和影响，流向发生各种改变。

准确地说，邬仙湖的灵脉源头并没有那么精准地藏在这座山底下，而是在整个东仪岛之下。但在东仪岛大刀阔斧地移山、开渠下，这座山连同龙王庙成了沟通千顷邬仙湖的八方灵脉的唯一汇聚点。

先前沈如晚和曲不询没有发现，是因为最近邬仙湖风平浪静，八方灵脉也平稳涌流，并未同时涌向东仪岛，除了灵气更浓郁些外，并无特别之处。

可一时风平浪静不代表永远风平浪静。

一旦湖水汹涌，波澜狂起，八方灵脉都涌向这里，这一座小小的龙王庙岂能承受得住千顷汹涌的灵脉？到时庙宇摧垮、山峦崩毁，灵气如狂澜般奔涌，必然会一往无前地流向东仪岛上聚居的村落。东仪岛上上下下的岛民俱是凡胎肉身，屋舍也都是寻常建筑，能抵得住灵脉吗？

无须多言，这不是"无意为之"能办成的事，无论是谁都要付出巨大的精力和筹谋，差一点儿都不行。

鸦道长费尽心力地在东仪岛上建这么一座龙王庙，绝不是无心之举。

面甜心苦、图谋不轨的修士和异人沈如晚见过不少，可阵仗和手笔这么大的，连沈如晚也是第一次见。

很难想象，能说动岛民办成这一"壮举"的人竟然只是个还没引气入体、连阵法都没学通的异人。

"只说他很会折腾，倒是我小瞧他了。"沈如晚想起了之前对章清昱说过的话，沉思了半响，说出了一句风马牛不相及的话来，"他确实是一位在歪门邪道上别有天赋的高手，真的有可能覆灭东仪岛。"

鸦道长是有点儿真本事的。

这明明不是什么有意思的事，被她忽然一说，倒像一个别样诡异的笑话。曲不询偏过头看她，嘴角竟不由得生出笑意，忍俊不禁起来。

"沈如晚，"他越想越觉好笑，摇着头看她，"你这人真是……"

她明明看起来冷漠疏淡，让人对着她不由得思虑拘束，可有时她的一颦一笑、一字一句，都有种冰冷的促狭感，但凡心肠柔软、不忍刻薄的人都能体会。

但若是有谁凭她冰冷又略带刻薄的促狭感就断定她内心麻木不仁，那又错得离谱。

沈如晚乜了曲不询一眼，心说：要么不说，要么说完，他这么开口又只说一半，真是讨人嫌。

"真是什么？"她非要追问。

曲不询可不敢直说，说了她又要恼了。

"真是一语中的。"他肯定地说。

沈如晚想也知道他说出来的和想的不是同一句话，而后轻飘飘地笑了一声，不再问了。

曲不询摸了摸鼻子，干咳一声，若无其事地开口："你猜猜，让鸦道长处心积虑地想得到的东西到底藏在哪里？它竟需要他用这么大的手笔去取。"

这东西若是藏在岛上的某一个地点，鸦道长大可直接去取——小小的东仪岛上俱是凡人，根本没人能阻拦鸦道长取走他想要的东西，他甚至可以在岛民都不知道的情况下无声无息地取走……

除非，他没法直接拿走他想要的东西。

如果真是这样，那潜在的可能就太多了，光是以沈如晚的经验，她就能说出好些。比如这东西藏在东仪岛下、地脉之间，鸦道长必须让灵脉汇涌才能伺机进入；又或者藏在某个玄奇的洞府中，他必须以强大的灵力方能使之显现踪迹……她和曲不询没亲眼见证过，给出的猜测都不准确。

只有一点他们是肯定的——鸦道长并不在乎东仪岛上的这么多条人命。

"既然他这么有把握，那我们就等等看好了。"沈如晚垂眸淡淡地说，"就等到八方灵脉涌入龙王庙的那天，一切自然见分晓。"

话是这么说，可沈如晚提出这样的主意，只怕是想揭露鸦道长的真面目，护住东仪岛。只是沈如晚不屑费口舌之力，也根本没耐心说服章家和岛民，索性如此，一劳永逸。

她这人，说得少，做得却多。好事她是做了，可半点儿也不在乎旁人领不领情、感不感激，旁人若去谢她，她还要说人家自作多情。得亏她实力强大，万事不靠他人，否则这样的脾气只怕要常常吃亏。

当年连邵元康都说"梅雪根骨、玲珑心思、很会做人"的师妹，究竟是怎么慢慢地炼成这般冷硬带刺的脾气的？经年后，判若两人。

"你若不想和章家人打交道，不妨把这事交给我。"曲不询神色平淡地说，仿佛没有多想多思，"在岛上这些日子，我和他们处得还不错，他们至少信我三分。"

沈如晚静静地看了他一眼，垂下了眸："随你，和我无关。"

曲不询笑了一下，没说什么，和她并肩走出了龙王庙。

两个人走出没几步，山道上几道人影匆匆地走来，打头的人就是鸦道长。鸦道长看见他们从龙王庙里走出来，脚步不由得一顿。

"两……两位道友这是……？"鸦道长堆起了和气的笑容，仿若无事，"庙里柱子上的漆还没干呢，还没完全完工，二位现在来看还早了一点儿。"

曲不询挑眉，状似漫不经心地说："是吗？我怎么听说小满那天还要组织祭祀庆贺龙王庙建成？那也就是后天的事，今日我们来看一眼也不算早了。"

若说在这东仪岛上鸦道长第一烦的人是沈如晚，那他第二烦的人就是曲不询了。

曲不询这人倒不是脾气有多横，可一副万事不挂心的不羁样子背后仿佛总有深深的嘲意，让人莫名其妙地觉得在他的眼里没有秘密可言。

所以，越是有秘密的人就越是不想靠近他。

"选定的日子自然是最合适的。不过道友说得也有理，两位现在进去参拜一番也未尝不可。"鸦道长的目光在两个人的脸上游走，他试探道，"既然两位已经进去看过了，觉得如何？"

曲不询轻笑道："龙王庙构思精妙，实在让人叹服。"他语气自然地说着，那一本正经的模样让人看不出他是在讥讽还是在认真地夸赞，"鸦道长果然是艺高人胆大，才能修成这样精妙的庙宇。"

鸦道长盯着曲不询，捉摸不透这人是真看出什么来了还是随口一说。

他若无其事地笑了一下，然后把目光转向了沈如晚，打量得更认真了。他总觉得曲不询看似吊儿郎当，实则笑里藏刀，但沈如晚就不一样了，她那副不屑伪装的高傲是无论如何也无法被抹去的。

沈如晚抬眸，瞥了鸦道长一眼。

"这庙既不是给我修的，也不是我来修的，好与不好，你问我做什么？"她反问道，半点儿不客气，"你以后少来问我这种问题，我最烦讲客套。"

鸦道长被她的话噎了回去，有点儿憋屈地心道：纵然这庙和你没半点儿关系，可你不也主动来看了吗？

可没奈何，他再怎么暗暗地奚落这两个人，异人和修士之间的鸿沟仍然不容他逾越。除非他机关算尽，提前布置暗算，否则与他们当面交手，就只有被修士按着打的份。

曲不询在边上，没忍住，唇边露出了点儿笑意。

她这个脾气和实力搭配在一起，怼起人来简直是无往不利。鸦道长明知道她的脾气又冷又冲，还非得去试探她，完全是自讨苦吃。

曲不询算是看明白了，要和沈如晚打交道，就得顺着她来。

"走了。"沈如晚谁也没看，冷淡地说了一声后迈步向山下走去。

曲不询落后两步，朝鸦道长耸了耸肩，然后三两步追上她，与她并肩走入山道。

鸦道长还站在原地，状似和善的笑容凝在唇边，幽幽地看着两个人的身影消失在山道的尽头，眼神冰冷。

章家的后院中，姚凛背着手站在走廊里。

这里很偏僻，是用来放置杂物的仓库，除去盘点和领用时极少有人来。但作为章家的大管家，姚凛出入这里极其自然，不会引起旁人的注意。

"你一旦引气入体，成为修士，就有神识。那两个修士不在场，不代表他们没法知道你的动向。"姚凛站在廊下，似笑非笑地看着他对面的鸦道长，"你现在来找我，怎么知道现在他们的神识不在这里？"

"我已经确认过了，那两个人现在还在外面，就算是修士，神识探查的范围也有极限。这么远的距离，一般的小修士根本没法把神识伸到这里，他们听不到的。"鸦道长不耐烦地说，"况且修士的神识也不是无穷无尽的，没事谁会把神识到处乱放？"

姚凛不置可否。

"废话少说，那两个修士我们不能留了。"鸦道长皱着眉说，"今天我去庙里检查，正好看见这两个人从庙里走出来，不知道他们有没有发现庙底的玄妙之处。我倒是不怕灵脉倒灌后出问题，就怕他们在此之前对我动手。"

姚凛的脸上没什么表情，他只是打量了鸦道长一番，平静地问："你想先下手为强？你凭什么对两个修士先下手？"

就凭鸦道长多年都没法引气入体的实力吗？

鸦道长面色不善地瞪了姚凛一眼："普通的底层修士又有什么了不起的？他们不过是仗着资质好，能引气入体罢了，其实脆弱到不堪一击。你只要动动脑子，完全足够将其毙命。"

"时间匆忙，准备不足，只能借助灵脉倒灌一举除去这两个人了。"鸦道长盘算得很快，"灵脉倒灌足以抵得上三个丹成修士全力一击。就算在蓬山，结成金丹的修士也没多少。我才不信岛上那两个修士能结成金丹！"

鸦道长自从接触到法术，便经年累月地追寻修仙界的消息，虽从未正式地踏足修士的世界，但对修士的层次和常识所知不少。

修行如攀山，只有登顶和正在攀登两种状态，其中的鸿沟便是金丹。修士若修为达到极致，便会凝成金丹，这才算真正走到了神州修士的顶尖。

偌大神州，总共能有多少丹成修士？又有哪个闲得发慌的丹成修士会跑到这种穷乡僻壤的凡人地方来蹚浑水？

可以说，利用龙王庙下的灵脉倒灌来对付付不询和沈如晚，简直是杀鸡用牛刀，鸦道长半点儿没担心过能否成功。

姚凛打量了鸦道长两眼，问："那你怎么保证这两个人能配合你的计划？你要是能拖到灵脉倒灌的时候就不用担心他们俩破坏你的计划了，可问题不就在于你拖不到那时吗？"

"我全能做到，让你吃白饭？"鸦道长反问，"你我说好了，事成之后，章家的产业和财物都归你，洞府里的东西都归我。什么事都是我来做，你白得一份家产？明日就是小满了，届时灵脉会倒灌，我不管你用什么办法，你去把这两个人稳住。我给你指个方位，你引他们过去，挨到灵脉倒灌时，一切就都稳妥了。"

姚凛看了鸦道长一会儿。

"那就按你说的来吧。"他出乎意料地好说话，意味深长地道，"只要一切能如计划进行，没什么不好的。"

"希望你真能做到。"

鸦道长冷哼了一声，抬脚就要往外走，忽而脚步一顿，一个箭步冲向半拢的屋门，猛地就要伸手拉门。

姚凛不知何时站在了他的身侧，动作只比他更快。"啪"的一声重响，那本没多坚固的木门猛然被按进门框里，死死地关上了。

他们俩一个人拉着门把手，另一个人用力地推着，僵持在那里。

鸦道长几乎要用眼神把姚凛射穿："你到底在想什么？你我的计划怎么能让第三个人知道？要是事情败露，我得不到洞府里的东西，你难道就能在章家混下去了？"

姚凛仍是不紧不慢的模样，只有抵着木门的手稳稳地不动，半点儿没有松开的意思。

"这只是一个意外，我会处理。"他态度强硬地说，"这事不会耽误计划，你可以走了。"

鸦道长恶狠狠地和姚凛对峙起来，可姚凛的表情依旧没有一点儿变化，鸦道长只好退让了。

"你最好能处理好。"鸦道长冷笑一声，"若是计划提前泄露，我随时都能离开这里，东仪岛本来就不是我的家。可你又能去何处容身？你最好想清楚。"

姚凛平静地看着鸦道长转身远去，过了好一会儿，才低低地笑了一声："东仪岛……又何尝是我们的家？"

他松开了抵住门的手，神色莫测。

"章清昱，你可以出来了。"

木门猛然被推开了。

章清昱甚至还没从屋里走出来就匆匆地开口了："你之前和我说过，不会伤及人命。"她猛然拽住姚凛的袖口，向来内敛温和的眼神此刻冰冷到极点，"你骗我。"

奇怪的是，她的眼中尽是冰冷的怒意，却仿佛没有惊讶之色。

姚凛没有躲避，也没有退后，只站在原地，任由章清昱用力地攥着他的袖口。

"没骗你，我不会伤及无辜的。"他垂眸看着她，没什么表情地说，"我只想要个公道，再讨回属于我的东西，和你的目的是一样的，你知道的。"

章清昱慢慢地松开了他的袖子，一步一步地往后退。

"我没法相信你的话了。"她一字一顿地说，"我听到你们还提到了沈如晚。我不会恩将仇报的。"

姚凛依然是平淡的语气，道："我已经告诉你了，他的计划是他的，我的计划是我的，我不会伤及无辜的。"

章清昱静静地看着姚凛，问："你不会伤及无辜，那么不无辜的人是不是就要去死了？你骗我说谁也不会死，其实早就想好让我的舅父和大兄死，是吗？"

章家的客院比往日要热闹许多。

"五魁首啊，六六六——你又输了，喝吧！"

院中，曲不询无言地收回了手，拿起眼前的茶杯，拎着茶壶将其倒满，然后一口将茶水饮尽。

喝完，他一翻手，把空空的茶杯底给沈如晚看，随后微微用力，把空茶杯按在了桌上。

"你真是第一次玩划拳？"他没忍住，纳闷至极地问她。

沈如晚似笑非笑地看着他："我可没这么说过，是你非要这么以为的。"

曲不询一时被她的话噎住了——还真是。

这事还得从他们离开龙王庙后慢悠悠地回到章家说起。

两个人说好了要守株待兔，那么在灵脉汇涌之前便没什么事可做了。

曲不询无所事事，觉得闲着也是闲着，便问沈如晚要不要干脆一起喝两杯。

沈如晚对酒没有任何偏爱。离开蓬山后，她已经很久没有碰过酒了。

她从前在蓬山时饮过些酒，只是因为沈晴谙擅长酿酒，更会品酒。有那么一个可以一起饮酒的朋友才是她饮酒的意义，如今她没有朋友了，即便有琼浆珍醪又能有什么意思？

她自然要拒绝，可还没开口，曲不询又随口补上了后半句："行个酒令，划个拳，打发时间啊，不然我们俩就这么面对面地坐着干聊天？"

沈如晚很想说，她没打算和曲不询面对面地坐着干聊天，他完全可以自己出去转悠一圈，而不是来烦她。

可话到嘴边又变了。

"你和长孙寒当时就是这么喝酒的？"她问。

曲不询看了她一眼。

长孙寒哪里会喝酒啊？他被她一剑穿心的时候，连划拳都没怎么玩过。

"是啊，"曲不询若无其事地点头，"不然还能怎么喝？"

沈如晚看了他一会儿，然后说："我不喝酒。你给我说说，你们都是怎么玩的？你如果把酒换成茶，我就来。"

然后曲不询就坐在她对面，连喝了七大杯冷茶。

"你那么说，谁能想到你玩得这么熟练啊？"曲不询牙疼般抽了一口气，"你看上去就不像是会这些的样子。"

沈如晚心情却颇佳，嘴角带着点儿笑意，悠悠地看着他："你看上去就很擅长。"

曲不询挑了挑眉。

沈如晚突然夸他，古怪，不像是她的作风。

沈如晚嘴角微翘着说："但你的水平显然配不上你的气质。"

曲不询一副酒中豪侠的样子，她还以为他得多擅长划拳呢。

"你和长孙寒划拳的时候，谁喝得多？"她好奇地问。

输家喝酒，谁输得多，喝的酒自然也就更多。

曲不询无言了。这问题到底叫他怎么答啊？

"我。"他短短地想了一瞬，很快便答，"我喝得多。"

曲不询的面子他已经丢了，还能抢救一下长孙寒的面子。

沈如晚有些出神，慢慢地问："他……真的这么爱喝酒吗？"

这个"他"当然只能指长孙寒。

曲不询沉默了片刻，而后神色复杂地笑了一下："对。你没想到吧？他在蓬山时还是很能装样子的，这不就把你们都骗到了吗？"

沈如晚微微抿了抿唇。

长孙寒如果真的如曲不询所言那样，其实……其实不需要这么压抑自己的。

至少，她服膺长孙寒，从来都不是因为长孙寒有多克己自制、超然出尘，而是因为他能力卓然、持身正、除恶卫道，品性无可挑剔。

所以后来她听说长孙寒堕魔作恶，有多难以置信，又有多幻灭、痛楚，只有她自己知道。

"说来，你似乎对长孙寒很关注？"曲不询冷不丁地问她，"要不是我说长孙寒也玩过划拳，你本来是不打算玩的吧？"

沈如晚微怔。

他太敏锐，也太直白，竟叫她不知怎么回答。

发现曲不询正紧紧地盯着自己，沈如晚微微敛眸。

"我对曾经的大师兄很好奇，所以就问问。"她平淡地说，"我对他不怎么了解，但还挺佩服他的。"

曲不询高高地挑起了眉毛，顿了一下，像是短暂地呆滞了一下："哦，你是说，你佩服长孙寒？"

对别人说自己佩服一个死在自己的剑下的大魔头似乎是一件很古怪的事，如果对面那个听众凑巧是大魔头的旧识，那就更古怪了。

沈如晚压下心中这种古怪的感觉，道："对。"

"是"就是"是"，在这一点上，她从来没什么好遮掩的。甚至倘若有人直言不讳地问起她是否曾喜欢过长孙寒，她也会平静地回答"是"。

可莫名其妙的是，当对面的人是曲不询的时候，她难得一见地迟疑了。

话在嘴边,又被她轻轻地咽了回去,最终她只是轻声说:"他用剑很厉害。"

曲不询凝视着她,蓦然有一种醍醐灌顶之感。

"原来,"他的声音干干的,"你之前说的那个你佩服却死在你的手里的倒霉蛋就是长孙寒啊。"

那个人就是他啊……

沈如晚瞥了曲不询一眼,没想到他想到了这件事。

她将话说到这份上就没什么好掩饰的了,也没必要掩饰,便说:"对,就是长孙寒。"

曲不询无言地坐在那里,半晌提起了茶壶,又给自己续上一杯,很慢很慢地喝起来,半天没说话。

沈如晚也静默了一会儿。

"那都是过去的事了。"她有些倦怠地说,"杀都杀了,我没什么好说的了。"

曲不询不说话,低着头,一个劲地喝茶。

"那你呢?"沈如晚忽然问他。

曲不询一怔,抬头看她:"我什么?"

"长孙寒是因为压力太大,那你又是为什么喜欢喝酒?"沈如晚看着他。

曲不询沉思了片刻,道:"酒不醉人人自醉,谁能不喜欢?"

将话说出口,他怔了怔。

同样的对话仿佛早已上演过一遍,只是当时的气氛和如今的截然不同。

沈如晚看着他,轻声问:"可你又为什么要醉?"

曲不询和她对视,头一次心不在焉地勾了勾嘴角,像在敷衍。

他为什么要喝酒?

一半是为了隐匿身份,让人没法把他和长孙寒一下子联想起来,还有一半是为了解愁肠。

与其说长孙寒是死在沈如晚的剑下,倒不如说是死于归墟,死在重新醒来、决心抛弃过往的一切换一种活法的时候。

"那你不如和我说说,你既然不喝酒,又是怎么对酒令这么熟悉的?"曲不询不答反问。

沈如晚看了他一会儿,竟真的没继续这个话题,垂眸想了一会儿,轻轻地说道:"因为我姐姐喜欢。"

从前在蓬山,她跟着沈晴谙,在修行之余鲜衣怒马,什么事都尝试过,也什么都懂一点儿。

多少年过去了,哪怕她再也没划过拳,再上手还是懂一点儿。

曲不询有点儿意外，扬了扬眉，正要说话，却忽然顿住了。

章清昱步履匆匆地从走廊走来，径直走到沈如晚面前，神色焦急地说："沈姐姐，我有事和你说。"她站在沈如晚面前两步远的位置，拉开凳子坐在沈如晚和曲不询身旁，"我现在总算是知道鸦道长为什么要在东仪岛上修建那座龙王庙了。"

沈如晚握着茶杯的手一顿。

章清昱在她面前从来不会直接坐下，总要客套好几句后才拘谨地坐下。

她微微诧异，抬眸看了章清昱一眼，轻微地停顿了一下，神色不变地道："你说。"

章清昱紧紧地抿着唇，仿佛很是忧虑。

"其实我们东仪岛上藏着一位修仙者遗留的洞府。这位修仙者随手收了一个徒弟，把洞府的事告诉了徒弟，后来徒弟过得不如意，就打起了师父遗留的洞府的主意，打算来捡漏。"她皱着眉说，"但这个徒弟本性爱张扬，到处炫耀这件事。被鸦道长听说了这件事，从此人的口中套出了洞府的消息，然后把他杀了，来我们这儿找洞府。

"修仙者的洞府外布有阵法，极其高深。鸦道长没法解开阵法，也无法靠蛮力破开，所以想出了极其阴毒的办法——修建龙王庙，汇千顷邹仙湖的八方灵脉于这一座庙底下。等到小满那天，他破开龙王庙，灵气就会倒灌入岛上，顺势而下，正好能冲垮洞府外的阵法。"

章清昱说到这里，脸上不由得露出惶恐之色，猛地拉住沈如晚的手，急迫地说："沈姐姐，你一定要救救东仪岛！如果鸦道长的计划得逞，整个东仪岛，谁也活不下来！"

沈如晚觉得奇怪，章清昱平时谨慎惯了，与她同行时总落后半步，什么时候和她这么亲密过？只怕她送给章清昱一根针，章清昱也要惶恐地推拒半天，更别说拉着她的手了。

沈如晚的眼睛一眨不眨地凝视着章清昱，语气平淡地说："这计划真是丧心病狂。可你又是怎么知道的？鸦道长会告诉你吗？"

章清昱立刻反驳："怎么可能是他告诉我的？他连整座东仪岛上的人命都不在乎，要是被我知道了计划，只怕立刻就要了我的命！这是我无意间知道的。"

沈如晚不置可否，问："无意中知道的？你是怎么无意中知道的？"

章清昱抿着唇，忽然很生气："沈姐姐，我说的都是真话，绝对没有骗你。如果你不愿意帮忙，现在就离开东仪岛也可以。我是在心里把你当成我的朋友才对你说的。"

这世上任谁会过度自信地说自己是沈如晚的朋友，也不会是章清昱。谨慎和忖度早已刻进章清昱的性格里，成为她自我保护的一种习惯。

在沈如晚面前，章清昱永远只把自己当作一个受过恩惠且还要继续受恩惠的普通的熟人。

沈如晚平淡地看着章清昱，问："那你打算让我怎么帮忙？"

章清昱稍稍展颜了，详细地说："明夜就是小满，子正时，就是邬仙湖夜涌狂澜之时，灵脉倒灌，鸦道长会待在龙王庙里。那里似危实安，是岛上最安全的地方。倘若在此之前，沈姐姐布下阵法，改变灵气，也许就能让灵脉的汇聚点远离东仪岛，向岛外偏移，让东仪岛逃过这一劫。"她攥着沈如晚的手，神色焦急地说，"沈姐姐，你那么擅长阵法，救下了岛上的朱颜花，东仪岛这么多人的命真的就攥在你的手里了。"

沈如晚静静地听完，然后说："可以。我只有一个问题。"

章清昱立刻追问："什么问题？"

沈如晚抬眼，目光淡淡的，神色没有半点儿变化，手也慢慢地从茶杯上抬了起来："你真的是章清昱吗？"

话音未落，眼前的章清昱忽然像一具陡然失去了控制的木偶，僵在原地，神志瞬间消失了，双眼像鱼目一般呆板，整个人再也没有一点儿动作。

沈如晚看着眼前的章清昱，微微抬起的手一顿，不由得露出了一瞬的愣怔之色。

她都做好问出这句话后眼前的"章清昱"忽然暴起伤人的准备了——不管接下来是什么刀光剑影，她都半点儿不惧。可她万万没想到，这么平平淡淡的一句话刚说出口，"章清昱"忽然不动了。

这是什么意思？

曲不询在对面一直没说话。

"啧。"他懒洋洋地发出了一个无意义的音节，换了个姿势，单手抱肘，靠在石桌上饶有兴致地欣赏沈如晚此刻的表情。

沈如晚皱着眉看向他："你知道这是什么法术？"

要不然以曲不询的性格，他怕是不会这么兴致勃勃地看她发怔。

可沈如晚自小在蓬山求仙，见识自然是一等一的，后来执神剑碎婴涤荡神州，什么牛鬼蛇神没见过？她居然还会有在旁人面前发蒙的时候？

"我是知道啊。"曲不询悠悠地勾唇一笑，敲了敲石桌，"怎么，还有你不知道的法术呢？"

沈如晚先前才给他好脸色，看他这样，没忍住，又翻了个白眼。

"你不想说就不用说了。"她冷淡地说，"我自己也能解决。"

曲不询在心里叹气：她又来了。

他真有些好奇，沈如晚这人，事事求上，一生不知道"让"字怎么写吗？

曲不询微微倾身看着她，眼神深沉，轻描淡写地笑了一下："行啊，那我观摩一下。"

沈如晚当真伸手托住了章清昱的下巴，神识自上而下地一扫而过，却没发觉有什么不对劲。

她蹙起眉，偏头用余光瞟了曲不询一眼。曲不询挑着眉，似笑非笑。

沈如晚抿着唇，冷冷地移开了目光，而后冷着脸，垂眸仔细地打量眼前"章清昱"的模样，再次用神识扫了一遍。

曲不询叹了一口气，用食指在桌上一下一下地敲着，等她的结论。

"这是傀儡。"沈如晚说。

曲不询的唇边不由得泛起一点儿无奈的笑意。

果然，她能猜着。

沈如晚的硬脾气确实从来都是靠底气撑着的。

"哟，"曲不询非要招惹她，"不愧是碎婴剑沈如晚，蓬山年轻一辈中的第一人，猜得还挺准的，什么都瞒不过你。"

沈如晚狠狠地瞪了他一眼。

她身上有很多名号，"碎婴剑"是最响亮的那个，但从来不包括"蓬山年轻一辈中的第一人"。

曲不询耸了耸肩。

她杀了他这个昔日的"蓬山年轻一辈中的第一人"，四舍五入，不就是新任了吗？

沈如晚冷笑道："一看就知道你是散修。若一方大宗门单纯地以谁杀了谁、谁打败了谁论高下，那全神州便只有剑修能做首徒了。"

当年长孙寒能成为蓬山十八阁公认的大师兄，不仅是因为实力出众，更重要的是公明清正、无偏无私，既能以实力慑人，也能以处事服众。

蓬山上下事务繁杂，首徒素来有总揽全局的职责，权力很大，从前的每一任首徒总免不了被暗中诟病"从中渔利"。唯独长孙寒，从不插手实务，只审查监督、日常调停，于是众人服膺。他在蓬山担任首徒时，宗门上下无所怨怼，多有信服。

故而当蓬山发下缉凶令时，众人哗然，难以相信这是真的。甚至还有人纠集着去敕令堂为长孙师兄讨公道，被宗门执事的长老训斥责罚后才慢慢地平息。

缉凶令发布时，长孙寒远在蓬山的千里之外，宗门内的弟子鞭长莫及，否则哪里是他远遁十四州，只怕会被信服他的蓬山弟子护着不让敕令堂捉拿。

后来长孙寒死在她的剑下，尘埃落定后，那些信服长孙寒的弟子不管信不信宗门给出的罪名也只能接受,但每次见到沈如晚时总是面无表情地绕道走。

有人因为沈如晚这些年声名鹊起而开玩笑般称她为新的"蓬山年轻一辈中的第一人",若有信服长孙寒的弟子听了,就会把说这话的人骂个狗血喷头。

沈如晚不在乎,也并不需要这个称呼,可若总因被旁人冠上的名号而挨骂,总不会太喜欢别人这么叫她。

曲不询沉默了一会儿。

"嗯,也对,我是散修嘛,"他很是正经地点头,"确实不懂怎么才能当首徒。"

他是不太懂,也就是亲自当过七八年罢了。

沈如晚看着曲不询,总觉得他怪怪的,可又说不出哪里怪。

"不过你当时怎么没努力争取一下呢?"曲不询仿佛纯粹好奇般随口问她,"世人皆知你是蓬山掌教宁听澜最信任、倚重的人,就连神剑碎婴都赐予你了,你若是努力一下,首徒之位也是手到擒来的吧?"

沈如晚不想听这些话。

她从宁听澜的手里接过碎婴剑,从来都不是为了名利。

若说得大义凛然些,她是为了维护正道公义,让世间每一分蚕食公正的庞然巨物都崩塌;可若说得直白一点儿,公道正义是她还留存的、紧握的、仅有的东西了。

她不能再失去它了。

可这话她当然不会对任何人说。

沈如晚神情淡漠地问他:"织坊给织工一人配一台织机,但织工离开织坊后就得把织机还回去,其间织机的任何正常、非正常损坏都要织工自己掏钱修。你觉得织工对此感到高兴吗?"

曲不询怔了怔。

他从未想过沈如晚会这么说——居然把碎婴剑比作织机,还要抱怨一下自己承担的钱财上的压力。

他还以为沈如晚最忌讳谈名利,因为她是那种一看便孤高自矜的人。

再一细想她举的例子,和碎婴剑一比较,曲不询没忍住,一乐,心道:这还真是。

他用食指的指节轻轻地叩了叩桌面,目光若有似无地凝在她的眉眼上:"我还以为,你对宁掌教很是恭敬、信服、言听计从,没想到……你这是把他当老板啊?"

沈如晚没说话。

宁听澜对她有知遇之恩。

当年她走火入魔,本该是道毁人亡、绝无生路的,是宁听澜做主给她拨了一枚回天丹,助她打破藩篱、踏过门关,一举结成金丹,成为站在神州最顶峰的丹成修士。

宁听澜把碎婴剑交给她的时候说:"碎婴剑是世间至正至珍之剑,只有决心维护这天下公平正义的人才能握住它。我对你别无所求,只希望你能秉持此刻的心境,惩恶扬善,忘却浮名浮利,成为蓬山最冷硬、公正的剑。"

碎婴剑历来为蓬山掌教所持,虽为至宝,但象征意义大过其作为神剑本来的意义。直到碎婴剑被交到沈如晚的手里,锋芒所到之处一切休,这把藏于匣中的神剑才终于扬名万里,连带着"沈如晚"这个名字威震神州。

她从未求名利,可浮名已自来。

沈如晚交还碎婴剑、向宁听澜请辞时,对得起她手里的剑,对得起公道正义,也对得起她自己。可唯独面对宁听澜,她心怀愧疚——她没能如当年承诺的那样,手执碎婴剑,直到她陨落的那一刻。

公道正义太重,她太累了,再也握不动这把剑了。

"问题那么多,你倒不如说说你是怎么知道这个傀儡的?"沈如晚沉默了一会儿后没答他的问题,转而有些不耐烦地说,"你总是对我问来问去,怎么回事?"

曲不询被她怼回来,摇了摇头。

她明显不想再说,所以他不追问了。

当年他在如意阁的柳家发现七夜白的隐秘,破开重围遁走时,蓬山顷刻便发下了缉凶令,柳家也当即被灭口。越是了解蓬山自下而上的结构的人,便越会为这速度和效率暗暗地感到心惊。

以他当年在蓬山担任首徒的经验来看,倘若没有掌教亲自发话,这一系列流程很难如此高效。

这些年曲不询反反复复地回想,最让他怀疑之处便是在所有与七夜白有关的事中,掌教宁听澜究竟扮演了什么样的角色?

世人皆知宁听澜对沈如晚另眼相看、倍加倚重,那当年沈如晚奉命来追杀自己,究竟知不知道七夜白的事?

若非自己问起时,沈如晚完整地告知他七夜白的特性,不似真正有利益纠葛的模样,曲不询半点儿也不敢冒险信她。

自十年前的那场追杀后,他也很难再毫无保留地相信一个人。

曲不询默然垂眸,过了半晌才忽地伸出手向"章清昱"的脑后探去。他的指尖微动,竟像是打开座钟一般,拉开了小小的机关门,从中取出了两块晶莹剔透的流光的玉石。

"喏,"他把那两块玉石托在掌心上,递到沈如晚面前,"这就是催动傀儡的东西。"

沈如晚对眼前的玉石当然不陌生。

"灵石。"她伸手接过来，拿在手里把玩了两下，"品质还可以，东仪岛上竟然还有这东西。"

灵石是修士最惯用的灵材，阵法、机关、法宝，样样都用得上灵石。灵石生于矿中，千万年方成，灵气自生，修士往往以灵石中蕴含的灵气的纯净程度来分上下品。灵气耗尽，灵石便会化为齑粉。

从傀儡身上取出的这两块灵石算灵石中的上品了。

"我没见过这样的傀儡。"沈如晚喃喃道，"它能和我对话如常，好似真人，气息也像，只是不能学到本尊的性格，画虎不成。"

曲不询轻笑了一声。

沈如晚乜他："你知道就说，卖什么关子？"

曲不询耸了耸肩："这种傀儡只需要两块灵石，与真人无异，操纵者取本尊的一滴血，便能让傀儡幻化出与本尊相似的容貌和气息，读取本尊一定的记忆做出判断，与人对答无异。这东西一次能坚持三个时辰，造价极高，按理说不该出现在这里。

"最重要的是，神识强大的修士能远程操纵这傀儡，让其行动举止与真身无异，时间也可以延长至三十六个时辰。

"至于我知道这种傀儡，是因为……"他懒洋洋地说，"这是我的一个朋友做出来的。"

沈如晚不无狐疑地看着他："这个朋友也是你喝酒认识的？"

曲不询被她的话噎住了。

"不是。"

这回他是真有这么一个朋友。

"灵石被取出后，傀儡的相貌会逐渐变回最初的样子。"他说着，伸手扶起了那傀儡垂下的头，露出了那张幻化消失后的面孔。

目光刚触及那张脸，曲不询便猛然怔了怔，沈如晚在边上轻轻地"哎"了一声。

"我好像见过这张脸。"沈如晚微微皱起眉头。

就在十多年前，沈如晚救下章清昱的时候，在那群凡人少女中有一个特别冷静的女孩子，沈如晚对她印象很深，上次还和章清昱提到过。

那个少女的容貌竟然长得和眼前的傀儡一模一样。

曲不询用余光瞟到沈如晚的眉眼，瞥见她皱眉，心里"咯噔"一下。

这下可糟了，他想。

第五章　桂魄饮

曲不询真是没想到他这么倒霉。

从前他真的有一个在第十六阁的朋友,此人修为不高,但最擅机关精巧之术,对此极度痴迷,将毕生的精力都花在研制傀儡上了。眼前这种精巧似真人的傀儡就是此人最成功的作品。

当时为了不断改进傀儡,这位朋友因神识和修为都不够,就求到他这里,请他帮忙试验。

长孙寒这个首徒在蓬山素有义薄云天之称,所以朋友请他帮忙,他自然不会拒绝,于是前前后后地帮着试验了五次。

有一次,宗门任务需要用这个傀儡,他只能把和其他同门约好的生辰小聚推了,驭使傀儡装作普通的凡人少女被邪修掳走,意图找到那群邪修集中关押凡人少女的窝点。

当时傀儡已经被改进得很成熟了,邪修没有发现任何不对劲,便掳走了傀儡。可是邪修遇上了一点儿意外,没有把掳走的凡人少女带回窝点,而是半路把她们放在上下无路的山洞里。

长孙寒没办法,只能一边操纵傀儡安抚凡人少女,一边计算着时间——倘若超过三十六个时辰,他便将这计划作废,直接救走山洞里的少女们。

可还没等到三十六个时辰后傀儡失效,他先等来了沈如晚。

曲不询想到这里,不觉愣怔起来。

那是他第一次见沈如晚。

剑意如心念,她有一把很美的剑。

在那之前,他听说过她的名字,只是从来没见过她,更没想到这位因木行道法而小有名气的师妹竟然有这么让人惊艳的剑意。

那是长孙寒第一次很想认识的一个人。

他没能在第一时间自揭身份，所以被当成和其他被解救者一样的凡人。等到他想解释时便已觉得尴尬了，再加上傀儡难得，若下次碰上邪修还能靠傀儡的容貌故技重施，此刻当众揭开，难免走漏消息，于是他没说明自己的身份，打算回到宗门后再寻机会结识沈如晚，到时再坦白。

说来也是不巧，明明邵元康经常和他提起这位沈师妹，可总有这样或那样的意外发生，最终他还是没能和沈如晚说上话。甚至有那么一次，他都站在沈如晚面前了，正打算开口，沈如晚却忽然被人叫走了。

命运如此，他们当真是缘分未到。

只是他万万没想到，当初一直没找到机会告诉沈如晚的傀儡身份，居然会在这个时候猝不及防地露了个底儿掉。

都多少年了，这种傀儡为什么还在用这张脸啊？

曲不询在心里狠狠地叹气。

他若还是长孙寒，这不过是赔个罪的事，可他现在是曲不询。

"是吗？"曲不询若无其事地问，"你以前见过长这样的人？你不会是被别人用傀儡骗了吧？"

沈如晚皱着眉，反反复复地打量眼前的傀儡，难以置信。

她从前居然被骗过？

当时那个冷静自制的凡人少女居然有可能是个傀儡？怪不得她镇定自若，背后藏着一个修士，怎么可能不镇定呢？

亏沈如晚当初还很欣赏对方，甚至问过对方想不想试试拜入蓬山。当时对方告诉她，神仙再好，不如红尘热闹，便婉拒了她——怪不得要拒绝她，因为对方本来就是修士了。

对方明明是修士，为什么要用傀儡扮成凡人？看她一无所知的样子，对方岂不是觉得很好笑？

沈如晚越想越咬牙切齿。

"咳，"曲不询看沈如晚的脸色越来越差，不由得心里一颤，干咳了一声，试图辩解两句，"不过人家也不一定是故意骗你，可能有苦衷，不能当场告诉你人家的身份。事急从权，这也是没办法的事。"

沈如晚冷冷地一笑，问："你刚才说，这是你朋友做的傀儡？这种傀儡很多吗？"

此事过去十年了，他哪儿知道这种傀儡到底有多少个？

曲不询从归墟里爬出来还没两年，从前的旧友多半过上了安逸、平静的生活，再加上他还没搞清楚七夜白的事情，便无意去打扰他们。

他也担心他们这些年会被卷入这事之中，自己贸然联系会暴露了踪迹。

死而复生是他身上最离奇的秘密，在有绝对把握之前，他不会告诉任何一个人。

"应当不多。连你也没见过，这种傀儡肯定不多。"他想了想旧友的性格，说道。

这位朋友并不爱拿自己的宝贝换功名利禄，多半只会做出几具傀儡，不至于在修仙界大肆流行。

沈如晚当真不敢保证曲不询的推测是否有道理。她退隐于小楼十年，和修仙界断得一干二净，倘若这十年里出了什么新奇的东西，她没机会知道。

想到这里，她久违地生出些怅惘之意，不知这十年寂寂究竟是值得还是错过。

十年了，她怔怔地想。

她沉默了一会儿，伸手去抚那傀儡微垂的发丝，却忽然在傀儡的耳后望见了一个小小的烫金的"辛"字。

这字怪熟悉的。

沈如晚对着那个烫金的小字看了半晌，语气如常地问："你能确定这个傀儡是你朋友做的吗？会不会有人学会了这种傀儡的制作方法，又或者别人也研究出同样的傀儡了？"

曲不询没看见那个烫金的小字，随口说："确定，绝对错不了，这就是他的手笔。我很熟悉这傀儡。"

当时这傀儡是他亲自试验的，他比谁都熟悉。

沈如晚语调平平地"哦"了一声，把傀儡的头偏过来对准他，让他看那个烫金的小字，紧紧地盯住他，一字一顿地说："你这个朋友叫童照辛？"

曲不询的笑容一僵。

他万万没想到，旧友竟然会在傀儡的身上留下私人的记号，还好巧不巧地被沈如晚认出来了。

童照辛怎么还有这个习惯呢？

沈如晚定定地看着曲不询，扯了扯嘴角，露出了一个冰冷的微笑。

曲不询僵住了，试探地问道："你……你和他有仇啊？"

沈如晚似笑非笑，语气轻飘飘的："怎么没有呢？当年我杀了长孙寒，童照辛可是看我很不顺眼，到处给我使绊子，还用他的那些宝贝来换同门一起针对我。"

曲不询还是第一次听说这些事。

旧友维护他，他自然感动，可此事牵扯到沈如晚，倒让他两难。

"那你……"他开口，又觉得喉咙滞涩，"你没事吧？"

沈如晚看了他半晌，忽然轻轻笑了一声："你还真是对长孙寒没什么深厚的情谊。"

他明明也是长孙寒的朋友，听到这样的消息，却问她有没有事。

曲不询无言。

他现在就坐在这里，也没法再去担心自己啊。

"我当然没事，"沈如晚漫不经心地说，"有事的是你的好朋友。我闯上门把他的那些宝贝都砸了，狠狠地揍了他一顿，他就老实了。"

童照辛自此便不再针对她做小动作了，不过梁子就这么结下了。

后来童照辛发愤图强，成了小有名气的机关师；而沈如晚早就退隐小楼，与往事断得一干二净。

曲不询哑然。

阴错阳差，他在归墟里熬了十年，出来里外不是人。

"你和我还真是挺有缘分的。"沈如晚轻笑，"你的一个朋友被我杀了，另一个朋友和我有仇，你什么时候对我动手，早点儿告诉我。"

"我都说了，你现在也是我的朋友。我不会对你动手的。"他叹了一口气，说。

沈如晚难得笑盈盈的，饶有兴致地看着他："朋友？哪种朋友啊？是生死之交，还是像长孙寒那种死就死了的朋友？"

曲不询觉得棘手极了。

这问题到底让他怎么答啊？

"那肯定是前者啊。"他煞有介事地说，"长孙寒哪能和你比呢？"

沈如晚轻笑。

她当然不会信这一听就是玩笑的瞎话，玩笑开到这里也够了。

她问曲不询："你既然很了解这个傀儡，那知不知道为什么刚刚我只是问它是不是章清昱，它就忽然不动了？"

这事曲不询还真知道。

"这傀儡以一滴血为媒，能学人语、解人意，窃来本尊的三分记忆，却终究不是人。"他看了沈如晚一眼，"你刚才问她是否真的是章清昱，它索尽枯肠也答不上来，反倒把自己问住了。任这傀儡装得再怎么像，一旦被当面揭穿，便会立刻僵死，再不能行动了。"

沈如晚一时神色怔怔的，轻声说："你这么说，仿佛这傀儡亦有生命和灵魂。始知人之为人，先识己。"

"道法玄妙，造化万千，或许在那短短的三个时辰里，亦有羁旅魂灵驻足。"曲不询竟没反驳她异想天开，"譬如蜉蝣，朝生暮死，谁又能说那不是完整的一生？"

沈如晚偏头看向他，目光凝住，静静地听他说完，半晌，微微一笑。

曲不询对上她的目光，忽地心头一烫，神色如常地挪开了视线。他垂眸提起桌上的茶壶，倒了一盏茶，仰头一口便喝干了。

"按照你刚才的说法，修士操纵傀儡，便能借其耳目洞察周边的情况。"沈如晚若有所思地说，"那取血幻化成本尊呢？在背后操纵的修士也能通过傀儡知道周边的情况吗？"

曲不询明白她究竟在问什么。

"你可以放心，不管这尊傀儡背后的人究竟是谁，从它踏进院子里的那一刻起，每一件事都只有我们两个人知道。"他平淡地说，"那人能一定程度上控制傀儡，但傀儡有自己的行事逻辑。"

背后之人可以命令傀儡以章清昱的身份骗沈如晚，但之后的事便由不得其控制了。傀儡不是万能无解的，像沈如晚这样一下子识破它，便正中其命门。

沈如晚微微挑眉，问："你说，这个能拿出傀儡的人是谁？"

在这座东仪岛上，无论是谁拿出这具傀儡，都足够让人难以理解。

这不该是流落在东仪岛这样凡人小岛上的东西。

曲不询盯着熟悉的傀儡，慢吞吞地说："不管到底是谁，对方利用这具傀儡想要做的事是确定的——只要你真的去龙王庙，假装正经地改变灵气，那人会自己跳出来的。"

这座岛上只有他们两个修士，千顷邬仙湖上也没有任何危险可以威胁到他们。一切诡谲的波折在绝对的实力面前都是没有悬念的。

"现在就看你怎么选了。"曲不询懒散地往后一靠，"是先去找华胥先生的洞府，还是去龙王庙看这场热闹？"

沈如晚皱着眉看向他。

"这会儿你又不急着找到七夜白的消息给你的生死之交报仇了？"她将重音放在"生死之交"这四个字上，莫名其妙地有些讽刺的意味。

曲不询凝眸看她。

沈如晚因他的说辞疑他、防他，他不意外，可她为什么时不时地刺他一下？

他不在意长孙寒这个朋友，却把别人认作生死之交，她为什么耿耿于怀？

长孙寒就死在她的剑下，曲不询是否在意长孙寒对她来说又能有什么不同？

"你很崇拜长孙寒？"曲不询忽然问。

沈如晚一怔，很快板起脸，冷淡地看着曲不询："没有。我只是觉得他的剑法很好。"

曲不询追问："可你之前说他是你最崇拜的剑修。"

沈如晚不耐烦了："他的剑法确实极高超，我也用剑，欣赏他实力高强有什么不对？这和我奉命追杀他不冲突吧？"

曲不询耸了耸肩。原来她只是觉得他剑法高超，他还以为……

他用指节轻轻地叩着桌案，莫名其妙地有些不甘心。

沈如晚起码要夸他一句剑意卓然吧？

当年他见了沈如晚的剑意便觉惊艳无比,纵是这世间有再多修士的剑法比她的高超,却没有她的瑰异绝伦,让他再难忘怀。

"也是,"曲不询莫名其妙地说,"长孙寒的剑意挺无趣、冷冰冰的,光有个架子。"

心境变了,剑意自然也变了。

十年如一梦,任何一个人看见曲不询的剑意,都不会再把他和当年出尘绝伦的蓬山首徒长孙寒联系在一起了。

沈如晚简直搞不懂他。她提都没提剑意的事,这人怎么忽然就酸溜溜地贬低起长孙寒的剑意了?

长孙寒的剑意是她学剑的初衷,她从正式踏上修仙之路的那天起便远远地心生向往,怎么到他的嘴里就成了"无趣、冷冰冰的,光有个架子"了?

曲不询懂什么?亏他还是个剑修!

她想为长孙寒的剑意讨个公道,可不想听曲不询追问,便冷着脸道:"你管他有趣没趣?长孙寒剑法高超,实力强大,这不就够了?"

"你会因为一个人的剑法好就维护他?"曲不询看向她。

沈如晚心烦地道:"你要是剑法很好,我也可以维护你。"她说完,顿了一下,目光陡然冷淡锐利起来,"我没有维护长孙寒!"

但曲不询抓住前半句不放,表情古怪地说:"你也可以维护我,这可是你说的。"

"姚管家,那两个人跟着清昱姑娘往山上去了。两个时辰了,我没看见他们下山。"章家后院里,有个仆役打扮的岛民从走廊上奔来,凑到姚凛身旁时放慢了脚步,压低声音说,"鸦道长已经动身出发了,绝对不知道那两个人也去山上了。"

姚凛还在俯着身看院子里的花。

"也不用这么小心,"他没有抬头,仍保持看花的姿势,"他们要是真的注意到你了,你说得再轻声也没用。"

修士一动神识,隔着再远的距离也能看得一清二楚。

凡人在修士面前如此无力,只能把希望寄托于修士的疏忽大意和漫不经心。

姚凛直起身,声音平淡地说:"你确定看见那两个修士去龙王庙了?章清昱就跟在边上?"

仆役点了点头:"那两位看起来心情不是很好,对清昱姑娘不是很热络,但还是偶尔和她说上几句,确实是去了龙王庙。"

那就没什么问题了。

那两个修士倘若发现了"章清昱"的问题,以他们的实力,直接来问个明白就好了,何必虚与委蛇?若真如此,姚凛会毫不犹豫地交代一部分真相,尤其是鸦道长的事情——什么计划都比不上活着更让人有希望。

"义父和大少呢?"姚凛问。

仆役把头埋得更低了:"老爷和大少又吵起来了。"

他们吵什么?无非是谁说了算的事,他们会从每一桩鸡毛蒜皮的小事上产生分歧。章大少是必输的。

诚然,他越来越年长了,能力也比章员外的强一些,可主意没那么坚定。最重要的是,他没有章员外那么能狠得下心。

有时,人想要飞黄腾达、改变命运,不需要很多经验、运气和能力,只要足够狠心。

可狠心究竟从什么时候开始算什么了不起的事了?

当旁人都守规矩、讲道德、有底线的时候,那个尤其狠心的人便是让人避之不及的恶棍;可只要有第二个、第三个人放下底线和道德,那么第一个狠心的人便什么也不是了。

章清昱就是不够狠心。

他自己也不够。

姚凛想到这里,伸手折下了一截花枝,将其捻碎了。

可他比谁都有决心。

"你刚才说义父和大少吵起来了?"姚凛回头看向仆役,"他们现在在哪儿?"

夜色已深,直通正堂的院子里却还吵闹声不断。

仆役都噤声绕道,连大气都不敢出,只留章家这座大院里的主人激烈地争执。

姚凛踩着白瓷茶杯在地上被打碎的尾音走到门口,没有像往常一样放缓动作、放轻脚步声,而是平静地伸出手,直接推开了门。

屋里正在激烈争吵的父子俩猛然回头看了过来,看见是他,又都松了一口气。

"大晚上的,有什么事?"章员外没好气地问,"你怎么不敲门就进来了?"

姚凛没有说话,反手把门关拢了,脸上没什么表情,再没有从前处处小心的恭敬模样。

章员外微妙地察觉到姚凛的态度似乎有些反常。

"怎么回事?"章员外皱着眉,严肃地看向姚凛,脚下却不着痕迹地动了动,向后退了半步,"你怎么不说话?"

"鸦道长已经去龙王庙了。"姚凛说。

"鸦道长现在去龙王庙干什么?"章大少惊讶地问,"不是明天大家一起去祭祀吗?这深更半夜的,莫非龙王庙里还有什么要做?"

姚凛笑了一下,说:"他本来就没打算等到明天。邬仙湖的灵脉汇聚在龙王庙中,大家就都没有明天了。"

"你什么意思？"章员外急切地问，"什么叫'大家就都没有明天了'？"

姚凛平静地看向将他养大的义父："就像从前的姚家人都死了一样，章家很快也会这样。"

章员外的身子猛地往后一栽，他厉声问："你这是什么意思？你都知道了？！你什么时候知道的？是谁告诉你的？这里没有人知道当年的事，你是从哪里知道的？"

章大少左看看右看看，摸不着头脑。

"你们又在说什么？什么知道不知道的？"他愠怒，看向姚凛时不自觉地带了点儿恼怒的忌妒之色，"什么事是他能知道我不知道的？爹，你们还瞒着我什么事？你们凭什么瞒着我啊？"

"闭上你的嘴！"章员外厉声呵斥，"这儿没你的事！"

章大少不甘地闭上了嘴，狠狠地瞪了姚凛一眼。

姚凛安静地看着父子俩吵架，被章大少怒目而视也只是淡淡地笑了一下。

这时章大少终于发现些许不对劲了。

姚凛明明只是章员外的义子，却比他这个正经的大少更得力，家里家外的大事小情都被姚凛安排得井井有条，衬得他十分无能。往日他虽然嫉恨姚凛太出彩，可也清楚这个义兄最是恭敬自持的人，谨守本分，不争不抢。

倘若从前他不满地怒瞪姚凛，姚凛必然会出口打圆场，同时照顾到父子俩的情绪，而不像现在这般，仿佛没看见。

"好几年前我就知道了。东仪岛上确实没人知道当年的事，但章家来自临邹城，姚家曾是临邹城中的大户，此事虽然过了二十年，但是总还有人记得的。"姚凛没去看章大少，而是直直地看向章员外，脸上没什么表情，"本来我没相信，但时间长了，你的反应也够让我知道这是真的。"

"什么意思？什么姚家？"章大少一头雾水，"你的家人不是早就死光了吗？我爹看你年纪还小，上无怙恃，这才把你带回家里当义子养。你还能有什么知道不知道的？"

姚凛转头看向章大少，目露寒光。

章大少不由得被吓了一跳，向后退了一步。他这才发现，姚凛不再恭敬的时候竟如此骇人。

"姚家人确实死光了，一个月之间，全家上下接连急病而死，只剩还不记事的幼子。"姚凛冷冷地说，"可这一场急病是怎么来的？就在姚家全家暴毙的时候，章家又是怎么一夜之间从市井小民崛起成为本地乡绅的？章家在临邹城中住了那么多年，为什么偏偏就在姚家突遭横祸时决心搬到东仪岛上？"

章大少觉得难以理解："这都什么和什么啊？你不会以为姚家暴毙之事是我爹干的吧？他要是有那么大的本事，还在这儿窝着？你别是赖我们，总不能因为我们看你可怜，把你养大，你就诬陷我们当年害你们家出事！"

姚凛看了章大少一会儿，摇了摇头，居然笑了起来："大少，你们父子俩还真是有意思，连叶公好龙的性格也能代代相传。你和异人、异术打了那么久的交道，半点儿都不怀疑自家发家古怪吗？你也说过，义父从前也痴迷于法术和异人，为什么如今却百般厌恶，不愿让你碰？"

"义父不是年纪大了，是怕报应来了。"

章大少愕然。

"你说得没错，义父确实没有什么特别的本事，在法术上完全是个门外汉，但谁叫他有个擅长法术的妹夫，你有个擅长法术的姑父呢？"姚凛慢慢地说，"义父从妹夫酒醉后听来的歪门邪术就用在姚家身上了……"

"我当时没想过那法术真的有效，就是觉得新奇！"章员外的声音盖过了姚凛的声音，"他说世上有一种能夺走别人家的财运的仪式，是他师父想出来的。我好奇，他就写给我看，还把他师父亲手写好的仪式的符箓送给了我。后来我就想试一试，看看他是不是吹牛，没想到那是真的。"

姚凛静静地听章员外说着。左一个"没想到"，右一个"试一试"，章员外就在这些漫不经心的字眼里葬送了那么多条人命。

"我当时也是无心才酿成大错，知道姚家真的出事后立刻就痛悔不已了。为了赎罪，我把你带回来养大成人，把你当成我自己的儿子一样栽培。"章员外说，"我是对不起姚家，但从来没有对不起你。"

"是你自己悔恨，决定把我抱回来当义子，还是你妹夫发现你真的用上了那个仪式，勒令你停手，逼你把我养大的？"姚凛嘲弄地笑了笑。

章员外不吭声，在屋里慢慢地踱步。

过了一会儿，他沉着脸问："章清昱呢？她不敢来见我？"

"我没让她来。"姚凛冷冷地看着章员外，"她总下不了决心。"

"什么决心？"章员外像是被激怒了一样，"她父母双亡，要不是我这个舅父愿意养她，她还能去哪儿？她凭什么和你搅和在一起？吃里爬外的，她对得起我吗？！"

姚凛嫌恶地看着自己的义父，有一瞬像是被章员外的言语惊住了："当初章清昱一家在临邺城中安顿下来，为什么忽然远走他乡？"

"一个结过仇的异人，本来就不安分，在一个地方也待不长，当然要到处流浪。"章员外梗着脖子说，"我本来就劝小妹，那人不是个能过日子的人。她是被冲昏了头，非要和那个不三不四的人在一起，我就说她早晚要后悔！"

姚凛戳穿了他："是因为你妹夫让你停手，和你闹翻了，你心里记恨，故意把章清昱一家的消息说出去，引来了仇家，他们家才不得不避难搬走。"

章大少在边上听得张大了嘴。

章员外终于不反驳了："所以呢？你什么意思？你把章清昱给我叫过来，我倒想知道你们忍了这么久，到底想干什么？！找我问罪？"

姚凛摇了摇头，说："她还是狠不下心，不适合过来。"

"狠不下心？"章员外的脸色猛然一变，"你什么意思？"

姚凛看了章大少一眼，说："鸦道长已经去龙王庙了。我把那两位修士也请过去了，现在山上应该很热闹。"

夜幕里的龙王庙没有姚凛想象中的那样热闹。

沈如晚和曲不询并肩坐在山巅上，至于晚一步出发的鸦道长，则没有半点儿踪迹。从他们的角度往下看，月光如银，照在黑魆魆的大地上。一片死寂里，只有一小簇星火，很微小，是屋舍里的灯火。

沈如晚盯着半山腰上的一簇小小的火光，忽然开口："你说他什么时候能意识到自己是被阵法困住了，不走出阵法就不可能走到山顶？"

曲不询半仰着坐在边上的草坪上，扬着头远远地望着头顶的点点繁星。直到听到她开口，他才懒洋洋地低下头，和她一起凝视着那一点儿小小的火光。

他沉思了一会儿，问："你刚才设了个多重变换的阵法？"

沈如晚皱着眉看向曲不询："三重，比较基础的那种。"

她知道鸦道长的阵法水平不太理想，只是鸦道长既然能建成龙王庙，便颇有本事，于是她对鸦道长的阵法重拾希望，打算设个阵法试探一下，摸一摸鸦道长的底。她当然不至于设下太难的阵法——说实话，术业有专攻，以她这样业余的水平，出不了太难的阵法。

曲不询沉默了一会儿。

他不会轻易地相信沈如晚说的"比较基础"这样的话，倒不是因为解不开她的阵法，而是当年在蓬山接触过五花八门的修士，知道正常修士的平均水平绝对是达不到沈如晚对于"最基础"的标准的。

二十八种基础阵法是第一重，这是任何一个修士或凡人都能死记硬背的，学会这些就好比剑修有了一把属于自己的剑，并不算入门。二重变换是最简单的。一般来说，所有阵道的启蒙讲师讲完一种基础阵法，便会出一道二重变换的阵法来考查学生有没有真的掌握，学生若能解出，就勉强算是入门了。

从较难的二重变换到较简单的三重变换差不多就是神州修士的平均阵法水准。

"你能解出几重变换？"曲不询问她。

阵法繁杂，很看天赋，还要看头脑。普通阵法还算好学，可到了更深入的层次，就不是修士靠经验、感悟能明了的，全看修士有没有头脑去解开，师父连门都领不进。

在蓬山，阵修是最爱在闻道学宫开课的，也不介意来听课的学生是不是阵修，愿意来的学生他们都倾力教导。因为之前收下的自家的徒弟很可能后期跟不上，不能承担师父布置的任务，耽误师父自己的进度，所以阵修多收些徒弟，哪怕让其只在空闲时间来帮忙都是好的。

阵修如此慷慨教学、有教无类、不设半点儿门槛，但课堂仍比较惨淡。有些人为了白得的阵法知识而去听讲，结果没听两节就掩面而逃了。有些性急的导师还在后面大喊着挽留："你再试试，别跑啊！不难的！"

从前长孙寒认识一位阵修前辈，对方修为不高，此生无望金丹，但在阵法上造诣极深厚，因此享誉修仙界，是有名的阵道大师。阵修前辈发现长孙寒在阵法上思维敏捷，能轻易解开七八重变换的阵法时，曾想过把他拐去修阵道，不过他婉拒了。

那位阵修前辈最爱说的话就是："我不怕外人来学我的手段，就怕手把手地教了他也听不懂。"

阵道之难，可见一斑。

沈如晚想了一会儿后说："七八重的阵法，我想上几天总是能解开的。九重变换要多花些时间，能解开一部分，再往上我就不行了。"

曲不询挑了挑眉，估算着他和沈如晚的阵法水平应当相差无几："当今神州顶尖的阵道大师也不过能解开十二重变换。"

沈如晚有这水平，已经胜过许多阵道大师的得意弟子了，居然还总说自己在阵法上平平无奇、只懂基础。

沈如晚怼他："你不也说你的阵法水平只是堪堪够用？"

曲不询被她的话噎住了，沈如晚没好气地朝他翻了一个白眼。

寻常修士若是被如此夸赞，自然很是高兴。可到了沈如晚这个地步，不管是哪一道的宗师，她多少都能与之平辈论交，怎么会想和他们的徒弟比？

曲不询被她的话噎得没话说，过了一会儿，又低下头摇了摇，哑然失笑。

"当初长孙寒在闻道学宫里跟着靳老学了一段时间的阵法。"他忽然说，"你是跟谁学的？"

靳老就是那位致力于劝他放弃剑道改学阵法的阵道前辈。

沈如晚早就知道这件事，拧着眉头沉默了一会儿，然后说："我也是跟靳老学的阵法。"

曲不询微微讶异，偏过头去看她。

夜色里，浅淡的月光勾勒出沈如晚流畅、匀称的侧脸的轮廓，曲不询辨不出她眼瞳里的情绪，只听见她轻声笑了一下："靳老说，长孙寒就是个被剑道耽误的阵修天才。"

曲不询莫名其妙地觉得有些尴尬。

他干咳一声，摸了摸鼻子，才想起自己在沈如晚面前并不是长孙寒本人，没什么好尴尬的。

"是吗？"声音干干的，他像是不知道说什么好。

"对。"沈如晚敛眸，眼中有点儿笑意，"不过靳老也这么对我说过，劝我放弃木行道法，改修阵法，绝对能成为名动一方的阵道大师。后来我听师兄师姐们说，靳老每遇见一个在阵法上有点儿天赋的年轻修士都这么说。"

有些修士信了靳老的话，当真激动地改学阵法，结果学到后面，发现自己其实不是什么天才，只是比寻常人更有天赋罢了。但贼船都已经上了，他们只能苦哈哈地学下去。

据传，阵修出秃头的概率是神州第一。

其实当年沈如晚想稍学一些阵法知识时，闻道学宫中有好几位阵道前辈开课。她就是听说长孙寒听的是靳老的课，才选择跟随靳老学阵法的。

可是当年她进闻道学宫的时候，长孙寒便已名动蓬山，不怎么来闻道学宫了。

如是种种，他们就是没有缘分。

沈如晚轻轻地皱了皱眉，然后抬眸又朝山下看了一眼。

远天之外，邬仙湖的水面在夜光下慢慢地起落，卷起层层叠叠的浪。

半山腰，鸦道长还在阵法里摸不着头脑；而章家的后院里，章家父子惶怒交加，在发现姚凛并非说谎后，愤怒至极。

"你昏头了！就算再怎么恨我们章家，你怎么能帮着外人呢？整个岛上的人都得死，你以为你逃得掉？"章员外怒不可遏，"你就是脑子有毛病！"

姚凛没有说话。

章员外眼神一动，暗暗地在心中盘算起来。从见面到现在，姚凛除了口头上说起当年的事，并没有一点儿动手的意思。可见他虽然和鸦道长合作，但是本身并没有异人和修士那种让人生畏的法术。

"走，咱们去找老刘，收拾好东西，乘船连夜离开东仪岛。"章员外径直朝门外走去，余光却还关注着姚凛的动作。

姚凛站在原地，并没有上前阻拦。

章员外心中一喜，走到门边，伸手就要推开门，门却从外面被推开了。

章员外猛地怔了怔。

"舅父。"

章清昱站在漆黑的屋檐下，微弱的灯光从远处照过来，落在了她的侧脸上，让她的脸看起来晦暗不明。章员外不知她在门外等了多久。

明明她还什么都没说，章员外却不由自主地向后退了一步。

"你怎么会来这儿？"姚凛原本站在原地没动，越过章员外的肩膀看见她时，却猛地向前走了一步。

"沈姐姐在龙王庙里找到了我，把我从昏迷中唤醒了。"章清昱轻声说。

姚凛深吸了一口气，神色终于有了变化："你就安安心心地待在那里不好吗？"

章清昱看着他，神色复杂地说："我也有我想要得到的答案。"

章员外把这两个人的神情都看在了眼里，心中忽然一动。

章清昱一开始没出现，应当是被姚凛故意留在了龙王庙里。然而如今两个人见了面，章清昱却没多少怨气……这是不是说明，龙王庙反倒是绝对安全的地方？

章员外越想越觉得此番分析有理。就算姚凛要报仇，总没有把自己的命也搭上的道理，这两个人绝对留了一条生路，而那条生路就在龙王庙里！

"走！"他朝儿子喊了一声，一下子撞开面前的章清昱，朝门外跑去。

章大少还傻站着，眼睁睁地看着亲爹头也不回地跑远了。

姚凛在原地望着章员外的背影远去，没什么表情地伸出手，扶住了被章员外撞得踉跄的章清昱。

"他还是一如既往的自私啊。"姚凛感慨。

章清昱心绪复杂，目光一转，看见了章大少涨红的脸，默然一叹。

"你不打算追吗？"姚凛转过身对着章大少说，"我不会任何法术，你想跑，我拦不住你的。"

章大少满脸通红地看着他们，半晌，低声说："我不信你们待在这儿是在等死，龙王庙那里绝对不是生路。"

姚凛有点儿意外地看向这个从小认识的玩伴。

"我爹干下了那些破事，你们都可以找他报仇。这个家里的钱财你们想要也可以拿去，给我留点儿就行了。"章大少急切地说，"冤有头，债有主，当年我什么都不懂，事情不是我干的，你们报仇别找我啊。"

章清昱哑然。

表兄就这么轻易地放弃了舅父，她固然有些痛快，可又莫名其妙地觉得悲哀。章员外对她和姚凛真真假假，有恩有怨，可没有对不起章大少这个亲儿子。

她微微敛眸，不去看章大少。

有沈姐姐在山上，东仪岛的安危总是不必她担忧的。虽然沈姐姐总是一副"这些人死了就死了，和我有什么关系？"的模样，但最终总会出手相救。

沉沉的夜幕下，邬仙湖的湖水动荡，起起落落，发出呼啸般的巨响。整个东仪岛都被笼罩在巨大的浪声里，连说话声也变得含混不清了。

"你那个傀儡，"章清昱忽然说，"我从来没见过。"

姚凛看向她："沈如晚告诉你的？"

他当时趁章清昱不备打晕了她，没有让她看见傀儡。

"我和你说过，我之所以会起疑心，是因为在岛上遇见了一个修士。他道破了我的身世，后来我去验证时，发现他说得都对。也是那个修士让我立誓，此生不能亲手杀人。"姚凛看了章大少一眼，回答，"傀儡就是他留给我的。"

那位修士或许怕姚凛沉溺在仇恨之中，才逼他立誓，可这世上有很多不用亲自动手就能杀人的办法。

东仪岛外，千顷碧波在风浪里喧嚣。

狂风大作，卷起千重浪，一重又一重地拍打在岸上，仿佛要搅得整个邬仙湖翻天覆地。

凡人难以察觉的灵气从四面八方涌来，奔流不止，汇聚在小小的东仪岛下，带起轻微的颤抖。只是夜已深，岛上的居民都没察觉，又或者察觉了，不知何故。

半山腰，鸦道长惶恐地抬起头张望，额头上满是汗水，心道：龙王庙就是他给自己留下的唯一的安全之地。一旦子时灵脉汇聚，整个东仪岛上的村落都会被磅礴的灵气冲击得化为飞灰，只有山巅的龙王庙附近反倒是最安全的。

可从上山起到现在已经有大半个时辰了，他不知冲撞了哪路的鬼神，竟然怎么也走不到山顶！他可是会死的啊！

"怎么回事？谁在暗算我？"鸦道长低声怒斥，"简直丧心病狂！"

但无边的黑暗里，没有人能回应他。

山顶，沈如晚站起了身。

无数灵脉汇聚，整个东仪岛都在轻微地颤动着，山巅更是摇晃得明显。寻常人难以站稳，可她稳稳地站在这里，半点儿没有受到影响。

"你觉得告诉姚凛身世的修士是谁？"她忽然问曲不询，"是华胥先生吗？"

法术千万般，世事多无常。再有见识的修士也很难根据一段往事窥得多年前的来龙去脉——除非他对那种法术了如指掌。

既然章清昱生父的师父很有可能是华胥先生，那么把傀儡给姚凛的修士至少和华胥先生是有关系的，否则不大可能在多年以后还能揭穿当年的事。

沈如晚捋了捋时间顺序。早在章清昱出生前，华胥先生便已经来过东仪岛了，如果把傀儡给姚凛的修士是华胥先生，则说明多年后，华胥先生又回来了一趟。

他为什么会在多年后回到东仪岛？

沈如晚攥紧了衣角。

根据姚凛模糊提及的时间算，那人回到东仪岛的时间就在她发现七夜白、沈氏覆灭的一两年内。

会不会是华胥先生听说了沈家的消息才回来查看？

"有可能。"曲不询不再开玩笑，坐起身，盘起腿，目光幽幽地望向那片黑暗中的灯火人家，"倘若我们能找到华胥先生，一切便都水落石出了。"

沈如晚轻声说："卿本佳人，奈何从贼。"

曲不询蓦然回头看她，视线就着夜色隐约描摹出她清瘦婉丽的轮廓。她明明是昳丽的风姿，却让人觉得神清骨冷。

他沉思了片刻后道："花草无善恶，是用它做恶事、满足私欲的人该杀。"

沈如晚看向他。

这是之前她对他说过的话，不料，却辗转被他说给她听。

曲不询笑了一下："七夜白固然是华胥先生培育出来的，但用它来种药人的人未必就是华胥先生。你我还未见真相，何必妄下定论？"

沈如晚点头："说得也是。"

足下的山丘"轰隆隆"地响，仿佛大地的低吼，从远处的村落中隐约传来喧嚣而惊慌的喊声。坐落在山巅之上的龙王庙随着山体摇摇晃晃，好像随时都有可能坍塌，却牢牢地立在那里，连一片瓦片也不曾落下。

这显然不是寻常工匠靠工艺能做到的，东仪岛上也没有那种能让屋舍在地动时也安然无恙的能工巧匠。

在凡人难以察觉的动荡之下，无数灵脉从千顷邹仙湖奔涌而来，汇聚在东仪岛下，注入这一座低矮无奇的山丘中，然后滔滔直上。其灵气之浓烈，转眼便胜过许多小宗门赖以建宗的洞天福地。

沈如晚忽然说："倘若鸦道长不走这些歪门邪道，去修仙界专门为小宗门选址，改造洞天福地，说不定早就飞黄腾达了。"

修仙讲究财、侣、法、地，神州的洞天福地虽多，但修仙者更多，小宗门想要选一处称心如意、灵气充沛的灵地，往往很不容易。似鸦道长这样能将一处平平无奇之地变作小福地的能人，只怕能被许多小宗门奉为座上宾，不比在这凡人之间走歪门邪道好得多？

曲不询仍坐在那里，遥望远天、湖水和风浪："你我是神山客、玄都仙，目极千里，洞察八方，他一介凡人，从哪儿知道这些呢？你若怪他眼界不够，实在是强求他了。"

风浪声喧嚣，沈如晚辨不清曲不询在笑还是在叹，不觉怔住了。

山丘"隆隆"作响，龙王庙也在剧烈的颤动中发出"噼噼啪啪"的声响，像被一股从内而外的巨大力量强撑着，转瞬便要崩毁瓦解。

"如果你我不在这里，除了鸦道长，岛上的所有人都会死。"沈如晚忽然说。

曲不询总是能明白她的意思。

"有没有我，这都是一场意外，但你总会在的。"他说，"姚凛早就从章清昱那里得知你是个修士了。你就算没来找我，留在临邬城里，也能感受到邬仙湖上的不对劲。"

以沈如晚的性格，她一旦发现这样不对劲的事，怎样都会亲自前来探查的。

姚凛看似破釜沉舟、不管不顾，其实留了太多的余地。

"心有挂念，正常。"曲不询笑了一下。

沈如晚拧着眉头，没有说话。

说话间，龙王庙檐上的瓦片在剧烈的震颤中摇摇晃晃，像鱼身上密密麻麻的鳞片，张开又贴合。

"噼啪噼啪"，一片黑瓦终是不稳，"哐当"一声从屋檐上坠落到地上，被摔得粉碎。

这一声碎落之音仿佛成了什么信号，只听龙王庙里一声轰响，整个庙宇的屋顶当场被炸开了。碎瓦片朝四面八方爆射而出，仿若暴雨和碎冰，让人避之不及。

沈如晚伸出手，食指的指尖在身前画了个碗口大的圆圈，灵气转眼便化成了一道光轮，在她身前飞速地旋转着。灵气流光四溢，将朝她飞来的碎瓦片尽数撞开，碎瓦片没有落在她身上半点儿。

曲不询还侧身坐在草坪上，一只手搭在膝盖上，另一只手懒洋洋地弹开朝他飞来的瓦片。他没有频频动作，不慌不忙地将瓦片一块一块地打飞出去。

"你这是故意报复吧？"他在边上抗议。

沈如晚似笑非笑。

她顺手的事，怎么叫故意报复呢？

"你做过什么事让我报复了？"她反问，"若你什么都没做，这当然不叫报复。"

曲不询叹了一口气。

她对熟人也不太讲理了，惹她不高兴就是他的不对。

破庙之上，一道璀璨的光柱直冲云霄，映照天云，光耀八方。

千顷的邬仙湖周边，大小的城镇、村落都能见证这不凡的景象。夜虽深沉，但有无数人家从梦中惊醒，点亮了灯火，或惊慌或迷茫地望向这道光柱，千里一同。

磅礴的灵气从光柱中倾泻而出，如惊涛骇浪，甚至在这迷离的夜色里蒸腾起漫漫的灵气云岚，转眼向东仪岛奔流而下。

沈如晚微微一抬手，一枝细细的琼枝从她的袖中伸了出来，赫然是前些日子曲不询在沈氏花坊院中见到的那一枝。

看似无害的脆弱的琼枝如游蛇般爬出袖口，飞向龙王庙，转眼便肆意生长，化作万千条碧玉枝，将那光柱和四散的灵气网罗住，半点儿也不露。

　　遥遥望去，一张碧玉织成的巨网缠绕着那擎天之柱，将其牢牢地锁住了。

　　千顷远近大小的城郭、村落中，无数人家以为此景是神迹，遥遥地仰望、祭拜。

　　"糟糕。"曲不询忽然说。

　　沈如晚回头看向了他。

　　"从今天起，这邬仙湖附近又要多一个神女缚龙的传说了。"他语气悠悠地说，抬眸看她，粲然一笑。

　　沈如晚顺着他的话一想，不由得也微微翘起了嘴角，忍俊不禁。

　　曲不询伸手从怀里一掏，那把伤过鲢鱼也扎过莲藕的匕首在夜色里隐约泛着金灿灿的流光，被他随手向外一掷，朝着那擎天的光柱飞去，转眼化作一柄厚重的巨剑，升于天际。平平一挥间，剑光映照万里。

　　那擎天的光柱轰然崩解，化作万千星光，飞散千里万里。

　　光柱崩解后，原本亮如白昼的东仪岛顷刻之间重归于暗淡无边的夜色之中，静谧无声，仿如最寻常的夜晚。只有远处小小的村落里错落地亮起的灯火和不安的嘈杂声昭示这一夜有过不足为外人道的惊心动魄之景。

　　"你说东仪岛上的这些岛民不会记恨我们俩吧？"曲不询和她一起静静地望着那悄无声息的残破的庙宇，忽而开口，还是一副不着调的样子，"他们修了大半年的庙，还没庆祝一下，这庙就破得不能看了。"

　　沈如晚收回了目光，转身道："不会。"

　　曲不询挑眉："你这么自信？世人多是升米恩，斗米仇；贪得无厌多，知足常乐少。"

　　沈如晚瞥了他一眼，浅浅一笑："不会的，因为我脾气不好。"

　　她脾气不好，偏偏实力很强，所以没有人会怨她，只会谢她。

　　岛民们即便有怨气也不会冲着她来，而是朝着实力不济的鸦道长和章员外去。

　　曲不询哑然。

　　她竟然也知道自己脾气不好。

　　"那我可就亏大了。"他慢悠悠地站起身，"我就是吃亏在脾气太好了。"

　　沈如晚受不了地移开了目光。

　　清光一闪，落入了她的袖口中，那碧玉般的琼枝轻轻地搭在她的腕上，仿佛一个玲珑的如意玉镯，半点儿也看不出先前网住万象的模样。

　　"这是你的本命灵植？"曲不询的目光落在了那琼枝上。

　　有些学木行道法的修士会与珍稀的灵植签下灵契，以自身的灵力和精血温养灵植，修士与灵植便心意相通，如一体双生。

本命灵植与剑修的本命剑有异曲同工之妙，区别只在于剑修必有本命剑，而修木行道法的法修不一定非要有本命灵植。

沈如晚摇了摇头。

木行道法内部也有不同的派别，她这一脉从不靠契约，只靠自身对灵植的了解和法术来与灵植打交道。认真说起来，她属于重自身的修行而非外物的那一派修士。

其实道法万千，并无优劣之分，只有修士的偏好与抉择。

"我能看看吗？"曲不询有些好奇。

既然这不是本命灵植，那他便没那么忌讳了。

沈如晚既不拒绝，也没说同意。

"这要看它愿不愿意。"她把手伸过去，停在他面前。

曲不询看了她一眼，心说：什么叫看它愿不愿意？这是沈如晚养的灵植，给不给他看还不是她说了算？

他顿了一下，慢慢地伸出手，很轻地抚了一下那碧玉琼枝。不承想，指尖刚刚触及，那伏贴地缠绕在沈如晚的手上的枝蔓便忽然腾起，仿佛一条短鞭，毫不留情地朝他的手上用力一抽，发出"啪"的一声响。

曲不询本来是可以躲开的，但他的手刚动就顿住了，停在那里任由那琼枝给了他一下。

他抬手，看到手背上多了一条深深的红痕。

他端详着那道红痕，"哒"了一声："你下手还挺狠。"

沈如晚本来冷眼看他去摸琼枝，此时才翘起嘴角："这可不是我干的。"

曲不询挑了挑眉，脸上闲散的神情终于化作了淡淡的惊愕："这是一枝开了灵智的灵植？"

怪不得在邬仙湖上给鲢鱼妖开智时，她说自己熟能生巧。

从来灵植难以被开智，有灵智的灵植比妖兽更少，开智的难度也更高。她能做到，这不比培育出新的灵植简单。

沈如晚见他还算懂行，微微笑了笑，随后垂下了手，琼枝便缩回了她的袖中。

"你的剑呢？"她问。

曲不询刚要抬手召回自己的剑，便觉脚下忽地发出一阵"轰隆"声，不由得微怔。

那声响一开始只是细细的、轻轻的，比起方才灵气奔涌时的架势算是小巫见大巫，可没几声后便骤然响彻整个东仪岛。

整座山丘都在剧烈地晃动，无数山石从山体上落下，山丘骤然出现了巨大的裂痕，仿佛有什么看不见的刀剑将之劈开一般，最终发出了一声巨响。

"轰——"

山丘轰然崩塌，沙石俱下，滚滚而落。

半山腰处，还被困在阵法里的鸦道长和刚刚走到山丘之下的章员外连一声惨叫也来不及发出，便陷落在"轰隆隆"的山石之下了。

半空中，沈如晚立在云端，垂眸望着两个人的身影转瞬湮灭。

"不救？"曲不询问她。

"这又不关我的事。"她冷淡地说，"和我无关的事，我不爱管。"

曲不询没忍住，大笑起来。

沈如晚冷眼瞪他，可没一会儿，嘴角微微一翘，也笑了。

无边的夜色里，忽而云聚，转眼，小雨"淅淅沥沥"地落下了。

这是灵气氤氲，浮云汇聚，自然落雨。每一丝雨水中都蕴藏着浓郁的灵气，泽被大地与碧波。

从这千顷邬仙湖八方而来的灵气，最终又归于这浩渺的湖水中。

远方灯火渐依稀，长夜犹寂。

管他什么灵脉汇聚、神仙显灵，浮云散后，这不过是人间的寻常一夜。

章员外和鸦道长被埋在坍塌的山石下，除了章大少这个孝子哭了两声外，东仪岛好似没什么不一样。

章家的产业颇多倚仗姚凛，章大少不甘心，时不时地上演一出斗法，又怕姚凛再拿出什么法术的手段下狠手，便缩回去了。

倒是章清昱，她当年不愿与母亲分开，故而没把握住修仙的机会，如今无牵无挂，便收拾了部分财物，来问沈如晚如何去蓬山。

"我在这里是待不下去了。"章清昱的神情有些伤感，"我也算在东仪岛上长大的，可不属于这里。东仪岛从来不是我的家，我也没有家。"

留在东仪岛上，她是半个外人，可要走，也没处可去。

四海之大，何处可以让她存身呢？

"不如我去寻仙吧。"章清昱笑了，"只盼仙人不要嫌我年纪太大，叫我懊悔当年为什么没跟着你走。"

当年章清昱的母亲请沈如晚带女儿回蓬山，自己却不愿意跟去——修仙地是伤心地，她愿求女儿的前程，却不愿意自己去。

沈如晚静静地看着章清昱，抬手抚了抚枝上的柳绵："朱颜白发，只在转瞬，俯仰天地，不过沧海一粟。是韶年寻仙，还是晚年求仙，没什么区别。"她说着，折下了一枝柳条，"只是当年我引你去蓬山和现在你自己去蓬山，区别可就大了。"

由沈如晚引着进入蓬山，章清昱怎么都能被收入宗门内的；可若是章清昱自己去，她的资质不足，事情成与不成便是两说了。

"我不怕等。"章清昱笑了，"一次不成便两次，等个十年八载，我总有机会进宗门的。"

沈如晚轻声笑了，伸手把那刚刚折下的柳条递给了章清昱："退隐之人别无所有，送你一枝柳鞭，祝君多扫前尘，归路坦荡，后会有期。"

柳叶梢头，露水滴落，灵光氤氲，俨然不凡。章清昱虽然看不出沈如晚对这柳条施了什么法术，却知道这绝对是好东西，于是珍而重之地接了过来。

"沈姐姐，咱们蓬山见！"

沈如晚不觉微笑了一下。

她已经很多年不曾回过蓬山了。

那一年交还碎婴剑，循青鸟出蓬山时，她以为自己这辈子都不会再回去了。

就如东仪岛之于章清昱，蓬山见证了沈如晚的成长，却终究不是她的归处。

"你放不下就放不下，别一副冷淡到不在乎的样子。"曲不询笑沈如晚。

沈如晚轻声嗤笑："你先把故作洒脱的样子收起来，再来和我说这话。"

他们俩终究是谁也不让谁，谁也没被往事放过。

鸦道长在东仪岛上待了大半年，行动总是瞒不过姚凛的。姚凛告诉他们："我知道他要找的那个地方，他说，雨霁虹出后，龙宫始现时。洞府就隐藏在岛上，但不到云销雨霁、飞虹横跨时，你们是找不到那个地方的。"

这岛上还真有个龙宫？

沈如晚半信半疑：鸦道长引灵脉汇聚时，她也没见云销、雨霁、虹飞啊？

不对，其实是有的。

灵气散去后化为雨露，下了半晌又止住了，此为云销雨霁。可当时是夜间，不可能有飞虹的。

"要虹飞，倒也不难。"曲不询挑了挑眉，"东仪岛就在湖上，我们掐个法诀就行了。下场雨还是好办的。"

就是这事情太容易了。

或许华胥先生收的徒弟都不是修士，更不会引诀降雨，所以对修士来说是很简单的事，对徒弟们来说却不那么容易。

沈如晚将信将疑地伸出手，指尖现出一点儿荧荧的灵光，在半空中轻轻地点了那么一下，转眼间，天际便凝起沉沉的云雾来。两三个呼吸间，倏然雨落，雨点一时如碎珠。

姚凛许是大仇得报，也不必如以前那样战战兢兢了，如今更意气风发了些。他站在边上，看见沈如晚和曲不询两个人还有事，便自觉地退避了。

待要走，他又顿住了，问沈如晚："沈坊主，章清昱她……？"

沈如晚在蒙蒙的雨雾里回头看他，淡淡地说："她去蓬山求仙问道了。"

章清昱嘱托沈如晚，若有人问起她的去向就说，没人问，就当没这回事。

姚凛紧紧地抿起了唇。

沈如晚望着姚凛远去的背影，若有所思："同病相怜伊始，同道殊途为终。世事总是聚少离多。"

曲不询忽然把手伸到沈如晚面前，她垂眸一看，发现是他的那把匕首："给我看？"

曲不询说："之前不是你说想看的吗？"

沈如晚顿了一下，慢慢地接过了那把匕首。

匕首入手极沉，不似寻常的灵材打造的。她注入灵气稍一运转，匕首便在她的手里挽了个剑花，化为一把黑色的重剑，冷光耀眼，让人望之生寒。

这是把极佳的宝剑。

她目光一转，落在剑身上篆刻的两个小字上。

"不循？"她抬眸看他，"你的名字？"

曲不询看着她笑了一下，说："我的名字就是从这把剑上来的。"

闻言，沈如晚没问下去。

这在修仙界是很常见的事，有些人家里有一件传家的法宝，便会给最器重的小辈取个相近的名字，以示期许。

"这把剑很好，"她把不循剑还给曲不询，"未必比碎婴差。"

神剑碎婴当然是神州中一等一的宝剑，但若说是天下第一、无余剑可比，那又有些小觑神州的铸剑师了。只能说，碎婴剑是绝世神剑中最有名的那一把。

曲不询接过剑，笑了一下，没有说话。

他从归墟中醒来的那一刻，见到的第一样东西便是不循剑。这把剑带给他第二次生命，让他的心脏在胸腔里不甘地重新跳动，把已经了却的和尚未完成的东西都重拾起来。

宁向直中取，不向曲中求，千难万险亦不循曲。故而他给自己取名曲不询。

他提着不循剑凝视了一会儿，像是透过剑身凝视他的过往，可看没两眼又翻手将其变为匕首，收了回去。

往事不可追。

"殊途亦可同归啊。"曲不询忽然感慨，语调悠然绵长，在绵绵细雨里像落寞的诵咏。

"怪腔怪调的，故作深沉。"沈如晚是怎么也要刺他一下的。

曲不询不理她，只是笑。

笑了一会儿，他忽然伸出手，轻轻地在她的鬓边一拂，须臾便收回了手。

沈如晚顿了一下，拧着眉毛，伸手去抚鬓边。

"柳絮。"曲不询摊开手给她看掌心的一点儿白絮，"我给你拈掉了。"

沈如晚凝眸看着他摊开的掌心，不知怎么的，竟不言语了。

雨雾蒙蒙，衬出她如清雪般的容颜。她虽神清骨冷，却昳丽如画。

曲不询看着她，脑海里不知从哪里冒出一句"海棠不惜胭脂色，独立蒙蒙细雨中"来。而后他猛然一惊，仿佛被烫了一下。

他欲收回手，却强行停住了，仍将手摊在那里，哂笑道："你看清楚了？我可不是在你身上设了什么机关暗害你，可别胡乱地猜疑我。"

沈如晚似瞋非瞋，没好气地瞪了他一眼。

细雨浇了一时三刻方休，雨过天晴，不一会儿天边便挂起了一道若隐若现的长虹来。

沈如晚神色微微一动，时刻留意着，果然探寻到一点儿异样的灵气波动。她循着那点儿异样寻去，没见着龙宫，却寻见了一道隐晦的阵法。

"四重变换，"曲不询试了试，微感讶异，沉吟道，"倒是不难。"

以华胥先生能培育出七夜白的水准来说，四重变换的阵法确实有些太简单了。

"也许这是废弃洞府，他不太当回事？"沈如晚也在边上皱眉。

阵法完整，毫无被破解的痕迹。他们再看灵气流转的流畅度，想来很久没有人进入过阵法了。

看鸦道长如此大费周章，她原以为进入洞府应当是千难万险的事——起码比汇聚八方灵脉于一处难多了吧？谁料他们到了这儿，发现这里竟然只有一个四重变换的阵法。

她饶是见多了难缠的事，也不由得有一种古怪的感觉，想感慨一句"就这样？"。

"这阵法虽然简单，但是很坚固，不是凡人能暴力破开的。鸦道长没法自己解开，只能大费周章。"曲不询和她一起沉思，然后分析道，"我听说，有些人也许在某些领域内是天纵奇才，但偏偏会对另外某种道法一筹莫展，甚至还比不上寻常人。"

四重变换的阵法很难吗？这对一般修士来说也许有些难度，但绝对远远比不上汇八方灵脉于一处——这根本不是一个档次的事。

然而偏偏就是这样难易悬殊的两件事，鸦道长能做到更难的后者，却对更简单的前者束手无策，真是不可思议。

沈如晚想了半晌，感慨道："鸦道长真是一位……出人意料的奇人。"

解开了阵法，两个人轻易地进入了洞府中。洞府中四下空空，什么也没有，甚至连把椅子都没剩下，穷得就像是有谁来这儿打劫过不止一轮。

两个人都不由得怔住了——真是从来没见过哪个修士的弃置洞府能干净到这种程度的……可谓是大开眼界。

他们一眼望去，只有一张瘸了腿的桌子歪歪斜斜地立在洞府的中央，上面摆了一个方匣。

曲不询走到桌边，神色微沉，提防着方匣中的机关，却没想到方匣入手轻飘飘的，仿佛里面什么也没有。他一下子就将方匣拿了起来，也不曾触动什么机关。

他微微蹙眉，打开了方匣，里面静静地躺着一张字条。

展开字条一看，他怔住了。

沈如晚看他久久不动，不由得皱眉："上面写了什么？"

曲不询看了她一眼，脸上还带着些难以置信的神色，犹疑了一下才慢慢地把那张字条递到她眼前。

沈如晚一把从他的手里抽出字条，摊在眼前一看，神情瞬间也凝固了。

只见那张字条上写着两行龙飞凤舞的大字：

  吾徒，多年不见，为师甚是想念，特设一阵法加以考校，予以口头奖励一次。

下面是一行小字：

  为师的漏没的捡，这里什么也没有，傻了吧？

落款是孟华胥。

沈如晚久久地凝视着这张纸，捏着纸的手微微颤抖，脸上渐渐涌出一丝杀气。

曲不询本来心情复杂，然而看见她眉眼间杀气十足，赶紧把字条从她的手里抽出来："别别别，为这事生气不值当。"

沈如晚紧紧地抿着唇，神色冰冷。

曲不询拈着那字条劝她："它也不是针对你我的。你看这称呼，这张字条分明是华胥先生给那几个徒弟写的。咱们只是适逢其会，凑巧撞上罢了。"

话是这么说，但沈如晚兴冲冲地进来，以为至少能寻到些和七夜白有关的线索，结果只看见这么一张气人的字条，怎么能不被气到？

修仙界素来有结善缘的风俗。修士若弃置旧洞府，会将一些日后不用或准备换新的东西留在旧洞府里，留给有缘人；且不拘来者是修士还是凡人，能遇上都是缘分。修士若无东西可留，便不再设阵法，免得来者白忙活。

就是因为神州有这样约定俗成的规矩，沈如晚才以为能有所收获，没想到……

这世上竟有这样爱作弄人的修士！

曲不询看她这样，喟叹一声，指着那张字条好声好气地分析："你看，这个孟华胥云游四方，是怎么确定他的徒弟能找到他的旧洞府的？鸦道长、小章姑娘的父亲，再加上我遇到的那个异人，已经有三个他的徒弟了。他们是孟华胥零零散散收的徒弟，说不定还有更多我们不知道的人。"

沈如晚仍抿着唇，不作声地看着他。

"这意味着，孟华胥是故意告诉徒弟旧洞府的事的，说不定还暗示这里有宝贝，故意钓自己的徒弟来东仪岛上捡漏，然后耍他们一番。"曲不询摊手，"你看，鸦道长不就上钩了？"

沈如晚神色微动，终于愿意搭话了，可声音凉凉的："所以？"

曲不询看着她，挥了挥那张字条，笑了起来："你若是气，就想想鸦道长。他若当真大费周章地撞开了阵法，进了这洞府之中却什么也没捞着，只找着这张字条，那可就有意思了。"

沈如晚顺着他的话一想，仿佛见到了鸦道长举着字条脸色铁青的模样，不由得一乐，"扑哧"一声笑了出来。

果然幸与不幸要靠比较。

和费尽苦心的鸦道长一比，她和曲不询遇上字条这事竟没那么让人气恼了。

曲不询看她终于笑起来，摇了摇头，嘴角带了一点儿笑意。

沈如晚笑一下便止住了，抬眸望见了他眼中自己的笑影。不知怎么的，她竟莫名其妙地有一点儿不自在，蹙着眉移开了目光，扫视空荡荡的四壁。

沈如晚脾气不好，自己当然是知道的。

她难说这是浑然天成还是世事使然，总之自记事起，便有些不为人知的牛心左性。从前还在蓬山时，她知道没人会容她、让她，便好好地藏了起来，做个在旁人的眼中有玲珑心思、会做人的好姑娘。

再后来，沈氏事发，她性情大改，再无顾忌。

直至退隐小楼，坏脾气全被养了出来。总归没人受害，她只折腾自己罢了。

没人有义务忍让她的坏脾气，也没人有资格让她管束自己，忽然有人顺着她的脾气来，倒让她觉得古怪得很。

曲不询见她笑着笑着忽而不笑了，不由得不解："怎么？"

沈如晚本来是不爱叹气的，可抬眸看他时，竟轻轻地叹了一口气。

沈如晚觉得出奇得很，明明在叹气，却没什么苦意。

曲不询更觉得诧异。

沈如晚摇了摇头，目光一转，落在了方才装着字条的方匣上。她伸手将其拿了起来，往底下一翻，又找出一张字条。

梦弟性好促狭，假作真时真亦假，无为有处有还无。琢磨可见真洞府。

蠛江人邬梦笔留字

这张字条上的字迹同孟华胥的笔迹全然不同，显然是另一个人写下的，而且定然是熟识孟华胥的人。这是此人在看到上一张字条后给后来者留下的提示。

照这个叫邬梦笔的人所说，眼前的洞府不过是孟华胥留下来戏耍后来者的假洞府，另外还有一个真洞府。而真正的洞府也在东仪岛上，只是还要后来者再寻。

"蠛江是邬仙湖的源流之处，离这里不太远。"沈如晚沉吟道，"这个邬梦笔多半就是姚凛遇到的那个修士了，傀儡也是邬梦笔留下的。"

之前他们猜测是孟华胥回了东仪岛上，道破了姚凛的身世，其实是猜错了。

"邬梦笔这名字我仿佛在哪里听过。"曲不询皱起眉头想了半晌，可那记忆太过遥远，仿佛是他还在蓬山时的。他实在想不起来，于是慢慢地摇着头说："只是我想不起来他到底是什么人。"

沈如晚攥着那张字条看了一会儿，突然说："邬梦笔……邬……会不会和邬仙湖有什么关系？"

曲不询怔了怔。

不怪他想不到，常人实在很难把玄乎的传说同真实存在的人联系在一起，可若是联系起来了，又会恍然大悟。

"怪不得，"他说，"孟华胥和这个邬梦笔交情匪浅，故而来邬仙湖附近寻了洞府培育七夜白。孟华胥的徒弟都对龙宫的传说深信不疑，自然是因为听孟华胥这个师父说的——难道这邬仙湖里真的有龙不成？"

说到最后，他的话中都透着十二分的惊异之意。

邬仙湖说大也不大，不过千顷。他和沈如晚两个人一起搜寻过，里面若真有龙，怎么也该找到了。

沈如晚也拧着眉头不解。实在捉摸不透，她便拈着那张字条走出了洞府，抬头一望，发现头顶的飞虹还未散去。

她忽而心念一动，若有所思地道："他们说东仪岛可通龙宫，那龙宫会不会不在水中？雨霁虹飞，龙宫始现，这飞虹是否才是真正的通道？"

沈如晚一向想到便要验证，于是轻轻地抬脚，化作流光，转眼便登上了横跨东仪岛的飞虹。淡淡的白光闪动，她竟真的进入一方秘境之中了。

东仪岛的云端竟还藏着一个她没发觉的秘境!

沈如晚不无惊愕地四下望去。

此处说是秘境,其实小得可怜,更像是个小菜园子。半亩荒田中架着个简陋的茅屋,田里尽是荒草,已无人迹。

"这就是龙宫?"曲不询在她身后挑眉。

这未免寒酸了点儿吧?

这里既没有龙,也半点儿都不气派,辜负了这个名字。

沈如晚抬手一指,曲不询便顺着她指向的方向一望,哑然。

那破茅屋上还挂着个木牌子,歪歪扭扭地写着"龙宫"两个大字,透露着草率的意味。

田里只剩荒草,屋里倒是有一本半新不旧的册子。

"这是孟华胥的笔记。"曲不询一翻开,眼神便深沉起来,紧紧地盯着纸页。

沈如晚没和他抢,抱着胳膊站在边上,凝眸看着他。

没一会儿,曲不询果然抬头了,表情讪讪的。

"这笔记里多是孟华胥培育七夜白的过程中的记录。"他摸了摸鼻子,把笔记递给她,干咳了一声,"你最擅长木行道法,还得请教你。"

沈如晚轻轻地笑了一声:"剑修。"

曲不询假装听不懂她这一声轻笑里的嘲讽之意。

沈如晚接过册子翻看了一会儿,发现它不过是孟华胥诸多笔记中的一本,内容零零散散的,多半是孟华胥错了又试、试了又错的记录,洋洋洒洒,写到最后孟华胥也没将七夜白培育成功。

"也不能说是毫无收获。"沈如晚从秘境里出来后,攥着那本笔记看了又看,"照着笔记,我也能试试培育七夜白。"

曲不询微感讶异:"你不是说这上面都是孟华胥的试错记录吗?"

沈如晚搞不懂他怎么会在法修的事上这么笨。

"他试出来的错我避开,然后补全笔记上没有的那部分不就行了?"

曲不询一听就笑了:"是我小看你的本事了,对不住。"

沈如晚偏头看了他一眼,曲不询却被她看得心里一颤,挑着眉问:"怎么了?"

沈如晚摇了摇头。

方才曲不询朝她云淡风清地一笑,神态竟像极了长孙寒,同昔日在蓬山她装作不经意般用余光瞥见的无数个剪影重叠在一起。

难道旧友之间打交道多了,连神态也会相似吗?

"我要回临邹城了。"沈如晚收回目光,顿了一下,竟又加了半句,"你打算怎么办？"

曲不询闲散地靠在门廊上，偏过头看她："我还要在东仪岛上待上一段日子，再看看这个秘境。我若偶尔去临邺城，你应该不会连口酒都不给吧？"

沈如晚也看向了他，说："酒没有，茶可以。"

曲不询勾起了嘴角："行吧，有茶也行。"

昏光斜照，他眉眼深沉，眼中却尽是星星点点的笑意。

沈如晚移开目光，不再看他了。

窗外槐花正香，寒春去尽，暖夏始新。

她看着风吹落一地槐花，茫然地想：有些人白首如新，有些人倾盖如故，缘分实在令人难以捉摸。

自己如果能早点儿认识他就好了。

沈如晚用一两个月的时间看完了孟华胥的笔记，发现那一本册子里尽是精擅木行道法的修士才能看懂的记录。与话本里的主角得到的秘籍大不相同，这本笔记既不能让初学木行道法的小修士一日大进，也不能叫困于瓶颈的高人突破桎梏。

她看完笔记，见识了孟华胥这个天才妙想的一鳞半爪，稍有感悟。

"孟华胥在这里写，他很喜欢东仪岛上的朱颜花，所以等他培育的新株长成后，要给那种花起个相似的名字。"沈如晚一页页地翻着，眉头微皱，"在这个时候，他培育的七夜白还不是种在人身上的花。"

曲不询坐在对面听她分析，沉思半晌，食指叩着桌面。

"奇怪。"曲不询慢慢地说，"为什么孟华胥把东西收拾得这么干净，偏偏剩下一本笔记？"

他们要找关于七夜白的线索，孟华胥就给他们剩下这一本笔记。世事多难如意，偏偏到他们这里就这么凑巧吗？

还有那个神秘的邬梦笔，邬仙湖的传说和他是否有关系？他来到孟华胥曾经的洞府中，就只是路过看上一眼，留下一点儿提示吗？

沈如晚合上了笔记，把它推到了桌案的中央。

"我能确定的是，这份笔记真的在记录如何培育七夜白。"她说着，轻轻地摇了摇头，"可笔记是能伪造的。只要写笔记的人对七夜白很了解，在木行道法上的造诣很深，完全可以靠自己的经验伪造出一份笔记——时间和事件完全作假，内容却是真的。"

说来说去，除了两个人名和一点儿培育七夜白的经验，其他的都真真假假的，不足为信。他们最好还是去找更多的线索来对照。

"不过是一朵花，"沈如晚倚靠在雕花木的椅背上，一只手搭着扶手，疲倦地揉了揉太阳穴，"到头来，竟能惹出这么多事。"

这些人生也为这一株花，死也为这一株花，值得吗？

曲不询笑了笑："值与不值，每人都有自己的答案。你不能去理解他，他反过来亦不能理解你。各行其是，各得其所罢了。"他倒是很快就把这事放下了，插科打诨道，"你这儿有酒吗？"

沈如晚很久没碰过酒了，又怎么会在花坊里备酒？

"没有。"她表情冷淡地说，"只有冷茶，你爱喝不喝。"

曲不询这人就是明知故问，故意招惹她。

"也行吧。"曲不询端起了桌上的茶杯，"总比我第一次来时要好，起码这次我还能坐下喝茶。"

他第一次来时，连椅子都没挨着一下，就被沈如晚忽然变脸送客了。

沈如晚看了看他，忽然偏头望向窗外。

对街，酒旗招展，迎来送往，在微微昏黄的暮光里热闹非凡。

"四个月前，你坐在对面的酒楼里看了我三天，"沈如晚忽然问他，"为什么？"

曲不询握着茶杯的手顿了一下，状似语气如常地说："我不是和你说过吗？我忽然发现大名鼎鼎的碎婴剑沈如晚在凡人之间隐居，不由得生出了好奇之心，想看看你在这里究竟做什么。"

沈如晚问他："你对我好奇？"

曲不询坦荡荡地一点头："是啊。"

沈如晚轻轻地笑了一下，偏过头，支着脸似笑非笑地看着他："哪种好奇啊？是对长孙寒的仇人好奇，还是对我这个人好奇啊？"

这话仿佛情景再现，只是身份对调，问话的人变成了沈如晚。

被问到自己头上，曲不询方知棘手。他尴尬地坐在那里，想摸摸鼻子，又顿住了。

"和长孙寒无关，"他竟坦荡荡地说，"是我对你好奇。"

沈如晚凝眸看着他。

暮光昏黄，屋内也光线暗淡，唯有他深沉的眸中有一点儿幽光。

她垂眸避开了他的目光，抬手要去点燃桌上的烛火，意味不明地说："你好奇到要在对街整整看我三天？"

曲不询也伸出了手，抢在她前面拿过烛台，一捻烛芯便将其点燃了，然后把烛台端端正正地放在两个人中间："我这人好奇心上来时，别说三天，就是三年、三十年我都能看下去。"

沈如晚懂了："看来你对我只是一般好奇，不然不会只看三天。"

曲不询无语，心道：这话是这么理解的吗？

"我还没问你呢。"他忽然说，"是谁在背地里说我是烧包的？"

他说的是那次他从酒楼上跳下来接住掉落的酒坛时，沈如晚隔窗轻声说他的话。其实当时沈如晚的声音很小，但他还是听见了。

沈如晚微微笑了一下："我实话实说而已。"

她恍然记起那时的情形，只觉得过去的四个月中的变化比十年中的还要多。她竟然能和一个刚认识四个多月的人静静地坐下来喝一杯茶，甚至这个人还有一个死在她的剑下的朋友。

以她从前戒备和警惕的性格，她是永远不会和这样的人熟悉起来的。

沈如晚想到这里，不由得恍惚了片刻。

"想什么呢？"曲不询问她，"你要是有空，陪我出去转一圈？"

沈如晚抬眸看他，蹙起了眉："去哪里转？"

"邬仙湖。"曲不询答得很快，"你我看过小荷才露尖尖角，也看过映日荷花别样红，如今湖中只剩残荷，也有别样的乐趣。"

沈如晚偏过头凝视他。

她很少见到曲不询这样的修士，明明修为已臻丹成，却每一日都活得洒脱自在，不去追名逐利，能沉下心来珍惜生活中的点滴。

世人爱见花开，他偏偏看荷叶凋零。

"你真是个怪人。"她说。

曲不询"哈哈"一笑："世上若没有我这样的怪人，又怎么能显得旁人正常呢？就看你是打算成人之美、衬托他人正常，还是安然享受我这种怪人的衬托了。"

沈如晚若是衬托他人正常，就是跟他一起去看残荷；安然享受衬托，当然就是拒绝。

沈如晚轻飘飘地看了他一眼，摊开手，递到他面前："那就走吧。"

曲不询微怔。

"你不是说要带我去吗？"沈如晚语气寻常，问得理直气壮。

曲不询盯着沈如晚，沈如晚神色平静地和他对视，曲不询却蓦然收回了目光。

"行。"他没看她，右手一伸，却准确地覆上了她的掌心，五指一拢，不轻不重地握住她的手，炙热有力，"那就走。"

初秋的邬仙湖稍显冷清，或许因此时是暮色时分，荷叶更显枯残，平添萧瑟之意。

但曲不询的掌心是灼热的。

他将目光闲散地落在湖面上,握着她的手,在原地僵持了那么一会儿,然后慢慢地松开五指,声音如常:"到了。"

这次没有船,可修仙者本就不必乘船行于水面。

沈如晚轻轻地踩在一片半枯的荷叶上,问他:"你以前见过我?"

他如果以前没见过她,又怎么会一下子认出她是谁?

可沈如晚确定自己从没见过曲不询。

曲不询顿了一下,然后说:"是见过。"

沈如晚看向他,等着他说下去。

曲不询却不知道该怎么说了。他说他在蓬山就见过她,只是从来没和她说过话,直到被她一剑斩落在归墟下?

他沉默了一会儿,然后说:"长孙寒提起过你。"

沈如晚明显怔了怔,万万没想到会是这个答案。

"长孙寒知道我?"她有点儿不可思议。

曲不询沉着脸,点了一下头:"是,他是知道你。你在蓬山弟子中还挺有名的,他对你有印象。"

沈如晚此刻的感觉就像是在沙漠里等来了一艘船。

"是这样吗?"她慢慢地说,心情说不出的复杂,"我还以为……在我追杀他之前,他从来不认识我。"

曲不询没看她,说:"他认识的。他说你的剑意很美,是他见过的最美的剑意。"

沈如晚怔住了,轻声问:"他真这么说过?我和他不认识,没说过话的。"

长孙寒若对她评价这么高,又怎么会和她从不相识?

曲不询止住了话头,转过身淡淡地说:"我也不知道,可能是没机会吧。"

他呼出了一口气,沉默了一会儿,像是在犹豫。

"目前谁在经营七夜白的生意我还没查清楚,必定还有人在发这笔不义之财。"他说,"和你道个别,明天我就要走了。"

沈如晚攥着指尖,没说话。

"等查到线索,我会来告诉你。"曲不询看向她,勾唇笑了笑,"你不会闭门不见吧?"

沈如晚微微抿着唇,不冷不热地看了他一眼,随后语气冷冷地说:"走就走了,还非要告诉我,你是等着我给你送程仪吗?"

曲不询大笑:"还是你了解我。"

沈如晚没好气地给了他一个白眼。

晚风吹来,湖面荡漾起波澜,涟漪纷纷晕开。忽然,湖水分开,从湖底浮起了一颗硕大的鱼脑袋，把周遭的残荷挤得七零八落的。

沈如晚怔了一下。

这是邬仙湖里的那只鲢鱼妖。

鲢鱼妖浮在水面上，两只圆圆的鱼眼直直地望着她，尾巴在水面上轻轻地拍打着，带起了小小的水珠。

临时开灵智的效果已过去，鲢鱼妖又不会说话了，可是鱼眼里的渴望之意比言语还清晰。

"它这是在做什么？"沈如晚不解地问。

见她不记得，鲢鱼妖急切地用尾巴拍了拍水面，用了点儿力，带起了一阵水浪。有些水珠飞溅到沈如晚面前，转眼就消散了。

曲不询倒是想起来了，笑着道："它问你要机缘呢。上次你可是答应过它的，说再见到时会送它一份机缘。"

沈如晚恍然大悟，却不由得为难起来。她确实是没想起这事，一时仓促，能给出什么机缘？

曲不询见她犯难，便伸手在鲢鱼妖的脑袋上飞快地点了一下，顿时灵光闪烁——这分明是神识传信的手法。

"半部妖修谱籍，够你彻底开智了。鱼兄，祝你仙路坦荡。"

鲢鱼妖得了机缘，兴奋得一个猛子扎进了湖水里，转眼又浮出水面，反反复复，把周遭的湖水搅得翻腾不止，迭浪频起，三丈水帘朝两个人当头浇下来。

沈如晚躲得快，水帘转眼落在了旁边的荷叶上。

曲不询倒是仍站在原地，也没支起灵气将那水帘隔开，任由湖水把他浇了一身："哎，你怎么还恩将仇报？"

水珠飞溅，"噼噼啪啪"地落在水面和荷叶上。沈如晚站在边上看他，不知怎么的，眉眼微弯，嘴角翘起，轻轻地笑了。

"你还想喝酒吗？"她忽然问。

曲不询看向她，心道：她怎么忽然改主意了？

"我一个人喝也没意思啊。"他说。

沈如晚微微仰起头，伸出了手，如邀明月。

浅淡的月光下，皓腕如凝霜雪，她指尖一动，仿佛凭空牵引出一条轻柔的丝带一般，指间缠绕了一缕月华。

她随手摘了两朵残荷，一拢，月华便落入了荷叶间，竟成了一盏醇厚的佳酿。

"太久没酿了，有点儿手生，你将就一下吧。"她将荷叶递到曲不询的眼前，轻轻地一笑，"蓬山第七阁的名酿，桂魄饮。"

第六章　此夜无月

两个人湖上一别，转眼秋冬去尽，寒春始来。

沈如晚又回到了从前高枕无忧、睡到日上三竿才起的日子，每日没什么盼头，亦没有任何烦忧，既清闲，也空洞。

曲不询刚走后的几天里，她居然有点儿不太适应，恍惚如当年刚从蓬山离开时——卸下了许多负担，却并不觉得轻松，反倒无所适从。

但这毕竟是一回生二回熟的事，没过几天，沈如晚就把这种不自在忘到了脑后。只是每日莳花弄草时，她总要对着那本孟华胥的笔记琢磨半天，为此还轻轻地挨了绿绦一下敲。

绿绦就是她培育开智的那株琼枝。

鸟兽开智成妖，草木开智成精。绿绦是她亲自培育出的异种，又是她亲自开智的，和她最是亲近，只是偶尔连吃醋也学去了。

沈如晚用指尖轻轻地点了点绿绦，却没一点儿责难之意。

她当初给绿绦开智是一时兴起。

蓬山曾有个口口相传的笑话，说某弟子和第九阁的师姐情投意合，结为道侣，获赠一条玉带，每日戴在腰上。某日起床时，这弟子刚要束腰，一低头，发现玉带上竟有一双眼睛，大惊，连连追问才知这其实是一株开了智的灵植。

沈如晚身边第九阁的同门听见这笑话俱嗤之以鼻，一听就知道是外行人编的。毕竟给灵植开智可比给妖兽开智难多了，谁有这样的宝贝不自己供起来，还送给外人当腰带？那人纯粹是脑子有问题。

退隐后，沈如晚实在闲得没事做，便想起了这则笑话。她试了两年，总算有绿绦琼枝这个成功的作品,所以很是珍爱它。

庭院春深,门外忽然传来了轻轻的叩门声,沈如晚微感诧异地回过头。

这一整条长街上的人都知道沈氏花坊爱开不开的,沈姑娘不爱被打扰,所以鲜有来敲她的门的人。

上一个来敲门的人还是曲不询。

想到这个名字,沈如晚又不自觉地出神了,过了一会儿才回过神。

曲不询离开临邬城已有半年了。

门外的气息绵柔,隐约有三四道,都是修士的。这些修士修为不高,显然其中没有曲不询,多半是新来临邬城的小修士,听说了她的传闻,或出于好奇,或出于恶意,上门来探探底。

沈如晚皱着眉,顿觉意兴阑珊。

她提着水壶,不紧不慢地把手边的花浇完,才有些不耐烦地朝门边走去。打开门锁的一刹那,她还听见门外的人在嘀咕:"这里到底有没有人啊?"

她倏然拉开门,看见门外站着一对灵秀精致的少男少女。

少年衣着朴素,眼神灵动,看起来便很机灵;少女则斯文得多,举止端庄,然而通身上下无一物不贵重,灵光俨然,贵气逼人,身后还站着一男一女两个中年修士,垂首恭立,显然听从少女的号令。

这四个人身后跟着好几辆华贵不凡的宝车,每辆车前都套着一只似马非马的动物。这一行人往沈氏花坊的门口一站,气派非凡,顿时引来了邻里"啧啧"的惊叹。

以沈如晚的眼力,她自然一眼便能看出每一辆车都是一件上品法器,拉车的灵兽也是经过蓬山第四阁几代培育后向神州售卖的良种,最是温驯亲人,速度也是上乘的。每一匹都价格高昂,常人根本供不起。

邻里饶是看不出这一排宝车的真正来历,但总能看出那气派的外观,不由得三五个人聚在一起,偷偷地说着小话:"这又是谁家大小姐来找沈姑娘帮忙莳花了?"

沈如晚皱起了眉。

她就像看不出眼前这一行人有多豪气、那一排宝车到底能换几座临邬城这样的大城一般,神色冷淡,言简意赅地说:"有事?"

那个鲜衣华服的少女自开门起便默默地观察沈如晚,见她神色变都未变一下,自始至终冷淡,眼中不由得生出一点儿惊异之色,很快便微笑着打算开口。

然而还没等少女开口,旁边那个衣着朴素的少年便迫不及待地抢先做起了自我介绍:"沈前辈好,我叫陈献,她叫楚瑶光,后面那两位叔叔阿姨是她家的长辈——松伯和梅姨。我们是听了我师父的指点来找您的,我师父叫曲不询。"

陈献这一大串热情洋溢的自我介绍把沈如晚说愣了,沈如晚顿了一下才抓住重点，问他："你师父叫曲不询？"

半年不见，曲不询忽然收徒了？

陈献连连点头："是啊是啊，虽然师父不愿意收我，但我从见到师父的第一眼起就认定这个师父了。"

沈如晚怀疑自己太久没有接触修仙界，有点儿搞不清楚现在修仙界中流行的趋势了。

这师徒关系……还能徒弟单方面确认？

"沈前辈，事情是这样的，"那个叫楚瑶光的华服少女见沈如晚盯着陈献直皱眉，适时地开了口，姿态落落大方，很是得体，"我们在机缘巧合之下认识了曲前辈，约好一起调查一些事，结果路上遇到了一点儿麻烦，曲前辈就让我们先来临邬城找沈氏花坊，他很快也会赶到。"

楚瑶光这么说，沈如晚就明白了。

多半还是因为七夜白的事情，这两个人是曲不询在调查过程中认识的小朋友。

只是……

她不无挑剔地审视眼前的四个人。那两个中年修士气势浑凝，虽没结成金丹，但在普通修士中算是实力不错的，只是一看就知道是楚瑶光的随从；而楚瑶光和陈献这两个少年人不过十六七岁的年纪，修为平平，根本拿不出手。

他们能抵什么用？

"进来。"沈如晚淡淡地丢下两个字，转身走进屋内，只把敞开的大门留给他们。

楚瑶光和陈献面面相觑，看着大敞着的门，一时犹疑。

"大小姐，这个女修……我有点儿看不透。"梅姨在楚瑶光身后轻声说，神情凝重，"她和那个曲不询一样，恐怕不简单。"

楚瑶光凝神思忖了片刻。

梅姨和松伯是她从家里带来的客卿长老，在修仙界曾是小有名气的高手。此番她有要事来办，这才带了两位客卿护航。

连梅姨也看不透的人……

屋内，沈如晚已走到桌边，转身看过来："不进来就把门关上。"

陈献看了看楚瑶光，又看看沈如晚，赶紧踏进门里："进进进，多谢沈前辈招待。"

楚瑶光犹豫了一下，也跟着踏进了门里。

沈如晚抬手点了她一下，眉眼间的神色淡淡的："把你的车弄走，记得不要惊扰到邻居。"

楚瑶光抿了抿唇，很快点头，态度恭敬地说："是。"她回身朝松伯、梅姨叮嘱了两句，这才走进来，在桌边端端正正地坐下，姿态温顺，"给前辈添麻烦了。"

沈如晚没什么情绪地挥了挥手，给他们一人倒了一杯白水："说吧，曲不询叫你们来找我做什么？"

陈献接过杯子，脱口而出："是因为七夜白！"

楚瑶光在边上听他一开口就把七夜白的名字说了出来，不由得心里一急。

他们都在查七夜白的事，因此结伴，半路上遇见了来历神秘的曲不询，又被追杀，这才分头来临邬城会合。虽然这个沈坊主是曲不询的朋友，他们却不知道她的底细，陈献怎么能直接把七夜白说出来呢？

"沈前辈，"楚瑶光的神色严肃起来，"其实我是奉蜀岭楚氏之命，暗中调查七夜白之事，偶遇曲不询前辈。事关重大，请您万万慎重。"

沈如晚扬了扬眉毛。

蜀岭楚家是神州中赫赫有名的世家，扎根于仙凡之间，上能延揽丹成修士，下能和凡人共生，可谓巨富豪门，沈家最鼎盛时比之也差了一等。

楚瑶光之前不提，是因为看不清沈如晚的底细；现在提起，则是因为陈献直接把七夜白说了出来，她要用楚家的名气镇沈如晚一下，希望沈如晚日后勿要把他们和七夜白的事直接说出去。

可沈如晚又何曾在乎什么巨富豪门？

"蜀岭楚氏，我有印象。"沈如晚轻轻地笑了一下，饶有兴致地看着楚瑶光，"楚老前辈可还康健？腰还如从前那般时不时地疼吗？"

楚瑶光一怔，神色微变。

蜀岭楚氏的老祖是她的祖母，从前受过腰伤，因此时不时便要腰疼，严重时甚至直不起身，这事外人很少知道。

楚瑶光惊疑不定地看向沈如晚："祖母身体还算康健，多劳费心。"

"从前遇上麻烦，一堆人里，就数楚老前辈跑得最快。她总说自己腰疼，要退场，什么麻烦都能避开。"沈如晚颇为怀念地笑了，"楚老前辈活得通透。"

从前沈如晚执碎婴剑，奉掌教令惩处奸恶，对象无不是势力显赫、朋党为奸之人。只有她能，也只有她敢动手。

她有时在动手时会见到蜀岭楚氏的老祖。蜀岭楚氏的老祖应当对圈子里的事心里隐约有数，看见沈如晚一来，立刻就以"腰又疼了"为理由先一步告辞。打照面的次数多了，她都记住这人了。

楚氏家大业大，但还算干净，家风也正，给沈如晚印象很深。

楚瑶光不由得微微瞪大了眼睛，难以置信地看着沈如晚。她饶是再稳重、聪慧，也不由得结结巴巴地问："您……您是……？"

沈如晚别有趣味地欣赏着楚瑶光的表情。

她虽然退隐多年，清心寡欲，但偶尔逗一逗小姑娘也很有意思。

"你来我家，竟然没打听一下我的名字吗？"她笑了一下，"我姓沈，沈如晚。"

楚瑶光一下子从椅子上站起身来："碎婴剑沈如晚？"

沈如晚支着脸看着楚瑶光。

原来过了这么多年，还是有年轻的修士知道她的名字。

她想：十年，这么久了，是眼前这个少女的人生大半的长度了。

楚瑶光深吸了一口气，又坐下了。

"晚辈不知是沈前辈，多有失礼，请多包涵。"她恭谨地坐在位子上，"没想到会在这里遇见沈前辈。"

只有陈献还摸不着头脑："沈如晚？前辈，你很有名吗？你也是剑修？"

楚瑶光看了他一眼，欲言又止。

沈如晚轻轻地笑了一下，刚想说话，却忽然一顿，偏过头看向门外。

楚瑶光和陈献两个人不明所以，跟着她一起回头，却只看见空荡荡的门口，不解。

沈如晚并不解释，只是支颐坐在桌边，动也不动。

过了几个呼吸的工夫，一道身影踏进了门里，背着光，身形高大挺拔。此人对上沈如晚的目光，脚步微不可察地顿了一下，转眼又如常，不紧不慢地走到他们面前，半点儿不客气地拉开空椅子坐下了。

沈如晚凝视着他。

曲不询顺手提起茶壶，给自己倒了一杯水，懒洋洋地看着她，眼中尽是笑意："怎么，半年不见，你不认识我了？"

他还是从前的样子。

半年的光景转眼即逝，她再见他时，竟仿佛从未分别。

沈如晚看了他一眼，没说话。

目光一转，她瞥见陈献和楚瑶光看向曲不询的眼神，那眼神似乎犹豫又陌生。

沈如晚问："你们不认识他？"

陈献朝曲不询上上下下地看了好几眼，末了笃定地摇了摇头，斩钉截铁地说："不认识。"

沈如晚狐疑：分明是陈献说自己认曲不询做师父的，也是按照曲不询的指点来到这儿的，怎么曲不询坐在面前，他居然说不认识？

曲不询看了看陈献，大皱其眉："怎么回事？你连我都不认识了？"

陈献茫然地看着曲不询，半响，眼神由迷惑转为恍然大悟："师父？！是你？！你怎么把你那大胡子刮了？"

沈如晚一下子看向了曲不询。

他什么时候还留起胡子了？

曲不询一顿，神色忽而尴尬起来。他摸了摸鼻子，干咳一声，先对她解释："我之前为了隐匿容貌、方便暗中调查，就留了胡子。"

沈如晚拧起了眉毛。

"以后我都不留了。"曲不询补充。

沈如晚这才把眉毛放平。

楚瑶光若有所思地想：话是这么说，可他们和曲不询其实分开没多久，那时的曲不询还没刮掉胡子。他早不刮掉，晚不刮掉，偏偏来沈氏花坊前把自己好好地拾掇了一遍，还保证以后绝不……

她看看左边，再看看右边，感觉好像明白了些什么。

沈氏花坊里多了几个人，忽然就变得热闹起来。

楚瑶光和陈献这两个少年修士一静一动，偏偏相处得很和谐。陈献主动请缨，要帮沈如晚干活；楚瑶光明明看起来是从不需要动手干活的大小姐，却也极知礼数地表示愿尽绵薄之力。

"我不需要。"沈如晚神色淡淡地说。

她是修士，有什么事是自己不能干的？家里忽然来了陌生人，她就把活交给对方干，有这样的事吗？

但目光在两个人的身上扫了扫，她忽然改了主意："你们来时我正在浇花，既然你们想帮我，就去把花浇了。"她说完，顿了一下，话中饶有深意，"我的花可是很娇贵的，若被你们养死了，我不用你们赔钱，只要赔我一株一模一样的就好。"

"沈前辈，你就放心吧！"陈献拍着胸脯保证，"我从小对着灵花、灵植长大，不说样样识得，至少常见的灵植我都养得拿手，绝不会把你的灵植养死的。"

常见的灵植他都养得拿手？

沈如晚似笑非笑地想：她这院里就没有哪一株花是常见的。

不过她没说，只是不置可否，转身看了曲不询一眼，神色淡淡地朝转角的木梯走去。

曲不询看她从面前走过，半点儿不停，没有和他说两句话的意思，便微微抬了一下眉毛，很快又压了下来，默不作声地在原地立了半晌。

沈如晚顺着木梯走到二楼的转角处，微微用力，推开了天窗，踩着短梯上去，坐在了屋檐上。

她的位置正对着沈氏花坊的庭院，背后是热闹的长街，却被一道围墙隔了开来。

她抚着裙摆坐下，在心里默默地数着数。她还没数到"七"，几声瓦片的轻响传来，曲不询也爬上了屋檐，在她身边坐下了。

他也不说话，只是把手一摊，递到沈如晚面前来。

沈如晚低头，看到眼前的掌心上托着两个核桃。

"你身上怎么总带着零嘴？"她也不和他客气，伸手去拿，"上次是瓜子，这次是核桃？"

细腻的指腹擦过他的掌心，带起了一点儿痒意。曲不询微微一僵，五指下意识地收拢，仿佛要把她的手攥住，可又转瞬克制住了，待痒意消失，手还停在半空中。

过了两个呼吸的工夫，他才把手收回去。

他若无其事地说："没话说的时候，我递两个核桃过去，这不就打开局面了吗？"

沈如晚有点儿想笑，但忍住了。

"没话说就不要说，谁逼着你说了？"她的语气淡淡的。

她这正话反说的脾气是改不了了，明明等着他开口，又非要说不。

曲不询重重地叹了一口气，不说话。

沈如晚皱着眉头看他："什么意思？"

曲不询懒洋洋地笑了一下："可我就是想说啊。"

沈如晚定定地和他对视了一会儿，又移开了目光，转头看回庭院，神色没什么波动，可嘴角翘起了一点儿，笑意若隐若现的。

曲不询的目光还停在她嘴角的那一点儿弧度上。

"说说吧。"沈如晚一边低头剥那两个核桃，一边问他，"这段时间你都查到了什么？"

曲不询三心二意地听见她的问题，顿了一会儿才回过神，随口答道："我去了从前结仇的地方，找了找当年的踪迹。当年的旧人大多不在了，但既然存在过，就必然留下痕迹。哪怕多年过去了，只要有心，我还是能顺藤摸瓜地查下去。"

灭口能灭一家数十户，却不能把一片地域都变成荒原。

世人皆传如意阁的柳家是被大魔头长孙寒灭门的，可只有他自己知道，除了从如意阁杀出一条血路外，他没有多杀一个人。

想到这里，曲不询偏过头，又看了沈如晚一眼。

只怕在她的心里，柳家的血债也该被安在他的头上吧？

他意兴阑珊，手微微用力，核桃便在掌心"咔嚓咔嚓"地裂开了。他声音低沉地说："我顺着查下去，发现要找的人进了一个秘境，就跟着一起进去了，正好在秘境里遇见楼下那两个小朋友，得知他们也在查七夜白的事。"

沈如晚挑了挑眉："看见他们在查，你就凑过去说要一起查？"

曲不询一下一下地剥开核桃坚硬的果壳："那不可能，我是真要查个水落石出的，不是带小朋友过家家。我只是留心了他们的踪迹，若是他们查到了线索，我就跟着捡个漏。"

沈如晚的目光随着他修长有力的手指起落，直到完整的核桃仁脱离果壳，被摊在他的掌心上。

她忽而伸手握住了那剥好的核桃仁。曲不询想也不想，五指猛然收拢，正好将她的手牢牢地包裹在手心里，掌心一片炙热。

直到紧紧地握住了沈如晚的手，曲不询才像忽然回过神一样，不由怔了怔。

"你这么紧张？"沈如晚垂眸看了看被他紧紧地握住的手，语气微妙，"让我一个核桃都不行吗？"

曲不询深吸了一口气。

"你的手里不是已经有了吗？"他若无其事地说着，仿佛不曾牢牢地握住她的手，半点儿也不让她寻到空隙收回，"我剥的核桃难道滋味会更好？"

沈如晚轻轻地笑了一下，反问："好与不好，我不尝怎么知道？我就喜欢吃别人剥的核桃，不可以吗？"

曲不询紧紧地盯着她。

"别人的我管不着。"他稍稍往后靠了一点儿，连带着将她的手拉近了几寸，慢慢地说，"可属于我的东西，我绝不放手，除非我死。"

他像是在说核桃，又仿佛不只是说核桃。

"不就是一个核桃，你至于吗？"沈如晚垂眸，用力地将手从他的掌心里挣脱出来，又把核桃仁放回他的手里，"我还你了。"

曲不询的五指下意识地要攥紧，但他克制住了，没和她较劲，任由她神色冷淡地抽回手，只留给他清冷如冰的侧颜。

他凝视着那秋水剪影，说不上放松还是失落，一口气上不去又下不来，半晌变成了一声轻叹。

沈如晚垂着眼睑，指间微微一用力，把自己手里的核桃捏成两半，有点儿讶异："这核桃是尧皇城老周记的？"

尧皇城是神州最大、最繁华的修士之城，凡人与修士在此共存，有许多有意思的东西。老周记就是一家食修开的炒货店，传承了好些年。

老周记的核桃一向卖得好，供不应求，曲不询随手拿出来几个核桃竟然就是他家的？

曲不询听她语气如常，仿佛转眼就将刚才的事忘在脑后，不由得顿了一下，过了一会儿才随意点了一下头："我去秘境的时候有人追杀，就从他的包里找出来几个。"

从追杀自己的人那里翻出点儿自己需要的东西，这事对沈如晚来说一点儿也不陌生——她以前也经常过这样的生活。

"你没说完呢。"她把核桃剥开，"你既然本来打算跟在他们后面捡漏，怎么又成了人家的师父，还带着他们来见我？"

曲不询不由得耸了耸肩，说："那个叫陈献的小朋友是孟华胥的徒弟。孟华胥没说正式收他为徒，就是偶尔逗他，东一榔头西一棒槌地教两手，没两年又不告而别了。所以这小子一直管孟华胥叫老头儿，也不承认孟华胥是他的师父。"

沈如晚倒不觉得这有什么不对的。师徒关系本来就是二人走了叩拜、敬茶的流程正式才定下来的，一个人若只稍稍教一教，可以称为前辈老师，但绝不是师尊。

"那他怎么管你叫起师父了？"她挑着眉问。

曲不询哼笑一声："陈献想当剑修，又正巧看见我动手，就自说自话地喊起师父了。"

还能这样？

沈如晚觉得叹为观止。她当年要是有这样的脸皮，早就直接冲到长孙寒面前说："长孙师兄，你好，我特别崇拜你，你能不能教教我剑法？"

那时要是能这样直接，她也不至于多年以后辗转反侧地后悔了。

"这小子有点儿奇异之处，和他处久你就知道了。"曲不询望着在庭院里专注地浇花的陈献和楚瑶光，"而且他人不坏，关键的时候靠得住，就是有时候有点儿拗，没有那个楚家的小姑娘灵活。"

沈如晚一听就知道曲不询已经在这段时间里和两个后辈熟悉起来了，而且对后辈颇为照拂。

前辈照拂后辈……一转眼，竟也轮到沈如晚做前辈了。

白驹过隙，恍惚一梦。

"我为什么要和他们相处？"沈如晚皱着眉，"先说好，我家不能连续两天同时存在三个人，你们别来打扰我的清净。"

曲不询偏过头看她："既然没法直接从根源查到是谁在大肆种药人，那就从拐卖那一环往上查。这次我查到一些线索——最大的一条交易链在碎琼里。"

碎琼里，那大约是神州最乱中有序的地方，靠近归墟，空间濒临破碎，是由虚空海隔开的一个个小秘境，非常危险。

也正因碎琼里如此危险，神州许多惹了祸、结了仇甚至是被缉拿的逃犯会逃到其中避风头，其中三教九流，鱼龙混杂。

沈如晚错愕，不过一瞬后又冷笑起来："他们可真是会挑地方。"

碎琼里果然是做这种见不得光的生意的好地方。

"你也知道，碎琼里那地方很危险，处处是虚空海，变数太多。动起手来，我谁也不怕，可是若对方一心只想遁逃甚至自尽，那我一个人当真顾不来。"曲不询说着，指了指在楼下庭院中的两个人，"我总不能靠这两个小朋友吧？"

沈如晚不说话了。

她明白曲不询的意思——她去碎琼里，就意味着要离开沈氏花坊，离开临邬城，回到修士刀光剑影的世界里。

她已经十年没有踏入修士的世界里了。

她抿着唇坐在那里，迟疑起来。

"你就当帮我一把，忙完了就回来，我保证不拿更多的事烦你，行不行？"曲不询用手肘轻轻地碰了她一下，"沈坊主，沈姑娘，帮个忙吧？"

沈如晚似恼非恼地瞪了他一眼："你烦死了，以后少拿这些事烦我。"

曲不询一顿，嘴角勾了起来："那这次……？"

沈如晚沉默了片刻，然后没好气地说："就这一次。"

曲不询看着她，也不说话，只是看着她笑。

沈如晚烦他，偏过头去，轻轻地踢了一下脚边的瓦片。瓦片相撞，发出"啪"的一声清脆的响声，引得庭院里的两个人抬起头来，看见了他们。

陈献仰着头，表情苦兮兮的："沈前辈，你可真是害苦了我们。你这院子里的花没有一朵不是价值连城、举世无双的啊？"

沈如晚被他这话说得心情不错。

价值连城、举世无双，陈献这话说得不错。

"你还挺识货，"她轻笑，"眼力不错嘛。"

陈献眨了眨眼睛："那我们到时候能不能少赔两株？"

"不可能。"沈如晚笑了，冷酷地说，"没有人能赖我的账。"

陈献做了个痛不欲生的动作。沈如晚没忍住，又笑了一下。

"我还以为你很宝贝那些花的，"曲不询忽然问，"就拿来逗小孩了？"

"这就说明，不管旁人说多少怜香惜玉、爱花惜花，心意也是一时一变。"沈如晚说着，把手里的核桃仁完整地剥出来，"所以要想好好地活着，就别让自己做花花草草。"

她把核桃仁递到曲不询面前："喏，还你的。"

曲不询盯着伸到眼前的手。

这高度好巧不巧，就在他的脸边。她不像让他伸手去接，可偏偏又离他有些距离，他用手去拿也合适。

他没动。

沈如晚垂眸，拈着那枚核桃仁直接递到他的唇边，轻轻地塞进他的口中。细腻的指腹在他的唇上一拂而过，转眼便被收回了。然后她站起身，顺着短梯走下楼去了。

曲不询还保持着原来的姿势坐在那里，任微寒春风来去，半晌没动。

沈如晚从楼上走下来，正好见陈献和楚瑶光浇好花："浇好了？"

"好了，前辈，你看看吧。"陈献应了一声。

沈如晚背着手走过去，饶有兴致地问："死了几株啊？"

陈献"嘿嘿"一笑，却不直接回答："前辈看了就知道了。"

沈如晚料想应当有三四株是难逃一劫的。

她这院子里种的花，每一株都是她亲手培育的新种。若说神州上下没有第二株，那是小觑天下的修士了，可她敢打包票，陈献弄死一株，十年也赔不出她一模一样的。

其实也不是每一株新品种的花都娇贵易死，有些花多浇一点儿少浇一点儿水死不了。所以满园芳菲，她料想绝难幸免的也就那么三四株。

她走到庭院里，从眼前的第一株开始看——这是她觉得绝难幸免的三四株花的其中之一。

然而她垂眸细看，此花生机盎然，花叶舒展，没有半点儿要凋败衰萎的迹象。

她心里微微讶异，只是神色不变，半点儿没表现出来，不置可否地背着手走向下一株。

陈献和楚瑶光跟在她的后面，惴惴不安地观察着她的脸色。见她神色淡淡的，一株一株地看下去，他们不由得提心吊胆起来。

"沈前辈，怎么样啊？"陈献壮着胆子问沈如晚。

沈如晚从头转到尾，转回了第一株花前，心里讶异极了。

这两个小辈浇花，竟一株都没弄死，就连最娇贵的那三四株也一派生机盎然的模样。

这可不是他们凭单纯的运气好能办到的事。那几株特别娇贵的花需水量多少不等，和寻常的花绝不相同，他们随便浇浇花可没法蒙对。

听到陈献问起，沈如晚才回过头，把他认真地打量了一遍，淡淡地道："干得不错，没有死。"

陈献和楚瑶光对视一眼，不由得露出欢欣之色，小小地欢呼了一下。

沈如晚将目光落在了陈献身上。刚才她在屋顶上看得分明，是这少年嘀嘀咕咕地指点着少女，两个人一起把花浇完的，只是她方才和曲不询说话，没仔细地听罢了。

"你懂木行道法？"她问。

陈献摇了摇头："没学过。"

沈如晚不由得更觉得奇怪："那你是怎么知道这些花该怎么养的？"

陈献扬起一个大大的笑容："沈前辈，你这花园里的花罕见，我刚看见的时候被吓了一大跳。"他惊叹道，"不过，它们既然是从旧种上培育出的新品种，其习性必然和旧株有相似之处，我只要知道它们是从哪些旧株上培育出来的，就能推测出三五分了。"他说着，挠了挠头，有点儿腼腆，"更多的我就不知道了，只能碰碰运气。没想到我运气这么好，一株都没有浇死。"

沈如晚盯着他，半晌没说话。

陈献光是能从新花上看出旧种就已经是见闻广博、对花草极有了解了，许多专修木行道法的修士也做不到这一点。

他甚至没怎么学过木行道法，这无疑是一种相当出众的天赋。

"我听说你想学剑法？"她忽然问陈献。

陈献一愣，不明所以，但用力地点了点头："我从小就崇拜剑修，可总是没机会。为了学剑，我就离家出走了。我特别特别想学剑法。师父是我见过的用剑最厉害的剑修。"

沈如晚挑眉："那你做我的徒弟吧，我也会用剑，我的剑法在神州比他有名多了。"

陈献"啊？"了一声，惊讶地看着她。

"你不信？"沈如晚指了一下旁边的楚瑶光，"不信你就问问她，沈如晚这个名字有没有名气？"

陈献看向楚瑶光，楚瑶光点了点头，轻声说："沈前辈是蓬山高徒，曾执碎婴剑斩奸除恶，所到之处，神挡杀神，大名鼎鼎，如雷贯耳。"

陈献肉眼可见地惊叹起来，看向沈如晚的眼神也越发崇敬，把心动之意都写在了脸上。

可是他想了半晌，竟然抿起唇，低声说："沈前辈，如果我早些日子遇见您，一定毫不犹豫地跪下就叫您师父。可曲前辈已经教过我剑法了，我既然认他为师父，就不能因为您的名气大、愿意收我而立刻改口，只能辜负您的心意了。"

沈如晚不无惊讶地看了看陈献。

她还以为陈献只是想拜一个厉害的师父，随便是谁都可以，没想到竟还有这份坚持？

还有曲不询，这人既不答应收徒，偏偏还教人家剑法，搞什么呢？

"你可想清楚了，跟着我不仅能学剑法，还能学木行道法，你在这方面很有天赋。"沈如晚说道。

陈献看了看她，露出恍然大悟的表情："原来您是因为这个才想收我做徒弟的啊？"他有点儿不好意思地笑了一下，"这个也不算是我有天赋，只能说是家学渊源，加上我爹娘硬逼着我用功——前辈，我姓陈啊。"

沈如晚先是不解，凝眸想了一下才惊讶地道："你是药王陈家的人？"

药王陈家在修仙界也算鼎鼎有名了，横跨灵植和炼丹两道，故而外人夸赞其为"药王"。

陈献若是药王陈家的弟子，那对这些花花草草很了解就说得通了——沈如晚院子里的这些花草俱是能入药的灵植。

陈献点了点头："我只是旁支弟子，就是不想再学炼药才离家出走的。"

沈如晚了然了。

说起来，她和药王陈家还有些渊源。蓬山第九阁中有不少陈氏出身的同门，光是沈如晚熟识的就有两个人，其中一个人甚至是她同师尊的师弟。

倒是楚瑶光满脸惊讶之色："你是药王陈家的人？我怎么从来没听你说过啊？"

陈献觉得怪不好意思的："我是离家出走的……我又不想再学炼药了，说这个不是丢人吗？"

沈如晚倒是对他多了点儿好感。虽说他拜师的时候脸皮厚了一点儿，但能认定一个师父，倒是不三心二意。

"我这儿没事了，你们自己玩去吧。不要上楼，其他随意。"她说完，走上了转角处的楼梯。

陈献和楚瑶光站在原地，你看看我，我看看你。

"这位前辈可真是厉害，"楚瑶光慢慢地说，"不愧是蓬山近百年来最出众的弟子。"

陈献瞪大了眼睛："沈前辈这么厉害啊？"

楚瑶光有点儿无奈地看了他一眼。

其实陈献各方面的水准都很出众，不比大家族精心培养出来的弟子差，但在常识和见闻上总是显得很无知，真不知道是怎么回事。

"碎婴剑沈如晚，就像横空出世一样，与其他年少成名的天才不一样，刚出现在修仙界的视野里时就已经是丹成修士了。她直接听从蓬山掌教之命，斩妖除恶，势力再庞大的恶人奸邪之家，她也敢动手铲除，堪称神州最惊才绝艳的第一流人物。"楚瑶光低声说："有传言说，她不仅剑法卓绝，而且是全才，法术、阵法、符箓，无一不精。今日一见，名不虚传——你看见墙上的符箓了吗？她真是手到擒来，每一道都品相完好，甚至是她用凡墨信手画在墙上的。"

寻常修士就算拿着最好的符笔、符纸，也要画个十次八次才能成功，可花坊的墙上就没有一道废符。

陈献听楚瑶光这么一说，方留意到墙上的符箓，不由得流露出震惊之色："对，还有这一院子花，都是极其精通木行道法的修士才能培育出来的……"

两个人面面相觑，心道：这位享有盛名的沈前辈究竟还有什么是不会的？

"那……那我师父……？"陈献问。

楚瑶光慢慢地摇了摇头："我从没听过曲前辈的名字，也许是我的见识还不够？"

陈献苦思冥想，然后说："我师父和沈前辈这么熟，应当也很厉害、很有名吧？好朋友的水平都差不多的吧？"

楚瑶光又看了他一眼，在心里叹了一口气：陈献怎么就一点儿都没看出来曲前辈和沈前辈之间的暧昧关系呢？多明显呀！

她摇了摇头，撇了撇嘴，觉得陈献真是个笨蛋。

转角处，沈如晚走上了二楼。曲不询就抱着胳膊靠在楼梯边，听见她的脚步声，懒洋洋地偏过头来。

"怪不得你说这小子特别，"沈如晚见他站在这里，并不惊讶，"他有点儿天赋，可惜一门心思学剑法，不然也许在木行道法上有些成就。"

话是这么说，但沈如晚没有觉得多可惜。她对剑道也很喜欢，因此对陈献的选择没有太多不解。

只是……

"他在剑道上的天赋如何？"她问。

曲不询笑了一下，悠闲地说："那要看和谁比了。要是和我比，那他就不值一提了。"

沈如晚一怔，没忍住，翘起嘴角笑了一下，很快又将笑意压下去，板着脸说："谁要听你自卖自夸了？你真是一点儿都不懂谦虚。"

曲不询耸了耸肩，不置可否。

谦虚？他谦虚过很多年，最终不过就是那样。

"那他在木行道法上的天赋呢？"曲不询没接话，反问她，"比你当年如何？"

这回换沈如晚瞥了曲不询一眼。

"我只是觉得他比较有天赋。"她刻意板着脸说，"不代表他能和我比。"

曲不询没忍住，大笑起来。

沈如晚看着他，轻轻地哼了一声，可过了一会儿嘴角微扬，竟也轻轻地笑了。

春晨寒重，但陈献一睁开眼就兴冲冲地掀开被子，从床上坐了起来。

自从进了秘境遇到追杀后，他已经很久没有睡得这么安稳了。现在他不用担心敌人在夜晚追来，也不必担心身侧的环境忽然出现变化，一觉睡到天亮，醒来神清气爽。

他简单地洗漱过后，推开房门，发现一夜之间，满园争妍的花花草草竟然都消失得无影无踪。

院中空空荡荡的，忽然冷清了起来。

他愣在那里，揉了揉眼睛，再一看，院中还是空空荡荡的。

这……这是怎么了？

"起来了？"身后有人问。

陈献猛地一转身，发现后院的门敞开着，露出了青石板庭院。曲不询叼着一根油条蹲在墙脚处，手里还拿着一把刷子，正仔细地给墙面刷上一层灰粉。

"师……师父？"陈献差点儿以为自己看错了，露出了震惊的表情，"你这是在干吗呢？"

"你看不出来啊？"曲不询头也没回一下，"你沈前辈的墙掉漆了，我给她刷一遍。"

陈献脸上的表情仿佛要裂开了。

从刚认识起,师父就是他心里最潇洒、最不羁、最贱的人,他根本没法把曲不询和刷墙联系在一起。

"那……那我来帮你吧,师父?"陈献自告奋勇。

曲不询空着的手一抬:"心领了,别。"他把墙脚仔仔细细地刷好,足尖一运力,站起身来,拎着漆桶走向另一面墙,"她让我一个人把墙刷了,不许用法术。"

"啊?为什么啊?"

陈献知道这个"她"说的肯定是沈如晚。

"我不是跟你说了吗?"曲不询说,"墙掉漆了。"

陈献当然知道墙掉漆了,可问的不是这个:"沈前辈说了,师父你就照做啊?"

他师父也太听沈前辈的话了吧?

曲不询一顿:"那不然怎么办呢?"他回过头看陈献,说,"我不顺着她的话来,她不肯走啊。"

"走?"陈献更糊涂了,"沈前辈要去哪儿啊?"

曲不询用"你真是不开窍"的眼神看着他:"碎琼里啊。"

陈献瞪大了眼睛:"沈前辈和我们一起去碎琼里?"

曲不询哼了一声。

陈献欣喜地道:"那可太好了!师父,你和沈前辈果然是交情过硬的真朋友!"

曲不询拿着刷子的手顿了一下,回过头,定定地看着陈献:"陈献,自己滚走,不要打扰我干活。"

"哦。"陈献不明所以,转身向外走去。

他经过转角时,脚步一顿,道:"沈前辈好。"

沈如晚从木梯上走下来,朝他微微一点头。

"沈前辈,这里的花都去哪儿了?"陈献好奇地问道。

"我收起来了。"沈如晚简短地回答,"它们留在这儿没人照顾。"

可沈前辈到底是怎么把花收起来的?

陈献好奇极了,可看了看沈如晚,又不敢细问。

沈如晚朝后院瞥了一眼:"去把他叫过来。"她说着,朝门外走去,"准备走了。"

"啊?"陈献看着她背影,没反应过来。

曲不询拍着手上的一点儿白灰,从后院里走了出来。

"你还愣着干什么?"他拍了陈献一下,大步朝外走去。

"啊?"

陈献愣愣地站了一会儿，一头雾水地跟上，心道：真奇怪啊，明明大家都在一个院子里，沈前辈为什么不直接和师父说话呢？她根本不需要他转述啊？

"沈前辈，松伯和梅姨带着车在城外等候，"楚瑶光见到沈如晚，低声说道，"我们随时可以出发。"

沈如晚淡淡地点了一下头。

陈献从后面跟上来，好奇地问道："你又没有和他们碰面，是怎么通知松伯和梅姨在城外准备的？"

楚瑶光抿唇笑了一下，朝他们伸出手，露出了戴在纤细的手腕上的一只似银非银的宽镯子："这是子母连心镯，我这只是母镯，子镯在梅姨那里。我们有这样一对镯子，无论相隔千里万里，都能时时联系，感应对方的方位。母镯能切断子镯的联系，子镯不能反过来切断联系。母镯只有一只，子镯则不限数量。"

陈献诧异地问："那我之前怎么没见你用过？"

楚瑶光解释："秘境里和秘境外是不相通的，我们联系不上呀。后来出了秘境，我们就在一起了，也没必要用了。"

沈如晚也生出了一点儿兴趣，伸手托着楚瑶光的手腕，饶有兴致地打量了一番："我没见过这个，你从哪里弄来的？"

还有沈如晚没见过的东西，可真是很新奇了。

楚瑶光将右手搭在左手手腕上，在镯子上轻轻地一捏，那暗银色的镯子便"咔嗒"一下松开了。她把手镯递到沈如晚面前，指了一下内里的一个小小的"辛"字："这子母连心镯是童照辛大师近年来的得意之作，市面上不多见，我们家也只侥幸得来一件。想来沈前辈是久不问俗事，这才没见过。"

孰料沈如晚盯着那个标记看了两眼，忽而轻飘飘地笑了一声："童照辛现在倒是混出头了。"

楚瑶光一怔，觉察到她的语气仿佛不善，却又不明所以，于是斟酌着措辞："童大师也是这几年才名气响亮的，在炼器上天赋惊人，又颇多妙想，故而很受推崇。再加上童大师似乎与蓬山旧友有颇多龃龉，故而很少和宗门联系，过得比较拮据，没有太多清高之气，所以时常卖出自己的作品，名气就更广了。"

沈如晚挑了挑眉："童照辛和蓬山旧友有颇多龃龉？这是怎么回事？"

明明她离开蓬山时，童照辛一门心思提高水平，想要讨好他的同门有很多啊。

"说是因为……"楚瑶光神色古怪地说，"童大师坚持认为叛出蓬山的某个弟子是无辜的，其他同门忘恩负义。"

"就为了这事？"曲不询不知什么时候大步走了过来，神色沉重。

沈如晚瞥了他一眼。

她差点儿忘了，童照辛和他还是旧友呢。

楚瑶光不明就里，点了点头："听说是这样。"

曲不询神色沉沉的，心绪复杂，又不知能向谁说。

当年他之所以会撞破柳家种药人的事，还是因为童照辛把傀儡放出去时傀儡误入了柳家，被柳家发现后，柳家误以为傀儡是探子，将其扣住了。童照辛不明就里，又修为低弱，不善交际，便请他出面说和，看能不能从柳家那里赎回傀儡。

他到了柳家说明情况，只隐去了朋友的名字。柳家大惊，心里本来就有鬼，于是打算对他动手。双方打斗时，他撞见了七夜白开花，事情便自此一发不可收拾，他也一夕之间从蓬山首徒变为堕魔叛徒，被追杀了数千里，最后死在沈如晚的剑下。

之前他告诉沈如晚，自己追查七夜白是因为朋友被种下了花，他想要报仇，其实只有一半是真的。

他当时是真的眼睁睁地看着七夜白在他的面前盛开，但那人只是被柳家扣留种药的其中一个人，他并不认识。

认真说来，他其实是替人挡灾了。

如此种种，童照辛只要事后一回想就能发觉不对劲之处，自然不会相信蓬山发出的缉凶令。以他的性格，他和昔日同门决裂也是有可能的。

"真有意思。"沈如晚若有所思，忽而笑了一下，不无嘲弄之意，"是我离开蓬山后，童照辛没人可以针对，所以开始无差别攻击了？"

曲不询无端地有些尴尬，装作若无其事的样子打岔："咳，时间差不多了，咱们走吧？"

沈如晚睨了他一眼，似笑非笑地说："不好意思，我忘记你和他是狐朋狗友了。"

曲不询干笑了两声，伸手搭在她的肩头上，轻轻地推着她往外走："往事不可追，不提了，不提了。"

沈如晚觉得有点儿好笑，本来没打算把旧日的恩怨迁怒到曲不询这个无关之人身上，可看他这尴尬的样子，还以为他才是长孙寒呢。

她既惆怅又不那么惆怅地想：可惜，他不是长孙寒，只是长孙寒的泛泛之交。所以无论多少恩恩怨怨都留在了刀光剑影的过去，与现在无关。

她想到这里，忽然回过头，深深地凝望沈氏花坊。

刚来这里定居时，她以为自己不会走了。十年一弹指，她终要远行了。

往事都归过去，人生翻过一页又一页，终是新章。

"舍不得了？"曲不询在身后问她。

沈如晚收回了目光，转过身，神色淡淡地说："没多久就要回来了，我有什么舍不得的？"

曲不询深深地望进了她的眼中，笑了笑，语气轻松："是啊，我还差你一面墙没刷，回来的时候一定给你刷上。"

沈如晚偏过头看他，轻声说："我记住了，你可别想赖账。"

"那如果我赖账了，你不会来追杀我吧？"他仿佛在开玩笑，可眼睛一眨不眨地凝视着她，目光深沉。

沈如晚停下了脚步，转过身对着曲不询，在他错愕的目光里抬起手，指尖轻轻地搭在他的下颚上，微微用力，迫使他低下头朝她凑近了一点儿。

二人目光相对时，她的眼眸清如秋水。

她任他呼吸微乱，道："没有人可以赖我的账。"

曲不询忽而抬手，用力握紧了她的手腕，眼神深沉，深深地吸了两口气，声音低沉地说："那你会赖账吗？"

沈如晚一怔，看了曲不询两眼，仿佛在思忖他的用意。

"我开个玩笑。"她云淡风轻地说，仿佛不经意般微微一用力，挣开了他的手，"你要是真不想给我刷墙，我也不会强求。"

曲不询看着她若无其事地转过身，差点儿被气笑了。

沈如晚问他时理直气壮，他反过来问她，她竟立马说自己是开玩笑的。有意无意地撩拨他，又翻脸不认人，她到底是什么意思？

沈如晚仿佛能了解他的心意一般，回过头来，用清澈的目光看着他。她翘起嘴角，微微一笑，带着一点儿不易被人察觉的狡黠之色："但你不会赖账的，是不是？"

曲不询气结，可对上她若有似无的笑意，不知怎么的，重重地叹了一口气。

"沈前辈、师父，快点儿啊，宝车要来了！"陈献和楚瑶光走在前面，回过头来朝他们挥手。

空旷的郊野上，在目之所及的最远端，天际一长道流光迎着明亮灿烂的天光浩荡而来，划开了漫天云雾。

浮云散后，长天如洗。

临邬城距离碎琼里路途遥远，一行人需要横跨六州。

一个是几乎没什么修士的凡人大城，另一个是三教九流的修士会聚之地，二者是八竿子也打不着的关系。可沈如晚对碎琼里不那么陌生，因为碎琼里就在归墟附近。

长孙寒就陨落在归墟下。

"你去过碎琼里吗？"沈如晚坐在宝车里，忽然回过头问曲不询。

楚家的宝车浩浩荡荡的一排，里面都是大小姐的行装。沈如晚也是刚才聊起来才知道，楚瑶光在楚家地位极高，"大小姐"不是虚称，而是真的。

这一排宝车中，最宽敞的一辆能同时容纳十几个人，供他们四个人再加梅姨坐，绰绰有余。松伯则在车厢外驭使这一排宝车向碎琼里驶去。

曲不询看了她一眼，笑了一下："去过啊，"他语气随意地说，就像在说一件不太值得上心的事，"为了躲避追杀嘛。不过我只是在其中一个秘境里待过一段时间，基本没和人接触，不太了解。"

沈如晚抿着唇出神。

长孙寒没去过碎琼里。

当时每个人都以为长孙寒会去那里，她也这么以为。那里是逃犯和避难之人的绝佳逃亡之地，他越过十四州，只要进了碎琼里，搜捕的难度便会高上十倍、百倍。他在里面躲个三年五载，等风头过去，再改名换姓出来就能成功地逃生。

可他没有。

长孙寒绕开了碎琼里，继续向前，在归墟后的雪原上被她追上，最终陨落在归墟下，尸骨无存。

"沈前辈，你去过碎琼里吗？"楚瑶光轻声问。

沈如晚回过神，轻轻地摇了摇头。

"没有。"她知道楚瑶光为什么这么问，便说，"我之前奉命追拿的人都出自钟鸣鼎食之家，从搜寻证据到动手需要很长时间，足够我提前准备好，没有人躲到碎琼里中去。"

长孙寒是那些年里唯一一个她没搜寻证据就奉命去追杀的人。

那时她刚回蓬山，惊闻长孙寒堕魔的传闻，难以置信，但转眼就被掌教宁听澜叫了过去。宁听澜对她予以重任："长孙寒实力极强，已逃窜于九州，连连灭杀诸多前去追杀他的同门和义士。如今无人可用，只能你临危受命了。"

她接下这个任务，其实最初是想帮长孙寒的。

沈如晚的目光越过通透明亮的琉璃窗，落在了漫天卷舒的云霓上，心情说不出的复杂。她不知一切怎么会变成如今的样子，半点儿不由人。

车厢前的琉璃门忽然被"砰砰砰"地敲响了，松伯打开了门，站在宝车前的门廊上，朝沈如晚和曲不询客气地一点头，然后恭敬地对楚瑶光说道："大小姐，快到碎琼里了。"

楚瑶光凝神想了片刻，转头问沈如晚和曲不询："两位前辈，咱们是直接坐着宝车进碎琼里呢，还是提前下宝车，低调地进入？"

他们若是坐着宝车进碎琼里，虽然方便，可未免太张扬了些。碎琼里中会聚着三教九流，谁知道会招来什么样的人？楚瑶光虽然是金尊玉贵的大小姐，却也不是不知道人心险恶。

曲不询坐在窗边，把琉璃窗推开一半，向外看去。

外面云雾袅袅，遮天蔽日，这是碎琼里外围的特点，因靠近归墟，空间不够稳定，便格外吸附云霞，云霞绵延千里不绝。

"不必，"他以指节轻轻地叩了叩窗沿，"我们直接驭使宝车进去就行。碎琼里与神州唯一相连的入口就是桃叶渡，我们到了桃叶渡再下车也不迟。"

楚瑶光微微迟疑："可这会不会……有点儿太惹眼了？"

他们是去查七夜白的事，还是隐秘些好吧？

"要的就是惹眼。"曲不询悠悠地说，"我们若是不够惹眼，谁来宰肥羊？"

楚瑶光和陈献还是不解，沈如晚却已明白了。

"在碎琼里这种鱼龙混杂、消息难通的地方，越是狗盗鼠窃之辈消息越灵通。况且那些人是在碎琼里中做人贩子生意的，同行才知同行。"沈如晚低声说，"与其我们费劲地找，倒不如直接等他们送上门。"

这一排宝车看起来就是肥羊里的肥羊，不愁没人想来赚一票大的。

楚瑶光和陈献恍然大悟，楚瑶光朝松伯一点头："就直接开进去吧。"

陈献兴冲冲地说："师父、沈前辈，你们怎么就能想出这么好的办法？我觉得我这辈子是想不出来了。"

曲不询一个爆栗敲在他的脑门上："少给我说这辈子怎么怎么样。人这一辈子长着呢，你知道以后的事？"

"哎哟，师父你下手也太狠了。"陈献龇牙咧嘴地躲开了，"再说，我也没说错啊？世事无常，这我知道。我不知道未来别人怎么样，还能不知道自己吗？"

曲不询哼笑了一声。

他不知道别人的未来，就能知道自己的了？这到底还是小孩的想法。

十几年前，他怎么能想到自己不仅不再是蓬山的首徒，甚至还成了人人畏惧的叛宗大魔头，死在曾经想结识的师妹的剑下，又奇迹般活着从归墟里爬出来，改名换姓，性情大改呢？

长孙寒滴酒不沾，处处自律节制，克己自持，又怎么会知道多年后，一死一生方解人生百味，不必样样拘泥，快意才不负平生？

"人是会变的。"他淡淡地说，却不再多言了。

沈如晚的目光在他的身上停留了片刻，她只觉得这短短的一句话里尽是化不开的惆怅之意，可细想，又不知是解了他的惆怅，还是被这话勾起了心绪，只解了她自己的愁肠。

她垂眸，忽而用脚踝轻轻地碰了他的小腿一下："好好地说着话，干吗要对着小朋友卖弄你的那点儿过往？就你什么都懂？真没劲。"

曲不询被她的指控噎住了。

"我怎么就成卖弄了？"他抗议，"我不也是好好地说话？"

沈如晚撑着脸，手肘搭在窗台上，就是不看他："我听着不高兴。"

曲不询没话讲，叹了一口气，忍辱认下罪名："行，我不该卖弄，不说了，不说了。"

沈如晚回过头来看了他一眼，微微翘起嘴角，眼里星星点点的都是笑意。

曲不询凝看着她，不由得又抱怨似的重重地叹了一口气。

陈献不明所以，羡慕极了："沈前辈、师父，你们关系可真好啊，我要是能有个和你们这样交情过硬的好朋友就好了。"

楚瑶光在边上扶额，不忍再看他犯傻。

曲不询无言，待要辩解，又无从分说，想了半天，干脆道："陈献，闭嘴。"

陈献闭嘴了。

沈如晚的目光在车厢里游移，嘴角自从翘起就没落下。她支着脸，看光华似流金的宝车破开漫天的云霓，直奔入一片晦暗中去。

桃叶渡，神州与碎琼里唯一的入口，在万里的幽晦中成了一点儿亮色。

神州的修士们倘若把碎琼里当作寒酸的地方，那到了桃叶渡一定会大吃一惊。因为这里的繁华鼎盛半点儿也不弱于修士的大城，甚至还在生机上犹有过之，再没有什么地方能有桃叶渡这样集神州的三教九流于一身的优势了。

再往里就是一片虚空瀚海，其中点缀着星罗棋布的秘境，望之如繁星满天，每一个中都藏着许多修士。

神州中的人常说，碎琼里是藏匿踪迹的绝佳地点，真是半点儿也没说错。倘若有修士一头扎进这片星海中，找个荒僻无人的秘境硬生生地熬上三年五载，除非运气极差，否则是绝不会被找到的。

这片星海里最多的就是荒无人烟也无甚资源可言的小秘境。

林三提着一盏掉了瓣的破莲灯，晃晃悠悠地从茶馆里走出来，满心都是愁绪。

那一群天杀的人又来催他弄点儿肥羊骗去宰了。这桃叶渡虽然人来人往，可骗子也多呀！真要是有大肥羊，哪儿还轮得到他？大肥羊早被别家骗走了，他赶都赶不上趟，七零八碎的小买卖那群人又看不上……

林三叹了一口气，惆怅地抬头望向满天的星斗，心道：难啊！

这碎琼里哪里都好，唯独一点不太好，就是没有白天，只有长夜，永无天光，因此在此生活之人必要点上一盏莲灯。

谁知他就这么随便一抬头，竟在满天的星河里看见了一道划破长夜的流光，如流星一般直直地坠落下来。

林三不由得瞪大了眼睛。

这是……这是飞行法宝啊！这大阵仗，这大手笔，这……

这不就是肥羊吗？

大肥羊！

他想到这里，忽地紧张起来。能看见这道流光的人不少，他可得赶紧过去，不然就得被人抢走了。

林三抱着莲灯一路狂奔，到的时候见到一列光华万丈的宝车整整齐齐地停着，眼睛都看直了。他一个没留神，身边一群人飞奔而过，抢先朝着从宝车上下来的几个人热情洋溢地招呼起来。

林三一怔，怒了：这些人不就是同行吗？他们都抢走他那么多笔生意了，这次还不放过他？

他抱着莲灯用力地挤进人群，也不看面前到底是什么人，没头没脑地说出自己的惯用骗术来："这位前辈，一看就知道您修为高深、来历不凡。我这儿有个大消息，只是自己没实力，想卖个好价钱——不知道您对十年前被追杀的那个蓬山首徒长孙寒感不感兴趣？"

曲不询本来只是闲散地站着，听着蜂拥而来之人各有一套的说辞，直到听见"长孙寒"三个字，忽地一顿，强行按捺住挑眉的冲动，仿若寻常地偏过头。

"哦？"他定定地看向那个说起"长孙寒"的人，神色莫测，"要说这个，我还真有点儿兴趣。"

林三心中大喜，在同行忌妒的目光里挺直了腰杆："我有他的消息！"

那头，沈如晚冷着脸拨开人群，走到林三面前，目光如炬，一字一顿地说："你说你有长孙寒的消息？"

林三觉得自己这辈子从来没有这么好运过，一行几个人，有两个人都对他的消息感兴趣！

这笔买卖稳了！

谢天谢地，总算轮到他林三走运一回了。

"是，我有长孙寒的消息。"林三铿锵有力地说。

沈如晚凝视了林三一会儿，直到林三渐渐维持不住，露出了讪讪的畏惧之色。

她敛眸："找个地方细说，你带路。"

林三暗暗地松了一口气。要是她再这么对着他盯下去，他说不定就要坚持不住，赶紧道歉说自己是瞎编的，转身跑路了。

"哎，道友，你别急着走啊。"周围其他热情洋溢的修士不甘心，挤到林三边上，拼命地靠过来，"我这儿还有大盗叶胜萍的独家消息呢，保质保真。你要是对这个消息感兴趣，我还可以和这个哥们儿一起给你打个折。"

林三的脸色黑了：谁要和他一起打折了？

大家都是在桃叶渡宰肥羊的，谁还不知道谁啊？那个什么大盗叶胜萍的消息虽然有三分是真的，但碎琼里中有无数个秘境，谁知道叶胜萍到底在哪一个里？就算他真能找到，但叶胜萍实力强悍，又有几个人能抓住？

长孙寒的消息就不一样了，世人皆知此人已死在蓬山高徒的碎婴剑下，他瞎编起来还不是随意发挥？

林三虽然知道对方的底细，但不方便在这里揭穿，毕竟他的底细也早被同行摸透了。大家一起吃这口饭，抢生意归抢生意，绝不能揭穿对方、砸饭碗，不然就是在砸自己的饭碗了。故而他万般不爽，也只是黑着脸，拼命地想把那人推开。

沈如晚淡淡地瞥了这两个暗暗地较劲的人一眼。

"叶胜萍的消息不要。"她将目光落在林三身上，重复了一遍，"找个地方细说长孙寒的事，你带路。"

那个同行一步三回头地走远了。林三幸灾乐祸地想：肥羊自己不想知道叶胜萍的消息，可别怪他不给机会。

"来来来，几位是刚来我们桃叶渡吧？我请各位去茶馆坐。"林三殷勤地招呼他们，却不知怎么的，一直绕着沈如晚走。

曲不询看着一个劲地对自己吹嘘手里的长孙寒的消息有多独家的骗子，心情复杂。

桃叶渡不大，约莫比临邬城还要再小一些，放在凡人世界里算规模庞大，可对修士来说就不那么够看了。这样一个不大的城镇，却有着外人难以想象的繁华景象。

"咱们这桃叶渡虽小，可是寸土寸金。"林三带他们去常去的茶馆，让面熟的老板开了一间小茶室，入内后关上门殷勤地倒茶，"别看这里终年长夜，不见天日，这里的日子拮据得很，但谁想要在这儿有块安身立命的地方，那地价简直不比尧皇城差多少了！"

尧皇城寸土寸金早已是神州修士的共识，夸张的传闻传得大江南北都是。人们常听说有尧皇城居民去城主府抗议的，只是谁都想占住稳赚不赔的好地方，城主府管了又管，地价却仍是越来越贵。

"咱们桃叶渡就更难了，尧皇城还有城主府管，桃叶渡呢？"林三说着说着，真心实意地叹了一口气，"桃叶渡真是一点儿秩序也没有，乱七八糟的，鱼龙混杂。"

沈如晚看了看这个骗子，也不知道这人是怎么真情实感地说出这种话来的。

曲不询敲了敲桌子，打断林三的感慨："你说的长孙寒的消息是什么？"

林三讪讪地一笑："这个……在下也是要在这桃叶渡里过日子的，难免手头拮据……"

他这就是在要钱了。按说他打算把这群肥羊骗到秘境里再宰一刀，可是那帮真正动手的杀星都是貔貅，只进不出，不会分给林三多少钱，林三当然只能自己先想办法"创收"了。

楚瑶光财大气粗惯了，听到这里已见怪不怪地一笑，伸手就要掏钱了。

曲不询横伸出一只手，握紧拳头，"啪"的一下重重地捶在桌子中央，把林三吓了一跳。

曲不询不咸不淡地打量了林三两眼，一翻放在桌上的手，摊开五指，露出摊在掌心上的两块灵石。

"这么多，够了吗？"

两块灵石，说多不多，但买一个语焉不详的消息绰绰有余。

林三心中遗憾，一眼就看出刚刚那个打算掏钱的小姑娘绝对出手大方，要是真掏了钱，绝不只有两块灵石。如今这小姑娘被抢了先，是决计不会再掏钱的。

"够了够了，只换我知道的消息，那是足够了。"林三识相地接过那两块灵石，"各位应当都知道长孙寒这个人，其来历我就不多说了。他可是蓬山上下公认的大师兄，那实力、那手段、那心机，没刺可挑，无论是堕魔前还是堕魔后，那都是这个。"

林三伸出大拇指比画了一下。

"废话少说，"曲不询的眉头跳了一下，他故作不耐烦地打断了林三的话，"你说你知道长孙寒的消息，不会就是这些老掉牙的吹嘘吧？"

"那当然不是，在下说有独门消息，怎么会是这种谁都能说上两句的事？我真正要说的消息只有我知道。世人皆知，当年长孙寒远遁十四州，无人能阻，一路逃到归墟之下，却被那蓬山的后起之秀碎婴剑沈如晚一剑斩杀，但……"林三放下茶盏，微微向前倾身，表情神秘又笃定，"谁也不知道，长孙寒其实没死！"

曲不询一顿，紧紧地盯着林三的表情，面沉如水。

"不可能。"沈如晚冷冷地说，"长孙寒是蓬山首徒，在蓬山闻道学宫里留下过本命玉牌。他身死道销，玉牌也立刻崩裂了，绝无可能生还。"

曲不询偏头看了沈如晚一眼，沈如晚浑然未觉，也根本没心思留意旁人。她只是冷冷地凝视着林三，不放过林三的任何一个细微的表情："蓬山上下都确定长孙寒已死，你又是从哪里听说他还活着？"

林三没料到她反驳得这么斩钉截铁，他连蓬山闻道学宫会留下长孙寒的本命玉牌的事都不知道，哪能编得这么详细？他不由得磕巴了一下，勉强圆谎："那自然是长孙寒在归墟底下得到了机缘，重塑生机，这才从归墟下爬了出来。碎婴剑沈如晚可从来没去过归墟吧？没准儿蓬山的玉牌根本就没崩裂，蓬山为了面子才说长孙寒已经死了。"

沈如晚看了林三半晌。

长孙寒的玉牌确实是崩裂了，她回到蓬山后亲眼见过，才知道长孙寒没有半点儿生还的可能。

其实她早料到林三说的一切都不过是引他们上钩的谎言，可发现他说的当真是假话，又没来由地感到一阵失落。

"说下去。"她说。

林三见她不追问，还以为真把她说服了，不由得感叹自己今天当真是好运气，于是添油加醋地继续说："我也是偶然知道这件事的，当时琢磨了好久才想明白——蓬山家大业大，忽然遭遇首徒叛出宗门，若不能一举将其诛杀，脸往哪儿搁？他们当然只能对外说长孙寒已经死了。"

楚瑶光和陈献就在旁边听林三满口胡话，要不是知道沈如晚就坐在这张桌子旁，只怕真的要相信了，不由得一齐为林三感到尴尬——当着正主的面说她其实没有把该杀的人杀死，这人得是什么离谱的运气啊？

沈如晚沉着脸，没有说话。

"那你又是怎么知道长孙寒没死的？"曲不询忽然开口了。

林三信誓旦旦地说："那是因为我在碎琼里见过他，他好认得很！你们想啊，他受了重伤，好不容易从归墟里爬出来，当然要休养很长一段时间。神州之大，有什么地方对他来说是安全的？自然只有鱼龙混杂的碎琼里了！这里离归墟近，他可不得来这儿？"

曲不询听见这人说是靠面容认出长孙寒来的，便挑了挑眉："你认得长孙寒的脸？"

其实这人认得也没用，重生之后他的面貌也变了。

林三还真没见过。

"呃……我见过啊。"他硬着头皮圆谎，"长孙寒当真是很好认的，是出了名的英姿勃发、风仪出众，不然又怎么能让蓬山弟子为之心折？只是这人心狠手辣，擅长伪装，难免有鹰视狼顾之相，哪怕谦和也显得道貌岸然。"

"道貌岸然，鹰视狼顾？"曲不询的眼角抽了一下，他慢慢地重复。

曲不询不由得朝沈如晚看去，却见她微微抿着唇，神色平静，并没有反驳的意思，不由得心里一沉。

沈如晚知道这人满口胡言，自然不会理他又编派出什么离谱的话，只是淡淡地看着他："你真正想赚的钱其实是这个吧？你打算带我们去找长孙寒？"

林三只觉得今天一切都顺利得不可思议，连连点头："不错，几位一看就是神州的侠义少年，正该擒拿长孙寒这样的奸恶凶徒，将其送回蓬山，也好为神州铲除奸凶，一朝成名天下惊！在下实力不济，又胸无大志，就稍稍赚点儿卖消息的小钱，可谓是各有所得。"

沈如晚淡淡地笑了一下，却不知道在笑谁。

靠击杀长孙寒一朝成名天下惊，这个人说谁呢？

"什么时候去？"她问，"现在去？"

林三被她这迫不及待的劲惊到了，心想：她这得是多想杀了长孙寒成名啊？

不过他转念一想，她要是没点儿急于成名的念头，也不会被他撞上当肥羊宰了。

"现在不行。"林三摇头，"道友有所不知，在我们这碎琼里中，各个秘境之间都由虚空瀚海相隔。除非是丹成修士，不然谁能横渡？因此我们往来时必然要靠飞行法宝，而且是特制的飞行法宝，才能在虚空瀚海中飞行。"

沈如晚微微挑眉："你们碎琼里的人都阔绰到这个地步了？人人都有飞行法宝？"

在神州，飞行法宝总是最稀缺的。

林三赶紧摇头否认："我们哪儿买得起飞行法宝啊？"

要真是人人都有飞行法宝，也不会见到他们一行人坐着一排宝车破空而来后那么激动了。

"能在虚空瀚海里飞行的法宝中，最有名的叫作步虚舟，不受虚空腐蚀，行走自如，价格昂贵。商行专门做这个生意，重金买下步虚舟，固定往来于最繁华的几个秘境之间，对外出售船位。"林三解释道。

这倒是很有意思，就连陈献和楚瑶光也露出了好奇的表情。

"这倒确实是很有赚头。"楚瑶光若有所思地说，但很快指出了问题，"可长孙寒若在秘境中藏身，不可能在最繁华的那几个秘境里久待吧？那他怎么坐步虚舟过去？"

林三笑了："那就得看几位舍不舍得租下一艘步虚舟了。"

"还有租步虚舟的生意？"楚瑶光追问，仿佛打开了新的思路，"这倒是个好法子，只是万一有人租了不还……不过这也可以想别的办法来遏制。租步虚舟果然是赚钱的妙法。"

林三拱了拱手："怎么样？几位若是考虑好了，可与我一道去租步虚舟，过两日便可去找长孙寒了。"

曲不询无言。

他虽然什么都知道，但是就这么听别人说"去找长孙寒"，未免怎么听怎么觉得别扭，于是偏开了头。

沈如晚不置可否。

楚瑶光看了看沈如晚和曲不询的脸色，笑了一下，和陈献自告奋勇地一起去租步虚舟，跟着林三一前一后地走出了茶室。

三个人一出去，掩上门，茶室里便忽而寂静下来。淡淡的香茗之气袅袅升起，一室静谧。

沈如晚静坐在那里，半晌未动。

曲不询回过头望向她，心绪未尝不复杂，只是脸上仍然有点儿笑意，仿若寻常："想什么呢？你不会真信了这人的谎话吧？"

沈如晚微微抿唇，慢慢地摇了摇头。

"长孙寒肯定是死了。"她说，不知心中是什么滋味，"我自己动的手，怎么会不知道？"

曲不询收紧了握着茶杯的手，若无其事地说："哦，也是。你亲自出马，当然没有别的可能。"

沈如晚短暂地笑了一下，脸上却了无笑意。

曲不询凝视着她愣怔出神的侧颜，心中无端地一阵烦躁。他强行压下这没来由的情绪，深吸了一口气，换了个话题："刚才那人说，长孙寒道貌岸然、鹰视狼顾，我倒没觉得，印象里他这人长得还可以。你说呢？"

沈如晚微微一怔，倒把方才的思绪抛在了脑后，眉眼微弯，失笑着道："那人完全是编瞎话，你也信啊？"

长孙寒是出了名的英俊过人、气度出众，如寒山孤月，不然她再仰慕其实力和品行，也不至于一见误终身啊。

沈如晚想到这里，笑容又慢慢地淡去了，心绪复杂地想了半晌，看了看曲不询，竟没有过往那种深入骨髓的怅惘之感。

再刻骨铭心的记忆，过了十年，也终究会被新的记忆覆盖。

"但我觉得，"她垂眸把玩着茶盏，笑了一下，"你更好看一点儿。"

曲不询握着茶盏的手停在那里，往她的眉眼上看了又看。可沈如晚只是垂着眼睑，神色轻淡，如清风朗月，半点儿也没有再搭理他的意思。

他攥着茶杯，许久，忽而朝后一仰，靠在椅背上，心绪复杂难辨。

茶室静谧，茶香幽幽，谁也没说话。

步虚舟四四方方的，通体银黑，看起来并没有多么华贵，但楚瑶光租下的自然是档次最高的那种。几个人进入步虚舟的内部，发现内里仿如一间静室，桌、案、榻都有，出行于虚空瀚海之上如在平地的家中一般。

"林道友帮了我们不少呢。"楚瑶光抿着唇笑，当着林三的面对沈如晚和曲不询说，"这架步虚舟是最好的，本来人家还不愿意租给我们这些外来人，是林道友帮我们好说歹说租来了，就连折扣也要到了最低，省了不少钱。"

沈如晚微抬眼，看了看楚瑶光有点儿狡黠的笑意，不由得在心里觉得好笑。

林三当然会帮他们讨价还价、挑最好的步虚舟了，毕竟在林三看来，他们的钱早晚是他和他的同伙们的，若被商行的人赚走了，那不就是从他的口袋里薅走了吗？林三这是在帮他自己省钱呢。

她想到这里，又深思起来。

这家商行本来不愿意将步虚舟租给外人，看见林三这个骗子却愿意租，多半不是因为和林三有太多勾结——毕竟林三应当没资格和这样能买得起数架步虚舟的商行的管事勾结。那就只能说明，即使在碎琼里这样秩序混乱的地方，人也倾向于求一个"知根知底"。

林三虽然是骗子，却是常年在碎琼里中生活、不会轻易离去的骗子；商行财大势大，自然不怕他跑了，但对于他们这些外来人就没那么放心了。

如此，他们接下来还是要留个碎琼里的本地人为好。

"多谢林道友，等咱们捉到长孙寒后，我请你喝酒，不醉不归！"曲不询朗声一笑，拍了拍林三的肩膀。

可曲不询的手没收力气，把林三拍得龇牙咧嘴的，林三不敢不悦，连连赔笑。

沈如晚看了看曲不询，和他对视一眼，在彼此的眼中望见了心照不宣的笑意——似林三这般经常在碎琼里中迎来送往、偏偏还能好好地混下去的骗子，岂非最好的向导和中间人？

"沈前辈、师父，我们买了好些吃的、喝的！这桃叶渡里真的有许多我没见过的新奇玩意儿。"陈献的手还拎着大包小包，"没想到碎琼里远离神州之外，却这么繁华。"

"迎八方来客，自然繁华。"沈如晚淡淡地笑了一下，望见了陈献手里的好几盏莲灯，问道，"我刚才在路上也看见许多人提着这种莲灯，别种样式极少，这是有什么讲究吗？"

林三看着陈献手里的那六盏莲灯，心都在滴血。这小子花钱大手大脚的，还特别喜欢耍宝讨那个小姑娘喜欢，看到这莲灯新奇，一口气买了六盏，他死活拦不住。

钱啊，这都是他的钱啊！虽然那群天杀的家伙会瓜分这些钱，但他也能稍微喝点儿汤啊！这下全便宜了卖莲灯的人，他以后想把莲灯脱手能卖几个钱啊？

"道友有所不知，"纵然心痛，林三还是竭力装作无事的样子，"这莲灯其实是有个传说的。我们碎琼里长夜漫漫，永无白日，天上的每一颗星星都是一个秘境，我们看见的星空和外面看见的其实不是同一片天，而是虚空瀚海。只有在极少的时刻，天地星辰运转，我们能看见外面的夜空和月亮。"

寻常的碎琼里中是没有月亮的。

"据说在碎琼里能看见众星捧月时，人只要提着莲灯，闭上眼默默地念'魂兮归来'，就能见到亡者的魂灵。"林三失笑着说，"但这个招魂的法子也是有限制的，你只能招来被你杀死的人中你最想念的那个人——道友，你说这不是扯淡吗？招魂的人都亲手杀人了，还想念对方呢？怕不是一见面就要被冤魂索命了。"

楚瑶光和陈献听到这里，不由得也点了点头："就是啊，这个条件未免太鸡肋了吧？"

沈如晚却听得出神，忽然问林三："这个传闻是真的吗？有人验证过吗？"

林三笑了："这世上哪个传闻后面不跟着一大串的'我听说谁谁谁验证过，这是真的'？可你真要去刨根问底，又会发现那全都是荒诞不经的传言。碎琼里中倒是经常有传闻说有人见过亡魂，可有没有这么个人、这个人到底是谁，咱也就听个乐，不会去验证，是不是？"

沈如晚微微失落，可还是追问："在碎琼里中一般什么时候能见到月亮？"

林三惊讶地看着她，没想到她对这么一个荒诞不经的传闻还要刨根问底："呃……这可不常见，总得十年八年才能有一次吧。我记得上一次见到月亮是很久以前的事了。"

沈如晚垂眸，眼睫微微颤动，敛了失落的神色。

十年八年才有一次月亮……太久了，她在碎琼里中待不了这么久。

曲不询靠在窗边，偏过头看沈如晚。

莲灯招魂，招的是死在招魂者手中的魂灵。那她想念的那个亡者……是谁？

步虚舟比寻常的飞行法宝要庞大得多，普通修士根本不会操作。林三自告奋勇，楚瑶光和陈献极有默契地凑过去，一口一个"林道友"，学如何操作这步虚舟，实际上则一起默记从桃叶渡到目的地的航线。

沈如晚本来还想给个眼色，却没想到这两个小朋友十分机灵，完全不需要暗示。她微微诧异后，笑了笑。

"是不是觉得长江后浪推前浪，少年人成长起来快得不可思议？"曲不询抱着胳膊开玩笑。

沈如晚睨了他一眼："你要是自认前浪，可别带上我。"

谁要被后浪拍上岸了？这才哪儿到哪儿，她还早着呢！

曲不询也不恼，嘴角一勾："行啊，那咱们可就不是一辈了，不如你也叫我一声前辈来听听？"

沈如晚真想白他一眼。他真没个正经！

可她转念一想，微妙地静了一瞬。

沈如晚朝曲不询走近两步，走到和他隔着半臂距离的地方竟然没停下，又向前走了一步，微微倾身。曲不询浑身僵硬，忍住没向后退开一步，站在原地，看着她凑近自己的耳朵，凝视着自己。

她轻轻地说："曲师兄，我特别崇拜你，想和你学剑法，你能不能教教我啊？"

温热的气息拂过他的耳畔，若有若无，带起一点儿痒意。曲不询僵在那里，浑身都绷紧了。

"你的剑法还用我教？"他的声音微哑，语调却还正常，"那我不是班门弄斧了？"

"可我就是想和曲师兄学剑法。"沈如晚凝视着曲不询，轻轻地晃了晃他的手，"曲师兄，你就教教我吧？"

曲不询"嘶"地吸了一口气，忽地伸手扣住了她的肩膀，用力将她抵在黄花梨木架上。他低头欺身靠近她，颇有咬牙切齿的意味："你这都从哪儿学来的？不撩拨我一下你就浑身难受是不是？"

沈如晚抬眸看着他近在咫尺的脸，似笑非笑地说："那你怎么不怪自己定力不足啊？我随便撩拨你一下你就上当？"

曲不询被她气笑了。他再有自持的定力也经不起她三番五次地撩拨啊！

"你还挺熟练的。"他语气不明地说。

沈如晚轻轻地笑了一声。

她没有多熟练，只是时不时地想起从前一直暗暗地喜欢长孙寒，却到最后都没有说出口。那感觉没有特别痛心，只是空洞的遗憾——漫长的、一片死寂般空白的遗憾。

她宁愿痛苦，也不要遗憾。

"看得出来，你一点儿也不熟练。"沈如晚低声说着，隐有笑意。

曲不询微微低下头，离她更近了一点儿，目光幽幽，拇指从她的颊边不轻不重地捻到耳垂，意味不明："是吗？"

沈如晚忽而不说话了，微抬目光，对上他深沉晦暗的眼神，眼睫微微颤动。

曲不询的目光落在她的黛眉间，描摹着眉眼往下，最终定格在唇上，眼神微黯。

"我和长孙寒不一样，"他慢慢地说，嗓音喑哑，"一点儿都不高风亮节，也不清心寡欲，比他卑鄙多了。"

沈如晚凝视着他深沉的眼瞳，忽然抬起手，用指节轻轻地刮了刮他的脸颊，什么也没说。

曲不询的目光骤然变得幽暗起来。

"师父——"从隔壁传来了陈献兴奋的大喊声，"我们快到了！"

房门猛然被推开了。

陈献提着两盏莲灯走进来，看见曲不询和沈如晚面对面地站着，仿佛在说话，但没放在心上："师父、沈前辈，我们快到了！这里的天比桃叶渡还要黑，空间不太稳定，没有莲灯看不太清，我给你们拿来了。"

曲不询深吸了一口气，转过身来，神色凝重："陈献。"

"啊？"陈献不解，"师父，什么事？"

"给你一个考验。"曲不询抱着胳膊，面沉如水，"待会儿你跟着林三下步虚舟，把所有想打劫我们的人都解决了。如果做不到，你就自己滚走，以后别再管我叫师父了。"

陈献的眼睛一亮："您愿意收我为徒啦？"

本来曲不询也不许他叫师父啊！

曲不询皮笑肉不笑地说："看你的表现。"

"好嘞，师父，您就放心吧，我一定办到！"陈献拍着胸脯，"绝不给您丢脸。"

曲不询"呵呵"一笑。

沈如晚望着陈献雀跃的背影，挑了挑眉："敢在碎琼里中打劫的人多少有两把刷子，你就不怕他出什么危险？"

曲不询没好气地说："他死不了，最多就挨一顿打。这小子有点儿门道，你等着瞧吧，他绝对能成功的。"

沈如晚还真没见识过陈献动手，想了一会儿，莞尔而笑。

曲不询瞥向她，看她神色平淡地坐回到桌边，给自己慢悠悠地倒了一杯茶，气定神闲，看也没看他一眼，不由得又是长长一叹。

他虚虚地往后一仰，靠在木架上，不知把什么事情想了又想，神色难辨。

第七章　玉楼春

"陈献，曲前辈为什么忽然要你自己解决所有人啊？"楚瑶光皱着眉头站在陈献旁边，回头看了看被远远地落在后面的曲不询和沈如晚，总觉得不对劲。

曲前辈怎么会忽然提出这样的要求呢？

陈献提着莲灯走在最前面，目光谨慎地扫过面前的每一个角落。

他认真做起事来好像变了个人，没有了平时不着调的样子。

"师父说要给我一个考验，如果我表现得好，他就收我为徒。"陈献随口答道。

楚瑶光追问："他为什么忽然给你考验？总得有个契机吧？"

陈献把周围都观察过一遍才回头看她："我师父的脾气你也知道，不能用常理推断。他只要愿意给我机会，不管为什么，我当然都要抓住。"

楚瑶光语塞了。

说陈献迟钝吧，这时候他又明白得很，比谁都敏锐。可他能不能把这敏锐给人、事和生活稍微分那么一点儿？

"你去找曲前辈的时候，他和沈前辈在做什么？"楚瑶光想了想，问陈献。

陈献的语气很自然："聊天啊，他们在步虚舟上还能干什么？我进去的时候，他们正站在木架边上面对面地聊天呢。他们不愧是好友，关系亲近，站得有点儿近。"

楚瑶光瞪大了眼睛。

他们面对面地聊天，还站得很近！这不是……这不是……

"陈献，你以后不要再说两位前辈是好朋友什么的了。"楚瑶光一言难尽地说。

"啊？为什么？"陈献一头雾水，"他们关系还不好吗？"

"也不是关系不好……"

"找到了！"陈献忽然眼睛一亮，开口打断了楚瑶光的话。

话音未落，他已如鹞鹰般猛地飞蹿出去，转入了转角处，然后传出一阵打斗声。

楚瑶光的半截话还留在嘴边，她张了张嘴，又闭上了。

她忧愁地叹了一口气，不敢深想，脸颊忽然有点儿热热的，回头看了两个人一眼。

陈献不会打扰曲前辈和沈前辈亲热了吧？

"师父！我找到了，最后一个！"陈献兴奋的声音从转角处传来，他一跃而起，越过破败的屋舍，直直地落在曲不询和沈如晚面前的空地上，"轰"的一声，把一个人甩在地上，"齐了，所有想要打劫我们的人都在这儿了！"

他兴奋地搓了搓手，神情很快变得拘谨起来，只有目光满怀期待之意："师父，您检查一下？"

曲不询没什么表情地点了一下头："一共二十一个人，都在这儿了，没少。"

陈献的眼睛一下子亮了："那收徒的事……"

曲不询哼了一声，皮笑肉不笑地说："恭喜你啊，通过了本次考验。收徒的事就算了，予你口头奖励一次。"

沈如晚差点儿直接笑出来。

这人还挺会活学活用的。

陈献顶着满头的包，傻眼了："口……口头奖励？"

曲不询抱着胳膊看他："是啊，口头奖励。你表现得不错，再接再厉。"

"就……就没啦？"陈献张了张嘴。

曲不询忍住了笑意，反问："不然呢？你要我给你写一篇《感陈献英雄少年赋》？"

陈献的心都碎了。

沈如晚翘起嘴角，目光在曲不询身上打了个转，忽而问道："陈献，你是怎么精准地找出这些人的？这秘境说大不大，说小也不小，其中还有一些路人，你怎么知道你找到的人就是我们要找的？"

陈献的优点就是心大，什么事都不往心里搁，虽然失望，但是很快就调节好了。他挠了挠头，回答沈如晚的时候很平静："我就是天生鼻子灵，不管什么人的灵力、气息，我都能闻出来。这些人和咱们打过照面，我一闻就能闻出来。"

沈如晚诧异：这世上还有这样的天赋？人的灵力还有味道吗？

曲不询在边上解释："是绝对嗅感。"

沈如晚看向了他。

"这小子天生有绝对嗅感，世间万物在他这里都有独特的气味，他闻得出来。"

曲不询点了点陈献,"不仅是人的灵力,就连招式中蕴含的灵力他也能精确地闻出来,可以说是天赋异禀了。"

沈如晚算是明白曲不询为什么不收徒,但愿意指点陈献了——这样独特的天赋确实是让人不忍心看着埋没的。

"你有这样的天分却一心学剑,确实是有点儿可惜了。"她看着陈献,慢慢地说道。

她很少对别人指手画脚,此刻竟难得为别人惋惜。陈献若凭这样的天赋去学食修、香道,将有旁人绝难企及的优势。然而他一心学剑,有优势也不那么明显了。

陈献自己满不在乎:"谁规定有天赋就一定要人尽其才呢?我是有天赋,但想怎么过就怎么过,要是巴巴地想着怎么把天赋利用到最大,那人生多没意思啊?"

沈如晚有一瞬恍惚了,依稀想起了当初接过碎婴剑的时候宁听澜殷切的叮嘱。他说:"你有这样的天赋,怎么能辜负上天对你的厚爱呢?你要做的就是把自己铸成一柄绝世宝剑,无畏无惧、一往无前。"

"我们是人,不是剑啊?"陈献不能理解,"一把剑被铸造出来,是为了杀人见血。难道我们被父母生出来,就是为了把上天赋予的天赋发挥到极致吗?"

沈如晚不语。曲不询在边上抱着手臂,冷眼看她愣怔的神情。

"是谁和你说,要把自己铸成一柄绝世宝剑的?"他问她。

沈如晚沉默了好一会儿。

"没有谁。"她淡淡地说,不想再说下去了,"不重要。"

曲不询看了她片刻,意味不明地问:"你退隐于小楼,难道也是把自己当剑吗?宝剑被束之高阁,有这样的事吗?"

从前她愿意做一把锋利无匹的剑,可后来又为什么退隐了?她若真的如此认同这话,还退隐什么?

沈如晚默然不语。

"好啦好啦,两位前辈,咱们问问这些人怎么打探消息吧?"楚瑶光看气氛不对,赶紧出来打岔,"正事要紧,这些事咱们待会儿安定下来再说也不迟嘛。"

沈如晚还愣在那里没动。

楚瑶光想了想,竟大着胆子凑了过去,挽住了沈如晚的胳膊,撒了个娇:"沈前辈、沈姐姐,咱们走啦?"

沈如晚一怔,神情忽而变得古怪起来——她还没遇到过年轻的小姑娘敢凑上来亲密地朝她撒娇的情况。章清昱虽然也叫她沈姐姐,但是从来不敢这么大胆。

楚瑶光这样,竟叫她无端地想起从前和七姐相处时,她也经常抱着七姐的胳膊,笑嘻嘻地撒娇。沈晴谙脾气骄纵,却从来不赶她走。

180

七姐啊七姐……

沈如晚心绪复杂地看了楚瑶光半响，在楚瑶光逐渐变得惴惴不安的目光里垂下了眼睑："走吧。"

林三的同伙一共有二十一个人，埋伏在秘境里，常年以各种离谱的所谓"独家消息"引诱刚来碎琼里的冤大头到秘境里进行打劫。这次他们终于踢到铁板，被陈献一个人一网打尽了。

"我们只谋财，不害命的。"匪首一脸晦气地垂着头坐在地上，"做成一票，我们能吃上大半年。被打劫的肥羊都是来碎琼里有事，待不了多久就要走的人，只能自认倒霉，最多林三事后避避风头就行了——我们干吗要下狠手把事情做绝呢？"

这当然是匪首为了降低他们的怒气而说的话，他尽量把事情的严重性说得轻一点儿，但多少还有几分真。

老实说，沈如晚从前那一腔热血、疾恶如仇的性子这些年还是冷了许多。在碎琼里这种鱼龙混杂、秩序全无的地方，她很难提起从前的义愤填膺的劲，只把尔虞我诈当作这里的一种特殊的风俗。

曲不询神色冷淡地说："我不关心你们到底做了几票，又宰了几次肥羊，只问几个问题，谁能回答上来，我就放谁一马。"

"我我我！"林三用力地抬起了头。

他也被绑在里面，看上去蔫蔫的，没少挨边上同伙的白眼——都是他把这几个煞星带回来的。

此时林三听到曲不询的话，赶紧积极表现："我是这些人里面消息最灵通的，你有什么问题都可以问我！"

曲不询挑着眉道："行。"他竖起一根手指，"第一个问题，如果我需要买一些人带走，且这批人后续不能留有麻烦，应该去找谁？"

"啊？"林三傻住了。

他还以为曲不询来碎琼里找人，自己总能答上一些问题，没想到这伙人一开口就是买人。这……这比他们这群坑蒙拐骗、打家劫舍的人还坏啊！起码他们只图财啊！

"你只需要回答我的问题。"曲不询神色淡淡地说。

林三面如土色——这第一个问题他就答不上来，层次不够啊！

曲不询打量了一下林三的脸色，点了一下头："行。"他本来就猜到这群人恐怕还接触不到这些，也不失望，继续说，"第二个问题，碎琼里中是否经常有人无故地失踪？"

林三想了想，说："碎琼里本来就是人来人往之地，谁今天来了明天就走也很正常，我们没什么邻里情谊，都见怪不怪的，谁也不会留意这个啊。"答完，他觉得太敷衍，赶紧补充，"不过我猜失踪之人应当不少，这里鱼龙混杂，谁把人一拐，没人查得到，一本万利的生意，这不明摆着引人动手吗？呃……我没有羡慕的意思，我们只赚点儿小钱，小钱。"

曲不询又淡淡地点了一下头，竖起第三根手指："第三个问题，既然你们不知道这些，那总得告诉我，我若要打听这些，应当去找谁？"

他的唇边挂着点儿笑意，但眼神冷淡，脸上分明写着"你再答不上来，我就全都杀了吧"。

林三看得分明，急得脱口而出："秋梧叶，秋梧叶！去秋梧叶一定能问出来！"

曲不询挑眉："秋梧叶是什么？"

"那是一家赌坊，"林三不敢隐瞒，"老板叫奚访梧，是个丹成修士，实力很强的。他是个炼器大师，整个碎琼里中八成的步虚舟是他炼制出来的，谁都敬畏他三分。他的消息很灵通，在碎琼里的面子也很大，你们去找他，一定能问到。"

赌坊确实是消息最灵通的地方。

曲不询沉思了片刻，忽而转头看向沈如晚："你有没有什么办法控制他们？"

在这方面，法修的手段远比剑修灵活得多。

"我不会出去乱说的，我保证！"林三慌里慌张地说着，生怕被灭了口。

沈如晚没搭理林三，看了一眼这些被绑起来的人，伸出了手。绿绦琼枝从她的腕间慢慢地伸了出来，晶莹如翡翠的枝蔓上竟缓缓地长出了一朵朵复瓣的小花来。

"哎？"陈献在旁边看着，忽而惊异地道，"这不就是之前在花园里种着的花吗？"

它怎么竟然从这翡翠一样的绿枝上长出来了？

沈如晚瞥了陈献一眼，淡淡地说："你不是问我把花收在哪里了吗？就在这里。"

她在哪里，花园就在哪里。

绿绦琼枝上，小花瓣长到极致，经沈如晚一拂便纷纷飞了出去，在劫匪惊恐的目光里落在他们的身上，刹那便消失了。

那群挤在一起的劫匪的眼神渐渐呆滞起来，失去了神采，唯独林三如常。

"能解他们的神志的东西只有这种花蕊。"沈如晚神色平淡地朝林三晃了晃手里的花，"你不想变成他们这样，对吧？"

林三疯狂地点头，心在滴血。

早知道这几个人居然是这样的杀星，他根本就不该冲上去凑热闹！他早该知道的，自己就没走运过！

"听话一点儿。"沈如晚淡淡地瞥了林三一眼，收起了绿绦琼枝。

陈献在边上感慨:"木行道法可真是玄妙啊,用途当真是多。"

沈如晚随口说:"还行吧,木行道法直指五行,妙用虽多,但也遵循相生相克的规律。"

陈献来了兴趣:"这么说来,沈前辈你遇到精通金行道法的修士,是不是就容易吃亏?"

金克木嘛。

"影响自然是有的,"沈如晚不以为意地说,"但也有限。只要手段足够丰富,我总有办法应对的。况且,我若道法被克制,还可以用剑。"

论道法万千,沈如晚谁都不输;论一剑破万法,她也在行。碎婴剑沈如晚在神州声名鹊起,靠的自然不是运气。

"那若是对方擅长用火行法术呢?岂不是一把火就把所有的灵植和木行道法都烧干净了?"陈献问,"沈前辈,这世上有不畏火的花吗?"

"有啊。"沈如晚答道,"极北冰原上的寒髓花、归墟之下的温柔肠断草,都是知名的绝世异宝,不畏火。"

天材异宝,世间难求,远非其外在形态所能推测的,不能将其归类于花草了。

陈献追问:"那普通的灵植呢?就真没有凡花不畏火吗?"

沈如晚偏过头看了陈献一眼,语气微妙地说:"这个嘛,人所周知的凡花自然是没有不畏火的。"

陈献有点儿失落:"唉,果然世间是一物降一物,谁也没法悖逆规律。"

沈如晚轻轻地笑了一下:"这世间的规律,人确实是很难悖逆的。"

她说很难,但不是不可能。

曲不询默不作声地凝视她半响,没有追问下去,反倒忽而想起了风马牛不相及的事来:归墟下的温柔肠断草很美,如果她见到了,一定会很喜欢的。

秋梧叶赌坊在碎琼里中很有名气,位于虚空瀚海的更深处,就在归墟边上。他们从现在所在的秘境去秋梧叶赌坊,需要好几日的航程。

从桃叶渡向外的公共步虚舟中就有直达的航线,而且每天都会出发。自然,自己租好了步虚舟就不需要再去和别人挤了,但租用步虚舟的价格还是让林三心疼得忍不住念叨:"其实咱们可以先回桃叶渡,然后再买船票去秋梧叶赌坊的,这样一来一回能省下好多钱呢。"

楚瑶光看着他,不解地道:"我们又不是花你的钱,你这么心疼干吗?"

她这个真正掏钱的人还没心疼呢。

陈献虽然大大咧咧的,但不是不懂柴米油盐贵的道理,小声问楚瑶光:"你花这么多钱，回去家里的人会不会说你？其实我们节省一点儿没关系的，我可以自己花钱买船票。"

他和楚瑶光认识得最久，从两个人刚认识起楚瑶光花钱就很大方，用钱财开道，做什么事都很方便。那时他们还不熟，陈献不方便问，现在熟悉起来了，不由得为她心疼钱——毕竟租步虚舟是真不便宜，更别说去秋梧叶赌坊这个更远的地方了。

楚瑶光第一次遇到别人替她省钱的情况，犹豫了一会儿，干脆说实话："没事的，夜长梦多，我们何必多耽搁？这次出门，我可以放开了花，都是家里出钱。"

沈如晚将目光落在她身上："我之前就觉得奇怪，你为什么要来查这些事？"

楚家倘若没有掺和到七夜白的生意里来，就没必要蹚这浑水。楚家平时不过是做自己的生意罢了，何时有义务维护江湖道义了？这种事做起来吃力不讨好，以楚家老祖通透又和光同尘的性子，楚家不参与、不插手才是正常的。

他们指望人人为公，那才不现实。

沈如晚早不做那种不切实际的梦了。

"自然是因为我们虽然不想掺和，却还是被波及了。"楚瑶光苦笑，"我一母同胞的妹妹修仙资质不大好，性子随遇而安，家里没指望她有什么大成就，只要她开开心心的就好了。没想到有一天她出门去玩，就再也没回来。家里遇到点儿事，兵荒马乱的，我就主动请缨来找她，追到点儿线索，就查到这儿了。"

归根结底，楚瑶光不是为了七夜白，而是为了找回自家很有可能被掳走去做药人的妹妹。

这就说得通了。

沈如晚不置可否，淡淡地说："你是个好姐姐。"

楚瑶光不好意思地笑了笑："倒也没有……其实她还在家里的时候，我经常和她吵架。只是她到底是我妹妹，出事了我自然要来找她回去。"

她和沈晴谙偶尔也会吵架，但没一会儿又好了，手挽着手亲亲密密地说话，将那点儿龃龉全忘光，谁也不放在心上。

沈如晚撑着侧脸，靠在窗边，看步虚舟猛然一跃，从五光十色跃入一片深沉的虚空瀚海中。一切光芒都消失后，只剩下无边的黑暗。

陈献已经学会如何操控步虚舟了。进入虚空瀚海后，他沉着地催动灵力，在操纵台上拨动几个滚珠，步虚舟便向外绽放出银白色的光辉，成为附近一片黑暗中唯一的亮色。

俯仰之间，漫天都是星辰。

操纵台边的门没关，沈如晚听到陈献和楚瑶光一边商量，一边问林三，声音高低起伏着。一会儿林三支支吾吾地说出隐瞒之事，一会儿陈献大呼小叫，一会儿楚瑶光说"我不缺那点儿钱",明明才三个人,场面却热闹非凡。

曲不询坐到沈如晚的边上,和她一起抬头仰望窗外的星空,问:"又在想你姐姐了?"

沈如晚偏过头看他。

她不记得自己什么时候和他提起过七姐的事。

"我猜的。"曲不询仿佛能看出她的疑惑,"之前我们划拳,你说你跟你姐姐学的。"

那时她脸上的神情十分倦怠。她若非经年朝思暮想,又怎会有一片愁肠?

沈如晚不知道她那时在曲不询的眼里竟是惆怅又倦怠的,以为自己随口一说,没什么情绪。她更没想到曲不询竟把这事记在了心里,隔了大半年,只因楚瑶光提起妹妹,便联想到了她的事。

她的手慢慢地捻着衣袖,她仿佛被谁看透了,莫名其妙地有些不自在。

"那你呢?"沈如晚忽然说。

曲不询一怔,不明白她想问的是什么:"我什么?"

"我出身于长陵沈家,从小在蓬山学仙,这是尽人皆知的。"沈如晚问他,"那你呢?你以前是在哪儿学的剑法?"

曲不询一时沉默了——不知道该如何回答她。

"这个我知道!"陈献在那头听见了他们的对话,举手道,"师父会蓬山的剑法!"

沈如晚猛然看向曲不询。

虽然蓬山中无论哪一阁的弟子都能用剑,似她这般分心学剑法的法修也有可能以用剑出名,但蓬山内外,一提起"蓬山剑法"这四个字,便默认指向同一个答案——蓬山第一阁,剑阁。

曲不询坐在那里,对上她的目光,只觉得陈献这一声"师父"真是太沉重了,寻常人当真背不起。

沈如晚拧着眉毛问:"你也是蓬山门下的弟子?"

他若真是自己的同门,为何之前从未提起过,反倒自称散修?

曲不询在心里叹了一口气,然后淡淡地说:"不敢当,我寄身于蓬山几年罢了。"

蓬山收徒要筛选,但徒弟若是诚心想学艺,不求名分,蓬山管得倒也不是那么严格。常有蓬山的执事、长老收个不记名的弟子,不将其记上花名册,二者也不算正经师徒,师父只给弟子一个在蓬山停留的资格罢了,也算是给自己找一个不需花钱还事事孝敬的免费佣役。

这样的弟子熬得久了,运气好,也有可能成为正式弟子。但更多的弟子学到一星半点儿的道行，便辞别师长和旧友，离开蓬山闯荡去了。

"以你的资质，你想要拜入蓬山不难。"沈如晚感到不解。

曲不询既然能修炼到结成金丹的水准，资质怎么也不可能有多差。蓬山的门槛高，是针对所有的修士的，内部弟子的水平当然参差不齐，总不可能个个蓬山弟子的水准都如沈如晚、长孙寒那般。

"可以是可以，但我没想拜入蓬山。"曲不询此时不知是什么滋味，状若寻常地说道，"闲云野鹤，无牵无挂，岂不轻松？我要是像长孙寒那样一个人管那么多事，活得也太累了。"

听到"长孙寒"这个名字，沈如晚又不说话了。

她坐在那里出神，过了一会儿才问："你和长孙寒就是那时候认识的吗？"

曲不询靠在窗沿上，心绪复杂："差不多吧。"

"我没什么显赫的出身，更没什么长辈做靠山，刚出生就被弃养了，侥幸被慈心的长辈捡了回去，就这么长大了。"他慢慢地说着，每一句都是真话，"我在蓬山学了点儿剑法，后来四海为家，无牵无累，日子也算过得逍遥。"

沈如晚捻着袖口说："我记得长孙寒也是被生父生母放在蓬山的敬贤堂外的。"

敬贤堂多是蓬山弟子年迈后自愿前去养老的地方，他们生于斯，老于斯，一辈子都是蓬山弟子。

曲不询微怔："你对长孙寒倒是很了解。"他沉默片刻后说，"是，长孙寒也是个弃婴。"

他不知道自己的生辰是哪一天，蓬山敬贤堂的老修士们就把捡到他的那天算作他的生辰，因此蓬山的旧识都以为他的生辰在三月。

他在归墟下重生醒来，重见天日的那一天是十一月初九，于是他改名换姓，迎接新生，把那天当作曲不询的生辰。

"怪不得他和你关系好，你们的身世如此相似。"沈如晚微微抿唇，说到这里，敛眸刻意解释道，"你若是也杀过一个曾在宗门中声名显赫的同门，被这人的各路好友找过麻烦，也一定会了解这人的生平的。"

她不想在曲不询面前多提长孙寒，更不想让曲不询知道她曾经暗暗地仰慕了长孙寒很多年。

曲不询不由得摸了摸鼻梁，心想：看起来沈如晚没少被找麻烦。她要是知道他就是长孙寒，还不得直接和他反目成仇啊？

明明被杀的那个人是他……

"离开蓬山也很好。"沈如晚说着，望向了窗外灿烂的星河，"天大地大，不只有蓬山一枝独秀。"

从世外仙山到凡俗红尘，再到俯仰之间的星辰，神州之大，有太多玄奇之处。

"倘若能走遍大好河山，见证天下的风俗，倒也是人人羡慕不来的一生。"

她说到这里，又忽然怔了怔。她既不愁生计，无心名利，身后也无牵挂，为什么之前没有想到去云游四方呢？她退隐红尘未必一定要将自己困在一方小楼里吧？

"这主意不错。"曲不询一笑，"带我一个。"

沈如晚瞥了他一眼，心中吐槽：谁说要和他一起云游四方了？

"我我我！我也去！"陈献又听见了，积极地响应，"沈前辈，也带上我。我给你们打杂，到时候路上遇上什么琐事，你们都可以交给我去办，我保证把你们照顾得不费半点儿心。"

曲不询眉毛一挑，心道：他们和陈献一起出门才是最大的烦心事吧？

沈如晚的唇边悠悠地浮现出一点儿笑意，她没说话，只静静地看满天的繁星。

步虚舟将银辉遍洒，飞跃晦暗的虚空，投入了浩瀚的星海。

经过三四日不休的航行，步虚舟终于抵达了秋梧叶赌坊所在的秘境，在一阵剧烈的跳跃后，安然落地了。

"其实步虚舟和寻常的飞行法宝没差太多，"楚瑶光和陈献交替着操作了一路，总结出心得，"驾驶步虚舟只不过多了几个步骤，进出秘境时有点儿晃。"

楚瑶光是有资格说这话的，毕竟在场几个人里只有她家有一大排飞行法宝任她挑选，她每样都试过。

"这就是奚访梧的技艺精湛之处了。"林三为了活命，极力吹嘘奚访梧，差点儿把这人吹成是天上少有地上绝无的第一炼器师，"他若把步虚舟弄得极难上手，能有几个人学会？那他的生意岂不就难做了？就得是这样，驾驶者能靠别的飞行法宝的经验上手驾驶步虚舟，那么愿意买他的步虚舟的人就多了。"

生意做得越大、结识的朋友越多的人自然消息就越灵通，所以林三指点这群杀星有问题就去问奚访梧，那是一点儿问题都没有的。

"你这么吹嘘他，万一奚访梧答不上来我们的问题，你就不怕奚访梧和我们一起报复你？"沈如晚似笑非笑地问。

林三不以为意。

林三把这群人引到秋梧叶赌坊是有算计的。奚访梧出了名的傲气，不是每个人都能向他打听消息的。这群人就算实力再强，难道还能把丹成修士打趴下？奚访梧要是不愿意回答，那可不关他林三的事了。

这下就连陈献都看出林三的打算了，不由得用充满同情的眼神看向他，心中暗道：你说这人得倒霉到什么程度，才能一伸手就拦住两个丹成修士意图行骗啊？

沈如晚轻飘飘地笑了一下，没说话，让林三暂时维持这种良好感觉。

"哎，师父、沈前辈，我怎么觉得有点儿奇怪？"陈献说，"这群人怎么忽然都从赌坊里出来了？他们像是要走？"

沈如晚等人还在步虚舟中，周围停着许多或租或买的步虚舟，显然是来赌坊的人停在这里的。往他们这个方向走的人自然是要乘步虚舟离开的。

陈献抓住一个修为不高的修士询问，这个修士一脸晦气，却不得不回答："杭意秋又派人来找奚访梧麻烦了，我们不赶紧走，难道留在这里任人撒气？"

这个修士说完，赶紧扯回袖子，匆匆忙忙地走了。

几个人都用一脸迷惑的表情看向林三。

"哎呀，这可真是不凑巧。"林三一拍大腿，"这个杭意秋也是个丹成修士，据说和奚访梧曾经情投意合，不知怎么的，两个人忽然分开，反目成仇了。她每过一两年就会让人来赌坊闹上一场。"

林三倒吸一口凉气："咱们要不也避避，下次再来吧？杭意秋可是放过话的，她找奚访梧麻烦的时候，谁要走她不拦着，但要是坚持进赌坊，那刀剑无眼，她可不管。"

陈献和楚瑶光都看向了曲不询和沈如晚。

他们知道曲不询和沈如晚是丹成修士，显然不怕惹到哪位大佬，但拿不准到底要低调一点儿还是直接出手，毕竟他们现在正在调查七夜白的事。

"走啊，"曲不询耸了耸肩，"愣着干吗？我们进去看看。"

林三大惊失色："哎，哎，我们碎琼里的人动手是真的会死人啊！"

然而陈献伸手架住他就走，半点儿也不迟疑。林三只能被拖着往前走："哎，哎……我这回……不骗人啊！"

秋梧叶赌坊的造型很古怪，像个破了一角的碗，正门就在这个碗破开的缺口处。他们走到门前的时候，该跑的人已经急匆匆地走光了，偌大的赌坊空荡荡的。只有十来个衣着相同的修士半点儿不避讳地走来走去，看见他们走进来，还眼睛一亮："你们是干什么的？来帮奚访梧的？"

这些修士满眼放光的样子，竟和他们被林三带到秘境里遇到的那二十一个劫匪一模一样。

"不是不是！"林三顾不得自己是不是什么阶下囚了，被陈献拖着踏进秋梧叶赌坊后扯着嗓子解释，"我们不是奚访梧的帮手！我们只是来看看！"

听到林三这么急地辩解，那些修士不由得露出了失望的表情。

林三低声解释："杭意秋每次都会雇人来砸场子，要是谁想给奚访梧出头，她让人只管动手，账记在她头上。但这些打手要是对无辜的路人动手，她是绝不认的。

杭意秋给钱很大方，这些打手也不想节外生枝得罪她。"

沈如晚不由得诧异："奚访梧也是丹成修士，被三番五次地砸场子，难道不想办法解决吗？"

断人财路可是大仇。况且眼前这些打手不过是普通修士，没有一个结成金丹，奚访梧难道还收拾不了他们？

那些打手见他们当真没有为奚访梧出头的意思，无趣地散了，只剩两个人实在觉得无聊，和沈如晚等人搭话："奚访梧人都跑了。每次杭姐雇人来砸场子，奚访梧都会直接跑路，既不动手也不阻止，任由场子被砸。可以说，砸秋梧叶赌坊这差事完全没有危险，杭姐给钱还大方，我们等了好几年，终于抢到机会了。"

沈如晚觉得好奇："奚访梧从来不反抗？那他在碎琼里怎么把这么大的赌坊经营下去？"

碎琼里可不是什么有秩序和道德的地方，奚访梧若是个软柿子，自然有人要将他榨出汁。

"那我就不知道了，可能他怕杭姐吧？"打手摇了摇头，"平时要是有人来闹事，那他会让那人死得比谁都快。"

"奚访梧怎么知道你们是杭意秋派来的人还是冒名顶替的人啊？"陈献不解，"你们要是做一票就跑，谁也找不着你们吧？"

打手"嘿"地笑了一声："谁要是以为能占到这个便宜，那可就猜错了，奚访梧还真能知道我们到底是不是杭姐派来的！之前有人想冒名顶替，现在不知道被埋在哪儿了。"

言谈之间，打手倒有一种身为"正统"砸场子的人的骄傲。

"真是奇怪，"楚瑶光也不由得皱起了眉，"难道砸场子还有约好的？奚访梧和杭意秋约好了哪天让对方来砸自己的场子？"

这两个人这没来由的默契真是让人捉摸不透。

曲不询倒不太在意这些，问："你说奚访梧跑了？他去哪儿了，你知道吗？"

"你要去找他？那可不太方便。"打手露出了微妙的表情，"他去了归墟下。"

沈如晚的目光猛然凝住，她厉声说道："不可能！归墟下灵气禁绝，时常有天川罡风呼啸而过，就算奚访梧是丹成修士，也绝不可能从归墟活着出来。"

灵气是修士升天入海的倚仗，归墟却是绝灵之地。

修士进入归墟便再也不可能汲取到外界的灵气，只能依靠自身的那点儿灵气，用一点儿少一点儿。诚然，有许多法术是修士不需要灵气就能施展的，但在天川罡风前只能说是毫无招架之力，就算是丹成修士也只能黯然陨落、身死道销。

当年长孙寒跌落于归墟，转眼便消失在天川罡风里。沈如晚想去拉他，可怎么也追不上、拉不住，差一点儿就要不管不顾地直接跳下归墟去找他了。

"寻常人下了归墟，当然必死无疑。"那打手见怪不怪地答道，"但总有人运气好，去了一趟，没遇到天川罡风，反而侥幸带回了归墟下的温柔肠断草，再进归墟时自然就如履平地了。只能说有些人是天命所归，注定有大气运嘛。"

"奚访梧的手里有温柔肠断草？"沈如晚追问。

打手点了点头："碎琼里中的人都知道的。五六年前吧，有人传说奚访梧有温柔肠断草，他也没否认。直到杭姐一直来砸场子，他每次都下归墟，大家才确定这是真的。"

五六年前……

沈如晚苦涩地笑了。长孙寒坠入归墟已是十年前的事了，倘若奚访梧再早一点儿得到温柔肠断草，她怎么也会借来的。

那打手一直将目光落在沈如晚的脸上，直到此刻才古怪地笑了一下："你是不是想去归墟下啊？我倒是有个办法。"

沈如晚抬眸。

"杭姐的手里也有温柔肠断草。"打手低声说，"杭姐大方，每次雇人来秋梧叶赌坊，都会给一粒草种。我们倘若有人敢下归墟去找奚访梧麻烦，就拿着草种下去，草种也能削弱罡风的威力，只是不如成活的温柔肠断草有用。但归墟那地方太危险了，别说杭姐只给我一粒草种，就算把温柔肠断草送给我，我也不敢下去啊！怎么样？"打手盯着沈如晚，"要不做一笔买卖？"

原来他这么有问必答，是为了把这粒草种卖给她。

曲不询偏头看向了沈如晚。

她想下归墟？为什么？

"你出个价。"沈如晚眼睛也没眨一下。

楚瑶光听到这里，欲言又止。

沈前辈这样干脆，只会叫人看出她极度想要这粒草种，会故意把钱往高里报呢。

"一架最上等的步虚舟。"打手伸出了一根手指。

"你这是狮子大开口！"楚瑶光皱眉。

温柔肠断草的草种固然珍贵，但未必能成活，这世上有几个人能将这种天材异宝种活？就算沈如晚凭借她在木行道法上的造诣，也得花上一年半载。而一架上等的步虚舟抵得上五架极品的飞行法宝了，纵然是楚瑶光这样的大小姐也不会轻易许诺出去。

"步虚舟常有，温柔肠断草可就难得了。"打手老神在在地说，显然是吃准了沈如晚极度想要下归墟一探，"物以稀为贵，我要得不过分啊。"

"沈姐姐……"楚瑶光转头看向沈如晚，有点儿着急。

说实话，一架最上等的步虚舟她不是拿不出来，甚至完全可以直接送给沈如晚做人情。似沈如晚这样神州数得过来的大修士的人情，岂是能用钱来衡量的？

这也是楚瑶光承担这一路上的花销且半点儿也不心疼的原因。拿真金白银换沈如晚眼熟，这笔买卖她不吃亏。甚至为了让沈如晚欠下更大的人情，她应该主动帮沈如晚买下这温柔肠断草的草种。可是如今她和沈如晚相处有些时日了，实在不甘心看沈如晚做这笔赔本的买卖。

打手很有底气，也是会挑人的，看沈如晚的样子就知她不是碎琼里的人，没有那种一门心思只为损己利人的狠戾劲。外面的人再怎么心狠手辣，还是讲秩序的。况且他看沈如晚的模样，猜测她多半做不出杀人夺宝的事。

沈如晚沉默了一会儿，然后说："一件极品的飞行法宝，这是我的底线。"

"不行不行，这也太低了！你打发叫花子呢？"打手越发笃定她想要下归墟。

沈如晚目光幽幽地看了他一会儿，说："那好吧，一件极品法宝，再加你的命，你觉得呢？"

打手警惕地看着她："什么意思啊？要杀人夺宝了，快来人！哥儿几个要被欺负到头上了！"

他一声吆喝，分散在赌坊里的人纷纷赶来，环在边上虎视眈眈地看着沈如晚等人，那架势别说降价了，恐怕沈如晚不掏钱都走不出赌坊。

陈献和楚瑶光立刻握紧了武器。

剑拔弩张中，曲不询忽而轻笑一声，看向沈如晚："你想要温柔肠断草的草种，怎么不来问我？成活的温柔肠断草我是没有，但是草种我有啊。"

沈如晚微怔，都做好从对方的手里直接抢草种的打算了。

一般来说，她是不爱干这种事的，但既然对方打的就是在碎琼里中毫无秩序、仗着人多就肆意地宰她一笔的主意，那她也可以倚仗实力强买强卖。

君子欺之以方，但她早已不是君子了。

"你你有温柔肠断草的种子？"她惊异地问。

曲不询张开了修长有力的五指，掌心稳稳地托着一小把黝黑的种子。

"一粒草种能干什么？未免太寒酸了吧？"他挑着眉道，"你把这一把都拿走不就行了？"

打手看直了眼，第一次知道这玩意儿居然还能用把计算！

沈如晚怔怔地看着曲不询。

曲不询笑了一下，一扬下巴："陈献，这些人交给你了，动手干脆点儿，过两天我再教你一套剑法。"

"好嘞，师父！"陈献猛地跳了起来，骤然拔剑。

赌坊里"乒乒乓乓"的，一阵兵荒马乱。

曲不询看了看沈如晚，将手伸了过去："你想去归墟底下看看？那就走啊。"

沈如晚抿着唇看他掌心里的温柔肠断草，半晌，伸出了手，从他的手里抓了一半草种，轻声说："走吧。"

归墟，万物终结之处。

十年前，她在雪原上徘徊了整整三个月，如今却以这样猝不及防的方式彻彻底底地任自己坠落于归墟。

曲不询紧紧地握着她的手腕。

从碎琼里到归墟，千里万里，坠落之人要想不分散，唯有始终牵在一起。

头顶的星空也慢慢地远去了，只剩手腕间的一点儿热意。

沈如晚捻着掌心里的温柔肠断草的种子，轻飘飘地放任自己坠入无边的黑暗，经历漫长无比的坠落。

"其实，"她忽而开口，不知在对谁说，"我没想杀死长孙寒的。"

她从没对人说过这句话，毕竟刀剑无眼。

"我只想捉住他，把他带回宗门，让真相水落石出。"她慢慢地说，"可他不愿意。"

他宁愿拔剑相对，宁愿半句话也不多说。

他对她说："除非我死。"

"其实我挺恨他的。"沈如晚不知是什么滋味地说，"我从来没有在毫无罪证的情况下杀过任何一个人，只有他。"

就那么突兀地、不可思议地，不可一世的大笑忽而停滞，她的剑深深地插在他的心口上，雪原上的风也忽而没了声息，只剩下静，极致的静。

没有给她一点儿反应的时间，他坠向归墟，消失在呼啸奔腾的天川罡风里，像一场追不回的梦。

"我在雪原上等了三个月，下去过两次，但被天川罡风逼退了，受了点儿伤，只能放弃，回了宗门。"沈如晚微微敛眸，也像是敛去了心事。

黑暗里，曲不询的声音有些模糊，像是风的絮语："你去归墟下找过……长孙寒？"

沈如晚在黑暗里抿起了唇。

她下去过两次，第二次去的时候正好撞进了天川罡风的中心，受了很重的伤，差一点儿就死在归墟下，所以不得不回到蓬山短暂地休养。

她说并不打算杀了长孙寒，说有点儿恨长孙寒，这些都无所谓，但没必要对曲不询说为了找长孙寒自己差点儿死掉。

她不想让曲不询知道她曾经很漫长地喜欢过他的旧友。

"是找过。"她简短地说。

曲不询陷入了漫长的沉默中。

在无边的黑暗里，他很久很久没有反应，只有沈如晚手腕间的温热还昭示着他的存在。

沈如晚也不说话，在漫长的安静中坠落。

"嚓"的一声轻响，沈如晚感觉到自己的脚下忽然变实了，便站稳了。

两个人的脚下坑坑洼洼的，垒成一块块的大石头托着他们，无光也无灵气，他们一不留神就身体一晃。曲不询紧紧地握住沈如晚的手腕，手上用了点儿力气将她扶稳，却没有松开。

黑暗里，他的手攀上她的侧颈，扶在她的耳后，拇指用了点儿力，从耳根一寸一寸地抚到她的颊边，最终不轻不重地压在了她的唇上。一片寂静里，只有不知隔了几千里的呼啸的天川罡风和他渐渐粗重的呼吸声。

沈如晚拈住了他的衣袖："你……"

话没有被说完，下一瞬，灼热的气息扰乱了她的呼吸，堵住了她未尽的字句。

曲不询忽而凑近，低下头吻了她。

这是很短暂又很绵长的一个吻。

唇和唇相撞，带着少年小心翼翼的青涩感，但克制而绵长。曲不询只是轻轻地吻了她一下，然后停在那里，一切都静止了。

沈如晚握住了他捧着她的脸的手，他没动。于是她迟疑了一下，也没动。

他灼热的呼吸拂过她的肌肤，将她缠绕，分明藏着很强的侵略性却又被克制着。

至少在这一刻，他的吻是悄悄的。

沈如晚的耳后忽而后知后觉地发烫起来。

她不那么胆怯于亲密之举，也从不犹豫是否撩拨曲不询，因为她对他有感觉，却又没那么在乎。

她这辈子都不会像撩拨曲不询一样撩拨长孙寒，也不敢。哪怕时光倒流回从前什么都没发生的时候，一切再来一次，她也只会和从前一样，小心翼翼地藏好喜欢的感情，迂回又婉转地向长孙寒靠近，哪怕他们之间永远差一点儿缘分。

如果这是一个急切而充满欲望的吻，那她不会多惊讶。热烈不常有，燃尽后就会消失，她只要静静地享受从烟火烧成余烬的过程就好了。风一来，把余烬都带走，两个人各有归宿，相忘于江湖。

沈如晚习惯离别，今朝与之同游，明日就成过客，再正常不过了。

可曲不询只是克制又小心翼翼地吻了她一下，青涩又隐忍，恍然似少年般纯澈，却藏着汹涌的暗流，仿佛让她一下子回到了情窦初开的青葱少年时。

呼吸凝滞了一下，她忽地偏开头，微微向后仰去。曲不询的唇轻轻地拂过她的颊边，惹起一阵温热的痒意，让她又猛然向后退了一步。

"怎么……怎么这么突然？"她问。

在黑暗里，她只能隐隐约约地看见一点儿他的轮廓——万幸只有轮廓，这样他就看不见她微微发烫的耳尖。

曲不询在黑暗里静静的，没动，好久都没回答沈如晚的话，久到沈如晚微微皱起了眉。

"因为我听到你这么在意长孙寒，有点儿在意。"他轻笑一声，语气很轻松，仿佛没事人一样，"吓到你了？"

沈如晚一时语塞。

她若说被吓到了，未免太大惊小怪；可若说没有，又是假话。

"我说起长孙寒，你有什么好在意的？"她避而不谈，皱起了眉，即使知道他看不见自己的表情，"难道你也想被我杀一回？"

曲不询低声笑了一下："这就不必了，有么一次就够了。"

沈如晚只以为他说的是她杀长孙寒的那次。

曲不询没再说下去，伸出手，摊开掌心，露出掌心里荧荧的光辉来——是那些温柔肠断草的种子的光辉。

这些草种在外面看着黑黝黝的，但到了归墟下，竟绽放出光来，尽管微弱，却成了黑暗里唯一的亮色。

沈如晚忽然想起来，问他："你是从哪儿得到这些温柔肠断草的种子的？"

倘若奚访梧和杭意秋是因为运气好，侥幸从归墟中活着回来，带回了成活的温柔肠断草，那曲不询呢？

曲不询借着掌心里温柔肠断草的种子的光看向沈如晚，不知是出于什么心思，浅浅地勾了一下嘴角："因为我也来过归墟。"

沈如晚微微皱眉，有点儿狐疑地问："你来归墟做什么？"

曲不询凝神看向了她。

在临邺城中见到她的时候，他是真想过报一剑穿心之仇。可他隔着窗看了她整整三天，什么都没想起来，只想知道她什么时候会从窗里探出头来，看上他一眼。

不管沈如晚对长孙寒这个人到底是什么感觉，都不重要。从那天起他就知道，他永远不甘心再做长孙寒了。

他远远地看着她，顾忌这个，顾忌那个，连自己喜不喜欢她也懵懵懂懂的，直到死在她的剑下都没和她说过话……长孙寒未免太可笑了点儿。

"我觉得活着没什么意思，不如就这么死一回，也算得上解脱。"他笑了一声，目光幽幽，"可后来还是后悔了。"

沈如晚微怔：似曲不询这般洒脱的人也有想要一个解脱的时候吗？

"走吧，"曲不询朝她伸手，好似没把这些当一回事，泰然自若地说，"我们不是要去找奚访梧吗？"

沈如晚顿了一下，看向他自然而然地伸出的手，犹豫了须臾，然后轻轻地把手搭在了他的掌心上。他的五指收拢，沈如晚的手便被用力地握紧了，热意从掌心与掌心相贴处传递过来，烫得她心口一颤，下意识地想抽回手，却被他紧紧地握住，半点儿也不能动。

曲不询偏过头看她，语气淡淡的："有件事你还记得吧？我说过，我这人厚脸皮又卑鄙，和长孙寒可不一样。"

他没有插科打诨，也不是在开玩笑。

沈如晚将目光落在他的眉眼间，反问："你为什么要和他一样？"

曲不询怔了一会儿，慢慢地说："好问题。或许是因为，我总觉得长孙寒那样的人才是更好的。"

长孙寒克己自持、端方守礼、谦和体贴，他平生能罗列的所有完美的品质都汇集于长孙寒一身，那是他前半生所有的坚持。

沈如晚既不想在曲不询面前夸长孙寒，也不想在曲不询面前贬低长孙寒，便低声说："你上次还说长孙寒都是装的。"

曲不询在黑暗里无声地勾了一下嘴角，脸上却没有多少笑意："是啊，他能装到死，多少也是一种坚持。"

沈如晚想了一会儿，没有说话，只是伸出手，用指尖轻轻地碰了碰他的脸颊。

曲不询借着微弱的光和她对视，光也幽幽，人也幽幽。

"温柔肠断草很美。"他忽然说，"如果我能找到，带你去看。"

沈如晚怔了怔，不懂他怎么把话题跳转得这么快，刚才还在说长孙寒那样的人更好，转眼就说去看温柔肠断草。

幽光里，她什么也没说，只淡淡地瞥了他一眼。

她永远是一副淡漠的样子，就连安慰起人来也感情淡淡的，仿佛近在眼前，又仿佛远隔天堑，只有眼中的一点儿笑意温柔如絮，让人情不自禁地想抓住。

曲不询摇了摇头。

沈如晚皱眉："你又想到什么了？"

"没什么，我想到自己，"曲不询叹了一口气，"北也找不着了。"

这是什么意思？他怎么就忽然找不着北了？

曲不询这人真是莫名其妙，沈如晚搞不懂他，也懒得再问。

曲不询看了她许久，在心里叹了一口气：一笑愁城自解围，原来是真的。

归墟很大，他们从坠落的地方出发，可以在里面走上很多很多年。第一次来的人走上一段时间就会迷惑起来，又不敢大范围地探查，以免耗尽灵气，再也没法从归墟中爬出来。

但曲不询对归墟极其熟悉。

"其实灵力耗尽的修士未必全无生路，"他说，"如果运气好，能遇见温柔肠断草，吃了就能恢复灵力，储备得多一点儿，就能爬上去。"

他们不知道奚访梧到底会去哪里，但奚访梧的手里有温柔肠断草，而温柔肠断草又是大片大片地生长的，所以他们倒不如先找灵草，再碰碰运气，看奚访梧在不在附近。

"你后来后悔的时候，就是靠温柔肠断草走出归墟的吗？"沈如晚问曲不询。

曲不询轻轻地点了点头。

"何止？"他说，"要不是温柔肠断草，我直接就死在归墟下了，更不用提怎么爬上来了。"

沈如晚凝眸看了他一眼，想问他到底为什么会觉得了无意趣、不如解脱，却又觉得自己和他的关系没到那个份上，未免交浅言深。

她静静地想了一会儿，没问这件事，反倒语气淡淡地说："我们要是当时认识，说不定还能做个伴，一起去归墟底下求个解脱。没准你爬出去了，我是真解脱了。"

这回轮到曲不询怔住了。

他想问清楚，却又怕触及她的伤痛，反倒把她推得更远。想了又想，他终是不太走心地故意开玩笑："怎么？你是打算和我共写一段生死相随的殉情佳话？倒也没这个必要吧？"

这都什么跟什么啊？这些话他到底是怎么张口就来的？

沈如晚没好气地瞪了他一眼。

"那我还不如和长孙寒共写因爱生恨、千里追杀的传说呢。"她冷笑，"起码长孙寒在蓬山人气非凡，拥趸众多，许多师姐妹仰慕他。他最后死在我的手里，多少人还羡慕我呢。"

曲不询神色古怪地说："你要是觉得这传闻听起来很好，倒也不是不行。"他说着说着，顿住了，过了一会儿追问道，"真有蓬山同门羡慕你杀了……长孙寒？"

"可不是吗？"沈如晚似笑非笑地说，"我做不了他活着时的唯一，做他死后的唯一，这故事不也很缠绵感人吗？"

曲不询欲言又止，想说点儿什么，但觉得什么话都怪。

"我可真是……想不到。"最后他五味杂陈地感叹。

这到底都是些什么人啊？

他们顺着天川罡风呼啸的方向一直走，看到了一片一眼望不到边际的温柔肠断草。

呼啸的声音在这里静止了，周围静谧到落针可闻。大片大片的温柔肠断草生长在无人知晓的深渊中，浅淡的幽光凝聚成海，成为这无尽黑暗里唯一的光，美得让人连呼吸也忘了。

沈如晚怔怔地望着眼前无边无际的温柔肠断草，慢慢地说："神州推崇的天材异宝、能让修士狮子大开口换一架步虚舟的东西，在这里不过是沧海一粟，真让人难以想象。"

沈家这么多年聚敛不义之财，种下不知多少株七夜白，却连这一片温柔肠断草的零头也达不到。

它们就这么自由自在、无人在意地肆意地生长，任意一株都是让世人打破头的至宝。但它们在这里只是生长、枯萎，度过无人知晓的一生，就像无声的嘲弄。

天地江河总有一种让人苦笑无言的幽默感，冷冰冰地嘲弄所有功名利禄欲。

"这温柔肠断草生长、老去，本来也不是为了给谁敛财的。"身后忽然有人冷淡地说。

沈如晚早有所感，所以并不怎么惊讶，转过身望去时，看到一个身材高大、神情冰冷的修士站在不远处审视着他们。

"是杭意秋让你们来的？"他问。

沈如晚端详着这个修士。

他和寻常人印象中的开赌坊的老板不太一样，并没有玩世不恭、眼冒精光，也不凶神恶煞、面生横肉，反而身形挺拔、神态肃穆、不苟言笑，看上去半点儿也不像是林三口中那个在碎琼里混得开的精明的老板。

"奚访梧？"她反问。

"是我。"奚访梧的目光扫过她和曲不询，顿了一下，"原来是我想错了，你们不是杭意秋叫来的人。"

他得出这样的结论，然后仿佛忽然泄了什么劲一般，虽然神色还是严肃的，却无端地透出几分意兴阑珊的样子来，看上去不像是确认了眼前之人不是敌人，倒像是没等到自己想等的人一般。

沈如晚挑了挑眉。若她没记错，按照传言所说，只闻其名的杭意秋和奚访梧应当反目成仇了才对。

"奚道友，我们是来找你的。"曲不询开口，"适逢其会，听说你独自下了归墟，我们一时担忧，就下来看看有没有什么能搭把手的事。"

奚访梧看过去："你们有事找我？"

若无事相求，没人会为一个从没见过的人亲自下归墟。

他了然地道："看来事情还不小。"

曲不询将唇一撇，淡淡地笑了一下："此事说大也大，说小也小，我们只是想探听点儿消息。初来乍到，求之无门，我们听说奚道友消息灵通，交游广博，所以特来请教。"

奚访梧冷冷地把他们打量了一遍，不置可否地问："你们要问什么？"

曲不询也在暗暗地观察奚访梧。

面对林三时，他问如果想买一批没有隐患的人该去找谁，如今面对奚访梧，又有另一套说辞了。

"舍妹出门时不够谨慎，被人抓走了，我们查来查去，发现她被带到碎琼里来了。"曲不询淡淡地说，"家里对舍妹宝贝得很，急忙地派我们出来找，无论是救是赎，再多的钱也出得起，总之一定要接她回家。我们在碎琼里人生地不熟，特来请教奚道友。若道友有所指点，我们必有重谢。"

奚访梧把他的每个表情都看在眼里，即使听到重谢，严肃的神情也没什么变化："你姓什么？"

曲不询眉眼微抬："鄙姓曲，曲不询。"

"曲家？"奚访梧半点儿不客气地说，"我没听说过。"

曲不询笑了笑："听没听说过不重要。我和她站在这里，比什么姓氏、门第都有说服力。"

神州中最显赫的世家豪门里最多也就有两位丹成修士坐镇，现在他和沈如晚这两位丹成修士一起站在奚访梧面前，还用得着什么姓氏做担保吗？

林三这样的底层修士看不出他们的修为，可奚访梧自己就是丹成修士，自然是能看出来的。

"丹成修士里穷鬼可不少。"奚访梧嗤笑道。

这时他方才有点儿能在碎琼里开赌坊的精明的样子了，但仍旧不多。倘若在别处相见，别人一定会猜他是个一丝不苟地专心于道法、不爱与人算计来算计去的修士。

"你的意思是，只要价钱足够高，你就能帮忙？"沈如晚问他。

奚访梧看向她，伸手朝顶上一指："在我这里打听消息是有规矩的。规矩就在上面。"

沈如晚微微皱眉："什么意思？"

奚访梧冷冷地说："赌坊。你说是什么规矩？"

沈如晚还真没想到他的规矩就是赌，毕竟奚访梧和她从前见过的赌鬼半点儿也不像，看起来一丝不苟，仿佛做什么都很严谨。他开了家赌坊，做事的规矩竟然也是赌，果然人不可貌相。

"赌赢你就行？"她问。

"赢我？"奚访梧露出一点儿冰冷的哂笑，"可以。你如果能从第一桌赢到最后一桌，就可以和我来一轮。等你们坐上了最后一桌，再来找我问出想问的那个问题。"

沈如晚皱着眉和曲不询对视。

说奚访梧愿意帮忙吧，他又提出这么严苛的规矩；可要说他故意刁难、推托，那他还不如直接拒绝，实在让人难以捉摸他的心意。

"有时间限制吗？"曲不询问。

奚访梧露出冷冰冰的笑容："只要你们能做到，随时都可以。"

这就更让人捉摸不透了。难道奚访梧当真是嗜赌如命，做事全看对方是否擅长赌？

沈如晚想了片刻，既没说定，也没拒绝，只是淡淡地提醒："你赌坊里的那群人我们帮你解决了，你现在可以回去了。"

奚访梧并不在意，没什么情绪地说："那点儿人走或不走对我没什么区别。难道以我的实力，我真的会怕他们吗？"

"哦，那可真是抱歉。"沈如晚冷淡地说，"打扰你的贵客尽兴了，待会儿我帮你把他们都找回来。"

她明明是来找人帮忙的，居然不软不硬地怼了回来，惹得奚访梧特意看了她一眼。

曲不询干咳一声，微微笑了一下，打了个圆场："适逢其会，顺手制止，我们若是扰了道友的打算，还请恕罪。"

他虽然嘴上说着恕罪，但是脸上的神情和眼中的情绪平淡，没有半点儿觉得沈如晚做得不对的意思。

说到底，他们只是想从奚访梧这里得到一点儿信息，而不是只能靠奚访梧解惑。总被奚访梧怼，他们还是得有点儿脾气的，因为在碎琼里这样的地方，若把姿态放得太低，反倒让人觉得可以从他们身上榨出更多好处。

奚访梧的目光在他们的脸上游走一番，不知怎么的，神色微微缓和了一点儿。

他竟然解释了两句:"秋梧叶赌坊的收益对我来说不值一提,我开它是为了等人。"

结合他之前问的问题,他等的人是谁,沈如晚便很容易猜出来了。

"杭意秋?"沈如晚挑着眉问。

他们俩可真是有意思,一个人常雇人来砸场子,另一个人每次都避走,却偏偏为了前者开着赌坊。

奚访梧沉默了一会儿,忽而抬头,向上方幽暗处看了一眼:"天川罡风快来了。"

其实不用他说,沈如晚也能听见。头顶上方千万里之遥的地方有呼啸风声吹动,幽凄如哭号,直听得人心里生寒。

她永远也忘不掉这样的风声,在风暴的中心,每一声哭号都像她从灵魂里发出的哭声。

奚访梧弯下腰,摘下两株温柔肠断草,抬起头看了他们一眼:"我的承诺随时有效,只看你们什么时候兑现了。"

曲不询和沈如晚没说话,看着他掰下一株温柔肠断草的上半截散发出光辉的部分,吃了下去,手里握着另一株,身形微微一晃,从他们的眼前消失了。

他们仰首,漆黑一片中,一点儿微弱到几乎难以被人察觉的光芒悄无声息地闪动了一下,转瞬便再也看不见了。

沈如晚和曲不询并肩站在原地,她忽然后知后觉地感慨:"我还是第一次见到温柔肠断草。之前我闯过归墟,却什么也没见到。"

上一次来,除了一腔伤心,她什么也没带走。

曲不询偏过头来看她,笑了一下,像在不经意地调侃:"那我的收获可比你多了。我吃过的温柔肠断草数都数不清,倘若能把它们全带出归墟,只怕要变成神州最有钱的修士了。"

归墟一面靠着碎琼里,另一面则背靠雪原,一面浅,一面深。碎琼里附近的天川罡风相对稀薄,人若不深入,倒能生还;而雪原那一面深不可测,是天川罡风的起源和归处,终年有狂风席卷。

曲不询坠落在雪原上,正正好好落在归墟的最深处。

八年,他在归墟下摸索了将近八年,每一次遭遇绝境都靠温柔肠断草挣出一线生机,吃到一闻见那味道就反胃。

"温柔肠断草只有上半部分是能入药的,"说起温柔肠断草,他算得上最了解的人,"味道有点儿辣,还有点儿苦,很古怪。"

沈如晚弯腰,也摘下一株温柔肠断草,掰下上半部分尝了一口。

刚入口,她就露出古怪的神情来,想咽又咽不下去,想吐又不好意思。

"习惯就好。"曲不询失笑,"实在不喜欢你就吐出来好了。"

沈如晚尝过的灵植、草药数不胜数，还是觉得这草的味道古怪，但它没到难吃的地步。

她强行咽了下去，舌尖还残留着一点儿药汁，有点儿麻，之后又有回甘之意。

"它有这么古怪的味道，竟然叫温柔肠断草。"她拧着眉头说。

曲不询笑了起来："你现在吃，自然只会觉得它味道古怪，因为它此时顶多有些恢复灵气的功效。可你若是在生死之际服下它，情况便又不同了。"

闻言，沈如晚凝神看向了他——他这么说，就是说曾经在归墟下有过在生死之际服下温柔肠断草的经历了。

"有一次，我正好遇上天川罡风，运气不好，受了重伤。等风过去后，我奄奄一息，去掰草根的力气都没了，直接一口把它吃了下去。"曲不询的语气很轻松，他仿佛在说别人的事，"那时候我眼冒金星，吃了温柔肠断草，就看见了……"

他说到这里，忽然又顿住了，看了看沈如晚，没说话。

沈如晚微微蹙眉，不懂他的意思："你看到什么了？"

"我看见了……最令我牵肠挂肚、朝思暮想、辗转反侧意难平的事。"曲不询沉思了一会儿后说，"温柔肠断，莫过如此。"

他这话说得云里雾里的，让人听不明白。

往往一个人如此说话，就说明不想把话说清楚。

沈如晚看了他一会儿，冷淡地挪开了目光。

曲不询轻轻地叹了一声，说："我不是不能说，是对着你不想说伤心事。"

沈如晚似笑非笑地说："油嘴滑舌你倒是有一套。"

谁知道他这副神色惆怅又缱绻的样子，是不是想起哪个旧情人了？

她也不想知道。

曲不询无言，凝望她半晌，想解释却又说不出。

这叫他怎么开口？

气息奄奄、神魂颠倒、几乎要身死道销的一刻，他看见她含泪望着他，一滴泪倏地落到了他的唇上。

他不记得自己坠入归墟前，沈如晚究竟有没有落泪。似乎是没有的，她对长孙寒只有恨，从来没与他打过交道，又怎么会落泪？

这些终归只是他如泡影一般的幻梦和妄想。

"其实不循剑就是我从归墟中得来的。"他突兀地开口。

沈如晚回头，诧异地看向他。

曲不询淡淡地笑了一下，心绪复杂。

灵剑不循给了他第二次生命，给了他一副全新的身躯，却唯独没给他一颗鲜活如新的心。

所以每一次跳动，这颗千疮百孔的心连着胸前狰狞的剑伤都隐隐作痛。每一次钝痛，都让他想起雪原上的那一眼、那一剑、那一滴可能有也可能只是幻梦和浮念的颊边泪。

"沈如晚。"他忽然叫了她一声。

"做什么？"她抬眼，问。

"你最好多对我心动一点儿，"他不轻不重地吓唬她，"不然……我很疯的。"

"什么怪话？"她皱着眉嫌弃地说。

曲不询看了她好一会儿，轻声笑了，不知在对谁说："是，真不像话。"

秋梧叶赌坊附近有一家客栈，沾了赌坊的光，生意一直很好。

说是客栈，其实它占地极大，既出租单个房间，也出租一整个院落。楚瑶光早早地订下了一座独立的小院，待曲不询和沈如晚从归墟归来后便能直接进去休息。

"啊？这个奚访梧怎么提了这样的要求啊？"陈献在门边走来走去，"从第一桌赢到第二十桌，谁向他打听消息，竟然还得是赌神不成？他其实就是不想把消息告诉我们吧？"

在座唯一和七夜白关系不大的人就是他，偏偏没一个人比他更急，坐在位置上各干各的事。

楚瑶光微微皱起眉，不赞成地看着他，瞟了瞟窗边的两个人："陈献，你还是先坐下来吧，别这么着急。"

陈献果然站定了，但没坐下来。

"我没进过赌坊，但稍微会一点儿赌术。"他咬咬牙说，"实在不行，咱们就买通荷官，怎么也要混到最后一桌去！"

窗边，曲不询一直歪着头斜斜地靠在窗框上，听到他说这话，终于抬起了头，一点儿也不客气地说："你这出的都是什么馊主意？坐下吧。"

陈献终于坐下了。

"师父，那你说我们该怎么办啊？"他委屈巴巴地问，"奚访梧提出的要求也太强人所难了，又不是每个人都会赌——这又不是什么好事！"

曲不询不咸不淡地哼笑道："谁告诉你，他定下的规矩我们就一定要遵守了？"

"啊？"陈献的眼睛一亮，"那我们现在就去把他打一顿？"

曲不询觉得很无语。

"凡事先礼后兵，我们先在赌坊里转几圈，试试手，多打听点儿消息再说。赌坊本就是三教九流会聚之地，谁告诉你这世上就只有奚访梧一个人知道消息了？"他说着说着，忽然一转头，"嗖"地抽了一口凉气，朝桌子对面的沈如晚看来看去，狐疑地道，"你是不是故意下狠手啊？"

沈如晚正把玩着一株温柔肠断草，闻言，淡淡地抬起了眸。

曲不询正把手臂摊在桌案上面，一道狰狞可怖的伤口从掌心延伸到小臂，鲜血淋漓，把铺在桌案上的云丝锦都染得尽是血痕。

绿绦琼枝盘在他的手臂上，开着几朵白色的小花，一点点地浸着伤口，花瓣渐渐暗淡下去。

"绿绦不喜欢你，你又不是第一次知道。"沈如晚的眉眼淡淡的，却有点儿似笑非笑的意味，"谁叫你当时手乱动的？"

曲不询哑然。

他手上的伤是他们出归墟时弄出来的。当时他们遇上了天川罡风，所幸并不太剧烈，且他们手上有温柔肠断草，又各有经验，所以出来得还算顺利。

可就在即将离开归墟回到碎琼里时，他的余光瞥见沈如晚鬓边的一缕青丝飞扬，正好要被卷入近在咫尺的天川罡风中，于是他下意识地伸手一拂——那一缕青丝是被保住了，可他也收获了这么一道狰狞的伤口。

"你是不是傻？"沈如晚和他离开归墟后，一个劲地瞪他，"头发被削去一截有什么大不了的？又不是长不出来了。"

曲不询再次无言。

他也不知道当时怎么就鬼使神差地伸出了手，全然出自本能。

沈如晚坐在对面，握着那株温柔肠断草，语气冷冰冰的："绿绦琼枝给你拔除了伤口里的罡风，这本来就是个精细慢工，你疼就对了。你既然这么英勇，应当不会忍不了这一点儿疼吧？"

曲不询"嗖"地吸气，随后故作叹息的样子说："你说我这都是为了谁？长得好好的头发，绿鬓如云，忽然少了一缕，多可惜啊。"

沈如晚冷笑："我都不稀罕，要你来为我可惜？"

曲不询看着她笑："我稀罕啊。"

沈如晚紧紧地抿着唇，偏过头去，不看他。

屋里的气氛一时变得古怪起来。陈献和楚瑶光面面相觑，一个人不明所以，另一个人在心里叫苦，只觉得自己不该在屋里，应该在桌底。

"喀……陈献，我刚才在外面发现这里居然有卖最新的尧皇城《归梦笔谈半月摘》，你看不看？"楚瑶光偏过头，状若寻常地和陈献闲聊。

"啊？这里可真是什么都有啊！"陈献惊喜，"给我看第三版，我最喜欢上面的《怪味世事谈》了。"

楚瑶光如言取出了一份厚厚的报纸，从中抽出三张，递给陈献。

沈如晚将目光落在那份报纸上，问："《归梦笔谈半月摘》？这是什么？很有名吗？"

她没听说过这个名字，在退隐前也从未听说过。

楚瑶光和陈献一起抬头看她，神情是如出一辙的惊愕。

"沈前辈，你没看过《归梦笔谈半月摘》吗？"陈献震惊地看着她。

沈如晚蹙着眉，说："没有，我很多年不关注修仙界的事了。这难道是哪位大能的传道新作？新的修仙心得？"

楚瑶光和陈献继续目瞪口呆地看着她。

"你们有话就直说，这副表情是什么意思？"沈如晚皱眉，"那到底是什么？"

楚瑶光拈着那叠报纸，只觉得不知道怎么说了："它是……是一份专门记录天下轶闻趣事、风云变幻、市井传闻、诡异传说的报纸，简称《半月摘》。"她顿了一下，补充道，"沈姐姐，这份报纸在修仙界很有名，火了好些年，连我祖母都爱看。"

沈如晚拧着眉头问："火了好些年？"

她朝楚瑶光伸手，接过头版来看。这份报纸已是第二百二十八期，《半月摘》半个月出一期，约莫办了九年半。

九年半，正好是沈如晚退隐大半年后定居临邬城的时候，难怪她半点儿也不知道。

"怎么会有修士不知道《半月摘》呢？"陈献大受打击，怀疑人生，呆呆地坐在椅子上，"我从八岁就开始看了，认识的每个人都在看，还以为每个人都知道。"

沈如晚目光诡异地看了看他，不明所以地问："这《半月摘》是你或者你们家办的？你特别希望它无人不知无人不晓？"

"不是。"陈献慢慢地摇头，神情忧伤地说，"但每个修士一生都必须追一次《半月摘》，不然修仙的人生是不完整的。"

沈如晚一脑门的问号。

照他这么说，她的修仙人生就已经不完整了呗？

曲不询还靠在窗框上，手摊在桌案上，抬眼说："我也没看过。"

陈献二次受伤，捂着心口，表情痛苦。

曲不询懒洋洋地说："之前我好似听人说起过这个，但当期报纸也不是那么好搞来的，一到货就售空，我可没空等。忙来忙去，我只捞到过一版，随便看了两眼，上面都是尧皇城里鸡毛蒜皮的事。"

他当时看的那版上全是什么"鄙人年过而立，精通符箓，薄有家产，有尧皇城东城独院一座，现诚意求一位佳偶，有意定居尧皇城、精擅符箓者优先"。

他又不去尧皇城相亲，看那玩意儿有什么用？

"那师父你一定是拿到了《人间烟火味》那一版。"陈献一听就知道，"那都是修士找道侣的版面，一点儿意思都没有，你当然看不下去了。"陈献还热情地推销，"我也是挑着看的，其中《怪味世事谈》最有意思，里面讲了天南海北的修士奇事，大大开阔了我的眼界。正好手头有，择日不如撞日，我给你们念念这一版吧？"

沈如晚觉得有点儿好笑："那你就念吧。"

她退隐十年再归来，要说对这些年里忽然爆火的东西不感兴趣，那是假话。尤其楚瑶光和陈献听说她没看过这报纸时齐齐地露出了惊愕之色，仿佛多不可思议，叫她忽而有几分不是滋味。

从前七姐还在的时候，她们总是走在别人前面，什么有意思的事都是她们最先试。没想到有朝一日，她竟然成了后知后觉的那一个人。

十年，十年……

陈献已摊开了报纸，精神一振，清了清嗓子，开始念道："今有一修士，青年有为，结成金丹……"

沈如晚拈着温柔肠断草，认真地听起来。

这一期《怪味世事谈》讲的是一个年纪轻轻便结成金丹的男修的故事。此人天赋出众、气度折人，从踏入修仙一途起便如锥处囊中，脱颖而出，在宗门内独得尊崇。无论长辈还是同门，都对他格外服膺仰慕，他可谓事事顺遂、人生得意。

这少年天才在人生中处处得意，事无大小，全如探囊取物。由此，他难免有些超然独处，虽然待人妥帖，却不轻易交心，一心修炼，无心他顾。

故而有一日，他见了同门的师妹，一见钟情，心魂也颤。可他竟不解情窦，思来想去，竟在心里翻来覆去地想：她的剑意真美。

陈献读到这里，不由得"哈哈"大笑起来："这人是不是傻啊？真有人连自己喜欢谁都不知道吗？"他一抬头，发觉曲不询正面无表情地看着他，不由得被吓了一跳，"呃……我……我继续读。"

这少年天才一心修炼，压根没往男女之情上想，只以为自己对师妹的感情是欣赏，总想着与其结识一番。但阴错阳差，总不凑巧，两个人最终也没能认识。

岂知，多年后，少年天才竟与师门反目成仇，不期然与师妹狭路相逢。两个人第一次说话，竟是刀兵相见之时。

陈献读到这里，不由得怔住了。

"虽说世事难料，可阴错阳差到这种程度，他们未免太惨了吧？这一期的故事不会又是凄凉篇章、惨淡结局吧？"他喃喃道，目光在报纸上快速滑过，然后松了一口气，"哦，不是不是，最后两个人化解误会，有情人终成眷属了！"

曲不询坐在那里，神色晦暗难辨，突然开口冷笑道："他们怎么就忽然化解误会、终成眷属了？这人倾慕他师妹是不假，可他师妹就一定喜欢他吗？作者为了一个美满的结局便牵强地圆上，真是不知所云。"

陈献仔仔细细地把报纸又看了一遍，愕然道："这上面还真没说。是了，师妹当真喜欢他吗？两个人都刀兵相见了。"

沈如晚支颐坐在桌案边，听到这里，神色怔怔的，思绪也慢慢地飘远了，连曲不询在看她也没察觉。

"哎，不管这么多，反正两个人在一起了，这就行了。"陈献一挥手，把报纸放下，相当满意，不由得又把感慨翻来覆去地说，"不过这人是真的好笑，怎么会有人不知道自己喜欢一个人的？他还说什么'剑意真美'，真是笑死我了。"

曲不询硬生生地捏断了椅子的扶手，脸色冰冷。

"师父，你这椅子坐着不舒服？"陈献疑惑地问。

曲不询深深地看了他一眼，没说话。

"这《半月摘》上的传闻都是从哪儿来的？"沈如晚忽然开口，"是真事还是编者信手杜撰的？"

陈献一边折好报纸收起来，一边回答她："据说这些故事都是真事，编者隐去了人物的姓名，稍稍删改，然后摘录在报纸上。还有人自称是故事主角的原型，甚至还要去尧皇城找《半月摘》的编者的麻烦呢！不过谁也不知道这是真是假，也许只是《半月摘》为了自抬身价放出的传言。"

沈如晚悠悠地靠在桌案上，心想：之前曲不询同她说，长孙寒说她的剑意很美……

她出神许久，回过神来，心里发涩。

往事尽随流水去，青山长忆故人游。可故事只是故事，还是旁人的故事。至于她的那些旧人旧事，她还翻来覆去地想什么？

"这《半月摘》是谁编撰的？都是一个人主笔吗？"她随口问。

"那倒不是，还是有不少编者共同编撰的，有时候还会刊录外来的投稿。"陈献说到这里，又翻了翻手头的报纸，眼睛一亮，"哟！这一期的《怪味世事谈》竟然是梦笔先生亲自编撰的。"

沈如晚和曲不询倏然抬眸："谁？"

"梦笔先生啊，就是《半月摘》的创刊人、主编者。"陈献笑着说，刚要再多说几句，手头的报纸却忽然被抽走了。

沈如晚攥着那张报纸，垂眸一看标题下的署名：

笔者：蠛江邬梦笔。

曲不询和她一起盯着那一行署名，沉吟道："怪不得我总觉得这名字很是耳熟，莫非在旁人提及《半月摘》时听到的？"

但他总觉得不太像，似乎是在另一个场合听说的，可偏偏想不起来了。

"师父、沈前辈，你们在说什么啊？"陈献左看看，右看看，不解地问，"梦笔先生从第一期就开始执笔了，有什么奇怪的吗？"

沈如晚皱起了眉。

这个"蠛江邬梦笔"和他们当初在东仪岛上的假洞府里发现的第二张字条的落款一模一样，当时他们推断此人是华胥先生的好友，却没想到对方在修仙界竟然有如此响亮的名声。

倒是她多年不接触修仙界，孤陋寡闻了。

想到这里，她不由得抬眸看向曲不询："我退隐于小楼，多年不接触修仙界，不知道也就罢了，怎么你也不知道？"

曲不询翻着报纸的手一顿，心说：八年被困归墟，他就算是想看也没处去看。

不过须臾，他便神态如常地说："我云游四方，也不爱到处交际，对这种小朋友爱看的东西自然是不太关注的。"

陈献抗议："《半月摘》老少咸宜，怎么就是小朋友看的东西呢？"

曲不询对他的抗议置之不理。

"九年半……"沈如晚喃喃道，"我后来问过姚凛，邬梦笔告知他的身世的时候差不多是九年前。"

也就是说，邬梦笔在去东仪岛前后创办了这份《半月摘》。

若是凑巧些，说不定邬梦笔来东仪岛的时候，沈如晚已经在临邬城定居了。

楚瑶光和陈献在一边听得懵懵懂懂的，不解其意，互相对视了一眼。

楚瑶光忽然"咦"了一声，问："陈献，你既然这么爱看《半月摘》，怎么会不知道沈姐姐呢？有段时间《半月摘》上一直在讲碎婴剑沈如晚呀！"

沈如晚立刻将目光移了过去，挑着眉神色平平地问："这《半月摘》还提到了我？怎么说的？"

陈献大吃一惊："什么时候的事？是哪一期的？"

楚瑶光同时对上这两个人的目光，一时不知道该先回答哪一个问题，思忖了一下说："一两年前吧？那时《寄蜉蝣》那版专门提到了蓬山沈如晚，主要述说了沈姐姐执剑铲除奸凶，奉命追杀蓬山叛逃首徒长孙寒，名扬四海，却在最有名望时毅然退隐，半点儿不执迷于名利的事。"

看楚瑶光的模样，她倒不像是为了迎合沈如晚而刻意挑好听的说，而是报纸上当真这么讲的。

曲不询将唇一撇，眉毛抽动了一下。

他总是以反面角色的形象出现，无论多少次都觉得古怪。

沈如晚对此不置可否。自从她退隐后，确实有许多人把她夸赞得天上少有地上绝无的。只是浮名浮利对她来说已没半分益处，只是她偶尔和旧友邵元康联系时，邵元康会同她提起。

可她不在乎。

"《寄蜉蝣》……"她语气淡淡地重复了一遍，像是在反复咀嚼这个名字，"这版面讲的都是什么？"

楚瑶光笑着说："这版都是介绍成名的英豪、风云人物的，如非威名赫赫、众所服膺的人物，《半月摘》宁愿当期不设此版面，也不会强加。"

沈如晚不由得轻笑了一声："专记名动一时、众所服膺之人的版块却偏偏叫《寄蜉蝣》，真是有意思。"

再是名震神州、人皆叹服、修为高深的人，人生也不过是百五十载，此身天地寄蜉蝣，度过悠悠的时光，都是黄土一抔。邬梦笔给这版面起这样的名字，倒真不知道是不是恶趣味了。

陈献听了楚瑶光的话，恍然大悟："我想起来了，原来是那时候的事！怪不得我没看过，那时候我刚刚离家出走啊。"

当时陈献离家出走，在外面颠沛流离了好一阵，经验不足，钱财也不够，没法一期一期地买齐《半月摘》，看到的自然是断断续续的。没想到竟这么凑巧，他没看到的几期里就有和沈如晚有关的版面。

"你就是在那段时间里遇到孟华胥的吧？"沈如晚问他。

陈献反问："你说的人是老头儿？原来他叫孟华胥啊——没错，就是那段时间。"

沈如晚原先听曲不询说起过，陈献一直管孟华胥叫"老头儿"，如今亲耳听见，不由得追问："孟华胥长什么样？你管他叫老头儿，他看起来很老吗？"

修仙者往往容颜常驻，除非行将就木、寿元将尽，否则看起来不过是凡人五十岁的模样，应当不至于被陈献叫作老头儿吧？

提起孟华胥，陈献虽然一口一个"老头儿"，似乎不太在意，但真正被问及孟华胥的情况，忽而审慎起来。他看了看沈如晚，说："我也不知道他到底多大，但见到他的时候，他就已经满头白发，看起来很苍老了。我猜他有一百二三十岁了。"

"不对。"曲不询忽而开口了。

屋里的人一齐朝他看过去。

"从前我遇见的一个孟华胥的徒弟说，孟华胥的真实年纪最多也就六十岁，看起来不过是三十来岁的模样，风流倜傥，是能靠脸吃饭的人。"曲不询的目光从陈献的脸上扫过，"纵然那人当初见孟华胥到现在已有多年，孟华胥不至于从年富力强变成行将就木。"

陈献有点儿迷惑："可是我见到的老头儿真的就长那样啊？"

这话曲不询是相信的，因为陈献没必要在这事上说谎。那么孟华胥在十到二十年之间看起来老了五十岁就成了一件值得留意的事。

"我们要是能找到孟华胥，和他本人聊一聊就好了。"沈如晚喃喃道，"只是不知道七夜白的生意和他到底有没有关系。"

陈献立刻摇头："不可能，老头儿虽然为老不尊、经常骗人、完全不着调，可品行还是过得去的，不会干这门缺德的生意。而且他这人不追求什么奢侈和享受，带着我连桥洞都睡过，偶尔喝的两杯淡酒也是那种粗制滥造的米酒。他并不在意钱财，不可能经营这个的。"

沈如晚瞥了他一眼。

看起来，陈献虽然表现得对孟华胥颇为嫌弃，实际上却颇多维护。他们倘若怀疑孟华胥，最好不要当着陈献的面提及。

"若是这样，自然是好事。"曲不询眉眼轻松地说，仿佛原本就没怀疑孟华胥，很自然地安抚了陈献的情绪，"等我们往后验证一番，真相大白就好了。如今我们没有根据地猜来猜去，还不如好好地想想怎么从奚访梧那里得到消息。"

曲不询如此转移话题，陈献的注意力果然被带偏了，他愤愤不平地说："那人完全就是在刁难我们！平时老老实实地修炼、生活的人，谁会天天进赌坊？哪有什么赌神的本事啊？"

楚瑶光在旁边凝神沉思："若是牌九，我倒是可以试一试。我在家里经常玩这个。"

她到底是蜀岭楚家的金尊玉贵的大小姐，什么都玩过、见过。她虽没去过赌坊，但平时与诸多纨绔子弟往来，押过的赌注可不比在赌坊里玩的少。

"骰子什么的，我也可以试试。"陈献一咬牙，道，"我从小到大运气都特别好，说不准就赢到底了。"

他抬头，看向曲不询："师父，如果有要划拳的项目就得你上了，这个不看运气，我可不擅长。"

沈如晚看他一本正经地安排起来，不由得觉得有点儿好笑，主动问道："那我呢？我负责什么？"

陈献闻言，小心地看了她一眼，总觉得沈前辈这般清高自持、洁身自好的人是绝对不会和"赌"这个字沾边的。他想了又想,道:"您……负责给我们压阵?"

沈如晚一怔,转眼便懂了陈献为什么会这么想,觉得无语又好笑。她顿了一会儿,神情古怪地说:"我来压阵,你们去试?你确定?"

陈献摸不着头脑:"我……我应该不确定。"

曲不询在对面干咳了一声。

他可还记得当初在东仪岛上和她划拳时他连喝了七大杯冷茶的事,保不齐沈如晚除了划拳还精通别的,比他们三个人加一起都有用得多。

可沈如晚扫视过陈献和楚瑶光的眉眼,忽而一笑:"行,那我就给你们压阵,等着你们赢到第二十桌。"

曲不询看了一眼纷纷展颜的陈献和楚瑶光,重重地叹了一口气。

沈如晚似笑非笑地看了曲不询一眼,他便闭上嘴了。

而后,曲不询低着头看了看自己的胳膊:"这伤口里的天川罡风应当被拔除得差不多了吧?"

沈如晚倾身过来看了一眼,说:"确实差不多了。"

她伸出手,绿绦琼枝便顺着她的指尖滑入袖中。她把手搭在曲不询的小臂上,灵气在指尖氤氲。

清亮的灯光里,她五指纤纤,白皙如雪,轻轻地抚过他的伤口,从小臂上的伤口一路滑到掌心,指腹若有若无地擦过他的皮肤。伤口在灵气催化下缓缓地愈合,泛起痒意,仿佛有一只无形的手在他的心口上一下一下地挠着,忍也忍不得。

他没忍住,用力地收拢五指,却被她毫不犹豫地拍了一下。

曲不询的眼睛一眨不眨地看着她的手,目光顺着她的手腕一点点地向上挪去,最后停在她殷红的唇上。

楚瑶光起初好奇地看了两眼,看到这里忽而站起身,脸颊微红,拿起那份《半月摘》急匆匆地对陈献说:"那个……陈献,我们先出去打听打听消息吧?"

陈献不解,但很听话地站起身来,跟着楚瑶光往外走,看着她脚步匆匆,落荒而逃。

等他走出房间,楚瑶光立刻把门合拢了。

"怎么了?"陈献不解。

楚瑶光背对着关拢的房门,长出了一口气。

借着挂在走廊上的莲灯的光芒,她眼神复杂地看看陈献,有点儿羞恼地揉了揉微微发烫的耳垂,想了半晌,摇了摇头:"没什么,就是两位前辈有话要说,我们最好还是回避一下吧。"

陈献更一头雾水了:"你怎么知道?他们刚才没跟我们说要单独讨论吧?"

楚瑶光抿着唇，欲言又止。

思来想去，她长长地叹了一口气，扯了扯陈献的衣袖，言简意赅地说："陈献，听话。"

陈献便听话了。

屋里，沈如晚的指尖抚到曲不询的掌心，停住了，随后她垂着头笑了起来。

陈献和楚瑶光，一个人迟钝，另一个人聪慧，一个人听话，另一个人有主见，凑在一起真是太有意思了。

曲不询看她笑得止不住，不由得问道："你就是故意的吧？"

明明只是施一个法术的事，他自己来也可以，她却忽而体贴、殷勤地一寸寸地抚过去，故意撩拨他，惹得楚瑶光和陈献落荒而逃，自己在这儿看脸皮薄的小朋友的笑话。

沈如晚收回了手，轻飘飘地看了他一眼，似笑非笑地说："你要是不上钩，我也没笑话看啊。"她抚着衣袖起身，垂眸看他，指尖朝他虚虚地一点，"曲师兄，定力不够呀！"

曲不询一抬手，攥住了她的手腕，用力握紧，眼睛一眨不眨地看着她，眸色渐深。

沈如晚和他对视片刻后轻轻一笑，稍稍用了点儿力气要抽回手。然而她才将身子转到一半，曲不询便牢牢地握着她的手腕，手臂一圈，从她的背后搂住了她，用力地把她圈在怀里。

沈如晚背对着他，嘴角浅浅地勾了一下："你这是什么意思？"她明知故问，眼中有点点笑意，"我怎么有点儿看不明白？"

曲不询的喉咙也干涩起来。

她的脊背和他的胸膛相贴，他垂下头，唇轻轻地擦过她的耳朵。灼热的气息暖融融地拂过她的耳尖，他的声音低低的，从他的胸腔震颤到她的心口。

"定力不足，让你见笑了。"他低声笑了一下，"沈师妹。"

温热的气息若有若无地攀上她的脖颈，沈如晚轻微地颤了一下，肩头微微向内收，还没怎么动，便忽然感到一沉。

曲不询低下头来，将下巴搁在她的肩窝里，脸颊和她的侧颈紧紧地贴在了一起。陌生的、不属于她的温度从颈边蔓延到耳后，烫得她的心也跟着一颤。

沈如晚浑身紧绷起来，下意识地想挣开。但曲不询横在她身前的手臂动也不动，反倒报复似的使了点儿劲，更用力地将她圈紧，不留一点儿间隙。

和他离得太近，她几乎能听见他那被沉沉的呼吸所掩盖的、深深地藏在宽阔有力的胸膛下的急促的心跳，一下，一下，又一下，心脏像是被压抑着，几乎要蹦出胸腔。

"你的心跳好快。"她忽而不动了,语气淡淡的,其实有点儿想笑。

曲不询的呼吸微顿,他没说话,报复般把手臂收得更紧。紧贴着她的脊背的胸膛大幅度地起伏着,灼热的呼吸不轻不重地拂过她的耳垂,吹得她的脸颊也发烫起来。

沈如晚默不作声地站在那里,过了好一会儿才轻轻地说:"你这人可真奇怪。"

可奇怪在哪儿,她又不说。

曲不询的喉结很慢很慢地滚动了一下,贴在她颈后细腻的肌肤上时轻轻地碰了她一下。这明明是轻微得不能再轻微的动作,却引得她从脊背战栗到耳后。

沈如晚像是被烫到了一般,急促地抬起手推了他一下。

但曲不询没动。他的呼吸声比方才更重了一点儿,一声比一声让她心慌意乱。

沈如晚又推了他一下。这回他终于稍稍松开了一点儿,容她挣开一点儿空隙,侧过身来似瞋非瞋地瞪了他一眼,神色淡漠,只有耳尖微红。

曲不询直直地看着她,目光一点儿一点儿地描摹着她的眉眼,最后停在她的唇上。沈如晚不自觉地拈着衣角,微微攥紧,露了点儿怯。

她偏过头,垂眸不看他,低声说:"我看出来了,你的定力确实不太好。"

"不好意思,让你失望了。"曲不询的喉结滚动了一下,他声音暗哑,低低地笑了一声,"或者你反而没有失望?"

沈如晚转过脸瞪他,拿手肘撞了他一下。

曲不询目光一暗,下一刻,倾身垂下头,一只手不知何时托到了她的颈后,深深地吻住了她。

沈如晚微微愣怔,不轻不重地推了他一下,没推开,反倒被他拥得更紧了。

她轻轻地踢了他一下,可下一瞬忽而抬起手,搂上了他的肩头,五指攀上他的脖颈,深深地插入他的发间,把这个吻加深到让两个人意乱情迷。

他们的呼吸缠绕在一起,分不清究竟是谁的,只剩下无尽的缠绵。

恍恍惚惚时,她不太真切地想:原来人间风月、缱绻红尘是这样的滋味。

她喜欢长孙师兄那么多年,从来没敢想过和他亲密,仿佛和他说上几句话便已心满意足了,可她认识曲不询只不过一年半载的事。

真古怪,她想。

她不了解长孙寒,也不了解曲不询,到头来,甚至可能连自己也不了解。

"你在想什么?"曲不询不知什么时候停了下来,微微向后,用一只手捧着她的脸颊,眼神深沉地注视着她的眼睛。

沈如晚恍惚了一瞬,静静地没动,目光在曲不询的眉眼上描摹了一遍又一遍。

过了好一会儿,她忽而偏开头,往后仰了一点儿,脱离了他的怀抱。

"我有点儿累,"她的语气淡淡的,"想一个人休息一会儿,走了。"

前一刻她还缱绻着,下一刻就淡了,眉眼尽是倦意。

曲不询还站在原地,许久才慢慢地把手放下,低声问她:"怎么了?"

"没什么,"她说,"就是忽然想到一些以前的事。"

她居然愿意为自己的行为做解释。

曲不询莫名其妙地松了一口气,可心里还是觉得被吊着。

"以前的事?"他开玩笑般问她,声音却有点儿哑,"不会是你的旧爱吧?"

沈如晚被他说中了,神色没变,垂在衣袖里的手却不自觉地握紧了。她意味不明地看了他一眼,没说话。

"这有什么大不了的?你又不是十来岁的小朋友了,有也正常,没有也正常。"曲不询状若寻常地说,仿佛十分洒脱,"所以真是啊?"

沈如晚没什么表情地看向了他。

"你直说就是,我又不会介意。"曲不询笑了一下,目光却紧紧地盯着她。

沈如晚冷冷地一挑眉,不咸不淡地说:"你说得这么轻松,看来一定是经验丰富。别光问我,你先说自己。"

曲不询微微一滞,看了沈如晚好一会儿,低声说:"我没有。"

沈如晚轻飘飘地看向他,把他打量了个遍。

"是吗?"她轻声问。

曲不询不知心中是什么滋味,忽而垂眸一笑,眼中的情绪复杂难辨,语气倒很轻松:"我倒是暗暗地恋慕过一位同门师妹,不过那时一心修炼,她从不知晓我的心意,我们没什么交集。没想到,一晃十多年过去了。"

沈如晚用力地攥紧了袖口,把那一点儿衣袖翻来覆去地捏皱。

"真巧,"她冷淡地说,"我也倾慕过我的师兄。"

曲不询蓦然抬眸。

蓬山这一辈能有什么出挑的弟子让她看上?

他神色不变,心里却把印象中蓬山这一辈的风云人物想了个遍。他想来想去,觉得每一个人都歪瓜裂枣的,不值一提。

"这样吗?"他语气寻常地说,"你喜欢怎么不试试?"

沈如晚紧紧地抿了抿唇,过了好半晌才不轻不重地吐出三个字:"不般配。"

曲不询大皱其眉,仿佛有些嫌弃,心里却莫名其妙地不是滋味:"你怎么看上个歪瓜裂枣啊?"

沈如晚立刻瞪了他一眼,没好气地说:"谁说他是歪瓜裂枣了?是我配不上他。"

曲不询连最后一点儿笑意也维持不住了，紧紧地抿着唇，深深地吸了一口气，只觉得心口的那一道剑伤隐隐发麻，搅得他蚀骨钻心地疼。

"我倒不知道蓬山这一辈有哪个好到这种地步的弟子。"他冷笑道，"情人眼里出西施，当真不假。只怕你错把歪瓜裂枣当宝贝，还以为旁人都是瞎子。"

沈如晚恼火地看了他一眼："我若是瞎子，那你这个歪瓜裂枣还在这里做什么？"

曲不询被她的话噎住了。可他再酸似乎不应该了，要不酸倒了也止不住。

他眉眼沉冷如冰，薄唇紧抿，半晌没说话，于是沈如晚也不说话。

过了一会儿，她冷冷地瞪了他一眼："莫名其妙。"

她挑剔过他暗暗地恋慕的那个师妹吗？怎么偏偏他就要对她喜欢的人攻击一番？明明是他说"有也正常""不会介意"，到头来对她横眉冷对的人也是他。

出尔反尔，他真有意思。

沈如晚懒得理曲不询，一转身，头也不回地朝门口走去。

曲不询蓦然伸手，一把握住了她的手腕。

"松手。"沈如晚冷冷地看着他。

曲不询站在原地，握在她腕上的手紧紧地攥着，胸口剧烈地起伏了两下，深深地吸了一口气，声音低沉沙哑地说："别走。"

沈如晚没什么表情地看着他。

"我不是那个意思。"他顿了一会儿后说，"我不是介意，就是……有点儿难受。"

沈如晚还是没说话。

"我失态了，抱歉。"他抬眸，深吸一口气，神色终于如常了，"我不该那么说你。人人都有情窦初开的时候，我未见得就有多高明。我保证以后再不会这样了。"

沈如晚不说信，也不说不信，只意味不明地看着他："是吗？"

曲不询深深地看着她，语气笃定："是。"

"希望是吧。"沈如晚没有半点儿留恋地挥开了他的手，走到门边，推开门后又转回身看着他，冷冰冰地说，"我不管你有多喜欢那个师妹，和我在一起的时候你不许想她。"

门被她"砰"的一声用力关上了。曲不询站在原地，对着被关拢的门看了半天，竟被气笑了。

她可真是霸道得很，分明是她在他的怀里想起自己的师兄，这才挑起了话头。到头来她竟然还气他有过喜欢的人，勒令他不许想。

他的师妹左右都是她，她想的那个莫名其妙的师兄他还不知道是哪一位呢？

曲不询恨恨地翻来覆去想了半晌，冷笑了一声，没好气地踹了椅子一脚，然后大马金刀地坐下了。

屋内一灯如豆，幽幽的灯光照在他的眉眼间，让他的神色晦暗难辨。

屋外隐隐约约地传来交谈声，似乎是陈献和楚瑶光从外面回来了，"叽叽喳喳"地同沈如晚说着在赌坊的见闻。

"沈前辈，这个奚访梧可真是刻意为难我们。"陈献愤愤地说，"从第一桌到第二十桌，赌什么的都有，甚至还有人豢养了凶恶的妖兽相斗，这也太过分了！"

将豢养的妖兽放进斗兽笼中算是个打擦边球的事，没有谁明确禁止，但在神州终究也不是人人能接受的，未免有伤天和。

似陈献这样心思单纯的少年人，这辈子都不曾杀过一个人，遇见最凶险的事不过是秘境里被追杀一次。他的身边还有楚瑶光这样背景深厚的大小姐、曲不询这样的丹成修士，所以纯澈的仁心尚在，他自然是看不惯的。

神州之大，总体还算太平，似陈献这样的修士数不胜数，自然也看不惯这样的事——看不惯斗兽，也看不惯沈如晚这样双手沾满了血的修士。

隔着门廊，沈如晚轻轻一笑，声音清晰地传进屋内："你看不惯他们，这是好事。"

陈献仁心尚在，不必刀口舐血，这怎么不是好事呢？

曲不询霍然起身，猛然推开房门，在陈献和楚瑶光惊讶的目光里沉着脸大步走过去："说这没意思的做什么？"他不轻不重地敲了一下陈献的脑袋，深吸一口气，目光如常地看向沈如晚，"走吧，进去听听他们都打听到了什么。"

沈如晚目光微妙地看着他，过了一会儿忽然轻轻地笑了一下，没回话，一转身朝屋内走去了。

楚瑶光看看这个，再看看那个，最后看一眼全然未觉的陈献，心里长长地叹了一口气。

曲不询垂眸，语气淡淡地对陈献说："走啊？"

说完，他大步流星地朝沈如晚追去。

"好嘞，师父！"陈献兴高采烈地说。

楚瑶光无语：这都多久了，怎么偏偏就陈献看不明白呢？

她嗔怒地瞪了陈献一眼，也匆匆地跟上去了。

只剩下陈献被她看得一愣，站在原地茫然地说："哎，你们等等我——别关门啊！"

215

第八章　一声秋

　　楚瑶光和陈献这回是真的打听到了一点儿消息。

　　陈献一进门，立刻兴奋地往椅子上一坐："师父、沈前辈，你们猜我们在赌坊里听到了什么？"

　　沈如晚不猜，曲不询也不猜。他们一个人坐在桌子的一边，离得老远，脸上都没什么表情，静静地看着陈献，看起来极具压迫感。

　　"呃……"陈献被看得讪讪的，挠了挠头，不再卖关子了，"是奚访梧的事。我们去秋梧叶赌坊的时候，正好听见有人在和奚访梧说话，就在我们那桌的边上。奚访梧大概不认识我们，也不在乎聊天的内容会不会被赌坊里的客人听见，就被我们都听到了。"

　　楚瑶光在边上默默地转开了脸。

　　其实当时他们没有正好在奚访梧边上，而是看见奚访梧和人说话，特意假装要去那桌凑热闹才走过去的。

　　为了装作若无其事，陈献都没看那桌赌的是什么就一个劲地大声叫好，全场最激动的人就是他。直到听完奚访梧和别人聊天，他才看了一眼眼前赌的是什么——正好就是斗兽。

　　当时陈献就变了脸色，没忍住，小声斥了一句。

　　奚访梧立刻听见了这句话，转头看过来对着他们挑了一下眉。楚瑶光还以为事情要糟，没想到奚访梧嗤笑了一声，竟没追究，转身走了。

　　"也许奚访梧是真的不在乎被人知道，"楚瑶光若有所思地说，"不过这件事听起来确实不是什么秘密。"

曲不询言简意赅地道："说说看。"

"奚访梧以前是尧皇城的炼器师，而且是日进斗金、很有名的炼器师。"陈献竹筒倒豆子一般说出来，"他在碎琼里已经定居六七年了，有人专门从尧皇城赶来，请他回去炼器，但他拒绝了。"

那人被奚访梧拒绝后并不意外，显然不是第一次被拒绝了，转而苦口婆心地劝奚访梧："你和杭意秋这都闹僵好些年了，既然彼此还关注对方的消息，倒不如说开。你们既然是在尧皇城里认识的，在那里肯定有不少共同的回忆，你何不回去等她呢？"

陈献说到这里，不由得咂嘴："杭意秋都年年派人来砸场子了，居然还能被人说成关注对方的消息？果然，做生意的商贾就是巧舌如簧，把死的也能说成是活的啊！她要真是还有情意，怎么会来砸场子？"

沈如晚坐在那里没说话。

"说下去，"曲不询并不对此做出点评，只是敲了敲桌子，"奚访梧说什么了？"

当时，奚访梧听了那人的话，反问道："刚上了《半月摘》，她是不是又要启程了？她这次打算去做点儿什么？"

陈献说到这里，楚瑶光正好把手头的《半月摘》翻开，放到桌上推给沈如晚和曲不询看："两位前辈，我们听了他们的话，在《半月摘》上找了半天，果然找到了和杭意秋有关的版面，竟然是《清净山海天》。"沈如晚和曲不询都不怎么熟悉报纸的版面，因此楚瑶光又加了两句解释，"这一版是专门记修士的游记、杂谈的，着重描绘山川风貌。杭意秋沿着蠖江一路游历，竟将蠖江的大小支流、水文地貌全都记录下来，绘成了河图，投到了《半月摘》上，立刻被刊发了。"

记录神州的水文地貌的图谱自然是数不胜数的。修士走遍三江五海，对神州的山川多少都有数，前人的记述浩如烟海。

然而山川河流经年变化，古图今用难免要出错，便需要一代代的修士来重修河图。

蠖江贯通南北，是神州重要的江河之一，杭意秋能将其大小支流整理出来，无怪乎一投稿便被刊发，只怕"杭意秋"这个名字要随着《半月摘》的传阅而名声大噪了。

沈如晚一听便知道杭意秋这一举成就不小。报纸横在她和曲不询中间，他的手刚伸过来，她就一把将报纸抽走，拿在眼前看了起来。

曲不询的手横在半空，又慢慢地收了回去。

"你继续说。"他没事人一样问陈献，"奚访梧问了那人之后，又怎么样了？"

陈献想了一会儿，说："那人也没说清楚，只是对奚访梧说，'杭意秋的性子你还不知道吗？她最是天马行空，谁能料准她接下来干什么？只有她马不停蹄地启程是确定的。下次谁再见她，保准又是好久之后了'。"说到这里，陈献忽而想起来一点儿细节，猛然一震，"师父，那人还对奚访梧说，杭意秋每次一做出点儿什么成绩就要来砸一回场子，奚访梧也不生气，两个人真是牛心古怪——原来奚访梧能确定那些打手到底是不是杭意秋派来的，是出于这个判断啊？"

只要杭意秋做出了一点儿成就，就要派人来砸场子，奚访梧不制止，只是避让。而平时若有人来砸场子，自然就不是杭意秋派来的，奚访梧便会出手惩戒。

"啧，"陈献说着说着，越想越觉得古怪，"这两个人到底是反目成仇了，还是没有啊？我怎么总觉得他们没有结仇？"

陈献居然能这么想，真是让人无比惊讶。楚瑶光都做好了他会说出"这两个人莫非有王不见王的宿敌之间的默契？"这种不着调的话来，没想到他居然说得异常有条理，不由得用欣慰的眼神看了看陈献。

没想到，陈献张口就来："难道是他们被棒打鸳鸯，不得不挥泪分手？"

楚瑶光叹了一口气，习以为常地纠正他："陈献，你想想呀，这两个人都是丹成修士，若是想要在一起，有谁能对他们棒打鸳鸯？"

神州之大，丹成修士虽然不算寥寥可数，但绝对是顶层人物，有谁能让两个丹成修士无奈地分开？

陈献一想，恍然大悟："对啊。"他转过弯来，不由得挠头，"那到底是为什么呢？"

那头，沈如晚已经把那一版河图都看完了，记在了脑子里，合上报纸后抬眸看向他们："这两个人为什么分分合合和我们关系不大，除非你们打算往《风月债》这版投稿，否则想这有的没的干什么？"

《风月债》也是《半月摘》上的一个版面，专记修士之间的相思爱恨，动辄你爱我、我爱她、她爱他、他又爱那个她。《风月债》的笔者最爱写些多角爱恨的故事，其中不乏将真人、真事隐去名讳的情况。这是《半月摘》上最受欢迎的一版，也是笔者最常被上门找麻烦的一版。

沈如晚提及这一版显然是在活学活用，楚瑶光和陈献一听就笑了。

"沈姐姐，我们要真是投稿，也该投到《怪味世事谈》那一版，就像这期的那个少年天才和他师妹的故事一样，情节离奇。"楚瑶光说到这里，抿唇一笑，"最重要的是，这里面牵扯到的人太少了，不够满足《风月债》的编者的口味。"

沈如晚哑然。

曲不询坐在对面，干咳了一声，不轻不重地说："行了，闲话也说完了，你接着说说赌坊里的情况。"

陈献"哦"了一声，立刻又愤愤然起来："奚访梧提的要求可真是不简单，我看了一圈，只有十来张桌子是纯靠运气的，还不知道他们会不会出千。"

沈如晚和曲不询早就猜到奚访梧提的要求不会太简单，所以并不像陈献一般愤愤然。

"过会儿我也同你们一起去秋梧叶赌坊看看。"沈如晚放下《半月摘》，"这事一时半会儿不急，纵然奚访梧不愿意说，我们也能从那里打探到消息。"

十年都过去了，她不差那三五天。

陈献和楚瑶光一起点头，心想：虽然沈前辈看起来和赌坊这种地方格格不入，但毕竟是经验丰富的前辈，看人、打探消息必然比他们擅长得多。有她和曲前辈一起压阵，他们至少不用担心漏了什么细节。

"对了，沈前辈，你知不知道有个东西，大概是玉佩一类的，但形状很精巧，两环一扣，流光溢彩，上面还刻了字？"陈献挠了挠头，"写的是'一声梧叶一声秋'。"

沈如晚微怔，想了想，指尖微运灵气，在半空中虚虚地画出一个图样来，问陈献："是这样的吗？"

陈献立刻点头，和楚瑶光对视了一眼："这是那个从尧皇城来的人交给奚访梧的，说是旧物归原主。我们都不知道这是个什么东西。"

沈如晚一时愣怔，没说话，慢慢地向后倚靠在椅背上，出神了半晌。

楚瑶光和陈献见她什么也不说，反倒怔怔入神，不由得面面相觑，不知她到底想起了什么，竟连回答也忘了。

曲不询坐在对面，抬眸看她，低声问："你认得那个东西？"

沈如晚慢慢地点了一下头："那东西如果是我方才画的那个样式，就是尧皇城的陆娘子的手艺——同心环，一式两份，定做者一人一只，是心念如一、情谊绵长、永不分离之意。"她垂眸，神色惘然，"你刚才说同心环上刻了'一声梧叶一声秋'，那就错不了了——有情人唯愿长长久久不分离，常把名字刻在一起。奚访梧、杭意秋，这不正是'一声梧叶一声秋'吗？"

曲不询看向她，心中暗想：她知道得这么清楚，神色又怅惘，莫不是和谁定做过？不会是和她那个暗暗地恋慕的师兄吧？

想到这里，他僵坐了半晌，思来想去，只觉胸口滞涩，各种滋味一起涌到喉咙，竟连话也说不出来，不知是个什么滋味。

过了好一会儿，他才终于开口，若无其事地说："这么说来，奚访梧和杭意秋果然是情意匪浅，甚至连这样的信物也定制了。"

沈如晚回过神来，不以为然地挑着眉道："情到浓时许个天长地久的誓言很难吗？海誓山盟容易，要经年不改却难。我和陆娘子聊天时，她同我说过，在她那里定制同心环的修士，过上几年领着另一个人来定制新的同心环是常有的事。"

曲不询喉咙干涩，心说：她连陆娘子都聊上了，他若说她没有去定制过，实在是自欺欺人了。

他重重地靠在墙上，不言不语，神色晦暗。

偏偏陈献总是生怕别人不知道他长了张嘴一样，楚瑶光一个手慢没拉住，他就好奇地问："沈前辈，你也和人一起定制过这种同心环吗？"

沈如晚的笑容里带着一点儿苦涩的意味，她轻轻地说："定制过一次，可是还没等我拿到，就出了点儿意外。再往后，我就没有必要去拿了。"

谈兴再无，她起身要提前去赌坊。

屋外竟下起了密密的细雨，她没撑伞，微运灵气覆盖全身，步履匆匆，没多久便到了秋梧叶赌坊。

沈如晚放慢脚步，在赌坊的门口停下了。曲不询跟在她后面，慢慢地站住了，和她静静地看檐上的雨"淅淅沥沥"地落下。

过了很久，他才低声问她："你定做的那个同心环上刻了什么？"

沈如晚仿佛刚注意到他就在身边似的，怔然抬头，看了他好一会儿。

"我记不太清了，好像是……"她垂眸，眼中都是酸涩之意，慢慢地说，"天意怜幽草，人间重晚晴。"

碎琼里的天永远是昏黑的，淡淡的星光几近于无。檐上的莲灯歪斜地挂着，在萧瑟的风雨里摇摇晃晃，昏黄的灯光映照着她的眉眼，看起来很凄冷。

她一直是冷然的，有时就像细碎的冰雪，让人永远无法真正地靠近她，一被触碰就消失。

他心里生出一阵难以言说的烦躁，像无数细小的虫蚁同时啃噬他的心，把那一道经年不愈的剑伤狠狠地撕开，滋生出消解不去的戾气。

他想：早知今日，自己当初就不该想什么顺其自然、唯恐唐突，管她的那个什么"天意怜幽草"的师兄，纵然她心里已有旁人又怎样？当初她和她师兄既然没有在一起，便说明没有缘分，她合该到自己这里。自己死缠烂打也好，软磨硬泡也行，怎么都要紧紧地攥着她，谁也插不进来。

卑鄙便卑鄙了，他克己自持了那么多年，又得到过什么？

"沈如晚。"他忽然叫她。

她偏过头看他，神情不自觉地带着点儿破碎的哀戚感，如含冰雪，不太像她，那么陌生又遥远。

曲不询忽而抬手，一只手捧在她的颊边，微微用了点儿力。他倾身，和她于近在咫尺的距离对视，直到她的眼瞳里只剩他的影子。

"看我。"他说。

她微怔。

"忘掉他。"曲不询神色漠然，眼睛一眨不眨地看着她，蕴含着冰冷的偏执之意。

他用力地闭了一下眼，像是要把这偏执的感情藏匿起来，指节一点点地用力，低声说："忘了他吧。"

沈如晚不自觉地向后退了一步，微微蹙眉，目光在他的眉眼上扫过。

曲不询猛然向前一步，把两个人之间的距离压缩回原先的样子。

"不管他是谁，把他忘了吧。"他的声音低低的，很冰冷，却莫名其妙地像在乞求，"看看我，我也不差。"

沈如晚怔怔的，茫然地看着他："你……我们以前认识吗？"

如果他们从前不曾相识，他为什么要这么看着她？

他们萍水相逢，只认识一年半载，哪里有那么多非你不可？

她又向后退了一步，微微拧着眉毛："你这样，我有点儿惊讶。我还以为我们只是一时投缘。"

曲不询攥紧了她的手，居然笑了一下："告诉你个秘密。"他垂下头，凑近她一点儿，气息里热意升腾，像吻在她的耳边一样，声音低低的，"其实觉得你的剑意很美的那个人是我。"

沈如晚怔然抬眸。

"对你一见钟情却根本不知道的大傻子是我，"他说，"一直远远地看着你却不知道怎么靠近你的人也是我。"

隔着另一张面孔、另一具皮囊、另一个名字、另一重身份，他终于有机会去诉说同一颗千疮百孔、隐隐作痛的心。

他轻声哂笑，带着一点儿惨淡的自嘲意味。

"沈如晚，沈师妹，"他的声音很低，每个字都像用尽了他的力气，"你看看我，多喜欢我一点儿，别让我这一辈子活得像个笑话。"

这够荒唐、够狼狈、够可笑的一辈子……

沈如晚凝眸看着他，下意识地说："你……我没见过你。"

她从前从未关注过在蓬山寄身的记名弟子，更不会知道这里面有一个叫"曲不询"的人。

曲不询深深地看着她："是，"他笑着说，心里不知是什么滋味，"你不认识我。"

沈如晚沉默着审视了他很久，而后用别样古怪的语气轻轻地问："所以你说的那个暗暗地恋慕的师妹是我？"

曲不询回答得没有一点儿犹豫："是你，一直是你。"

沈如晚没说话。

檐外的雨静静地落下,"淅淅沥沥",只剩寂寥。

过了很久,沈如晚转过身,神色复杂地望着细雨。

"'人间重晚晴'是我和我堂姐的名字。"她说,语气有点儿疏离,像在解释,又像随口诉说,"同心环是她去订的。"

曲不询一怔,蓦然抬眸看向她:"你姐姐?"

沈如晚抿了抿唇,随后烦躁难耐地说:"谁跟你说同心环只能情人互赠了?亲人、朋友关系好,哪个不能互相送东西?你真是一根筋。"

被她怼了,曲不询却忽而笑了,目光灼灼地看着她,没有不羁、洒脱,没有懒散、漫不经心,眼瞳深沉到让人心惊。

沈如晚被他看得心烦意乱,冷冷地说:"你别想太多,我只是不喜欢被误解。"

可沈如晚什么时候在意过旁人怎么去想她?

曲不询低着头笑了,沈如晚冷着脸,恼火地看了他一眼。

"劳驾让一让。"身后忽而有人说,"你们挡在我赌坊的门口了。"

奚访梧还是那副冷漠严肃的模样,看上去不像是赌坊的老板,倒像是个镇场子的,目光不冷不热地打量着他们。不知道为什么,沈如晚总觉得他其实一直在留意他们。

其实他们站着的地方并不在门口,只是秋梧叶赌坊的屋檐下,并不影响他人进出。但赌坊的老板说这里是门口,那就只能是门口。

"我认得你。"奚访梧对沈如晚说,"你就是蓬山的那个沈如晚,我以前见过你。"

人的名,树的影。在临邬城,谁也不知道沈如晚是哪号人物,直到进了碎琼里,身处修士之间,从前的风云往事才像汹涌的潮水,哪怕退去,也在沙滩上留下了印迹。

"上次在归墟我没认出你来。"奚访梧用目光审视他们,"你和以前看起来不太一样了,乍一看像另一个人。"

"人都是会变的。"沈如晚没有表情地看着他,平淡地说,"没有谁一成不变。"

奚访梧不客气地说:"但像你这样的人,我还以为早晚会死于非命。"

曲不询皱着眉,冷冷地望向奚访梧。

"想要我死的人很多,"沈如晚连眉睫也没动一下,淡漠地说,"可死的从来不是我。"

"我倒不是这个意思。"奚访梧挑了挑眉,"你以前看起来就像一把没有感情的剑,斩人、斩鬼,从不留情,早晚有一天这把剑会断。"

可她选择在最声名显赫时退隐,把浮名浮利推得一干二净,再踏入修仙界时,从前冷锐锋利的戾气都不见了，眉眼带着倦意，不是真的淡泊，只是倦。

沈如晚垂着眼睑，连话也懒得接。

"那时候杭意秋很欣赏你。"奚访梧将目光放远，落在檐外细密地落下的雨幕上。

他恍惚想起很多年前也下了这样一场雨，杭意秋抱着胳膊站在门廊前，看见他出来，毫不客气地翻了个白眼。

当时她扬着下巴，姿态高傲地问他："你不是这家赌坊的老板找来救场的人吗？你最后一把为什么不押注？我根本不需要你让。"

那时他也没有一点儿情绪，说："我只是忽然打算戒了，就此收手，和你无关，你不必自作多情。"

两个人的梁子就是那么结下的。

再往后，每每在尧皇城里遇见，他和杭意秋都要不阴不阳地拌上几句嘴，你看不上我，我也看不上你。

可不知怎么的，从某一天开始，两个人忘也忘不掉，分也分不开。

奚访梧低下了头，看着檐下的雨水汇聚，潺潺地流向长街。

世事漫随流水，算来一梦浮生。

"别在我的屋檐下吵架，"他冷淡地说，没一点儿好气，"要吵出去吵。"

沈如晚和曲不询哑然。

"后来我听说你把剑还回蓬山了。"奚访梧看向沈如晚，"杭意秋觉得你特别了不起，淡泊名利，拿得起放得下，差点儿想去蓬山找你认识认识。可她还没到蓬山，就听说你走了。"

没想到，多年后又见到沈如晚的人却不是杭意秋自己。

她淡泊不是真淡泊，放下也未必是真放下。

"你从前是蓬山上下百年来最有去无回的剑，"奚访梧转身前看了她一眼，"现在还提得起剑吗？"

沈如晚面无表情地看着他转身走回门内，没回答。

曲不询转过头来盯着她，微微皱眉，问道："他这话是什么意思？"

沈如晚脸色如冰，不耐烦地冷声说："胡说八道，我管他什么意思？你少来问我这种莫名其妙的问题。"

曲不询还盯着她，沈如晚却已经转过身，径直朝赌坊内走去了。她跨过门槛，一回头，神色冷淡地说："你还站在那里干什么？到底进不进来？"

曲不询看了她半天，才慢慢地倾身，抬步朝她追过去。

和她并肩的那一瞬，他偏过头，低声问她："他真的只是在胡说八道？"

沈如晚不耐烦地看着他："随便来个什么人胡说八道你都要信，改天有人说是我暗暗地倾慕你，你是不是也要信？"

曲不询一顿，笑了笑。

她暗暗地恋慕他？那不可能，她连正眼都没给过他一个，只给了他一剑。

"说得也是。"他耸了耸肩，"只要是长了眼睛的人，就能看出来沈师妹是看不上我的。"

沈如晚微微抿唇，沉默了好一会儿才不冷不热地说："你知道就好。"

曲不询挑了挑眉，半真半假地问："那我吻你的时候，你怎么没给我一剑呢？"

沈如晚没好气地瞪他："因为我眼瞎、无聊、闲着没事干、想找点儿消遣，够了吗？"

曲不询失笑，摇了摇头，不知为什么而叹。

"行，"他说，"那我就做你的消遣。"

在秋梧叶赌坊里找到陈献的时候，这小子已经混进了其中一桌的中央，周围围着一大群人，满眼热切地看着他。从上第一桌起，他已经连续赢了数千筹了。

秋梧叶赌坊以筹为注，每一注价值十枚灵石。对于普通修士来说，他们拼死拼活地干一个月，到手的酬劳将将够兑换十枚这样的筹子。

陈献站在桌边，毫不犹豫地把身前的那一堆筹子全都推进池子里："我全押。"

桌前的荷官抬眼看他："你确定？"

他问的是陈献，目光却移向了陈献背后。

楚瑶光就坐在不远处的椅子上，手边搁着一壶上好的香茗，烟气袅袅。她连眼皮都没抬一下，语气轻飘飘地说："押。"

周围人不由得发出了一阵艳羡的喧哗。

谁都知道这小子手里的本钱是这位大小姐出的，他在这里赚到的每一分钱都要和大小姐分。谁承想，他自己不拿钱当钱也就罢了，这位大小姐也纵着他，把把都全押，把把都不曾输。要不是这两个人当真是生面孔，装不出来刚来赌坊的那种生疏劲，众人都要以为他们是赌坊提前安排好的托儿了。

"那我也全押！"对面的修士也猛然把身前的筹子往前一推，眼中尽是疯狂之色，"我押大！"

陈献押的是小。

对面的修士手头有数百个筹子，只要能赢了这一把，除去分给赌坊的那部分，到手也有十倍的回报。

荷官停顿了片刻，重新慢慢地举起了骰盅。

骰盅是秘制的，神识无法穿透筒壁看见里面的骰子，灵气也没法暗中将其中的骰子摆弄成特定的骰面，论理是不存在出千的情况的。可这个突然出现的小子一出手就比常人决绝、笃定得多，而且每次都能押中，若非荷官是个中行家，非得以为对方出千了不可。

陈献连眼睛也没眨一下，站在那里淡淡地看荷官摇骰。

半晌，荷官落下骰盅，众人掀开一看，三个骰子上分别是三点、三点、三点。

先前押了大的修士猛地惨叫一声，像濒死的蟾蜍。

荷官盯着那三个点数一模一样的骰子看了半晌，缓缓地抬起头看着陈献："你怎么做到的？"

"我不是说了吗？"陈献挠了挠头，伸手毫不犹豫地把大把大把的筹子揽到自己面前，用一种相当轻松的语气说，"我的运气很好的。"

"下一轮还是全押。"他很随意地宣布，"有没有人来玩啊？"

沈如晚和曲不询站在人群最外围，遥遥地看着他吸引了满场的目光。

"陈献的运气真有这么好？"沈如晚有点儿惊愕，旋即狐疑起来，"我们让他来赌坊里走一遭，不会反倒害了他吧？"

要是运气这么好，赌什么赢什么，谁还去努力？赌徒一进赌坊就红了眼，不就是为了这不劳而获的奢想吗？陈献的运气不是一般的好，万一以后他直接沉迷赌坊，岂不是他们的罪过？

曲不询定定地看了陈献好一会儿，淡淡地说："不会，这小子天生运气就好，一投胎就投进了药王陈家，一离家出走就遇上孟华胥，一进秘境就撞上蜀岭楚家的大小姐，一碰瓷就遇见我——他根本不会把这一点儿运气当回事。"

陈献好像天生和别人不太一样，那些人追求的名利对他来说唾手可得，但他偏偏都不要，反倒去追求一些让人无法理解的东西。不明所以的人觉得他的脑子坏了，但他甘之如饴。否则，他就不该离家出走，也不该一门心思做剑修。

沈如晚的目光微微一转，落在了曲不询的脸上。

"怎么？"曲不询挑眉看她，"我是说真的。"

"一碰瓷就遇见你？"沈如晚似笑非笑，意味不明地重复，"这也是他运气好的表现吗？"

曲不询反问："难道不是？"

沈如晚不置可否，问："好在哪儿？"

曲不询抱着胳膊，偏过头看她，平淡地说："好就好在即使他搜遍神州、上穷碧落下黄泉，也找不出一个比我更会使剑的修士。"

沈如晚微怔，皱起了眉："你是一点儿也不打算谦虚。"

曲不询笑了："有这个必要？"他说着，侧过身看她，"你要是不信，咱们俩改天比比？哎，我还记得你以前好像说过，如果我的剑法很高超，你也会来维护我？"

沈如晚没说话，垂在衣袖下的手握紧了一点儿，把袖口攥得皱巴巴的。

"我很久不用剑了，"她淡淡地说，"不比。"

"为什么？"他下意识地追问，又想起了奚访梧方才的问题，"你为什么不用剑了？"

沈如晚冷淡地看了他一眼，语气很冲："我是个法修，爱用法术怎么了？碎婴剑都还给宁听澜了，我看不上寻常的剑，还是爱用法术，有什么稀奇的？"

曲不询深深地看了她一眼。

那头，愿意跟着陈献押的修士越来越多，和他反着押的修士却少得可怜，人数没凑够，这一局是来不了了。

"谢了谢了，各位。小弟这就去下一桌了，祝各位财源广进、每赌必中。"陈献笑眯眯地把身前小山一样的筹码揽到箱子里，提起来就走。他一抬头，看见曲不询和沈如晚站在桌边，不由得眼睛一亮："师父、沈前辈，我赢五桌了！"

他不说还好，一说身边就炸开了锅。虽然一直在边上亲眼见证，但是听陈献这么大大咧咧地炫耀，哪个赌红了眼的赌鬼不忌妒？

刚刚在赌桌上倾家荡产的修士就更别提了，"嗷"的一声失去了理智，要朝陈献扑过来报仇。

陈献反应很快，猛地一矮身，抱着怀里的箱子蹲下了，就地一滚，轻巧地化解了那修士的攻击。他蹲在不远处瞪大了眼睛："不是吧？愿赌服输，这你都忘了？"

修士一击不成，本来就恼火，听他这么说，更是把眼睛瞪得血红。

几百个筹子、数千个灵石，普通修士十年的心血就这么一下子没了……

"你还我的筹子！"

奚访梧不知什么时候站在边上，神情严肃，目光森然："你将赌坊的规矩忘了？愿赌服输，你连我的规矩也忘了？"

那倾家荡产的修士刚才还眼红到发疯，对上奚访梧，却不由得止步，狂热的劲头消退。他向后退了一步，理智回归。

"没……没有。"那修士磕磕巴巴地摇头解释，"我就是……就是一下子情绪上头，冲动……冲动了。"

奚访梧冷冷地哼了一声，背着手转身，看了还抱着箱子蹲在远处的陈献一眼："你还蹲在那儿干吗？"

陈献先是"啊"了一声，很快又"哦"了一声站起身来，抱着箱子麻利地走向奚访梧。

"你找我做什么？"奚访梧的语气很差，"你赢你的去——你师父交给你的任务，别告诉我你不打算完成。"

陈献有点儿疑惑地看了看奚访梧，心说：奚访梧不是故意刁难他们吗？怎么又像是等着他们完成他提出的条件似的？

"能赢五桌算什么？赢到最后才叫本事。"奚访梧冷淡地说着，话一出口，却又忽而愣住了。

一恍惚，他仿佛回到了多年前在尧皇城的赌坊里。杭意秋和他初见时，在昏黄的灯光下，隔着长长的赌桌朝他傲慢地扬了扬下巴说："我让你赢一把又怎么样？赢到最后才叫本事。"

可最后……谁赢了？

"我听我师父说，赢过二十桌就和你比，比什么啊？"陈献问奚访梧。

周围的修士低声交流起来。

"奚访梧要出手？我还没见过他出手呢！看来这小子是真的太嚣张了。"

"别说你没见过，我来碎琼里这么多年了，也没见奚访梧出过手。我听说啊，他根本不上赌桌，早就戒了。"

赌坊老板戒了赌，像个最好笑的笑话。

奚访梧回过神来，沉默了半晌。

沈如晚穿过人群，和曲不询慢慢地走到他面前："杭意秋最喜欢玩什么？"

奚访梧微微怔了怔。

其实杭意秋不喜欢赌坊这种地方，也不喜欢赌，但很喜欢赢——事事赢、处处赢，在哪儿都要赢。

奚访梧也喜欢赢，比谁都喜欢。可他遇见杭意秋后，发誓再也不碰骰子，不论输赢，不争短长。

然而他远离赌桌的胜负容易，远离人生的输赢却难。

"她没什么喜欢玩的。"奚访梧说，"我们第一次认识的时候，她在和人划拳。"

赌坊……划拳……

当时的杭意秋看起来太高傲了，格格不入，但永远在赢，赢得赌坊老板也慌了，把奚访梧叫来镇场子。

于是奚访梧一眼就看见了她。

沈如晚静静地看着奚访梧，挽起袖子，朝他伸出了手。奚访梧盯着她伸出的手，久久不语，过了好一会儿才慢慢地伸出手，也伸到了沈如晚面前。

众人兴奋起来，赌坊里一片哗然。

谁也没见过奚访梧出手和人赌，哪怕只是小小的划拳，那也是破戒，这怎么能不让人兴奋？

沈如晚的神色半点儿没变，她平静地问："一局定胜负？"

奚访梧紧紧地握拳，僵在那里，很久很久都没有动作。

从认识杭意秋的第一天起，奚访梧就再也没坐上赌桌，不是多有决心，而是从来没忘记，也从来没反悔。

在高低起伏的起哄声里，奚访梧面无表情地放下手，说："算了。"

从人群里传出了一阵嘘声。

沈如晚没有露出惊讶的神色，只是淡淡地看着他："不来一把？"

奚访梧神色冰冷地说："戒了。"

沈如晚收回了手，轻轻一哂："戒了还来开赌坊，怪不得杭意秋要来砸你的场子。"

奚访梧冷冷地看着她，声音冷硬："我就怕她不来。"

沈如晚诧异地看过去，心中猜测：奚访梧不上赌桌，却开赌坊，竟是为了引杭意秋来找他？

曲不询站在她身侧，忽而伸手揽住了她的肩头："走吧。"他出人意料地开了口，语调懒洋洋的，然后朝不远处的陈献和楚瑶光招了招手："收拾东西，把筹子兑回来，咱们可以走了。"

陈献大吃一惊："啊？师父，这就走了？我还没赢完二十桌呢！"

他们不打听消息了？

周围的人听见陈献一开口就说要赢遍二十桌，不由得又是一阵喧哗——这小子未免口气也太大了吧？

曲不询笑了笑，深深地看了奚访梧一眼："别来了，还来什么？奚老板自己想找的人他都没找见影子，我们想问的问题想必他更是答不上来了。"

陈献还是没明白曲不询为什么说奚访梧在找人。奚访梧找的人是谁？他怎么就影子都没找到了？那个人不会是杭意秋吧？可这两个人不是反目成仇了吗？

不过陈献别的优点没有，听话一流。他麻利地把箱子夹在胳膊下："好嘞，师父，这就走。"

处处听师父的话的徒弟倒不是没有，但到了赌坊里还言听计从、说走就走的徒弟可真是凤毛麟角。

陈献最初不过拿出来一百枚筹子，输了两把后，就再也没有输过，一日赢走近万的筹子，谁见了不眼红？他竟舍得这么干脆地抽手？

陈献真的舍得。

他抱着箱子走到楚瑶光面前，拍了拍箱盖："今天我赢了不少，幸好没让你亏钱，就当我还你这一路衣食住行的钱了。"

这话听得叫人眼红，一路上的衣食住行能有多少钱？陈献赢走的钱足够让几十个人痛痛快快地游历一番了。他就这么轻轻松松地还给楚瑶光了,半点儿都不心疼。

就算加上之前他输过的两把,楚瑶光总共也就给他付了三百筹的本金。他还给楚瑶光的呢?上万筹。

谁不眼红到滴血啊?

楚瑶光也有点儿惊讶地看着他,倒不是为了这上万的筹子——蜀岭楚家的大小姐见过的大钱多的是——但她是知道陈献的情况的,他虽算不上拮据,但也不算富裕,哪怕没离家出走也不富裕。

"你把本金翻倍还给我就行了。"

她并不缺这点儿钱,短短半天内翻倍的买卖已经很赚了。这回赢这么多钱更多的是靠陈献自己的本事,楚瑶光不占这种小便宜。

陈献挠了挠头:"没有你的本金,我也上不了桌,那咱们一人一半?"

他们还互相谦让起来了!

这在赌坊里可真是件稀奇事。谁没为了几枚筹子忽然暴怒、差点儿头破血流过?这俩人倒好,你谦我让的,半点儿不给这么多筹子面子。

楚瑶光一翘嘴角,大大方方地点头:"那就一人一半吧。"

陈献兴冲冲地拍了拍箱子:"走!咱们去兑回来。"

众人觉得古怪:他们这就谈好了?这就商量完了?没有头破血流、你争我抢,连欣喜若狂都没有?

沈如晚盯着两个人看了一会儿,嘴角也微微翘了起来。

"走了。"她转身,朝曲不询看了一眼。

曲不询的手还搭在她的肩头上,他错身与她对视了一眼,忽而笑了一下。他转身换了一只手,重新搭上她的肩头,不远不近地揽着她。

奚访梧面无表情地看着他们朝门口走去,忽而说:"你们要找的人,我知道在哪能找到。"

沈如晚的脚步顿住了。

"怎么,你又愿意说了?"曲不询已然抱着胳膊转过身来,看了奚访梧一眼,露出了然的神情,"那就找个地方细说?"

陈献和楚瑶光兑完筹子回来,正好看见三个人朝赌场的另一头走去,根本没有走的意思,不由得面面相觑。

"真奇怪啊,"陈献摸不着北,"咱们到底是走还是留啊?"

楚瑶光这回也是一头雾水。

"可能奚访梧忽然被两位前辈说服了?"她思忖了一会儿,仍然不明就里,只确定了一点,"刚才曲前辈和沈前辈要走,一定是已经拿捏住了奚访梧的心思,欲擒

229

故纵。"

"我感觉师父和沈前辈的意思是奚访梧一直在找杭意秋。"陈献嘀嘀咕咕道,"可是奚访梧如果还喜欢她,为什么不去找她和好呢?他既然已经戒赌,又为什么要在这里开赌坊呢?还有那个杭意秋,她如果真的恨奚访梧,为什么只是不痛不痒地叫人来砸场子呢?"

"可能这就是……"楚瑶光微微睁大眼眸看向他,迟疑了一会儿,想着想着,忽而有点儿脸颊发烫,眨着眼睛说,"大人之间复杂的爱情纠葛?剪不断,理还乱。"

偏偏陈献要打破砂锅问到底:"他们既然还喜欢,为什么不在一起?什么是大人之间复杂的爱情纠葛?为什么大人的爱情就不一样?爱情还有别的样子吗?"

楚瑶光被他问得头都大了,板起了脸,两颊却微红:"我又没有和谁有过纠葛,怎么会知道呢?反正我不是笨蛋,连谁喜欢谁都看不出来。"

陈献"哈哈"地笑了:"是啊,至少我们不是这种笨蛋。"

楚瑶光被他的话噎住了,沉痛地闭上了眼睛:"是啊,笨蛋从来都不知道自己是笨蛋。"

赌坊后的小楼台上,奚访梧烦躁地扶着栏杆。

"我和杭意秋相识、相知后,相约一起出来游历。"他没急着说曲不询和沈如晚想要知道的事,反而开口说起了自己的事,"我们本来志趣相投、互相欣赏,互相照应、探讨道法,一路上十分融洽,就这么过了五六年。谁承想,到了碎琼里,我们忽然产生了一点儿分歧,不可调解,吵了很多次。有一次,她临时起意去归墟中闯一闯,我们就在那片温柔肠断草中又提起了那个话题,吵得不可开交。"

"冒昧地问你一下,"曲不询挑了挑眉,看了沈如晚一眼,又把目光挪回到奚访梧身上,"你们之间的分歧是指……?很严重吗?"

他们既然能一起游历多年,应当很合得来才对。除非是很严重的分歧,否则他们怎么会轻易地闹到一拍两散、反目成仇?

奚访梧微妙地停顿了一会儿。

"怎么?"曲不询问他,"不方便说?"

看起来,那个分歧很严重。

奚访梧闭了闭眼,干巴巴地说:"我们当时在讨论修士修行究竟是人定胜天、逆天而行还是道法自然、顺天而为。我说是前者,她认定是后者,谁也说服不了谁。后来在那片温柔肠断草之中,我们又一次为这个问题争吵,就负气地分开了。"

曲不询和沈如晚都听愣了。

逆天而行还是顺天知命,这是修仙界中最常见的论题。只要是正式踏入修仙界门槛的修士多多少少都思辨过这个论题，寻常的讲师也爱用这个论题启蒙弟子。

不过，这个问题常见不代表简单，越是泛泛的问题便越是令人难以捉摸。普通修士把这类问题当作无意义的老生常谈，有望结成金丹的修士却明白，不深想这个问题是无法定道基、结金丹的。

每个人都有自己的思考和答案，因此此题无解。

正因为曲不询和沈如晚都是结成了金丹的修士，都深深地思考过这个问题，所以才一起愣住了。

"你和杭意秋不都是丹成修士吗？"沈如晚拧着眉头，不解。

就因为一个没有标准答案的问题，两个丹成修士怎么会闹到分道扬镳的地步？

奚访梧绷着脸，不知是什么滋味："她对我说，道不同，不相为谋。那时我也在气头上，就说，'既然如此，那就你走你的阳关道，我过我的独木桥吧'。"

曲不询不由自主地往沈如晚的脸上瞟。

他也没有什么别的意思，就是听着听着，莫名其妙地觉得……奚访梧和杭意秋是沈如晚异父异母的兄弟姐妹啊！

沈如晚立刻瞪了他一眼，眼神不善，曲不询便摸了摸鼻子。

奚访梧没管他们的眉眼官司，垂着头，神色沉郁地继续说："杭意秋最爱天南地北地跑，当时我们闹掰了，她直接就走了。天大地大，我根本不知道她去了哪儿。我和她第一次见面的时候，我就说再也不会上赌桌了。后来找不着她，我就干脆在碎琼里开了赌坊。"他说到这里，笑了一下，笑得有点儿苦，"她知道后，果然找人来砸场子，恨我说话不算话。"

沈如晚问他："你知道她恨你说话不算话，还要开赌坊？"

"我找过不少共同的朋友，辗转联系她，可杭意秋不愿意见我。"奚访梧说，"我一直在这儿，她不想见我。"

他反问沈如晚："我如果不在这儿开个赌坊守着，能去哪儿得到她的消息？"

被杭意秋雇来的打手，至少和杭意秋短暂地联系过。

沈如晚哑然。

"那我可就不明白了，"曲不询抱着胳膊，唇边带着点儿无动于衷的笑意，"这和我们有什么关系？你总不会是逢人就要说一遍往事吧？"

奚访梧看了曲不询一会儿，慢慢地说："我知道杭意秋不想见我，但我还是很想见她一面。"

沈如晚平淡地看着奚访梧："我不负责拐骗人。"

奚访梧像是因为这句话而短暂地愣了一下，终于露出了一点儿笑意："我不是让你拐骗她来见我。杭意秋一直很欣赏你，你退隐后，她总感叹缘悭一面。如果你以自

231

己的名义发函请求她结识，她一定会来见你，到时你可以如实地告诉她我今天说的所有话。如果她还是不想见我，那你就当多了个熟人吧。"

沈如晚皱眉，觉得莫名其妙："我又不知道她在哪儿，怎么发函请求她结识？"

奚访梧一怔，随即恍然大悟，道："你果然很久没有接触修仙界了。"他说着，不知从哪儿找出一套陈年的《半月摘》，递给沈如晚，"这是近些年来火遍大江南北的报纸，上面有个版面，专门供修士寻亲求助。杭意秋经常看，你在上面发一条寻人启事就可以了。"

沈如晚默默地接过那份《半月摘》草草地看了一眼，感觉自己似乎落伍于整个修仙界了。

"只要我以我的名义约见，她就会来见我？"她怀疑地问。

就因为这么随随便便地发在一张报纸上的一条消息，发函者还是个完全没见过的陌生人，真的会有人千里迢迢地赶来相见吗？

奚访梧很肯定地点了一下头："杭意秋会。"

行吧。

沈如晚把报纸递还给他："和她见了面，我需要给她什么信物吗？"

奚访梧沉默了一会儿，而后慢慢地伸出了手，递到她面前，掌心里赫然是陈献提到的那个同心环。

"你把这个同心环给她。"他说，"她如果还想见我，你就让她带着同心环来还我；如果觉得没必要再见，那你就让她自己处置吧。"

沈如晚挑了挑眉，没说话，从他的手里接过同心环，低头打量了一会儿。

这还是她第一次把玩同心环。

她也曾定做过这么一对同心环，只是永远没有机会拿到了。

"至于你们要找的线索，你们只要找到一个人就可以了。"奚访梧简短地说，"叶胜萍，不知道这人你听说过没有？此人的名声很差，人品更差，他现在就在碎琼里，专门做缺德的买卖。"

沈如晚抬起了头。

这个名字她并不陌生，以前还执碎婴剑的时候砍过他。他们刚来碎琼里遇见骗子的时候，她还听人提到过，说这人在碎琼里。

"他现在真在碎琼里？"她挑着眉问。

奚访梧颔首。

沈如晚若有所思，过了好一会儿，轻轻地笑了一声："从前的凶徒大盗如今是一年不如一年，越来越没品了。"

"只要赚钱，谁管他有没有品？"奚访梧说，"更何况，谁指望他有人品这个东西了？"

沈如晚挑了挑眉，淡淡地笑了一下。

"你也不用那么悲观。"走下楼台的时候，她不回头地对奚访梧说，"如果她一点儿都不想见你，那你不会每次都能从别人的口中得到她的近况。"

曲不询跟在后面，闻言，若有所思地盯着沈如晚的背影。回过头，他看见奚访梧站在莲灯昏暗的灯光下，神色忽而凝住了。

曲不询耸了耸肩，莫名其妙地笑了一下，转身大步流星地朝前方追去。

还没走过转角，他就听见了陈献的大嗓门："沈前辈，其实我该试试划拳的，说不定都不用你出手，我就把奚访梧赢了。"

沈如晚那淡淡的声音紧接着响起了："你这么说，听起来很自信。"

陈献拍了拍胸脯："今天我自封一个'秋梧叶赌神'，没人不承认吧？"

"是吗？"沈如晚似笑非笑地问，"那你要不要来和我比一次？"

陈献不明所以地说："啊？沈前辈，你和我比？"

"怎么？你看不起我？"沈如晚反问。

陈献的声音听起来很犹疑："也不是看不起啦……就是……呃……那咱们就比一次，我都听前辈的。"

曲不询越听，嘴角越是忍不住勾起来。他加快脚步走过长廊，转过转角的那一刻，在正在好奇地张望的人群之间，看见了沈如晚慢条斯理地伸出来的手——

"八仙过海，"她在一阵惊叹声和陈献难以置信的目光里嘴角微翘，"你输了。"

直到离开赌坊，陈献还沉浸在兴奋和震撼里："沈前辈，原来你划拳这么厉害啊？你一出手，我就输了。怪不得奚访梧不敢和你比，你未免太神乎其技了！"

沈如晚觉得有点儿好笑："谁告诉你奚访梧不敢和我比了？换个人跟我比，结果也是一样的。"

她能赢陈献是因为看破了陈献的习惯。

"都差不多。"陈献摇头晃脑地说，"今天我和沈前辈在秋梧叶赌坊一战成名。我是小成名，只赢了几桌；沈前辈是大成名，奚访梧都不敢在你面前出手。四舍五入，我们就是珠联璧合，打遍秋梧叶无敌手。"

曲不询挑着眉在心里吐槽：谁和谁珠联璧合？

"打遍秋梧叶无敌手，这有什么难的？"曲不询懒洋洋地说，"要是真动手，就今天在赌坊里的这点儿人，我都可以让一只手。"

"啊？师父，奚访梧也是丹成修士吧？"陈献有点儿不相信。

他是很相信他师父的实力，但师父对上丹成修士，应当没那么轻松地碾压对方吧？师父说让一只手什么的，太夸张了。"

曲不询"啧"了一声，越看陈献越嫌弃。

陈献平时乱拍马屁，到师父放狠话的时候不仅不跟着吹，反倒问师父是不是夸张了！这么没眼力见的徒弟，他要不就扔了吧？

"不夸张。"沈如晚忽然说。

陈献和楚瑶光一起惊讶地看向她。

"丹成修士之间的差距也是很大的。"沈如晚说着，转过头，看见曲不询正要笑不笑地看着她，顿了一下，又淡淡地说，"有些人动起手来或许不强，但手段很多，在别的方面成就极高，只用实力来衡量一个修士是没有道理的。只会打架算什么本事？"

陈献和楚瑶光面面相觑，不由得朝曲不询看过去。

沈前辈虽说说得有道理，但在丹成剑修面前说这个……这不是指着和尚骂秃驴吗？

曲不询一撇嘴，按捺着嘴角的一点儿笑意，闲散地说："哦，原来是我想差了，原来曾经名震天下的碎婴剑沈如晚前辈，靠的从来不是剑法，而是以德服人。"

沈如晚冷冷地瞪了他一眼，没好气地说："你不会说话就闭嘴。我一点儿也不想听。"

曲不询大笑。

陈献看看这个，又看看那个，好奇地问："师父、沈前辈，你们俩谁的实力更强啊？"

沈如晚一顿，没立刻回答，而是偏过头看了曲不询一眼。

曲不询的神情也很微妙。

"没比过，不知道。"沈如晚淡淡地说，像是兴致缺缺，"这个问题重要吗？"

曲不询没作声。

陈献惊讶地说："我还以为天底下的好朋友都会比一比的。"

曲不询皱着眉，斜眼看向陈献："那你和楚瑶光比过？"

陈献卡住了："呃……我们是不用比就知道对方的实力的好朋友嘛！"

楚瑶光眨了眨眼。

曲不询哼笑道："那你搞清楚一点就行了——我和你的沈前辈从来就不是好朋友。"

陈献"啊？"了一声，震惊地说："那……那你们关系这么好……为什么啊？"

曲不询抱着胳膊看他猜。

陈献苦苦地思索着，而后一拍掌心，恍然大悟地道："我知道了！原来师父和沈前辈是师兄妹啊！"

"你怎么得出的结论？"

曲不询诧异起来，心想：陈献什么时候这么敏锐了？

陈献自信地点了点头："既然你们不是好朋友，姓氏也不一样，那就只可能是师兄妹了。"

曲不询无言，就不该对陈献的思维方式抱有信心。

楚瑶光看不下去了，轻轻地扯了扯陈献的衣袖："有没有一种可能，沈前辈和曲前辈是比较亲密的那种关系？"

陈献愣愣地看了她一会儿，疑惑地压低声音问："你是说，师父和沈前辈是夫妻关系？"

沈如晚听到这里，翻了个白眼。

陈献坚定地摇头："不可能，绝无可能。"

曲不询将眉毛高高地挑起来了。

"哎呀，反正就那样吧！"楚瑶光含混地转移话题，放弃给陈献开窍这件不可能的事，问起正事，"奚访梧说的那个叶胜萍是谁啊？"

十年前，叶胜萍这个名字在修仙界还是有点儿名气的，虽然不是什么好名声，但不至于到被楚瑶光这么迷茫地提及的地步。

沈如晚怔怔了一会儿，推开房门，坐在桌边，神色平淡地说："他是个实力差、人品更差的垃圾。"

楚瑶光被她这么不客气的话惊得一愣。

"人品很差？"楚瑶光思忖着说道，"也是，他会掺和到七夜白的事情里来，显然不会是什么好人。"

曲不询三两步走到楚瑶光对面的位子坐下了："光阴似箭，一转眼，现在的少年人连叶胜萍的名字也没听说过。"他的语气有几分感慨，但神色洒脱，并没多么感伤。他悠悠地叩着桌案说："十几年前，他是神州有名的凶徒，不仅手下冤魂无数，而且行事极为卑鄙，经常将仇怨殃及无辜。前去追杀他的修士无一例外，都会被他记住，他会打探到对方在意的亲友，进行报复和威胁。"

修仙界不成文的规矩就是祸不及亲友，像叶胜萍这般公然报复的行径，一方面激起了更高的悬赏，另一方面也让其他修士在与他对上时多了几分忌惮。毕竟修士再怎么强大，终归还是有实力较弱的亲友。

"我曾经听说，有个修士没什么亲友在世，满以为叶胜萍无处报复，谁想到叶胜萍打听到他和邻居关系不错，就连邻居也没放过，公然拿来威胁他。"曲不询耸了耸肩，"其人其行，可谓丧心病狂。"

楚瑶光和陈献听得瞪大了眼睛。神州这些年的环境比十多年前平和多了，他们还从未见过这样嚣张又凶狠的恶徒。

"那大家就任由这个叶胜萍嚣张？"陈献忍不住问。

曲不询说到这里，笑了一下："那自然是不可能的。"他懒洋洋地往后一靠，倚在椅背上，看向对面的沈如晚，语气悠闲，"这就要归功于你们威名赫赫的沈前辈了。她领命执剑出蓬山，途中正好遇见了叶胜萍，一出手就把人家的修为废了大半。叶胜萍金丹破碎，直接跌落丹成境界，从此夹着尾巴做人。"

那时长孙寒还是蓬山首徒，总揽宗门上下，忙得团团转，连这消息也是从邵元康的口中听说的。

曲不询想到这里，撑着头看沈如晚。

他还记得那天久未露面的希夷仙尊有事相召，提及了沈如晚的名字，让他记得和声名鹊起的师妹结识一番。他虽一口应下，但有点儿莫名其妙。

直到邵元康来找他说："你还记得我上次和你说的那个沈如晚师妹吗？她现在可真是不得了了，和叶胜萍狭路相逢，一剑斩破了叶胜萍的金丹，竟毫发无损！她到底是个剑修还是法修啊？"

他这才知道沈如晚又出人意料地做出了大事。

"啊？"陈献和楚瑶光惊讶地叫了一声，瞪大眼睛看向沈如晚，"沈前辈，你也太厉害了吧？"

但就是……她跟叶胜萍打个照面就把人家的金丹斩破了，是不是有点儿太凶残了？听起来，她不比叶胜萍温和多少啊？

"是吗？"沈如晚不置可否，"我这不是没杀他吗？"

以叶胜萍当年的行径，他在可杀和可不杀之间。她还给叶胜萍留了一条命，难道还不够手下留情吗？

陈献和楚瑶光面面相觑，心想：她没有直接把人杀了，而是废掉金丹留一条命，这是手下留情吗？

这应……应该是吧？

"不过，"楚瑶光很快接受了沈如晚的说法，微微蹙着两条纤细的眉毛，"叶胜萍既然人品很差，经常拿别人的亲友来报复，岂不是更恨沈姐姐了？那沈姐姐的亲友……？"

叶胜萍只是修为跌落丹成，实力还是强于普通修士的，在沈如晚这里吃了这么大的亏，那沈如晚的亲友会不会被报复啊？

沈如晚微微一顿，目光不冷不热地扫过楚瑶光的眉眼，看到楚瑶光的眼中满是担心之色，显然这是真心发问。

她沉默了好一会儿。

"小楚，你别老逮着你沈前辈问旧事啊。"曲不询忽然敲了敲桌案，浑不在意般笑了一下，"这都是多少年前的老皇历了，不过是你沈前辈的丰功伟绩里平平无奇的一桩小事，她哪里回忆得起来？只有我们没什么见识之人才将它当一回事。"

沈如晚隔着桌案看着曲不询，心情有些复杂。

他这人，心思说细也是真细，明着说她贵人多忘事，实际上却是看出了她难以启齿。

她静静地想了很久无人知晓的心事。

楚瑶光是个机灵的姑娘，听曲不询这么一说，再看了看沈如晚，立时便明白这问题触及了沈前辈的隐私心事，自己未免问得太唐突了。

她赶紧笑了笑，顺着曲不询的话说下去："也是，叶胜萍后来寂寂无闻，我和陈献听都没听说过。就是现在我们乍一听这个名字有点儿发愁，只知道叶胜萍在碎琼里，该怎么去找呢？"

陈献在边上苦苦地思索了半天，灵光一闪："我想起来了！我们刚到桃叶渡的那天，除了林三还有好几个骗子，其中一个人死缠烂打，非说自己知道大盗叶胜萍的消息，但我们没理他——你说会不会那个人真的知道叶胜萍的消息啊？"

楚瑶光很快也想起来了，还想起了当时沈如晚的反应——只平淡地说了一句"叶胜萍的消息不要"。

她不由得暗暗咂嘴，看来曲前辈说的话未必没有道理。也许叶胜萍对沈前辈来说当真只是个没什么印象的手下败将，不然沈前辈也不会像现在这样，连在骗子提供的消息里挑挑拣拣也不选叶胜萍的消息。

"这总归是一条线索。林三和叶胜萍显然是认识的，我们既然还扣着林三，那就让林三带我们去找。"楚瑶光若有所思地说。

陈献一向不出这种做决策的力，思绪早就不知飘到哪里去了。他忽而问沈如晚："沈前辈，长孙寒也是你击杀的，那叶胜萍和长孙寒谁更厉害啊？"

曲不询放在桌上的手一顿。

沈如晚沉默了许久，听到长孙寒的名字方回过神来，低声说："那自然是长孙寒更厉害。长孙寒是蓬山数百年来最出众的天才，甫一拜入剑阁，剑阁阁主便称之为'麒麟子'，对其大力栽培。无论实力还是眼光，长孙寒都远超同侪，叶胜萍怎么能和他比？"

叶胜萍比不上的，谁也比不上长孙寒。

这么多年了，雪原上那杀机纵横、惊心动魄的一夜仿佛还在她的眼前。

她微微抿唇，眉眼间不经意地露出了一点儿涩意。

曲不询坐在对面，攥紧五指又松开，偏过脸向窗外看去，谁也没看见他脸上复杂难辨的神色。

"你方才问我怕不怕叶胜萍报复？"沈如晚慢慢地说，语气很古怪，明明很平静，可莫名其妙地让人想起了在厚重的余烬下翻滚的岩浆，在见不到的地方沸腾、灼烧，每个字都跳动着，又被她竭力熨平整了，"最让叶胜萍感到无可奈何的人就是我。"

陈献和楚瑶光好奇地看向了她。

曲不询猛然想起了她那曾经引起轩然大波的往事，神色微变："你不想说就别说……"

"他这种阴沟里的老鼠，无非是拿别人心中在乎的人做威胁，还能有什么大本事？"沈如晚已冷笑起来，每个字都冰冷到极致，有种撕裂伤疤时露出血淋淋的皮肉的快感。她笑了笑，也不知道在笑谁："不劳他费心，我合族上下所有的族亲都死在我自己的手里。"

叶胜萍以所爱做威胁？

沈如晚已无所爱。所有的亲友都死在自己的手里，她心硬如铁到这种地步，还有谁能成为她的软肋？叶胜萍还能怎么报复她？

心狠手辣的凶徒能拿一个冷心冷肺的人怎么样？他甚至都没有想过要报复沈如晚。

陈献和楚瑶光绝没有想到她居然会给出这样的答案，也从来没想过这世上还有这样的理由。

他们自从认识沈如晚以来，一直觉得这位声名显赫的沈前辈虽然脾气不太好，但嘴硬心软，实际上很是宽容和气，就像个可亲的师姐。他们根本没想到，她一开口，便是数不清的人命。

血淋淋的、冰冷残酷的人命。

楚瑶光难以置信地看着沈如晚。

她再怎么机灵、聪慧，也不过是十六七岁的养尊处优的少女，在家里衣食无忧，见不着什么刀口舔血的人，更从未见过多少腥风血雨。她从前听过的故事全都和话本子似的，没有一点儿真实感，让她哪怕见了沈如晚也联想不起来这些故事。

直到此时，楚瑶光恍恍惚惚地颤了一下后，脑海里落下了一道霹雳：是了，在从前她所见过的文章、听过的传闻里，沈如晚这个名字从来都是带着血的。

传闻里，名震天下的蓬山碎婴剑沈如晚从来不是什么和气温柔的师姐，而是二十六神州通天彻地、凶名赫赫的不世杀星。

沈如晚看他们神色巨变，垂着眸，表情微带嘲意。

"走了。"她淡淡地说，忽而起身朝屋外走去，头也不回地丢下了一句话，"坐久了不舒服,我出去透透气。"

曲不询跟着站起身,想叫住她,张了张口,却没说话,看着她的背影消失在门后。

"师父……"陈献不知所措地看着他,"沈前辈她……?"

这……这……沈前辈这是生气了吗?他们还没说话呢!他们这不是还没反应过来吗?

"她就是个傻瓜!"曲不询没好气地说。

他沉着脸走到门边,用力拉开门,大步走了出去。

屋内,陈献和楚瑶光面面相觑,半晌无言。

曲不询追出门,发现院子里空荡荡的,不见沈如晚的人影。

他在院子里静静地站了半晌,叹了一口气,转过头时却怔了怔——沈如晚默不作声地站在门廊的尽头,侧立在门柱边上,像一道晦暗曼妙的影子。

曲不询舒了一口气,站在原地顿了一会儿,然后大步走过去,立在她的身侧,要开口,却不知道怎么说。

廊下静谧,只剩下细雨浇在残叶上的声音。

楚瑶光租下的小院构造精巧,转角处有一个一丈见方的小花坛,里面自然不会有什么名花、灵植,只有一些毫无用处又卖不上价、生命力却极其旺盛的花。

沈如晚就站在花圃前,紧紧地绷着脸,神情冰冷。

曲不询看着她,尝试去想在他远远地旁观而未能靠近的那些年里,她究竟都遇到了些什么。

他又想起了雪原上的那一夜。

彼时沈如晚已经清瘦了许多,气息锐利得仿佛一把出鞘的青锋,冷冰冰的,没有一点儿情绪。可是那双眼瞳就像跳动的火焰,发出不熄的光。

那时他虽然负伤,但剑修剑在人在,只要还有一口气,就能血战到底。可自从那一眼看见她,他便觉得自己走不出这茫茫雪原了。

彼时他已无可盼望、留恋,心剑也蒙了尘,而她还是不熄的火。

无望对上不熄,怎么能赢啊?

修士斗法,往往只差毫厘——可能是一次犹豫、一点儿心念,也可能是一分踌躇。

他慢了一寸,结局就是心口中了一剑。

这么多年,他在归墟下翻来覆去地想她那一剑,眼前浮现最多的画面就是她的那双眼睛,那双冷硬如冰又炽烈如火的眼睛。

一眼十年,念念不忘。

可等到他终于怀着满腔不甘之情决定讨回他失落的过去，从无边的天川罡风里抓住一线生机，重见神州的日月，再见到她的时候，她的眼里却已没有光了。

"我听过一些关于你的事，"他沉默了许久后说，"或许你想找人倾诉一下？"

沈如晚没什么表情地站在那里。

倾诉？她有什么好倾诉的呢？说来说去，事实就是她亲手杀了所有的族亲，无论当时她是什么状态、有什么理由，都不会改变，她说出来反倒像在狡辩。

她不喜欢给自己找理由。

人人都说她冷酷无情，她认——做都做了，她还怕承认吗？

"事情就是你知道的那样。"她的语气很淡，带着一种不易被察觉的倦意，"一夜之间，我的所有族亲都死在了我的手里。"

曲不询等她说下去，可等了半天，沈如晚都没再说一个字。

"没了？"他挑起了半边眉毛。

沈如晚回头看他，反问："不然还应该有什么？"

曲不询总算知道沈如晚冷心冷肺、无心无情的名声为什么这么响亮了。听她如此轻描淡写地说出这样的话，一句多余的辩解都没有，任谁都会觉得她冷血的。

"你不会以为我会信你冷心冷情吧？"曲不询抱起胳膊，侧过身看她，目光灼灼，"你要真是没有心，在东仪岛上都不会看那个小章姑娘一眼，更别提特意关照她了。七夜白的事和你又有什么关系？世上任谁被捉去做了药人，也轮不到你这个丹成修士管，你又为什么要自找麻烦？"

沈如晚的神色骤然冰冷，她冷声说："谁说我是因为在意了才这么做的？我闲着没事，出来找点儿乐子，全凭我的心意，旁人的死活和我有什么关系？谁又告诉你我不是冷心冷情了？你别以为多了解我，我告诉你，你只不过是看见了一半的我，根本不了解真正的我！"

曲不询见过她现在的样子，最多还见过她在蓬山时的样子，可真正构成她这个人的却是那个灭家族、弑师尊、戾气伤人更伤己、斩遍神州不封剑的杀星。

她是蓬山誓不回头的剑，这把剑没有鞘，要么就此被折断，要么向前。

如今剑已蒙尘，这是她自己选的。

她不想剑毁人亡，只能将宝剑束之高阁，任由风蚀虫啮、冷铁卷刃。

他又怎么可能明白？

曲不询的双手抱着胳膊，目光深沉地看着她。他并未被触怒，反倒语气轻松地说："好啊，我是不了解你，那你今天能不能给个机会让我了解你一下？"

沈如晚微怔，像没听明白，又像不相信："什么？"

"今天你说的每一句话我都信。我才不管什么恩怨、道义、猜疑，哪怕你今天说你当年是被族亲哭着、求着杀死他们的,我也信你。"他目光如炬,灼灼逼人,一字一顿,"只要你说,我就信。"

在这无日月、无晴天的碎琼里,她在十年前的那个风雪夜中穿过茫茫雪原时所持的那一盏青灯和寒夜里她眸中点点如碎雪的清光重合在一起。门廊上莲灯垂烬玉堂寒,曲不询灼灼的目光如炬,火照破了似箭的光阴。

只要你说,我就信。

沈如晚怔怔地看着他,唇瓣微微颤着。

"只要我说,你就信?"她似哭非哭,似笑非笑,低声重复着,意味不明。

曲不询不错眼珠地看着她。

沈如晚微微合眸,神色如冰,断然转过身:"没有什么真相。别再啰唆了,有意思吗?"

世事恰如一场轮回。十年前的雪夜,他不信她;十年后的碎琼里,她断然转过身。

曲不询猛然伸手,一把握住了她的手腕。

"当年到底发生了什么?"他的声音低沉又冰冷,贴着她的耳朵响起,"你根本不是滥杀、嗜杀的人,也从来不是冷血无情的人。不属于你的罪,你为什么要认?"

沈如晚停在原地,没有回头。

"你又怎么知道我不是那样的人呢?"她的声音干哑,像钝刀划过枯木时发出的声音,很刺耳,"你什么都不知道。"

曲不询用力地攥着她的手腕,五指一分分地收紧了。

他不知心里是什么滋味,声音冷涩,竟含着无限悲凉之意:"沈如晚,你……是不是对很多人解释过,可谁也不愿意信?"

沈如晚没有说话。

曲不询觉得自己的心下是一腔冰雪。这世上竟有如此阴错阳差之事,无人信他时,她捧出满腔的真心来信他,可他谁也不信;等到他来信她时,她已凉了心头的热血。到头来,竟是谁也不信谁。

"你既然已经失望过那么多次了,也不差我这一回吧?"他沉默许久,终于开口了,语气不咸不淡的,"你再试一次,就一次,万一结果不一样呢?"

他的侧影在昏黄的莲灯下看起来晦暗复杂。

如果当年他再试着信别人一次,愿意信她,他们的结局会不会和现在不一样?

沈如晚僵立着,五指不知何时已紧紧地攥住了,衣角被捏得皱成了一团。

曲不询低声说:"至少,我会听你说完。"

沈如晚蓦然回首,神色复杂到极致:"好,既然你非要问,那我就再说一遍,信不信随你。"

曲不询用力地握了握她的手。

"沈家多年豢养药人，十几年前，我族姐带我去沈家禁地，那里至少同时有几十人被种下了七夜白。我算是沈氏的出众弟子，又专修木行道法，我族姐便想带我一起熟悉族里的重要产业。"她抿了抿唇，太阳穴微微跳动着，像是忍耐到极致，说不清是什么情绪，"我不愿意，族姐和其他族人便拿杀阵威胁我。我想走，就动了手，后来走火入魔……事情就成了你知道的样子。"

"沈氏族灭是我做的，我族姐也是我杀的，修仙界一切关于我的传闻都是真的。"她面无表情地说，"我就是这么个人。"

曲不询微微低头，离她更近了一点儿，目光骤然凝住了："你说沈家也在种七夜白？"

沈如晚被他的问题问得愣了一下——这样的反应她确实还从未见过。

也对，从前所有听她解释的人都不知道七夜白，她也不能跟他们解释，因为绕来绕去都像狡辩，但曲不询知道七夜白。

"对，"她顿了一下，说，"很早就开始了。"

曲不询心中豁然，万般心思到了眼前，竟然笑了一声。

他从蓬山首徒一夜成为逃徒，她从好人缘到人人畏惧，竟都为一株花。

七夜白啊七夜白，他们俩半生困顿都是为了它。

沈如晚听到他笑，不由得拧起了眉头，神色乍然冰冷起来，猛地甩开了他的手，转身就要走。

曲不询伸出手臂猛然一收，将她揽在身前。

沈如晚的神色冰冷到了极致，她反手去推他。但他也用了力，手臂仿佛铁铸般纹丝不动，用尽了力气把她箍在怀里。

"我知道你说的都是真的。"他垂下头看她，声音低低的，"我知道那是真的。"

沈如晚抬眸，冷冷地看着他。

"因为我也经历过怀疑，所以都知道。"他嗓音低哑地说，像是嘲讽，每个字都说得很用力，"他们最会颠倒黑白、混淆是非，让你百口莫辩、积毁销骨。"

沈如晚怔怔地看着他。

曲不询凝视她倦意难掩的眉眼，温热的手从她的眉心慢慢地抚到鬓边："傻姑娘，不是你的错，你为什么要认？"他一字一顿地说，每个字都狠到刻骨，"记住，不是你的命，你到死也不许认。"

沈如晚怔怔的，目光潋滟，不错眼珠地看着他。

曲不询微微低下头，额头和她的贴在一起。他就这么贴着她的额头，眼眸和眼眸近在咫尺，瞳孔里只剩下清晰的彼此。

"不要认。"他说。

沈如晚出神很久。

她不知自己的唇和曲不询的唇是什么时候碰撞在一起的，也忘了是谁先去吻的谁。在缠绵交错的呼吸里，她想起了无边的雪原上杀机冰冷的那一夜，想起了风雪夜色里那个孤高冷绝、不可一世的人，也想起了她为那个人落下的抹不完的泪水……

可最后，什么都淡去了。长孙寒就像她遥遥无期的梦，和她少女时的所有天真、快乐，连同性情大变后的最后一点儿希冀一起被埋葬在那片无边无际的冰冷的雪原上。

她的眼前只剩下曲不询宽阔又坚实的拥抱。

那样切近又真实的温度，隔着十数年的距离传了过来。终于有人给她一个拥抱了。

她漠然地想：忘了吧，将从前的腥风血雨、满身戾气、削骨蚀心的不甘心，还有那个如寒山孤月的少年天才都放下吧。

过去难以被她接纳，但是，算了。

一切都过去了，算了吧，她不如怜取眼前人。

她伸手拥住了他，把头埋在他的肩头上。他用力地搂紧了她，像是要把全身的力气都传递给她。

廊下灯光昏黄，她静静地靠在他的肩头上，很久，很久。

林三觉得自己的霉运可能快要结束了，因为那群杀星自从进了秋梧叶赌坊后就有了新的方向，他这个没什么大本事的俘虏对他们来说已经没有用了。

若这群人常驻碎琼里，那林三还要再担心一下他们会不会直接把他杀了灭口。但他一眼就能看出这些人虽然实力强，但目光平和，没有在碎琼里的人常见的狠戾的性子，因此他的小命多半还是能保住的。

林三对天狠狠地发誓：等这群杀星走了，他一定好好做人，至少……至少半年内不开张了！

"笃笃笃"，房门被礼貌地敲响了，然而还没等林三回应，门下一刻就被推开了。

陈献这个愣头青风风火火地闯进屋内，兴冲冲地说："林三林三，我们得到想要的线索了！"

林三比他还高兴："是吗？那可真是太好了！我就知道奚访梧消息灵通，在这碎琼里就没有他不知道的事——那你们现在是打算立马去办正事？"

不管怎么样，他们赶紧把他放了吧。他保证连夜逃回桃叶渡，起码三个月不出门，焚香沐浴，送走霉运。

愣头青好像一点儿也看不懂他期盼的眼神。

"我们确实打算马上动身，毕竟时间不等人，万一事后生变怎么办？"陈献煞有介事地点了点头，还没等林三高兴起来，就兴高采烈地说，"接下来我们能不能找到人可就全都靠你了，林三！"

林三瞬间愣住了，磕磕巴巴地问："什……什么意思啊？你们这么……这么厉害，要我这个没用的小修士干吗啊？"

陈献"嘿嘿"一笑，手一揽，和林三勾肩搭背："林三哥，你在桃叶渡人脉很广啊？"

林三犹疑地看着陈献："还行。"

也没什么人脉不人脉的，他就是混口饭吃，大家都是同行嘛。

"上次你来我们这儿拉生意时，打算和你抢生意的那个人你认识吗？"陈献问他。

林三狐疑起来："你问他干什么？"

陈献笑了起来，对林三推心置腹地说："当初他没抢过你，结果就轮到你摊上我们几个人，你心里是不是特别懊悔？是不是特别希望当初把我们带走的人是他而不是你？"

这话简直说到林三的心坎上了。

当这帮煞星三下五除二就把他们打趴下，甚至一个人都没放走的时候，林三就打心眼里后悔了。他后悔的不是自己为什么要上去揽客，而是当初怎么就没把这几个煞星让给别人呢？这样他就可以趁对方被这几个煞星带走的时候，想办法把对方的肥羊骗过来了。

"现在给你个机会。"陈献拿手肘撞了林三的肋骨一下，把林三撞得龇牙咧嘴，一副和林三哥儿俩好的模样，"你想办法把那人找出来，我们对他上次说的那个消息也很感兴趣，想找他聊聊。"

林三震惊："他和我一样，也是黑吃黑的骗子啊！"他细想了一下，惊恐地问，"原来你们是专门来碎琼里钓鱼的？你们从哪儿来？蓬山？蓬山如今终于要对碎琼里下手了吗？"

不然这些人为什么明知那人也是骗子还要"打探消息"？

碎琼里自由地混乱了这么多年，终于要被整顿了吗？他林三就是第一个倒霉鬼？

陈献愣了一下，没明白林三的思路。

"你只管把他找出来就是了。"楚瑶光往扶手椅上一坐，脸色微沉，大小姐的气

244

势很足,"至于其他的,那不是你该操心的事。事成之后,我们会考虑放你一条生路。"

林三琢磨来琢磨去,觉得自己没有拒绝的余地。

反正就是死道友不死贫道嘛!

"好!"他面色沉痛地一点头,说,"那老小子天天在桃叶渡骗人,严重破坏了我们桃叶渡的名声,我早就看他不顺眼了。今天我就带你们去找他,为民除害!"

楚瑶光和陈献一起抽了抽嘴角。

这人还真是会给自己的脸上贴金。

对面的厅堂里,沈如晚一只手支在桌案上,凝神看着桌上的棋子,也不知道曲不询是从哪里摸来的棋。

曲不询其实不太会下棋,但摆棋子的时候让人一点儿也看不出来,沈如晚还以为他有多擅长呢。

"吃。"她拿起其中一枚棋子压在他的棋子上,手指微动,把他的那枚棋子收走了。

曲不询的眉毛抖了一下,他有点儿无奈地叹了一口气,撑着额头盯着棋盘。

过了半晌,他没动手,倒是抬起头看她:"我怎么觉得你什么都会啊?划拳你会,喝酒也行,还擅长下棋……沈如晚,这世上是不是没有你不会的东西?"

其实曲不询无论是划拳还是下棋,水平并不算差,只是对规则有些生疏,但他思维敏捷,很快便能上手。

不过,沈如晚更擅长。

沈如晚垂眸,漫不经心地说:"我的水平也就这样,但肯定比你强。当初我和我堂姐半个蓬山无敌手,谁也玩不过我们,那时你还不知道在哪儿呢。"

曲不询无言。

她和她堂姐靠棋艺打遍半个蓬山无敌手,那他还靠剑法打遍整个蓬山无人争锋呢!

只是这话他不能说出来。

他悠闲地拈着一枚棋子,在半空中悬了一会儿。

"你说的这个堂姐,当年……"他抬头看了她一眼。

沈如晚忽而不说话了,过了半晌,声音低沉地说:"就是带我去看七夜白的那个人。"

曲不询半边的眉毛高高地挑了起来。

他短短地"哦"了一声,很意外的样子,紧紧地盯着她,观察她的表情。他像是在琢磨该说点儿什么来安慰她。

"早就过去的事了,"沈如晚不想多谈,神色微沉,"没什么好提的。"

曲不询顿了一下，把手里的棋子落在空位上，说："你有没有想过，也许当初你们家的那些人不是你杀的？"

沈如晚蓦然抬眸看他。

"我当时误入禁地，发现七夜白之后只求脱身自保，打算事后再行调查，所以在此过程中只反杀了几个截杀我的人。然而我脱身后被扣上了犯下灭门血案的罪名，"曲不询慢慢地说，"你仔细地想一想，这和你当时的经历是不是如出一辙？"

沈如晚渐渐攥紧了手中的棋子，沉默了好一会儿。

"当时我走火入魔，失去了理智，不知道发生了什么。但在走火入魔之前，我已经击杀了两个人。"她微微合眸，"杀心已起，我走火入魔后做什么都有可能。况且，我醒来之后，是宁掌教亲口告诉我，沈氏无一人生还。"

曲不询沉默了一瞬，然后说："那你有没有想过，掌教也是会说谎的？"

"不可能。"沈如晚想也没想，脱口而出。

"为什么不可能？"曲不询声音低沉地说，有一种冰冷逼人的气势，"沈如晚，你走遍大江南北，见过、斩过那么多位高权重、富贵满堂却欲壑难填的神神鬼鬼，为什么偏偏蓬山掌教不能和七夜白有关？"

沈如晚怔怔地握着那枚棋子，心乱如麻："不可能。"

她垂着眼睑，好像在看眼前的棋盘，可一个子都看不进眼里，只觉得眼花缭乱，恰似她此刻的心绪。

不可能。

她不敢深想，什么都不敢深想，包括前因与后果。

曲不询看着她，心想：她不信，这属实正常。越是从小在蓬山长大的修士，越是对蓬山万般维护，把蓬山当作全天下最卓尔不群的仙山名门。遇见龌龊、肮脏的事，谁会愿意往自家宗门上想？

他也不愿想。

在归墟里面对那么长的暗无天日的光阴时，他既不想死，也不想活，浑浑噩噩地度日，只把从前的事翻来覆去地想了又想。

长孙寒还不是蓬山首徒的时候，蓬山掌教就已经是宁听澜了。对于他们这一代弟子来说，掌教和宁听澜这个名字是可以等同的，他们甚至很难想象宁掌教自请辞去掌教之位的样子。

这是何等憧憬、何等仰慕、何等理所当然的信任。

当初是宁听澜春风和煦地拍着长孙寒的肩膀，把象征首徒身份的玉牌交到他的手里，说："你往后就是蓬山的大师兄了，身后的师弟师妹都看着你，你不要让他们失望。"

长孙寒到死都没做过一件辜负那块象征首徒身份的玉牌的事,可是终究还是辜负了很多人对他的期望。

但是,他不会让他们永远失望下去。

"如果我没有记错,当时你应当还没有结成金丹吧?宁听澜也没有赐你碎婴剑,你也从来没有杀过人。"他语调平和,平铺直叙道,"你一夜之间走火入魔,就能把沈家上下满门全灭,你真的觉得这正常吗?"

沈如晚听到这里,忽而抬起了头。她没有震惊,反倒像抓住了一点儿希望。

"这个问题我也想过。我那时候不愿意相信自己做出了那样的事,没法面对,拼命地想否认……"她静静地说,"但我结丹了。"

她抬眸看着他,眼神淡淡的,却含着说不尽的苦涩:"走火入魔误打误撞成了我的机缘,让我一举结丹,迈过了丹成的门槛。"

这世上不是每个人提升修为后就能拥有不世武力,但世事偏偏如此凑巧,她拿起剑,天生就擅长杀人。

正因那时体内的灵气暴动,她恰巧越过了那道往往能把寻常修士拦在门外一辈子的结成金丹的关卡。但走火入魔也重伤了她浑身的筋络,她元气大伤,事后多亏宁听澜做主给她喂了一枚至宝回天丹才稳住她的修为,让她正式成为丹成修士,不会气虚血亏,缠绵病榻而死。

于公于私,宁听澜都对她有恩。

赏识伯乐之恩、庇护担保之恩、赠丹机缘之恩,桩桩件件加在一起,宁听澜对她的要求只有那么一个——流尽你的最后一滴血,对得起你手里的碎婴剑。

沈如晚用力地闭了闭眼,再睁开眼看向曲不询时,眼神已平淡清明了:"当时沈氏的惨案不光受到了宁掌教的关注,就连久未露面的希夷仙尊也曾过问。"

神州修士万千,有三分实力的人就敢往脸上贴金。称什么"剑王""刀皇""琴圣"的人有很多,但能让天下修士全都服膺,众口一词地称为"仙尊"的人只有希夷仙尊这么一个。

从沈如晚踏上仙途起,这世上就有"希夷仙尊"这个尊号了。

谁也不知道希夷仙尊叫什么名字、有什么来历,甚至连他的根脚也不太清楚,只知道他无所不知、无所不能,手段离奇,非同凡响。

希夷仙尊不是蓬山人,偶尔会待在蓬山,但更多的时候云游四方,什么也不管,什么也不插手。他好似从未有过什么雷霆之怒、杀伐果决之时,偶尔才被请出来主持一些大变故。但世事就是这么奇怪,他不怎么露面,反倒人人都信他公正。

沈如晚低声说:"我养伤时,希夷仙尊来探望过我,问了当时的情况,也问过七夜白的事。他让我安心养伤,还开解过我,听说我用剑,还建议我去找长孙寒讨教。"

她说到这里,很浅地笑了一下,有点儿涩意。

可当时她没去,也永远不会去。

在安逸、快活的那些年里,她没去认识长孙寒;往后面目全非的每一个日夜,她都不会再去了。她不想让长孙寒印象里的沈如晚是满身鲜血、漠然又无趣的,那样的话,她还不如干脆不要认识他。

她虽然总说自己念念不忘,但在满身戾气、手上沾满了族亲的血之后,就已经放弃了。

曲不询微怔,蓦然想起来,希夷仙尊见他时,也让他有空认识一下沈如晚。

"说起来,我觉得有些奇怪。"沈如晚说到这里,忽而抬头看向曲不询,神色狐疑地打量起他的神情,"在神州,灭门惨案绝非小事,我却从来没有听说过哪一件和你有关。"

曲不询哑然。

他一个没注意,非但没把她说动,倒又被她抓住了马脚。

这个"长孙寒的旧友"的身份不知道能经得起她的多少次质疑。早晚有一天,他会被她发现"曲不询"这一辈子都和长孙寒重叠在一起,其实二者就是同一个人。

曲不询的目光在她的眉眼间流转,他忽而心念一动,犹疑起来:重生之事世人闻所未闻,就连典籍乃至神话里也从未提到过……他是否能坦然相对,把自己最后也是最骇人听闻的秘密无所保留地说给她听?哪怕他们之间横亘着一剑之仇?

时至今日,他若再不说,只会越来越难以启齿;可若他说了,她会信吗?

若信了,她会骤然变得神色冰冷,还是会毫不犹豫地再给他一剑?

曲不询思来想去,这一点儿犹疑仍悬在心头。

他还没答,房门便忽地被推开了,陈献兴高采烈地冲了进来:"师父,我们都商量好了,这就出发去桃叶渡找人,来个瓮中捉鳖,保证一举拿下叶胜萍!"